土屋
TSUCHIYA
TAKAO
隆夫

推理小說
作品集
10

華麗的喪服

土屋隆夫 著／王華懋 譯／傅博 總導讀／詹宏志、楊永良 全力推薦

土地陳大

土屋隆夫親筆簽名

土屋隆夫｜攝於 1985 年 3 月，光文社提供。

土屋隆夫

TSUCHIYA TAKAO

推理小說
作品集
10

Contents

總導讀

孤高寡作的解謎推理大師・土屋隆夫

傅博

日本推理小說的源流

第二次世界大戰前的日本推理小說的主流是非解謎為主題的「變格探偵小說」（在日本偵探稱為探偵）。「變格」的對義語是「本格」，都是日本獨有的造語。「本格」的原義是「具全原來的格式」，而含有非正規成分的事象都稱為「變格」。

當時，還沒有「推理小說」這個文學專有名詞。凡是偵探登場解謎的小說，以及非現實性內容，而具怪奇、幻想、耽美之要素的小說都稱為「探偵小說」，此一專有名詞翻譯自英國稱柯南・道爾所發表的「福爾摩斯探案」系列這類小說為 Detective story。

由此可知，在英國是指記述具有謎團的事件發生後，由偵探的合理推理，而解謎破案之經過為主題的小說稱為偵探小說。

但是在日本，一九二三年江戶川亂步發表處女作〈兩分銅幣〉，奠定日本推理小說的基礎後，很多人嘗試這類新大眾文學的創作。因為人人各具不同個性、不同思想、不同才華，其表達形式和作品內容自然有異，也就是說，新人作家的作品，各具其特色，但是符合偵探小說創作要件的並非全部。

當時，唯一刊載推理小說的雜誌是《新青年》月刊，這些非正統偵探小說，只是故事新穎、內容有趣，該刊即給與發表機會。月增年盛，後來居上的情況下，成為一大洪流。

對於偵探小說的本質與定義這個問題，曾經引起廣泛的討論。結論是，凡是具有偵探登場之推理解謎的小說稱為「本格探偵小說」，而非現實性的怪奇、幻想、耽美等為主題的小說，合稱為「變格探偵小說」。

這種偵探小說二分法，一直沿用到一九五〇年代。

一九五七年，松本清張出版《點與線》和《眼之壁》，仁木悅子發表《貓老早知情》之後，「推理小說」才取代了「探偵小說」這專有名詞。

推理小說原來有兩種涵義，第一種涵義是，以寫實手法撰寫的偵探小說，作品本身不帶「社會批評」的色彩，如仁木悅子的作品。第二種涵義是，同樣以寫實手法，記述社會矛盾而發生的事件之經過與收場，並重視犯案動機的小說，作品本身就是社會批評，如松本清張的作品，所以這一類又稱為社會派推理小說，簡稱社會派。

也就是說，推理小說與社會派推理小說原來是不相同的，但是，後來兩者劃上了等號。本文主旨不在探討此問題，不詳述其經過與作品內容的演變。話說回來，第二次世界大戰爆發的一九三九年，日本政府認為偵探小說是「敵性文學」，全面封殺、禁止創作、發表、出版。大戰終結後，偵探小說的文藝復興之機運到來。終戰翌年的一九四六年四月，橫溝正史率先在新創刊的偵探雜誌《寶石》月刊，開始連載「金田一耕助探案」系列首作《本陣殺人事件》，而五月又在三月間創刊的偵探雜誌《LOCK》月刊，開始連載戰前所塑造的名探「由利麟太郎探案」系列之《蝴蝶殺人事件》。

這兩部長篇都是戰前罕見的純粹解謎為主題的本格偵探小說。尤其是前者，其和式建築的密室殺人設計之發明與成功，成為一股力量，令三九年之後，不得不改寫非偵探小說的作家重獲信心，回到推理創作園地，並且還使一群年輕人加入推理創作陣營。

推理小說復興後的主流是本格。如「戰後五人男」中，除了撰寫秘境冒險小說的香山滋和文學派的大坪砂男兩位，島田一男、山田風太郎以及高木彬光三位，都是從解謎推理小說出發的。

日本推理小說史上，戰後期是指一九四五至五六年的十二年。戰後五人男的「戰後」，實際上是指大戰結束後第三年的一九四七年。這年發表處女作而登上推理文壇的新人不少，最具創作成就的即是他們五位。他們與兩年後的四九年登龍的鮎川哲也、日影丈吉、土屋隆夫三位，就是戰後派的代表作家。

鮎川哲也與土屋隆夫屬於本格派，一生只撰寫解謎推理小說，日影丈吉雖然是文學派，其長篇都是解謎推理。這三位戰後第二期作家的共同特色是孤高寡作，頗受讀者愛戴。

但是他們在推理文壇確立作家地位，與戰後五人男相較，晚了數年，須待到一九五七年以後。原因除了作家本身的作品不多之外，一九五〇年以後，混亂的戰後社會漸漸恢復秩序，不正常的出版社林立，也須時代考驗，不適合生存的即被淘汰，減少大半，作家發表作品的機會，自然也受到影響，推理作家也不能例外。如四六至四七年間新創刊的推理雜誌就有十二種，五〇年以後只剩《寶石》與通俗推理雜誌《妖奇》兩種，由此可知當時出版界情況。

今年時值終戰六十周年，八位戰後派，現在只剩土屋隆夫一人繼續寫作生涯外，其他七位都已逝世了。土屋於去年（二〇〇四）二月，年滿八十七歲時還出版了第十三部長篇《著魔》呢！

土屋隆夫的推理文學世界

土屋隆夫於一九一七年一月二十五日生於長野縣。中央大學法學部卒業後，在三輪肥皂公司上班，之後轉職影片配級公司宣傳部，業餘撰寫劇本。戰後歸鄉（信州立科町）最初在小劇場當經理，四七年任教蘆田中學，業餘仍然繼續寫劇本，選擇推理創作為終身職業前的土屋是演劇青年，其作品曾經獲得「信濃每日新聞社腳本獎」。這段時期所創作的劇本有三十餘篇。

一九四九年，對土屋隆夫而言，是生涯中最大的轉捩年。事因是：

江戶川亂步有一篇很有名的評論，題為〈一名芭蕉的問題〉，芭蕉不是水果名，是日本傳統定型短詩的俳句文學大師（一六四四～一六九四年），他是將當時庶民遊戲詩（俳句）的品質提升到文學境界的俳句革命者。（同樣是傳統定型詩的短歌，又稱和歌，是當時的貴族文學）。

這篇是江戶川為第二次偵探小說藝術論論戰而寫的評論。第一次論戰在一九三六～一九三七年間，本格派甲賀三郎與文學派木木高太郎是事主，參與論戰的作家、評論家不在少數，各說各話沒有結論。終戰後，木木重新主張偵探小說可成為最高藝術（本文篇幅有限，不能詳述兩次論戰的內容與經過），因此江戶川亂步針對這問題提出見解，同時也表達了自己的推理小說觀。

此文主旨為，推理小說如果出現芭蕉級大師來改革，推理小說的品質自然而然會成為藝術；不必紙上談兵，期待這樣大作家的登場，並鼓勵木木去做芭蕉的工作。事後，土屋隆夫讀了這篇評論，決心放棄劇本創作，撰寫推理小說。

於是一九四九年，土屋把推理小說處女作〈「罪孽深重的死」之構圖〉投稿四月舉辦的「《寶石》百萬圓懸賞比賽」，十二月獲得C級第一名。這次為《寶石》創刊三周年而舉辦的紀念徵文，可以說是日本推理小說史上最盛大的一次。向讀者簡介如下：

《寶石》於一九四六年四月創刊後，即舉辦短篇推理小說徵文，當年十二月便發表七名不分等級的入選者。上述的香山滋、山田風太郎、島田一男三位就是這次的入選者。（第二、三屆沒有得獎者）。這次比賽是第四屆，與以往不同之處是分為A級（長篇）、B級（中篇）、C級（短篇）三種。得獎者一共有十四位（作品十五篇）。土屋之外，鮎川哲也（長篇第一名）與日影丈吉（短篇第二名）都是這次得獎者，可見這次徵文是成功的。

在日本，不止是推理作家，大多數小說家默默地創作，始終只向讀者提供其作品，不發表自我的文學觀。但是，土屋隆夫卻不同，是一位稀有的、樂以公開自我推理小說觀的

小說家。他在〈私論・推理小說是什麼?〉(一九七二年二月,發表於《現代推理小說大系第十卷》)一文的冒頭說:

「想要研究一位作家的話,首先要閱讀他的處女作。因為裡面隱藏著想要知道他的重要關鍵。他,第一次站在出發地點時的姿勢,與其後跑完全程時,並沒有多大變化。」

這意謂處女作是該作家的原點,古今中外,雖有少數例外,很多作家以身作則證明過了,不必多言。那麼土屋隆夫的出發點〈「罪孽深重的死」之構圖〉,與之後五十多年的作品關係如何呢?

湯本智子是孤兒,大戰中喪失母親和弟弟。之後寄居在伯父泉弘人家裡。弘人是畫家,三個月前妻子道江突然服毒自殺,沒留下遺書,死前只說「我的自殺是罪孽深重的死」,由此,被認定是自殺。湯本智子來訪的八天前,弘人留下一幅題為「罪孽深重的死」之繪畫而自殺。其自殺現場與「罪孽深重的死」的構圖很類似。

這天早上八點半,湯本智子來訪伯父的友人美術評論家相原俊雄。故事是從智子的訪問寫起,全篇以第三人稱單視點記述,上述的故事分為六章節,奇數節由作者說明故事、偶數節由智子與相原的對談形式進行。故事不複雜……如果再寫下去,恐會揭開謎團,只可以說全篇是針對上述兩起自殺事件的推理、解謎,最後作者還替讀者準備了意外收場。

從故事主題而論,是一篇結構很精緻的解謎推理小說。誠如作者在其處女長篇《天狗面具》裡所揭櫫的偵探小說論:「簡單說,偵探小說是除算的文學。其實,把很多謎團除以名偵探推理後,其結果不可有任何餘數。」亦即十分著名的「事件÷推理=解決」公式。

另從故事的包裝而論，它不具當時之本格派的浪漫性與怪奇性。是一篇寫實、樸素，具文學氣息的作品。

九年後，土屋隆夫才獲得出版處女長篇《天狗面具》的機會，這段時間，總共發表三十三篇解謎推理短篇，平均兩年發表七篇。在日本，這樣的創作量不止在推理文壇，就連在大眾文學文壇而言，都算是非常寡作，但是每篇均是水準之作。

寡作之外，加上五十多年來一直居住在信州農村，過著名副其實的「晴耕雨寫」的生活，與東京文壇不往來的不同流俗的孤高性格，獲得多數推理小說迷的肯定，推崇為解謎推理大師。

二〇〇一年，土屋隆夫獲得光文Scheherazade文化財團主辦的第五屆日本推理文學大獎，此獎是日本推理文壇唯一的功勞獎，贈與對日本推理文學有貢獻的作家或評論家。由此，也可知土屋隆夫在推理文壇的地位。

這次筆者為了撰寫本文，重新仔細閱讀了〈「罪孽深重的死」之構圖〉後，按其出版順序，讀了土屋隆夫五十多年來所創作的十三部長篇推理小說。發現了「土屋推理文學」自處女作以來，一直由兩大要素所構成。

第一就是：事件除以推理等於沒有餘數的解決之謎團設計。

第二就是：以寫實形式包裝故事，使虛構的故事具現實感和文學氣息。

這兩大要素的成分比例，雖然每篇作品有異，但是越後期的作品，文學氣息濃厚是不容否認的事實。

揭開「土屋隆夫推理小說作品集」的真面貌

這次，土屋隆夫授權商周出版社，在台灣發行中文版「土屋隆夫推理小說作品集」全套十三部。按作者的發表順序簡介如次（括弧內是解說執筆者的姓名）：

1.《天狗面具》，一九五八年六月出版。以戰後的封建農村（牛伏村）為背景，地方選舉勾結偽宗教而發生的連續殺人事件為主題的不可能犯罪型推理的傑作。是一篇值得肯定的社會派推理小說的先驅作品。（横井司）

2.《天國太遠了》，一九五九年一月出版。十八歲的少女，留下一首正在社會上流行的厭世歌謠〈天國太遠了〉的歌詞而死亡。自殺抑是他殺？厭世歌詞暗示什麼？事件背後的動機又是什麼？不在犯罪現場型的社會派推理小說。（村上貴史）

3.《危險的童話》，一九六一年五月出版。假釋出獄的青年，在女鋼琴老師家裡被殺，兇器從犯罪現場消失，投書給當局的明信片上的指紋意味著什麼？童話詩的故事暗示什麼？不可能犯罪型解謎推理小說。土屋隆夫的代表作。（小椰治宣）

4.《影子的告發》，一九六三年一月出版。百貨公司的電梯上升到七樓，最後的男乘客突然說了一句「那個女人……在……」而倒地死亡。在三樓參觀書道展的千草檢察官被捲進事件。不在犯罪現場型解謎推理小說，土屋隆夫的代表作，日本推理作家協會獎得獎

作。千草檢察官系列的首作。（山前讓）

5.《紅的組曲》，一九六六年十二月出版。桌布上三個0的血字、在溫泉旅館發現的紅色睡衣以及紅色封面的日記本等，一連串的紅色之謎對連續殺人事件有什麼暗示？不在犯罪現場型解謎推理小說。千草檢察官系列的第二部作品。（大野由美子）

6.《針的誘惑》，一九七〇年十月出版。幼兒被綁票，母親帶贖金到嫌犯所指定的現場，卻在眾人的監視下被刺殺，沒人目睹兇手。綁票小說的懸疑加準密室殺人的不可能犯罪型解謎推理的傑作。千草檢察官系列的第三部作品。（吉野仁）

7.《獻給妻子的犯罪》，一九七二年四月出版。因車禍失去性功能的「我」，在打惡作劇電話時，被捲進犯罪事件。由於好奇心，「我」積極參與解謎。作者從本篇起，作風丕變，本篇的基底雖是解謎，卻摻入冷硬、懸疑、犯罪等推理小說子領域的諸多要素，文學氣氛很濃厚。（新保博久）

8.《盲目的烏鴉》，一九八〇年九月出版。以短篇〈泥土的文學碑〉為底本改寫的文學性濃厚的長篇。一名評論家在小諸車站消失，數日後，在千曲川河邊發現其上衣、小指以及寫有「烏鴉」的紙片。又，劇作家在東京的咖啡館說了「白色烏鴉」而死亡。兩件與烏鴉有關的事件，是否有關聯。千草檢察官系列的第四部作品。（千街晶之）

9.《不安的初啼》，一九八九年十月出版。在製藥公司董事長宅的庭園，女傭被姦殺。兇手是醫科大學教授。有名譽又有地位的教授，為什麼做出這種沒廉恥的事件呢？動機的解析是本篇的主題。千草檢察官系列之異色而最後一部作品。（山前讓）

10.《華麗的喪服》，一九九六年六月出版。全書記述一個帶著四歲女孩被綁票的少婦，與綁票兇手如何一起逃亡。謎團是這名年輕人為何要綁架這名少婦，也是一篇很難分類的愛情、懸疑、犯罪的混合型小說。（權田萬治）

11.《米樂的囚犯》，一九九九年七月出版。推理作家被大學時代當家庭教師時的女學生綁架監禁。監禁期間，作家的徒弟被殺。學生為何監禁老師，監禁事件與殺人事件是否有關聯。是一篇探討犯案動機的解謎推理小說傑作。（鄉原宏）

12.《惡聖女》，二〇〇二年三月出版。內容與架構都非常異常。土屋隆夫在本篇以說故事的身分出現。他從一名有三個乳房的「惡聖女」聽來的奇怪犯罪生涯，除了用小說的形式記述之外，還在故事裡露面講評事件。（末國善己）

13.《著魔》，二〇〇四年四月出版。土屋隆夫發表處女作〈「罪孽深重的死」之構圖〉以來，已歷經五十六年，這第十三部長篇，總之是回到長篇的原點了。《天狗面具》的牛伏村，又發生連續殺人事件，這次的偵探是當年的土田巡查，但是他已升官為警部，職位是刑事課長。這樣的故事設計，容易引起讀者的鄉愁。是一部文學性加不在犯罪現場型解謎的推理傑作。（未定）

這十三篇導讀，由當今推理文壇最活躍的評論家分別執筆。筆者相信台灣讀者，可由此獲得很多啟示，不管創作或閱讀皆然。希望讀者珍惜這次難得機會，好好地來閱讀這套「土屋隆夫推理小說作品集」。

二〇〇五・六・六

本文作者簡介——傅博

文藝評論家。另有筆名島崎博、黃淮。一九三三年出生，台南市人。於早稻田大學研究所專攻金融經濟。在日二十五年以島崎博之名撰寫作家書誌、文化時評等。曾任推理雜誌《幻影城》總編輯。一九七九年底回台定居。主編《日本十大推理名著全集》、《日本推理名著大展》、《日本名探推理系列》以及日本文學選集（合計四十冊，希代出版）。

推薦序

小說的推理　推理的小說

楊永良

前景

「推理小說即詐術的文學。」——土屋隆夫

在魔術師面前的美女為何突然凌空漂浮起來呢？放進玻璃杯內的硬幣為何消失了呢？為什麼魔術師能夠猜中撲克牌呢？高木重朗在《魔術心理學》中指出人類心理的漏電現象，越是告訴自己不願掉進陷阱，反而就越掉進陷阱。人的心理充滿了錯覺與先入為主的觀念，因此容易受到誤導。

以最簡單的魔術來說，例如夜市馬路邊的一個老人，他讓小紙團在空中飛舞，照著他的只是一盞小小的燈泡。若將謎底拆穿，其實，讓紙團飛舞的道具是黑色的尼龍絲，要讓尼龍絲不被看到，適度的黑暗是必要的。黑暗不僅讓人看不到尼龍絲，而且減弱了人的理性。但是，人總是會懷疑黑暗的，所以魔術師不能將燈光調得太暗。

如果魔術師只有這樣還不能當魔術師。魔術師知道人會懷疑黑暗，因此他在桌上擺一盞檯燈，打開開關後，燈亮了。接著，他將燈泡轉離燈檯，但是燈泡卻依然亮著，而且還能在空中飛來飛去。魔術師知道你懷疑黑暗，所以他故意使用點亮的燈泡當道具。

高木重朗說，推理作家江戶川亂步的小說中不但經常出現魔術，而且他也經常邀請魔術師（包括高木重朗）到推理作家協會去表演。所以推理小說家其實就是小說的魔術師。

近景

有的推理小說看完了就不想再看。但是有的推理小說卻散發出高貴的文學氣息，讓人徜徉在文學的森林當中。兩、三年前，有一個日本作家在《讀賣新聞》的青少年版中向青少年大力推薦土屋隆夫的推理小說。他說他在中學時，每看完一本土屋隆夫的小說，就會期待下一本趕快出版。但是我們知道，土屋隆夫算是一個慢工出細活的少產作家。而且他是目前日本「本格推理小說」界的代表。他曾說過：「本格推理小說就是推理小說中的楷書。」這句話有多方面的涵義，我們先從本格推理小說談起。

「本格推理小說」一詞，大部分的台灣文壇皆直接引用，或翻譯成「傳統推理小說」，但是我認為應該譯成「正統推理小說」較為適當。因為日語「本格」的原意是「正式」，或可引申為相對於旁門左道的「正統」。

土屋隆夫說：「偵探小說就是除法的文學。」也就是「事件」除以「推理」等於「解決」。這句話的真意就是，作家在小說中的種種佈局、伏筆、懸疑，在解開謎底之後，必須全部解決得一乾二淨，不能留下絲毫的矛盾或疑團，而且不能讓讀者想出更佳的解謎方式。這就是「本格推理小說」。

遠景

再回到「本格推理小說就是推理小說中的楷書。」一語。土屋隆夫認為，現在很多推理小說家寫作態度不夠嚴謹，就如同楷書還沒寫好就先寫行書或草書。我並非書法家，不知道楷書與草書之間的關係。但是有一件事是可以確定的——寫楷書不但較費時間，而且一個不懂書法的人也可以判別楷書作品的優劣。

雖然土屋隆夫一再強調本格小說才是推理小說的正統，但是他也主張，所謂推理小說，除了要有「推理」的部分，也要有「小說」的部分，而且在他的眼中，推理小說是小說中的一個範疇。也就是說，要成為一篇好的推理小說，也一定要是好的文學作品。

土屋隆夫有一篇文章探討江戶川亂步所寫的〈一名芭蕉的問題〉。亂步在文章中寫出，芭蕉之所以被稱為詩聖，那是因為他將原本是市井小民戲謔寫作的「俳諧」，提升到崇高無比的藝術境界，甚至達到了哲學的層次。江戶川亂步既期待又感嘆地說，推理小說家中究竟有誰能成為推理小說界中的芭蕉呢？土屋隆夫說：「江戶川亂步始終在通俗的作品與崇高的藝術兩邊痛苦地徘徊。」我們不知道土屋隆夫是否也有同樣的心境，但是我們看他的小說，絕對不僅僅是膚淺的解謎推理小說而已。

背景

土屋隆夫的長篇推理小說，從第一篇《天狗面具》到最近的一篇《著魔》，裡面有所謂的本格推理小說，也有幾乎與一般小說無異的《聖惡女》。

小說中有人物，有情節。推理小說要吸引人，通常都會出現帥哥美女，或是有神通的超級大偵探。但是土屋隆夫的小說中的人物，都和我們身邊的人物沒有兩樣。這或許和他對生活的態度有關，他的職業欄上寫的並不是「作家」，而是「務農」。這種晴耕雨讀的生活，無疑的，對他的小說的基調會有絕對的影響。

小說要吸引人讀下去，即使是最嚴肅的小說，基本上要有懸疑性，也就是說要讓人想知道情節究竟怎麼發展？而推理小說就是將這懸疑性發展到最高點的小說。

雖然土屋隆夫強調本格推理小說，但是其實他的推理小說非常注重動機的部分，這動機也就是犯人的心理背景。在他縝密地分析犯人的深層心理之後，作品的深度自然就增加了。另一方面，他並不主張社會推理小說，但是他的作品卻非常具有社會性。我們看了他的小說，總會感受到生命或生活中極為深沈的黑暗部分。

全景

土屋隆夫自己說過，要了解一位作家，最好熟讀他的第一篇作品。而且他又說，作家好像是在圓周上的孤獨跑者，從處女作品出發，最後再回到了處女作品。不過，作為今日推理小說界的大將，他的作品雖然讀者各有所好，但幾乎都是讓人不忍釋手的作品。

要了解土屋隆夫推理小說的全景，最好還是看完他的全集吧。

本文作者簡介——**楊永良**

一九五一年出生，專攻日本學，日本明治大學法學博士，現任國立交通大學通識教育中心教授。曾任交通大學通識教育中心主任、中國文化大學日本研究所所長，台灣日本語文學會會長。近作《日本文化史——日本文化的光與影》（語橋出版社）。

專訪

尋訪土屋隆夫

詹宏志推理文學行旅

經過長達兩年的交涉，和日方出版社光文社多次的會議與拍攝景點實地勘景之後，商周出版終於完成了臺灣推理小說出版史上，首次以影像呈現「尋訪日本本格推理小說大師土屋隆夫以及作品舞台背景」的創舉，由詹宏志先生帶領讀者進入土屋隆夫堅守本格推理創作五十年的輝煌歷程，親炙一代巨匠的典範風采。（本文第三十六、三十七頁涉及《影子的告發》、《天狗面具》的詭計。）

（詹宏志先生（以下簡稱詹）訪問土屋隆夫先生（以下簡稱土屋），敬稱略。）

詹：土屋先生，在西方和日本像您這樣創作不斷卻又寡作，寡作卻又部部作品皆精的推理小說家，非常罕見。在寫推理小說之前，您讀過哪些本國或是西方的推理小說？有哪些作家、作品是您喜愛的嗎？您覺得自己曾經受哪些作家影響嗎？

土屋：我沒有特別受到其他作家和作品的影響。我記得三歲的時候家裡的大人就已經教我平假名了。當時日本的書籍或報紙，只要是艱深的漢字旁邊都有平假名，我就這樣漸漸學會難懂的漢字。等於我三歲開始識字，五歲就會看女性雜誌了（笑）。上小學時——日本是七歲上小學——我就已經開始看大人的作品，也就是很少會標注平假名的書。我大量地看書。一開始，我看時代小說，這類作品看了很多。後來念中學、大學的時候，因為沒有閒錢也不能四處遊玩，便去東京一個叫神保町的地方，那裡有很多舊書店，堆滿了許多便宜的舊書，我買了很多書看。我從那些書裡讀到了喬治・西默農的作品，他的作品深深感動了我。到那時為止的所謂偵探小說，都是老套陳腐的名偵探與犯人對決的故事，西默農的作品則截然不同，令我非常感動。我想如果我也能寫這樣的東西該有多好。日本從前的偵探小說總是用很突兀離奇的謎團、詭計，解謎是偵探小說的第一目標。然而西默農卻更關注人的心理活動，即使不以解謎為主，也可以寫成偵探小說。我感受到他的這種特色，而且也想嘗試看看。

後來我畢業了，當時正值日本就業困難之際，謀職不易。我想應該得先找到工作，總得糊口。所以我進了一家化妝品公司上班。日本有個叫歌舞伎座的劇場，那裡會上演一些舊的歌舞伎戲碼，那家化妝品公司和歌舞伎座合作宣傳，招攬觀眾入場。因此我當時的工作就是看歌舞伎表演，本來要花錢看的歌舞伎，對我而言卻是工作。看著看著，我覺得創作也許很有意思。當時有一個叫松竹的演劇公司專門演出歌舞伎，他們有一個讓業餘人士參加的劇本選拔企劃。我一天到晚都在看歌舞伎，覺得自己應該也能寫劇本，因而投稿，結果稿子入選了。所以我覺得或許能靠寫歌舞伎劇本為生。此後我真正努力的目標，應該就是劇本的創作了。

正當我學習創作劇本時，戰爭爆發了，這時哪還輪得到寫劇本呢。我也曾被徵召入伍，當時和我同齡的夥伴，有百分之八十以上都死了吧。只有我還這麼活著，好像有點對不起他們。

我回到農村以後，沒別的事情可作。我父親曾是學校的老師，但當時已經去世了，只剩下我母親，我們生活很困苦，因為那是什麼工作也沒有的時代。所以當時就有了黑市，比如買來便宜的米再高價賣出，便能賺很多錢。有個從黑市賺了很多錢的暴發戶建了一個劇場，雖然劇場建好了，他可是一點都不知道如何才能從東京將明星請來。而我曾經在東京的歌舞伎界工作，認識很多演員，所以他雇用我去邀請他們，於是我從東京請來演員在我們這裡的劇場演出。除了歌舞伎演員之外，我還請來話劇演員和流行歌手等等。我就以這個工作維持生計，但又覺得這也不是長久之計。

有一天我看到《寶石》註1雜誌刊登一則有獎徵文的啟事，徵求偵探小說，當時不叫推理小說，而叫偵探小說。我以前就想寫時代小說、偵探小說和劇本，只要是在稿紙上寫字就能賺到錢的話，我什麼都能寫。我回想起在讀西默農作品時的想法，因此寫了篇偵探小說參加比賽。我當時的投稿作品便是〈「罪孽深重的死」之構圖〉，是一篇短篇，並且得了頭獎。在那之後我便開始寫推理小說了，所以我並不是基於某個明確目的，不過是迫於生計而開始寫作的。對我而言，這是個輕鬆的工作，只要寫小說就能生活，天下沒有比這更輕鬆的工作了。總之，我並不是看了哪篇作品而深受感動以後才寫作，它只是我維持生

註1 日本推理小說雜誌，自一九四六年四月創刊至一九六四年五月停刊為止，共發行二百五十期，是日本戰後推理小說復興的根據地。

計的方式。不過在寫作的過程中，我看到了江戶川亂步先生的小說，他是日本著名的作家。他曾經在文章中提到：推理小說也可能成為優秀的文學作品。日本有俳句，即用十七個字寫出的世上最短的詩，松尾芭蕉在十七個字裡，濃縮了世間萬象。如果能用芭蕉的智慧和匠心，說不定推理小說也有成為至高無上的文學作品的一天。我看了這段話深受感動，心想，那我就好好地寫推理小說吧！我是這樣進入了推理小說的世界。

詹：您提到了喬治西默農，他是用法文寫作的比利時作家，我覺得千草檢察官看起來有點西默農的味道，但是，西默農是七天寫一部小說，而您是十年才有兩部作品的作家，也有很多地方不一樣。我搜索記憶中的例子，覺得英國女作家約瑟芬・鐵伊（*Josephine Tey*）也許差可比擬。她從戰前一九二九年的《排隊的男人》（*The Man in the Queue*）寫到一九五二年的《歌唱的砂》（*The Singing Sands*）總共只有十一部小說（用時間和比例來看，您更是惜墨如金的少作了），數量不多，質量和成就卻很驚人。我特別感覺到，您和她的作品都在本格的推理解謎中帶有濃郁的文學氣息。先生曾經讀過鐵伊的作品嗎？

土屋：嗯，讀過。但是現在不太記得了，不過我想我應該讀過《時間的女兒》。不過我基本上沒有受到外國作品的影響。

詹：日本推理小說的興盛是在大戰之後，距西方推理小說的黃金時代已有半個世紀。西方的黃金時代是自十九世紀末就開始的。那麼推理小說的形式、技巧、特別有意思的詭計設計，或社會現象的發掘，西方作家已經做得非常非常多，幾乎開發殆盡。而日本的推理小說，不管是本格派還是社會派，您認為它是如何在這種已經遠遠落後的局面中，發展出它獨具特色的推理小說?如今在全世界的推理小說發展中，日本是最有力量的國家之一，不僅擁有國內的讀者，在國際上也有獨特的地位。您覺得日本推理小說和西方推理小說，有些什麼不一樣的地方嗎?

土屋：很多人都說我是本格派作家。本格派是以解謎為中心，那麼，詭計是不是會用盡?很多人都寫過密室殺人，已經沒有新意了。那麼，本格派就已經沒有市場，沒有新東西了，也就是說，本格派推理小說要從這個世界消失了。這樣的說法，從幾十年以前就出現了。以前日本有一本叫《新青年》[註1]雜誌，是一本以偵探小說為主的雜誌。每年都有人在上面寫：偵探小說就要沒了!偵探小說就要消失了!可是，偵探小說從來沒有消失，它流傳至今，並源源不絕。為什麼?以我自己的作品為例，我獨創了幾種詭計放在小說裡，都是沒有人使用過的。也就是說我一個人就能設計出詭計，而日本有一億幾千萬的人口，大家都來寫推理小說的話，就會有一億幾千萬個詭計。所以我一直認為詭計不會絕跡，因為人的思考能力是無限的。不肯思考的人會覺得沒得寫了，肯思考的人就會覺得無邊無際。我對推理小說充滿期望，還有很多嶄新的詭計尚未被使用呢。

詹：剛才先生提到寫作的起源時，說到您在劇場對創作劇本也很有興趣。現在在新版的文庫版[註2]裡，也有您寫的推理獨幕劇。既然您這個興趣由來已久，為什麼在戲劇上的

註[1]日本雜誌名，自一九二〇年一月起至一九五〇年七月停刊為止，共發行四百期，是日本戰前偵探小說的重要根據地。
註[2]日本光文社的新版紀念版本，共九本。

發展這麼少呢？

土屋：我寫過電視劇，以前曾經幫NHK寫過三十七、八個劇本呢。但是我現在住在鄉下，沒有辦法多寫戲劇，因為沒有演員也沒有劇場。以前我也曾經在戲劇雜誌上發表劇本，但是未能上演，寫了卻不能演出的話，也就缺乏動力了。不過我也曾好好地寫過一陣子，在世界大戰剛結束時，東京著名的一些劇作家曾經因為疏散而住在我家附近，他們辦了戲劇雜誌，我也在上面發表了幾個劇本。但是沒有辦法在舞臺上演出，在這種鄉下只是寫寫劇本，然後發表在沒什麼名氣的戲劇雜誌上的話，會消耗自己對戲劇的熱情。如果我一直在東京的話，就會堅持下去；但回到鄉下以後，沒有舞臺、演員、導演，我的熱情便漸漸冷卻了。但是，即使是現在，如果哪個一流的劇團找我寫劇本的話，我還是會寫的。

詹：您提到因為讀了江戶川亂步的文章而激起了創作推理的熱情，我也看過您在其他文章中談到，您曾經寫信給江戶川亂步，提出您對松本清張的評價，您也寫過追思亂步的文章。我很想知道您和江戶川亂步的私人友誼、交往的情況。而您今天又如何評價江戶川亂步在日本整個推理小說發展中的位置？

土屋：江戶川亂步先生在日本是非常受人景仰的人物。他是非常博學廣聞的人，不光只是偵探小說而已，他什麼都懂，就像個大學教授一樣。我在參加《寶石》雜誌的小說比賽得獎之後，第一次接到江戶川先生的信。在那之後，雜誌因為經營不善幾乎面臨倒閉，江戶川先生自掏腰包付稿費給作者，自己當編輯，讓雜誌能夠經營下去。他的編輯工作包括向作者邀稿等等，他也曾寫了很多信給我。他是一個凡事親力親為的人，雖然身居高位、又是日本最大牌的推理作家，卻親筆寫信給我這個住在鄉下、默默無聞的小作者；而且每一封信都相當鄭重其事，我們就這樣持續著書信的往返。記得我寫出第一篇長篇小說後，因為住在鄉下，不認識出版社的人，也不知道哪裡能為我出書呢！那部作品就是《天狗面具》。因此我的朋友將這本書引介給他認識的出版社，這書就這麼出版了。可是我是一個無人知曉的作者，又是第一次出書，便覺得應該請一位名人替我寫序，為我的書作介紹。於是我便想拜託江戶川先生。雖然心想像江戶川先生這樣有名的人，怎麼可能替我的書寫序呢？但凡事總得試試，我便去拜託他，沒想到江戶川先生說：「好，什麼時候都行。」這是我第一次去東京見江戶川先生，他家在立教大學附近。見了面之後，我便拜託他為我作序。

不久以後，我寫了《影子的告發》，一樣是在《寶石》發表，這篇作品獲得日本推理作家協會獎。當時江戶川先生已相當病弱，但在協會獎的頒獎典禮上，他老人家還是出席，在台上親手頒獎給我。這就是他最後一次出席該獎的頒獎典禮了，之後，先生臥病在床，不久便仙逝了。總之，我與江戶川先生的交往，基本上是以書信往來為主。再微小的事情，只要問他，他總是認真回答。到目前為止，我從未見過像他那般卓越，卻又如此平易近人的人，對我來說他真像神一樣高高在上。不論問他任何小事，他都立即回信。這樣的大作家真是少見，真是位高人。

詹：千草檢察官是您創造的小說人物，可能也是日本推理小說史上最迷人的角色之一。他和眾多西方早期福爾摩斯式的神探很不一樣，既不是那種腦細胞快速轉動的思考機器，也沒有很神奇的破案能力。他和您剛才提倡的西默農小說裡的馬戈探長有些類似，比較富於人性，是比較真實世界的人物，生活態度很從容。可是我覺得千草檢察官比馬戈探長更有鄉土味，像是鄰家和善長者。他的技能只是敬業和專注，靠的是勤奮的基本線索整理，以及他的員警同事的奔走幫助。他注意細節，再加上點運氣，這是很真實的描寫。不像那種比真人還要大的英雄，這種設計有一種很迷人的氣質，甚至讓人想和他當朋友。西默農的馬戈探長是用七十部小說才塑造成功，而您則是用了五本小說便留下了一個讓人難忘的角色。那麼，千草檢察官這個角色，在您的生活當中有真實的取材來源嗎？就好像柯南．道爾寫福爾摩斯的時候，是以他的化學老師貝爾當藍本，千草檢察官是否有土屋先生自己的影子在裡面？您和千草檢察官相處這麼多年了，您能否說一點您所認識的千草檢察官，談一下這個角色的特色。

土屋：千草檢察官在我的小說裡的角色是偵探，這個角色首次出現在《影子的告發》。日本作品中的偵探，往往都是非常天才的人物，看一眼現場，就像神仙一樣地發現了什麼，然後又有驚人的推理能力——「啊，我知道誰是犯人了！」這就是從前的偵探小說。但我認為世上並不存在這樣的神探。日本的偵探一般就是刑警和檢察官，特別是檢察官，他們一般都能指揮刑警，讓他們四處調查，他們有這樣的權限。在日本發生犯罪事件時，檢察官可以去各地調查，這是法律賦予他們的權限。我心想如果讓檢察官當小說主角的話，他就可以去任何地方進行調查。而如果讓刑警當主角的話，比如說是長野縣的刑警，就只能在縣內活動，如果要去縣外，就得申請取得許可，否則無法展開行動。而檢察官呢，法律賦予他權力，他可以四處調查，這樣的角色比較容易活用吧？這就是我以檢察官當主角的理由。從前日本書中的偵探都像神仙一般，我覺得很沒意思，還不如那種就在我們身邊，隨時可見，也能夠輕易開口和他攀談的普通人。但就算是這種普通人，只要認真地調查案件，也能逼近事件的真相。我就是想寫這樣的角色，不是那種神奇的名偵探，而是在家裡還會和太太吵吵嘴的普通人，我想要這樣的人來當主角，所以我創造了千草檢察官。正如您所說，他沒有任何名偵探的要素，只是一個普通的平凡人，這是我一開始就打算創造的人物。他能被大家接受和認同，我感到非常高興。這讓我知道原來在小說中也可以有這樣的偵探。

詹：我想再多問一點有關千草檢察官的同僚。例如大川探長、野本刑警，或是《天國太遠了》裡的久野刑警，也都是很真實很低調的人物，都有很重的草根味，就像您說的他可能出門前還會跟太太吵架。像刑事野本，看起來好像是一個一直在流汗的老粗，但是他又有很纖細敏感的神經，看到霧會變得像個詩人。他具有一種很有意思、很豐富而飽滿的角色設計。這個同僚也和西方的神探組合，即神探和他的助手這樣的對照組合不太一樣。神探好像總是超乎人類，而他的助手代表了平凡的我們，助手說的話，讀者讀來都很有道理，等到神探開口之後，才知道我們都是傻瓜。可是野本刑事和千草檢察官好像不是對照的方式，而是像剛才先生說的這種團隊的、分工的、拼圖的，他們用不同的方法尋找線索，慢慢地拼湊起來，整個設計不是要突出一個英雄。這真的和西方的設計很不一樣，您認為這是東西文化的差異嗎？東方的創作者才會創作出這樣的概念嗎？您可不可以多解釋一下像野本這樣的角色？

土屋：一般的作品都是要設計出福爾摩斯和華生這樣的組合，這也不錯。而我在創造了千草檢察官以後，就設想該由什麼人來擔任華生這個角色，考慮之後，就設計出野本刑事這個角色。我在作品中最花費力氣的部分是千草檢察官和野本刑事的對話。日本自古就有漫才註1這種表演，一個人說些一本正經的話，另一個人則在一旁插科打諢，敲邊鼓，逗觀眾笑，我想將它運用在小說之中。當讀者看書看得有點累時，正好野本刑事跑出來，和千草檢察官開始漫才的對話，這麼一來讀者不就覺得有趣了嗎？而就在這一來一往之中，也隱藏著逼近事件真相的線索，那就更加趣味盎然了吧。所以，那確實是在潛意識中想到福爾摩斯和華生而創造出來的兩個人物。

詹：那麼究竟有沒有原型呢？或是有自己的影子嗎？

土屋：呵呵，不、不，他們和我一點都不像的。

詹：先生在作品中常常會引用日本近代文學作品，很多詩句總是信手拈來的，您都是將這些作品的內容融合並應用到推理小說之中，《盲目的烏鴉》就是如此。在我閱讀的時候可以感覺到先生對於日本文學作品非常嫻熟和淵博，並且有很深的感情。這樣的文學修養在大眾小說的作家裡，其實是不多見的。您這麼喜歡純文學作品，為什麼選擇了接近大眾的推理小說的創作？您在大眾小說裡放這麼多純文學的詩句和典故，不會擔心它變成廣大讀者閱讀上的困難嗎？

土屋：我從三、四歲起就開始讀書了，幾乎讀遍了日本的文學作品。像是有很多種版本的文學全集，三十本也好、四十本也好，我全都讀完了。因此我在寫作時，這些東西很自然地便浮現在腦海。哪位作家曾經這樣寫過，哪位詩人曾經寫到這種場面等等，很自然地便會想起從前讀過的內容。因此我認為，如果在我的作品裡引用一些作家的詞句，可以替自己的作品增色，就像是替自己的作品增添點色彩。所以我就借用那些作家的一些文字，或者稍微介紹別人的作品，我覺得這樣挺好的。總之，就是我對文學的熱愛自然流露在作品中吧。還有一點，我曾引用過作品的那些作家，幾乎都以自殺終結此生。例如大手拓次，他耳朵不好，一生都很悲慘，其他我引用過的作家也都以自殺終了。我喜歡自殺的作家。（笑）

詹：關於您在小說裡的一些情節設計，如果回頭看當時寫作的時間，就會發現那些正是當時很流行的話題。比如人工授精、血型等等，這個趣味的地方和使用純文學作品是很不一樣的傾向，這又是怎麼回事？

土屋：那正是所謂的關注「現在」啊，我總不能寫脫離時代太久的東西。別的作家也是這樣吧。

詹：您用到這些題材的時候，是很新、很時髦的。

土屋：因為是寫「現在」，當然會這樣了。

詹：您曾經在《天國太遠了》（浪速書房版）的後記裡寫著：「我想要追求兩者合

註[1]類似中國相聲的日本傳統藝術表演。

一。」即是將推理小說當中的文學精神和解謎的樂趣，您是說想把日本推理文學中的本格派和社會派的對抗，把它從對抗轉成融合。在這些小說的發展之中，這似乎是很難兩全的。可能本格派的世界要比真實世界簡單太多了——就是解開一個謎團；而社會派這種比較複雜的描寫，則可能不太適合抽絲剝繭的解謎。但是，您說要讓這兩者合一，而從您的作品來看，也可以看出您達成了一部分，有一個接近真實的世界，但還是注重一種古典解謎的樂趣，這是非常非常少見的。您可不可以談談您對這一部分的看法？您針對兩者可以合一的創作觀點有什麼想法？

土屋：我似乎沒有特別介意這點。我以前曾經談過松本清張，他也和我一樣嘗試過這種做法，也就是說不止我一個人這麼做，很多人都有這種嘗試。

詹：這種真實性很高的古典本格推理創作的關鍵是什麼？

土屋：我以前看過很多偵探小說，如果問從前那些偵探作家，偵探小說最大的樂趣是什麼？也許他們會回答：是非常出奇的詭計設計，別人還沒用過的出奇詭計設計，那才是偵探小說的生命；但我不這樣認為。依我看，這個世界上的犯罪者也是和我們一樣有著普通智力的人，詭計也是這些人思考出來的。詭計不該是非常離奇的，而應該是在我們身邊的，只不過人有時會懶於思考或是思考不周，結果便失敗了。這不正是偵探小說的有趣之處嗎？這是我的看法。我至今從未設計缺乏真實性的詭計。我曾對一個評論家說過，我所寫的詭計都是自己實際驗證過的，這點令他覺得很有趣。例如，我曾經設計使用照相機構成的詭計，看起來像是今天拍的照片，實際上是昨天拍好的，這個詭計就在《影子的告發》

裡。要這樣做有很多種方式，比如將照相機的日期往回推之類的，而我則是拍好這張照片，然後翻拍，形成一種不必去現場而看起來像去過了現場的假象。總之這些都是我自己實際驗證的。翻拍的照片和普通拍攝的照片究竟有何不同呢，總之我全都一一實驗。又比如《天狗面具》裡，運用了神社祈福驅邪時神官拿的拂塵。如果在那拂塵的竹棍上開一個洞，用滴管注入毒素，是否就能將毒下到別人的茶杯裡呢？因為驅邪時人們都低著頭，若是茶裡被下了毒，應該沒人會知道吧？我想用這個方法設計詭計。事實上，我找了一根竹棍，開了一個小洞，上面綁了白紙，然後把太太叫來，讓她就像神社裡請神官驅邪時那樣在我面前，然後我告訴她我倒了茶給她，她嚇了一跳，問我什麼時候倒的茶？我說妳不知道？她說一點兒也不知道。我心想這個詭計用得上了。我的詭計都是經過這樣實證的，很真實，我不會寫不可能發生的詭計，但是我也曾經碰上糟糕的事情。有一次，我寫了一部有關中元的作品，所謂中元就是夏天時送禮給人的日子。中元禮品都是由百貨公司包裝的，如果我另外買一份，然後包裝好，請百貨公司的人發送，結果，吃了這份中元禮品的人死掉了。這可是百貨公司的人發送的禮品，和我完全無關吧？任誰也不會知道我是兇手。沒想到在我的周圍發生了類似的事件，有人吃了從百貨公司送來的中元禮物，結果吃壞肚子。當時雜誌上已經刊登這篇作品，我覺得這真是太糟糕了。讀過這篇作品的人對我說，有人因為看了你的文章，所以跟著做了。我真沒想到有人會用我作品中的手段，那一定是偶然吧？結果對方居然說，莫非就是你做的？我與那人根本毫無關係。因為和那人沒關係，所以警方沒有懷疑我，但是發生了與我所寫的手段同樣的事情，真有這種事呢！也就是說，我的詭計是十分真實的，誰都可以模仿照做。如果是非常離奇的詭計，就沒有人能模仿了，但我的卻是誰都可以做到。雖然偶爾發生類似的事件，讓我覺得很為難，但我還是認為，只有帶有真實性的詭計才可以用在小說裏。

詹：從讀者來看，您就像一個隱者，長期居住在這長野的山中，過著晴耕雨書的生活，很少出現在公眾場合或比較熱鬧的地方。大家對您的生活都很好奇。晴耕雨書，您真的是有一塊田地嗎？是種稻米、種蔬菜嗎？還是這塊田地只是文學上的一種比喻？能否談一談您在家鄉這種平靜的生活？您有那麼多的機會，為何選擇住在長野縣？這種生活與您的小說有怎樣的關係？

土屋：呵呵，這裡是我出生的地方呀。我們家族是從德川時代便移居至此的，算起來有四、五百年了，每一代都住在這裡。我家門前古時候叫中山道，是從東京可以直接步行走到京都的路，也是從前的諸侯到東京拜謁將軍時會經過的路途。當時的諸侯得組成諸侯行列，從很遠很遠的地方徒步前去拜謁將軍。率領自己的部下去東京見將軍，得花費很多錢。將軍擔心手下積累資金謀反，因此讓他們花錢來見自己，也是安定天下之策。諸侯領著眾多部下浩浩蕩蕩走來，一天走五、六十公里，總不可能一直走，他們需要休息住宿的地方。為了好好休息，也為了晚上不被偷襲，所以有「本陣」這種地方當作他們的驛站。從我祖父的爺爺那代起，我家便經營本陣，從四百五十年前起，我們家族便一直住在這裏。我年輕時曾在東京工作，之後發生戰爭，我歷經了兩次徵兵。戰爭結束，我回到家鄉之後，便沒離開過，一直住在自己家裡。我還會種地呢，以前身體更好的時候，我種過稻米，也種過蔬菜，現在老了，揮不動鋤頭了。到五十歲為止，我都一直種菜過活，現在是我太太在種，家裡吃的蔬菜都不用花錢買。我習慣這種生活，現在叫我去都市，身體已經無法適應了。我一天花七、八小時看書，我沒有一天不看書。還是現在的生活方式最適合我，也最輕鬆。儘管不是說要特別稱贊這樣的生活，可是如果問我為何要過這樣的生活，我還真想不出答案呢。因為我就是順其自然，不知不覺便已經是這種生活了。

詹：您經常在作品中寫到家鄉，長野的很多風物和場景都出現在小說中，例如小諸、藤村碑、懷古園等等，那些場景替作品增添了真實的色彩，也在詭計中扮演重要的角色。每次讀完，都像是走了一趟信州，就像個導遊一樣。我的編輯同事就說，讀過您的書再來到長野縣，好像每個地方都活了起來，因為書裡想像的世界和真實的世界相遇，激發了很多樂趣。您之所以選擇這些長野縣的場景，只是因為熟悉，還是有特別強烈的意識？

土屋：簡單來說，就是我只會寫自己知道的地方。別的作家會出門旅行，會去很多遙遠的地方，然後再以那些地方為舞臺。但是我不會，我是非常懶散的人，我懶得出外旅行，所以只能寫自己周圍、我所熟悉的場景。

詹：您已經花了了五十年的時間在寫推理小說，這個文類在全世界擁有許多讀者，以及許多努力的創作者，對您來說推理小說最終、最深層的樂趣究竟是什麼？

土屋：嗯……我好像沒有這麼深刻的感受。當初我想寫時代小說，後來不知不覺地寫起推理小說了，當然江戶川先生對此事是有影響的。不過要問我怎麼會選擇推理小說？可能還是因為容易寫吧？（笑）

詹：您在全世界都有很多追隨的讀者，特別是一些推理小說的精英讀者。這次商周出版社出版了您的長篇小說全集，這可能是臺灣第二次介紹您的作品。這次看起來是更加用心和大規模。我在臺灣看到很多推理小說的讀者，比如我認識的一些教授、法官，他們通常對讀的東西很挑剔，他們一般不讀推理小說，但是讀您的作品。讀者層次之高，令我印象深刻。我想問一下，您有什麼話對臺灣過去和未來的讀者說呢？

土屋：真有那麼多讀者看我的書嗎？（笑）我覺得不會吧。以前在臺灣出版過兩本我的作品，是林白出版社，出了兩本，那以外都是盜版，是開本很小很小的書，出了好幾本，去臺灣旅行的人曾當禮物買來送我，那是好久以前的事了。我曾經想過為什麼臺灣的讀者會讀我的作品？我很感謝大家能讀我的作品。可是，我真不覺得會有很多人讀呢。

詹：經過這次商周出版社的推廣，臺灣的很多讀者可能會因此而想到長野縣，他們會受到小說的影響。土屋先生會對從臺灣來的讀者有什麼建議？到長野縣之後，應該去哪裡玩？應該吃什麼東西？

土屋：真的會有人來嗎？（笑）其實，我從前去過臺灣呢，戰爭以前我的伯父在臺灣當律師，我還記得他住在台北市大同町二丁目三番地。而且他在北投溫泉那裡有別墅，後來他就搬過去了。臺灣的香蕉很好吃啊。

詹：希望您有機會能去臺灣看一看、玩一玩。謝謝土屋先生。

二〇〇五・七・五下午三時

於長野縣上田東急ＩＮＮ酒店會議廳

本文作者簡介──詹宏志

名作家、電影人、編輯及出版人。一九五六年出生，台灣南投人，台灣大學經濟系畢業。PC home Online網路家庭國際資訊股份有限公司董事長、電腦家庭出版集團和城邦出版集團之創辦人、台北市雜誌商業同業公會理事長。曾於一九九七年獲台灣People Magazine 頒發鑽石獎章。

作者的話

土屋隆夫

此次，由台灣的商周出版社出版包含我的主要長篇作品共十三卷的作品集，令身為作者的我非常開心。

我在一九四九年寫了生平的第一篇短篇〈「罪孽深重的死」之構圖〉，入選了當時的偵探小說專門雜誌《寶石》的徵文比賽，踏出了推理作家的第一步。

自此已經過了五十五年的長久歲月，但是我對推理小說的基本看法迄今未變。

決定我走上推理小說作家之道的契機是江戶川亂步先生所寫一篇名為〈一名芭蕉的問題〉的文章。江戶川先生在文章中指出：「對推理小說而言，謎題或邏輯是不可或缺的要素，從這點來看，推理小說是與一般文學大不相同的小說形式。」但是另一方面卻也提出這樣的看法：「要寫出能夠稱為第一流的文學作品，卻又不失推理小說獨特趣味的推理小說，是非常困難的事情。但是，我並不完全否定成功的可能性。」

總之，雖然非常困難，但是的確有可能將以解謎為重點的推理小說提高到藝術的境界。

截至目前，先不談自己究竟能不能成功，但我一直朝著追求解謎為主的推理小說的獨特性，以及同時也是出色的文學作品的艱難目標，一路奮鬥過來。

回顧一路走來的推理小說作家生涯，不敢說自己已經實現了當初的夢想，但是全十三卷的作品集，每一部都是當時的我的心血結晶。

五十五年的作家生涯，我雖然一心一意地寫著以謎團為主題的推理小說，但是我感覺在近年來自己稍微擴大了謎團的範圍，在詭計等的邏輯性的謎團之外，也開始重視起犯罪的動機與心理的謎團。

身為作者，希望讀者在享受各部作品之餘，如果也能從這部作品集感受到作者作風的微妙變化，對我而言將是無上的喜悅。

二〇〇五・八

第一章。那名男子

1

今天的訪客，只有一隻白色蝴蝶。

自從由紀的丈夫阿昭離家後，已經第五天了。這段期間，沒有任何人拜訪這個家。所以在這五天之間，由紀沒有和任何一個人說過一句話。她的交談對象只有出生四個月的獨生女紗江而已。「紗江，早安。」「來，喝奶唷！好喝嗎？喝得飽飽的唷！」「來，換尿布，擦得乾乾淨淨唷！」

這陣子，只要把臉湊過去說話，女兒便會發出「吧——吧——」或是「啊——啊——」等、像是應答般的聲音。她似乎也分辨得出母親的聲音和臉，由紀一哄，她就停止哭泣；由紀把嘴唇「啾」地貼上她柔軟的臉頰，她便高興地發出「呀呀」的笑聲。

在丈夫未歸、無人來訪的這個家裡，和年幼的女兒說話，是由紀聊以慰藉的唯一樂趣。

「紗江，看，有客人唷！蝴蝶小姐來玩了。她說：『紗江，妳好』呢！」

紗江躺在籐編的小巧嬰兒床裡，睜著圓滾滾的眼睛注視著天花板，由紀則興高采烈地對著她說話。

即使蝴蝶只是在吹進敞開窗戶的五月風引誘之下誤入屋內，對這個家而言，也是睽違許久的「訪客」，是為這個無人來訪的寂寥房間帶來短暫熱鬧、令人高興的「客人」。

牆邊的嬰兒衣櫃上擺著花瓶，裡頭裝飾著紅色的玫瑰花。那是昨天午後由紀帶著紗江外出散步時，在超商前陳列的鮮花中選購的。不知是否是被那鮮艷的顏色吸引，還是受到淡雅的香味引誘，只見蝴蝶忙碌地在那數朵花上飛舞。

「紗江，看這裡。蝴蝶小姐在飛舞呢！看得到嗎？喏，蝴蝶小姐特地跑來，看看紗江有沒有當個乖寶寶唷！」

由紀將小巧的嬰兒床移到花朵附近。此時，忙碌的蝴蝶飛離了花朵，在房間裡大大地盤旋之後，便消失在窗外。

「哎呀，走掉了。蝴蝶小姐跟妳說拜拜唷！好寂寞呢。沒有半個人來訪，一個家連聊天對象都沒有，簡直就是海中的孤島。所以蝴蝶小姐來訪，對現在的紗江和媽媽而言，也是令人高興的客人說……」

出生四個月的小嬰兒，不可能理解母親的話和感情。但是她睜大著清澈的瞳眸直視母親，那真摯的視線，讓人覺得小嬰兒似乎看透了母親的心思。

「紗江。」

由紀忍不住抱起她，用臉頰摩擦。嬰兒吐出來的呼吸總是帶著奶香。由紀憐愛地把她小巧的身體抱在懷裡，在室內緩步走著。

蝴蝶　蝴蝶

停在油菜花上

這是由紀的母親以前經常哼唱的歌。這首歌忽地脫口而出。

厭倦了油菜花　就到櫻花上

櫻花的……櫻花的……

後面就唱不出來了。她只記得約略的歌詞，而記憶已經淡薄。由紀再一次從頭唱起。但是在房間裡繞了一圈，紗江已經睡著了。由紀望向牆壁上的時鐘。一點半。平常這個時候是紗江午睡的時間。

大概從紗江出生三個月後，由紀便相當留意睡眠的訓練。她讀了許多育兒書，並且忠實地照著書上內容實行。也因為紗江的發育良好，現在已經養成規律的睡眠。上午和下午各有約兩個小時的小睡時間，晚上則是集中睡眠一覺到天亮。由紀幾乎不曾為紗江半夜啼哭困擾。

前陣子，她向為她定期健康檢查的產院醫師提到這件事，醫師讚賞：「非常好，這都是因為小孩子很健康。她的發育良好，無可挑剔。無論身高、體重，全都符合小兒科教科書上寫的標準。或許她將來會成為全日本第一的優良健康寶寶，接受表揚呢！」

由紀把睡著的紗江輕輕移到床上。她關上窗戶，拉起窗簾。午後明亮的陽光，透過淡藍色的窗簾照進室內，房間有如處於深海底部，幽暗而寂靜。四周圍聽不見半點聲響。這一帶幾乎沒什麼人車來往，是閑靜的住宅區。

埼玉縣熊谷市。

搭乘ＪＲ的高崎線特急，只要五十分鐘就能夠從上野站抵達熊谷站。換句話說，距離上可以做為東京的衛星都市的距離。熊谷在江戶時代因舊中山道[註1]中的宿泊城鎮而興盛。如今市內各處依然殘留過往繁華的痕跡。

一條東西流向的清澈小河與熊谷站前大道相互交錯。這條名叫星川的河流，沿岸設有「太陽」、「休憩」、「慶典」等廣場，當地人稱之為「星川雕刻大道」；因為這些廣場裡，設立了紀念戰爭死者的女神像、祈禱和平的青年像，適合各廣場的雕刻作品。

由紀結婚後搬到此地居住，來過這條大道幾次。悠游在星川清澈水流中的錦鯉，總是令她賞心悅目。

由紀的家距離這條大道稍遠，周圍有許多新建的房子，但住戶似乎都是上班族，每天早上夫妻一起開車或騎腳踏車通勤的情景也司空見慣。白天、尤其是午後的這個時間，四周寂然無聲，外頭也杳無人跡。

特別是由紀家的右側，是一棟石牆圍繞的宏偉宅第，入母屋式屋頂[註2]的豪宅，像是睥睨周圍似地座落其中。聽說以前的屋主是這一帶的大地主，現在只有一對老夫婦和一名中年女性，三個人隱居度日。

從二樓望見的廣闊庭園，被照顧得十分得宜，修剪過的松樹和柊樹伸展出粗壯的枝椏，重疊出厚實的綠色層次。庭園的一隅做為花壇，不曉得是不是老夫人精心培育的，全都開滿了五顏六色的花朵。方才的蝴蝶可能原本也在那一帶飛舞，一時興起跑了進來的吧！

確定紗江入睡之後，由紀走下樓梯。她進入客廳，倚著矮桌坐下，唇間吐出「唉」的嘆息——丈夫是不是就這樣一去不回了？會不會最後盼不到他，反而是他母親還是律師會出現在自己面前？無處發洩的憤怒、孤獨、寂寥，還有對丈夫的不信任，種種感情在她的內心沉重地翻攪著，胸口彷彿被揪緊般痛苦、難過。這些都化成了嘆息，忍不住脫口而出。每天只要一個人來到這個客廳坐下，就像習慣般禁不住嘆息。

她大概知道離家出走的丈夫現在住在哪裡，八成是住在他母親家。丈夫的母親也就是由紀的婆婆；婆媳兩人碰面由紀也會喊她「媽」，但是由紀到現在還是無法對她懷有親近感。不過對方似乎也一樣，態度生疏，將由紀當成外人般，即使現在已經結婚三年，也依然如此。她看著由紀的眼神經常是冷漠的，話中也處處帶刺。

婚後，由紀才從阿昭那裡聽說，一開始最反對獨子阿昭與由紀結婚的人，就是這個婆婆。

「所以，我是不顧我媽的反對跟妳結婚的。我媽最疼我了，最後總是會聽我的。從以前就這樣了。」

註[1]中山道為日本江戶時代的五街道（五條主要交通要衝）之一。以江戶的日本橋為起點，途經上野、信濃、美濃等地，在草津與東海道會合，通往京都。共六十七站。

註[2]類似中國建築的「歇山頂」樣式。

確實就像阿昭說的。一個都要快二十八歲的大人了，到現在婆婆還喊他「小昭」。

「這孩子啊，真的很愛撒嬌。進了中學以後，還想要和我一起洗澡呢。小昭很體貼，都會幫我沖水。可是啊，沖水的時候，他總是摸著我的乳房，問說：已經沒有奶了嗎？因為很癢，我就拿熱水潑他。喏，小昭，你還記得吧？真是個愛撒嬌的小傢伙……」

這是結婚後夫婦一起回婆家探望時，婆婆民子對由紀說的一段話。那時候阿昭也沒有害臊的樣子，只是一個人在旁邊笑。與其說是一對感情好的母子，由紀更有種不潔的下流感覺，一點都笑不出來。

「這孩子啊，是我十八歲的時候生的。我的朋友都還是高中生唷！那時完全不曉得該怎麼照顧嬰兒，吃了不少苦頭呢！現在長得這麼大，還娶了妳這樣一個老婆。所以小昭啊，你多少也得感謝一下媽媽呀……」

這也是民子當時說的。換句話說，民子今年已經四十六歲了，卻完全看不出年齡。她的外表看起來非常年輕，說她才四十出頭……不，說是三十七、八歲也不會有人起疑。她的容貌有種不似日本人的異國風味。再加上染成栗色的頭髮，讓初次見面的由紀，甚至懷疑民子是不是混血兒。民子的妝扮和穿著也相當艷麗。不過由紀對於婆婆民子的生平卻毫無所悉。

民子現在一個人住在名為「高地花園」的大廈中。聽說他們結婚之前，阿昭也住在那裡。

熊谷市的西邊，有關越汽車專用道[註1]通過，民子住的大廈就在花園交流道附近。三房兩廳格局寬敞，起居室擺了一張豪華沙發。這種只有在電視中看過的奢華高級大廈，讓由紀瞠目結舌。

話說回來，沒有固定職業的四十六歲女性，怎麼有辦法過著如此優雅的生活？

這個疑惑令她想到剛結婚時，阿昭不經意說出口的話。

「我媽生下我，等於是生了顆金雞蛋。」

他接著說：「這棟房子是租的，不過權利金和押金都是我媽付的。聽好了，由紀，生活費要是不夠的話，就跟我說。只要我跟媽開口，她馬上就會幫我們想辦法的。因為我是顆金雞蛋喲！」

當時阿昭臉上露出得意的笑容，究竟笑容背後隱藏著什麼樣的含意？

由紀在矮桌上托著腮幫子，茫然地繼續漫無邊際的想像。

阿昭既沒有一技之長，也沒有才能。他畢業自由紀以前未曾聽過的無名私立大學。這樣的他，憑什麼能夠成為「金雞蛋」？

婆婆民子也沒有什麼過人之處。她說她在十八歲的時候生下阿昭。以世俗的眼光來看，不過是個十八歲的小姑娘。不管她再怎麼努力，剛生下來的嬰兒，也不可能變成「金雞蛋」。

註[1]從東京都練馬區到新潟縣長岡市的高速公路。全長二四五公里。

是不是有人暗中援助著這對母子？因為過去——不，我想現在依然有這樣一號人物存在，讓無業且四十六歲的民子過著優雅的生活，阿昭也才可以像這樣依賴著母親過活。

由紀想著，輕輕「嘖」了一聲。都已經結婚三年了，自己卻對丈夫和婆婆的過去一無所知，而且毫不關心。她對自己的無知與糊塗感到生氣。

2

午後寂靜的房間裡，由紀想像著。

（婆婆曾經和其他男子有染……）

與其說是曾經，她更覺得那樣的關係現在依然持續著。對方不可能是個年輕男子，而且一定是擁有相當財力的人物。民子優渥的生活並不是來自她的丈夫——也就是阿昭的父親的遺產。如果是這樣的話，民子和阿昭應該會炫耀才對，他們卻隻字未提——這麼一想，由紀又為自己的愚昧蹙眉。

（我連公公的名字都不曉得。）

她覺得自己真是個傻媳婦。不過，這是有理由的。剛結婚的時候，由紀曾經問過阿昭。

「你爸爸是個什麼樣的人呢？」

那個時候，阿昭歪著嘴這麼回答：「哼，談論不存在的人又能怎樣。」

那冷淡的口吻似乎在逃避著有關父親的話題，由紀也就這麼錯失了詢問的機會。當然，婆婆民子也未曾提起過她的丈夫。

他們的結婚證書和紗江的出生證明全都是阿昭處理的。由紀並沒有閱覽北條家戶籍謄本的機會。她就這樣以北條由紀的身分糊里糊塗地度日。而這段婚姻生活，現在即將走向悲慘的結局。

五天前，阿昭離家出走了。由紀看見丈夫的書桌上擺著一張離婚證書。證書上面還刻意放著一本口袋書，只不過「離婚證書」四個字還是不容分說地躍入她的眼簾。證書上沒有阿昭的署名和簽章。但是，沒事的話不會有人去拿這種東西的。這是對由紀無言的強迫。

這個丈夫現在去了母親的大廈。兩人一定正得意地笑談離婚的事。

婆婆民子原本就反對這樁婚事。「和妳結婚之前，小昭也有不少良緣呢！像是市議會議員的千金、律師的女兒……可是那孩子說就是要娶妳。哎，妳可真是飛上枝頭變鳳凰呢！」民子曾說過這的話，這下他們要離婚的事可變成了對由紀的天大諷刺。由紀告訴自己說，婆婆說話原本就是這種口氣，忍受著她的冷嘲熱諷。但如果民子聽到阿昭說想要離婚，她應該會高興地贊成吧。搞不好就是她在一旁搧風點火，對阿昭說：「那種女人還是早點分了好。」

可是由紀心想，我不會離婚的；我不會一味地退讓的。因為丈夫提出離婚的動機，完全出自於他那沒根沒據、可笑的懷疑。

當然，由紀對丈夫的疑惑提出辯解，也說明過了。然而他卻無法接受。

「妳一點反省的態度都沒有。也沒有說出實話向我道歉的意思。妳冷靜冷靜，好好想想吧。我要暫時離開家裡。這段期間，妳想走的話就走吧。反正外頭應該會有人熱烈歡迎妳嘛！」

經過幾次爭吵之後，五天前，阿昭丟下這些話，一去不回。自此音訊全無。

阿昭應該非常清楚，由紀並沒有離婚的意思。阿昭提出的疑問完全無憑無據，不過是些因為嫉妒產生出來的屈辱妄想罷了。

由紀想像丈夫和母親之間可能會有以下的對話：

「真傷腦筋，那女人很頑固，說不會因為那種理由就跟我離婚。」

「不要緊的，交給媽媽吧！我會安排妥當的。」

「可是，我可不想鬧上法庭啊！」

「這當然了，方法只要想就有。這種事媽媽有朋友可以商量，也有認識的律師。只要肯花錢，總有辦法的。」

「我又沒那種錢。」

「媽知道。媽媽有個有錢又有權的靠山。只要媽媽開口，他什麼都會答應，是個可靠的人……」

那個人——由紀擴大想像——就是婆婆的「男人」吧。是愛人？還是情夫？她不曉得他們是什麼關係，但無論如何，一定都是靠她的美貌和肉體所維持的關係吧！婆婆民子給人一種妖艷的感覺，一個小動作也充滿了讓同是女人的由紀為之一驚的魅力。或許那是長期服侍自己的「男人」，自然而然浸潤到民子體內的。

不管怎麼說，最近一定會有人來找她。不過她不認為會是膽小消極的阿昭。這次來要脅離婚的會是婆婆民子嗎？還是她委託的律師？或者是民子的「男人」用錢雇來的人？

（我該怎麼辦才好？）

我既沒有錢、沒有權，也沒有可以依靠的人。無力柔弱的自己，唯一的同伴只有出生四個月的紗江。但是我不能輸，我要戰鬥。可是，要怎麼做才能夠洗清加諸在我身上的疑惑、以及那羞辱的冤屈呢？

絕望想像到最後，得到的只有嘆息，由紀再次「唉」了一聲，此時玄關的鈴聲響了起來。

她一時無法起身應答。剛才想像的事化成了現實，對方派人來談離婚的事了。悸動猛烈地衝擊胸口，她感覺到抓住矮桌的指尖逐漸冰冷起來。

門鈴再次響起。

「是，來了。」

她明明喊了，但卻沙啞不成聲。由紀鞭策僵硬且不聽使喚的身子走向玄關。

門外傳來男子的呼喚。

「太太？有人在嗎？」

「來了。請問是哪位？」

「我是妳先生的同事。是這樣的，妳先生拜託我來拿他的衣服，所以我才過來府上叨擾的。」

「啊，不好意思，請你稍等一下……」

由紀瞬間鬆了口氣。五天前，阿昭空手離開家門。由紀記得那時他穿著褐色西裝。一向重視外表的阿昭，一定是想更換別的衣服了，但是他又怕自己來拿會尷尬，所以拜託同事幫他跑腿。的確像是任性的丈夫會做的事。

由紀解開門鎖。

「久等了，請進。」

「打擾了。」

男子微微頷首致意，進入屋內。他的個子很高，身材修長，穿著深藍色的西裝。

「請問……外子請你來幫他拿什麼樣的衣服呢？」

「黑色的、黑色的雙排釦西裝。是這樣的，有一個朋友過世了，今晚要守靈。對了，他還叫我拿黑領帶過去。」

「我知道了。請你稍等一下。」

夫妻的衣物放在二樓的寢室。寢室是八張榻榻米大的西式房間，其中一整面是固定式衣櫥，北邊的窗戶下有一個突出的收納用櫃子。中央並排著兩張床，中間放著紗江的嬰兒床。

由紀確定紗江、還在熟睡之後，打開丈夫的衣櫥，背後突然傳來男子的聲音。

「哦？這裡就是夫妻的寢室啊。」

不曉得那人什麼時候上樓的，由紀回頭望去，男子就站在面前。

「不行，請你在樓下等。」

「噯，有什麼關係？我也正想參觀一下屋子內部擺設呢。」

「你這樣我很困擾。這裡不是給外人參觀的地方。而且一聲不響就走進來，太沒禮貌了吧？」

男子不理會由紀措詞強烈的責怪，走近紗江的嬰兒床。

「啊，好可愛啊！」

男子彎下身望著紗江沉睡的臉。

「這就叫做天使的睡臉吧。純潔無垢的生命，在小小的床裡安穩地呼吸著。嬰兒的睡臉，不管看多久都不會膩。美得彷彿心靈都被洗滌了……」

由紀嚇了一跳。她沒想到突然闖進他人臥室的粗魯男子竟會說出這種話。而且那並非假惺惺的奉承。那人凝視著紗江的睡臉，眼神充滿溫暖。丈夫或婆婆從來都沒有說過如此溫情的話語。由紀才剛斥責男子無禮，或許是她誤會了。

（這個人也許是個好人。）

由紀對男子的評價為之一變。當她再次打開阿昭的衣櫥時……

「太太。」男子喚道。「妳可以過來一下嗎？」

男子在由紀的床上坐下，指著阿昭的床。

「在那裡坐下。」
「可是，你不是要拿外子的衣服……？」
「我不需要那種東西。」
「那，你是來做什麼的？」
「這我接下來會說明。喏，總之妳先坐下來就是了。」
但是，由紀沒有移動。
在夫妻的臥室，和陌生男子面對面坐在床上。下一瞬間會發生什麼事？這個來路不明的男子突然闖進這個房間的目的，是為了要侵犯我嗎？還是金錢？
戰慄竄流由紀全身。
「你……你是什麼人？叫什麼名字？」
「我的名字不值一提。不過，如果太太有喜歡的名字，隨妳怎麼叫都可以。例如田中先生或是鈴木先生……」
「請別開玩笑了。你來這裡的目的是什麼？是錢嗎？我家裡沒有很多錢，但全都給你，請你帶著錢離開吧！」
「傷腦筋。太太似乎誤會了。這也難怪，不過，要錢的話我多的是。」男子說著，拍了拍外衣的胸口處。
「這樣的話，你來這裡是為了……」
由紀說到一半，原本睡得香甜的紗江發出了哭聲。

「啊，乖、乖。」

男子起身，把紗江小巧的身體從床上抱了起來。

「我知道，睡得好飽唷。睡醒了就想喝奶唷，還是要換尿布？來，我們到媽媽那裡去唷！」

男子安撫哭個不停的紗江，把她的小身體移到由紀手中。

「喏，餵她奶吧！」

嬰兒送到由紀的懷裡，哭聲變得更為高亢了。

「紗江，對不起唷，別哭了。看，是媽媽唷！」

由紀說著，解開背心的前釦，更進一步要解開底下的襯衫式罩衫時，她感覺到男子的視線正傾注在自己的胸部。她對於在男子面前裸露乳房感到不自在，也覺得羞恥。

「請你到另一邊去。」

「咦？哦，這樣啊。只不過是母親餵奶而已嘛，也不是多稀奇的畫面……」

男子苦笑著，回到靠近臥室門口的由紀床邊，背對她躺了下來。

看到男子移動後，由紀坐到鋪著地毯的地面，敞開胸部。她把乳頭塞進紗江哭喊的嘴裡，只見她拚命地吸吮。她伸出小巧的手，按著由紀另一邊的乳房，摸索著乳頭。像是確定鼓脹的乳房是屬於自己似地撫摸著，忘我地用力吸吮。

紗江已經四個月大了，差不多該進入吃離乳食品的階段了，由紀卻遲遲無法實行。不僅是因為由紀的母乳充足，更因為她希望能夠一直看著女兒將小小的臉埋在自己的胸口，身心都託付給母親、喝著奶的樣子。

哺乳對由紀而言是無上的幸福時刻。偶爾甚至會產生生理上的快感。她有時候會沉浸在身為母親的樂趣當中，陶然忘我。然而此刻，讓女兒吸吮乳房的由紀，臉色卻蒼白無比。

3

大約十分鐘後，孩子的嘴離開了母親的乳房。她睜大眼睛凝視由紀的臉。

「紗江，已經吃飽了嗎？」

由紀輕聲問道，同時扣上敞開的胸口鈕扣，迅速整理儀容。男子似乎察覺了她的動作，從床上起身轉向由紀。

「太太，如果餵飽的話，把孩子抱到這個嬰兒床。」

「沒關係，我抱著就好。」由紀也站了起來，手裡緊緊抱著紗江。

「你這樣我很麻煩。我有話要和太太說，也有事想拜託妳。」

「有什麼話，我在這裡聽就行了。」

由紀不肯聽從，男子首次厲聲說道：「不要囉嗦！把孩子抱過來！」

男子的表情一變，顯得兇惡無比。銳利的目光彷彿要刺進由紀的臉。

（要是拒絕這個人，他不曉得會做出什麼事來。）

由紀拖著顫抖的腳步，走近男子面前的嬰兒床，把紗江輕輕放下，讓她側躺著。

「嗯，這樣就好。不愧是做母親的，很明白該怎麼做。」

「啊？」

這個男人到底是怎樣回事，由紀詫異地看著他。方才兇狠的表情消失，又恢復之前和藹的語氣。

「聽說嬰兒喝太多奶的話，有時候會吐奶。要是讓嬰兒仰躺，吐出來的奶會跑進氣管裡。所以，要讓嬰兒暫時側躺著。就像太太現在讓這孩子躺的姿勢一樣。」

「你家裡也有嬰兒嗎？」

「不，沒有。只是某人有《給初次當媽媽的人》、《小嬰兒十二個月》這類的書，裡面寫著這樣的內容。我想太太也是這樣，第一次當母親的人，都會買一堆有關育兒的書。大家都是一樣的。每個人都滿懷幸福……期待成為母親的一天……」

他像要壓抑激昂起來的感情似地，中斷了話語。一段沉默之後，男子開口了。

「那麼，來談正事吧！接下來，請妳把我指定的物品全部拿到這裡來。」

「物品？什麼樣的……」

「因為怕忘記，所以我全都寫在這張紙上了。」

男子從口袋裡取出小紙片。

「首先是空的旅行袋。不能太小的。也就是旅行用的旅行袋。喏，快去拿。」

「為什麼要那種東西……」

「對於我接下來的指示，一律不准發問。當然，我也不會回答。旅行袋。拿出裡面的東西，清空它。」

由紀不瞭解男子的目的，但是對方要旅行袋的話，不算什麼大損失。由紀從櫥櫃裡拿出皮革製的旅行袋，她打開拉鍊，裡面沒有東西。

「這樣就行了嗎？」

男子確定裡面空無一物之後，輕輕點頭。

「接著是太太的外出服。女性的服裝我不是很清楚，不過，拿要拜訪別人家時穿的衣物。要一整套，內衣、絲襪什麼的當然也需要。」

「誰需要我的衣物？」

「這是為了太太。趕快去拿。」

男子的口氣變得嚴厲。由紀逼不得已，從自己的衣櫃裡挑了淡藍色的套裝。但是要把新的內衣和絲襪擺在男子面前，她還是覺得有些抗拒。

「妳在幹什麼？快點！」

由紀像是被男子的怒吼嚇到，趕緊取出物品放在男子腳邊。

「接下來，」男子望著在嬰兒床上頻頻擺動手腳的紗江說道。「這孩子的尿布。她都用什麼樣的尿布？」

「紙尿布。」

「那樣的話，可以用了就丟。應該有備用的。全部都拿來。」

「全部嗎？」
「對。不過也不需要到好幾個月份。唔，大概夠四、五天用的量。」
「為什麼要那麼多……」
「我說過了不許發問。還有這孩子的睡衣。喏，快去拿。」
紗江的尿布收在櫃子裡的紙箱裡。她拿出大約份量的尿布和睡衣擺到男子面前。
「還有，」男子看著便條紙說。「太太的底褲、也就是內褲。舊的也沒關係，洗過的就行。準備四、五件。」
「這……」
「快點！」
「太過分了，要我把女人家的內褲擺在男人面前……」
「跟妳說那是妳需要的。我可不是對內褲有特殊癖好，這是為了太太好。」
「可是……我不要。這種事我做不到。你就饒過我吧。」
「不行。我先聲明，我對女性內衣可沒興趣。因為用得到才叫妳拿的。不過，如果妳想一星期還是十天都不換內褲的話，那就另當別論了。妳從來不換的是嗎？」
「這怎麼可能……」
「那就快去準備。」
就算男子這麼說，由紀還是覺得羞恥無比。內褲收在衣櫃底下的抽屜裡。應該有十件以上。新的有兩、三件，剩下的全都是穿過的。雖然已經清洗乾淨了，但可能有某一部分沾染了女性特有的淡薄污漬。要她將這些都暴露在男子眼前嗎？

看見由紀拖拖拉拉的樣子，男子咂了咂嘴，突然壓低聲音說：「如果拿個東西這麼心不甘情不願的話，那我只好使出殺手鐧了。雖然我不喜歡這樣，但也只有這種方法。」

男子從口袋裡取出了某樣東西，同時「喀」地一聲，一把刀刃閃出。彈簧刀。從窗簾透進來的陽光反射在銳利的刀尖上，閃閃發亮。男子正拿著小刀停在紗江的睡臉上方。

「住手！」由紀尖叫。「放過她！請不要殺孩子！求求你，我什麼都做，請不要傷害孩子，拜託你！」

她無法撲向男子，也無法搶下刀子。在由紀行動之前，男子的手會搶先一步。那一瞬間幼子的性命將會不保。這種恐怖讓由紀的身體無法動彈。

「妳要打開那扇窗，」男子以同樣低沉的聲音說道。「叫人來嗎？妳要呼救嗎？只是在那之前，這把刀子會刺進這孩子的胸口。同時，妳也無法從我的刀口下逃脫。這些動作幾秒鐘就結束了。然後我會逃離這裡。這些對我而言這實在太易如反掌了。」

確實，就像男子說的。剛才無聲無息地走上樓梯的男子，身體就像貓一般柔軟，他的動作一定非常敏捷。

由紀跪在地上。

「求求你。我什麼都願意做，請不要對紗江、不要對孩子動手……」

因為嗚咽，話語變得斷斷續續。由紀的長髮滑落肩膀，在臉頰處輕柔擺盪。

「太太，」男子說著，將彈出的刀刃收回刀鞘。「我也不想這麼做，現在請妳把內褲拿來吧。」
「好。」
由紀已無所謂羞不羞恥了。她從衣櫃裡拿出內褲擺在男子面前。男子碰也不碰地說：
「一件一件攤平，放進旅行袋裡吧。」
雖然由紀對這些指示百思不解，但還是照著男子的話做。
「接著將紙尿布跟孩子的睡衣，放在剛才的內褲上。」
內褲被蓋在紙尿布底下了。這讓由紀鬆了一口氣。
「接下來將絲襪和內衣放進去。太太的衣服小心疊好，不要弄出皺褶，放到上面。對，袖子的部分要折起來……裙子不要弄出奇怪的折痕……」
原本放在男子面前的物品，全都收進旅行袋裡了。
「這樣就好了。還有一些空間呢！有浴巾的話，也一起放進去比較好。」
由紀從衣櫃的抽屜裡拿出一個全新的紙盒。上面貼著寫有「慶賀」的禮籤。紗江出生時，娘家的母親拿來給她的。「這是隔壁太太送來的生產賀禮，好像是嬰兒用的浴巾。還沒有使用過。
男子望著由紀從盒子裡取出的浴巾說：「攤開來。」
浴巾尺寸頗大。黃底中央畫著一隻米老鼠。
「嗯，很好。浴巾這東西有很多用途。要是變冷了，可以拿來蓋在孩子身上。讓她躺下的時候，也可以折起來代替墊被。那把它也放進旅行袋裡吧！」

由紀折著浴巾，她似乎有些明瞭男子指示中的意義了。

他要由紀將便條紙上的物品一一攤平，放在他的面前，並指示由紀將折成一團的內褲一件件打開，鋪在旅行袋底部，然後再將紙尿布排在上面。折好的浴巾，則命令她攤開。

為何要這麼大費周章？因為要檢查這些物品中是否藏有可能傷害男子的兇器。

抽屜裡有由紀的裁縫箱，裡頭有裁縫剪和線剪，也有做手工藝用的打孔器，形狀就像小型的錐子。這些東西也能成為殺傷對方的凶器。的確，只要由紀想拿，也能夠偷偷將它們收進旅行袋裡。

男子就是害怕這點。然而，如此處心積慮地計畫，男子的目的究竟是什麼？拿著這個旅行袋，男子究竟要帶我去哪裡？

4

「太太。」

由紀一隻手放在旅行袋上，視線盯著膝蓋沉思起來，男子出聲叫她。

「紙條上的物品似乎都齊了。剩下的還有嬰兒用的紗布和綿花棒……」

「那些放在樓下的房間。要我去拿嗎？」

突然，由紀的腦袋閃過一個點子。她可以利用男子的指示，走到樓下。

（樓下的房間有電話。我可以打一一〇求救！）

但是男子的回答令由紀失望。

「不用，那些等一下再拿。等一下我就跟妳一起下樓。太太的手提包也放在樓下吧？」

由紀微微點頭。

「這樣。那差不多該下樓了……不，在那之前，我忘了一件重要的事。這件事有點難以啟齒……太太的生理期，也就是開始的日子大概是什麼時候？」

「……」

由紀沒有回答。男子毫不在意地詢問女性生理期的下流行為，讓她低垂著頭，就這樣皺起眉頭。

「這是很重要的事。假設今天或明天生理期突然來了，妳要怎麼辦？要是沒有帶著生理用品，到時候丟臉的可是太太。所以請妳老實回答。」

「……」

「那麼，我換個問法好了。從今天算起的五天到六天內，不需要用到生理用品。是嗎？」

由紀微微點頭。要迴避男子的問題只有這個方法了。事實上生理期在七天前就已經結束了。

話說回來，男子剛才說「從今天算起五天到六天內」，限定了一個期間。這段期間我會被帶到什麼地方監禁嗎？

「那麼，我們差不多該下樓了。太太拿那個旅行袋，嬰兒我來抱。」

男子抱起在嬰兒床上吸吮著小小的手指、雙腳一伸一屈的紗江。他似乎看見了放在枕邊的搖鈴玩具。

「哦，有好東西。」

他拿起玩具，在紗江的臉附近搖晃。鈴鐺發出「鈴鈴」的清脆聲響。

「吧——吧——」

紗江高興地發出聲音，把手伸向男子手中的搖鈴玩具。最近她只要看見有顏色的玩具就想要去拿，對於發出聲音的搖鈴玩具特別有興趣。

「哦，想要這個是吧？來，給妳。抓得住嗎？」

紗江還不到怕生的年紀。她緊緊抓住男子給她的搖鈴玩具。這是紗江最喜歡的玩具。

「來，這樣搖搖看。」

男子握住紗江的手，左右晃動。安靜的房間裡，迴響著可愛的鈴聲。

「很好玩對吧？來，這次叔叔給妳玩好高好高哦！」

男子把紗江的身體舉到比自己的頭還高的地方。瞬間，紗江發出「呀呀」的叫聲，笑了出來。她似乎非常高興，在男子的頭上甩動雙腳。腳好像碰到了男子的頭。

「啊，妳竟然踢叔叔的頭。這樣的話，要把妳往下丟唷！」

紗江的身體被迅速地放低。接著又被高高地舉起。

看，好高好高唷！看，掉——下來唷！

好高好高，掉——下來。好高好高，掉——下來。

每換一個動作，紗江就笑得好高興。那是連做母親的由紀也從來沒有聽過的高興笑聲。

由紀看著兩人看得出神。

這個家消失已久的笑聲現在從紗江與男子口中傳了出來。丈夫阿昭曾經像這樣高興地與自己的孩子玩在一起嗎？丈夫看著紗江的眼神總是冷漠無比，有時候甚至浮現出憎惡之色。就連出生四個月的嬰兒也本能地察覺了父親冰冷的心。紗江渴望父親的愛，而現在，這個陌生男子滿足了她的渴望。紗江正用全身來表現出這種歡愉吧！這孩子要是有個如此溫柔的父親的話……

但是……，由紀的思考混亂了。

這個男子的口袋裡藏著彈簧刀。剛才他還用那銳利的刀尖抵住紗江的胸口，並且瞪視著我。個性凶暴而殘忍，恐怕是個習於犯罪的人。然而，現在他卻和紗江愉快地打成一片。

令人難以置信的情景。我在做白日夢嗎？夢醒的瞬間，那個男子便會消失，我和紗江又會回到以往的平靜生活。希望如此。但如果這是遲早會醒的夢，我又有些渴望能夠沉浸在這快樂的夢境更久一些……

「太太。」

男子的聲音，打斷了由紀不著邊際的想像。紗江可能是玩累了，乖乖地躺在男子懷裡。

「那麼，我們下樓吧。」

提著旅行袋的由紀先走出了臥室。男子跟在後面。由紀踏在階梯上的腳不住地顫抖。

5

兩人進入六張榻榻米大的客廳。男子拉過鋪在矮桌兩邊的兩張坐墊，將抱在懷裡的紗江輕輕放在上頭。

才剛成長到六十五公分的小身體，在坐墊上悠然地伸展雙腿。男子伸手到孩子附近的面紙盒，抽了幾張紙。

「太太，這孩子叫什麼名字？」

「紗江。」

「哦？小樹枝的小枝[註1]是嗎？」

「不是。是糸字旁的紗，和三點水的江……」

「我懂了。是紗江啊。那麼，請妳去拿紗江用的紗布。順便也把棉花棒拿來……唔，或許會派上用場。」

由紀從家庭醫藥箱中取出這些物品，擺在男子面前。

「紗江只喝母乳嗎？」

由紀點頭。

「可是，偶爾也會餵她一些涼的流質食物吧？」

由紀再次點頭。

「這樣的話，應該有紗江專用的小湯匙。那個也帶去吧。在換成離乳食品前，讓她習慣湯匙的觸感比較好。而且，嬰兒其實還蠻容易口渴的。」

由紀吃了一驚。關於育嬰，這個男子有著相當豐富的知識。他是學醫的嗎？或是從事有關醫學書籍的編輯或出版工作的人？他不是個單純的強盜或色狼，也不像是黑社會的流氓。

由紀從茶具櫃裡取出紗江使用的小湯匙交給男子。男子用面紙將湯匙、紗布和棉花棒一起包好裝進旅行袋裡。然後，他瞥了一眼手錶，點了兩、三次頭，像在沉思什麼似地，雙臂環胸。他就這樣一動也不動。

從剛才開始，由紀就一直仔細地觀察男子的動作和表情。

年紀約三十歲。眉毛很粗，皮膚曬得頗黑。像是運動鍛鍊出來的緊實身軀，看起來堅硬得有如鐵板。如果在大馬路上遇到這樣的男子，一定會有不少女性為了他精悍的男性外表心頭小鹿亂撞。意志堅定的嘴唇，偶爾會泛出柔和的微笑。修長的身材散發出來的知性，撩撥著女人的心。

註[1]紗江與小枝的日文發音同是「SAE」。

（不行，我在想些什麼？）

由紀為自己的想像羞恥。那個男子的口袋裡裝著銳利的刀子，它只要一閃，就可以結束我和紗江的性命。我和紗江完全受制於他，任憑他為所欲為。我絕對不能相信這種男人……。

時間在沉默中一秒一秒過去。盤腿而坐、雙臂環胸的男子完全沒有任何動靜。

他打算這樣到什麼時候？

「那個……」由紀朝男子開口。

「什麼事？」

「我想幫孩子換尿布。」

「哦，說的也是。那，就用旅行袋裡的尿布吧！還有，廚房在哪裡？我想要一點熱水……」

由紀默默指向客廳一邊的玻璃門。男子把那道門打開走進廚房。流理台旁邊設有瓦斯爐。廚房傳來男子打開開關發出「哦，這還真燙」的聲音。

由紀將新尿布鋪在紗江小屁股底下時，男子回來了。

「用這個將紗江的屁股擦乾淨吧，這是我的手帕，洗得很乾淨。」

「謝謝。」

由紀接過男子遞出的手帕。這個男的怎麼這麼細心？由紀擦拭紗江屁股周圍，再用面紙擦乾胯部汗濕的部分。

「用過的尿布都丟到哪裡？」

「後門的垃圾桶……」

男子聞言，拿起捲成一團的尿布，以及放在上面的手帕。

「啊，我來就行了……手帕我會洗乾淨後奉還……」

男子無視於由紀的話，走進廚房裡，但一下子就折回來了。

「我順便把瓦斯也關了。」

「謝謝。」

由紀輕輕低頭，卻對這樣的自己感到生氣。對這種男人低頭說什麼「謝謝」；這樣一道謝，自己是瘋了嗎？實在沒必要這麼卑躬屈膝啊。

「那麼，請妳將手提包拿過來。哦，就是那邊那個吧？」

看到丟在房間一角的肩包，男子起身將它拿起。他打開皮包似乎在檢查裡面有什麼東西。

「這個不需要。」

他喃喃自語，並且將某樣東西放進的口袋裡。

皮包裡並沒有放什麼大不了的東西。錢包、粉餅等化妝品、玄關和後門的鑰匙、手帕及面紙，還有女性用的小梳子、超市的收據等等而已。即使如此，被一個男人檢查皮包，讓她有種被看見裸體的感覺，不但羞恥，而且不愉快。

這個男的究竟從皮包裡拿了什麼放進他自己的口袋裡了？

男子關上皮包後說「請」，把它交給由紀，並且再次坐到矮桌前。
「太太，請妳過來一下。我想請妳寫一些東西。請給我一張紙……」
男子掃視房間，似乎看見了放在茶具櫃上的夾報廣告。
「那些傳單有沒有背面是空白的？請妳去看一下。」

6

由紀在一堆夾報廣告中找到背面空白的紙張。正面印著鋼琴教室開幕的宣傳內容。由紀默默地將它放到矮桌上。
「哦，這張好。那現在請妳在上面寫些東西。」
男子從口袋裡取出自動筆放在傳單上。
「喏，太太，請妳在這裡坐下。」
由紀戰戰兢兢地跪坐在男子旁邊雙膝併攏。
「要寫什麼？」
「照我說的寫，知道嗎？」
男子看見由紀拿起自動筆，以緩慢的語調說：
「我要外出旅行兩、三天好好思考一下。我會主動聯絡……就這樣。最後再簽上太太的名字。」

由紀無法抗拒男子的話。彷彿男子口袋中的利刃迫使由紀的手自動書寫。

男子看見寫好的字句，滿意地說：「很好。妳叫由紀啊！由紀……很順口的名字。」

「那……這是寫給誰的呢？」

「誰都好。總之，第一個進入這個家的人會看到它。」

「可是，上面寫說我會主動聯絡……我要聯絡誰呢？」

「噯，沒有聯絡的必要吧。我想第一個看到它的，應該還是由紀妳自己吧。」

「我不懂……我自己讀自己寫的東西……？」

「這種事無所謂。那麼，差不多該走了。」

「我們要去哪裡？」

「這還沒決定。總之，到車子裡再想吧。不過，趁這個時候，我必須先跟妳說一聲。

我們接著要出門旅行。也就是一家三口的旅行。」

「一家三口？」

「沒錯。我是由紀的丈夫，妳是我心愛的妻子。紗江是我們夫妻的獨生女。」

「什麼！」由紀反駁男子的話似地說。「豈有此理，你是認真的嗎？什麼我是你的妻子，這……」

「當然，這只是表面上的。至於我，就是你的丈夫阿昭。」

「你怎麼知道外子的名字？你真的是外子的同事嗎？」

「我不是。我只知道他的名字。不過就直接叫北條昭的話，會有點麻煩。剛才，我來到這裡的途中，看見大原建設的招牌，就借用一下好了。從今天起，我就是大原昭，妳是大原由紀。」

「莫名其妙。」

由紀不屑地說道。她知道男子的恐怖，但是自己怎麼可能去奉陪這種鬧劇？

「太太。」

男子語氣突然變得嚴肅。原本盤坐的他，在由紀面前重新跪坐，雙手放到膝上正襟危坐。

「請妳仔細聽好我所說的話。從今天起妳是我的妻子，當然這件事完全只是表面上的。我不會要求妳去做身為妻子任何實質的工作。當然，我也打算完全不碰妳一根寒毛。如果我有那個意思，剛才在二樓的寢室我隨時都能下手。這一點妳明白吧？」

由紀不由得點頭。確實就像男子說的。刀子抵在紗江胸口的那一瞬間，我已經任憑這個男子擺佈了。如果那時候他叫我脫光衣服、打開雙腿、抬高臀部等像丈夫有時候會要求的羞恥行為，我應該也無法拒絕。由紀想，走到這個局面也只能相信男子的話了。

「所以，我希望在今後的旅途中，妳能夠扮演好妻子的角色。我們是一對恩愛的夫妻，帶著孩子全家快樂地出遊。我希望妳的舉止符合這樣的要求。但是，萬一妳想要逃跑，或是向他人求救。我會毫不客氣當場把妳和紗江兩個人都殺掉。」

「可是……」由紀支吾地說。「那樣做的話，你也會被抓的。」

「當然。我也沒有苟活的打算。被逮捕之前，我會自殺。換句話說，太太，不，由紀，這趟旅行我是賭上性命了。我非做這麼做不可。我必須做。我……由紀……好長的一段時間，我……」

聲音中斷。由紀望向男子。男子的眼中泛著淚光，接著，一串眼淚滑落下來。男子趕緊用手按住臉頰。

（他在哭。）

莫名奇妙的湧起一陣感動，由紀感到胸口悶熱。

「那麼，我們出發吧。紗江讓妳來抱。」

男子拿著旅行袋，正要走出客廳，突然又回頭對由紀說：「想上廁所的話，最好現在去。」

這句話讓由紀鬆了一口氣。她從剛才就一直有尿意，卻遲遲說不出口。

「我想去。」

「那，紗江我來抱。」男子從由紀手中接過孩子。「廁所在哪裡？」

「這邊。」

中隔客廳和狹窄的走廊，並排著廁所及浴室。男子單腳踏進由紀打開的門，掃視裡面。

「那，快去吧！但是不好意思，時間只有三十秒。三十秒後，我會在門外出聲。如果沒有回答的話，會有什麼後果……嗯，不用說也明白吧！喏，快去。」

像要把由紀推進去似地，男子關上了門。

尿意極為迫切。由紀急忙鎖上門，一邊打開水龍頭開關，一邊拉下長褲。坐上便座的同時，一口氣將一直忍耐住的東西解放出來。有一種得救的感覺。即使在如此緊迫的事態中，人還是能夠享受生理上的快感。

小解完之後，由紀起身瞥見鄰接洗手間的浴室窗口。

（對了，那個窗戶可以看見隔壁家的廚房。那一家只住著一對年輕夫婦。可以爬上那個窗戶再跳下去，隔壁太太出現的話，就能夠請她去求救了。只要拜託她「打一一〇」就行了。可是，紗江被那個男人抱著。要怎麼樣才能夠保住紗江的安全呢？）

敲門聲響起。

「由紀，好了嗎？」

「啊，快好了，我要出來了。」

三十秒一下子就過去了。連對著鏡子整理頭髮的餘裕都沒有。

（我的臉看起來一定很糟。頭髮亂糟糟的，妝也糊了。那個人是怎麼看我的？笨蛋，我在想什麼啊？）

由紀邊開門邊斥責自己。管這個男的怎麼看待自己。

「喏，我們走吧！」

男子單手抱著紗江，另一隻手提著旅行袋和由紀的肩包。他用眼光示意由紀走在前面。

「我把客廳的門鎖上了。玄關的鑰匙放在這裡面對吧？」

男子把肩包遞給由紀。

走出玄關，鎖好大門。涼爽的風拂上臉頰。

「啊，好舒服的風。」

男子說道。玄關旁邊停了一輛新車。白色的COROLLA。平常丈夫也總是把車子停在那裡。

（埼玉縣的車牌號碼。這個男的住在埼玉嗎？）

當由紀注視車牌上的數字時，正在開車門的男子笑著說道：「由紀。哦，從現在起我就叫妳由紀。對了，就算妳記住車牌號碼也是沒用的。車牌這種東西，隨便換上別部車的，就沒輒了。而且妳怎麼知道這輛車子其實是來自北海道或是九州呢？喏，上車吧！」

男子把紗江抱到由紀手中，並打開副駕駛座的門。旅行箱放到後車座上。

由紀一上車男子便迅速地繞過車頭，輕巧地坐進駕駛座。

「把車門鎖上。還有這個。」

他將安全帶拉過由紀的肩膀，插進座位上的扣鎖中。此時，短短的瞬間，男子的手碰到了由紀的乳房。由紀一驚，全身僵住無法動彈。

「五點半啊。都已經是黃昏時刻了，五月的天空還這麼明亮。」

車子緩緩地往前駛去。

「去哪裡好呢？等會兒就晚上了。以前的人說，五月的夜晚就像梅雨季烏雲覆蓋的黑夜，不過現在不管去哪裡，夜晚的黑暗都被霓虹燈驅逐了。」

車子似乎正往熊谷市中心開去。到底前方有什麼事等待著他們？由紀不由得抱緊了坐在膝上的紗江，默默地注視前方。

點景——大泉警察署

為了趣味表現，有些風景畫會將人物或動物入畫。這是南畫[註1]等流派經常使用的手法，藉由這個方法，自然的風景與棲息在當中的生物，兩者之間的生態渾然調和，使得畫作的韻味更深一層。

像這樣點綴於風景畫中的人物或動物，稱之為「點景」。

在這部小說的各章中，會以「點景」為題加入若干記述。這完全是出於作者嘗試將繪畫手法應用於寫作的企圖。

前章，作者以居住於埼玉縣熊谷市的婦女北條由紀及其獨生女紗江為中心，安排了一名男子突然侵入她家。依照男子的說法，他們三人即將出發進行一趟「天倫之旅」。男子駕駛的車子朝著熊谷市的市中心緩慢地開動了。

同一天，也就是在同一個畫面中，我要描繪的點景是東京都練馬區的大泉警察署。

這一天，對大泉警察署的署長而言，極其不愉快。

首先，這天早上他與長男大吵了一架。長男在今年的大學考試中落榜，目前在代代木的補習班補習。換句話說就是重考生。不過署長認為這是莫可奈何的事。其實重考也沒關係，只要明年考上一流大學就好。這樣的過程對你漫長的人生而言，反倒有正面助益——署長這麼說是希望能鼓勵兒子。他要兒子大學畢業後，選擇和自己相同的警官之路。這是署長對兒子的期望。

警察的升遷優先考慮的是實力，但高中畢業和大學畢業還是有顯著的差異。在警官錄用考試合格、進入警察學校之前，兩者之間並沒有太大的差別，不過一旦畢業，大學畢業和高中畢業間的差別便會明確地顯現出來。

大學畢業生離開警察學校，經過一年的實務工作之後，便能參加巡查部長升遷考試；而高中畢業生必須有四年實務經驗才能夠參加這個升遷考試。另外，大學畢業生在升任巡查部長一年後就能夠參加警部補升遷考試；高中畢業生卻還要三年。即使通過警部升遷考試之後，兩者之間的前景也有差異。高中畢業生根據其績效與能力，高級幹部的晉升之路最多只能到達警視或警視正等職位；而大學畢業生要坐上更高階的警視長、警視監的位置絕非夢想。

註[1]南宗畫的簡稱，與北宗畫同為中國山水畫的兩大流派。於江戶時代中期傳入日本。亦稱文人畫。

大泉署署長高中畢業後進入警察學校，歷經漫長的辛勞，才爬到現在的地位。他的位階是警視，但與他同期當上警官的大學畢業生中，已經有人升上二級以上的警視長了。

他在長男誕生那天，握住還在產褥中的妻子的手說：「老婆，謝謝妳生了個男孩子。這孩子要繼承我的衣缽成為警官。所以我決定將他的名字取做警悟。」

兒子將超越自己，當上警界的高級幹部。這是署長的夢想。為了這個目的，兒子必須進入一流大學的法律系就讀才行。從孩子小學起，署長就不斷地叮嚀兒子，然而這天早上，署長從妻子的口中聽到出人意表的話。

「那孩子最近好像沒去補習班呢。」

「怎麼回事？月票也買了，前期的學費也繳了。他不去補習班，到底是在做些什麼？」

「那孩子高中的時候是管樂團的團員，在都內的比賽總是拿到一、二名的成績。他吹的是薩克斯風，團員們好像都稱他為首席演奏家呢！」

「薩克斯風？是那種大喇叭嗎？」

「對啊！所以，他好像想當薩克斯風手。當然也想自己組團，所以大學想唸音樂大學。他說，最近有些地方成立的音大，只要有高中的推薦就可以入學。所以他說與其去上補習班，倒不如去找薩克斯風老師，從現在開始練習……」

「胡扯！我不允許這種事。馬上把警悟給我叫來，我要好好教訓他一頓。」

就這樣，署長與長男之間發生了激烈的爭執。

長男想要成為薩克斯風手，自己組樂團的希望、與父親要他就讀法律系，當上警察的意見，完全沒有交集；署長的妻子只能夾在兩人中間，不知所措。

我不是為了讓你吹什麼喇叭，才辛辛苦苦把你養大到今天的——署長這麼說。吹喇叭有什麼不好？比起亂揮警棒的警官，帶給人們心靈夢想與寧靜的音樂家，才更適合我——長男如此主張。

情緒性的言語爭辯漫無止盡地持續著，但是署長上班的時間已經迫在眉睫。此時，署長心生一計。

「總之，你給我繼續補習。就算想要朝音樂家之路前進，以一流音大為目標也比較好。為此不也需要準備考試嗎？」

給他一段冷靜期間，無論如何要他繼續準備考試。只要對自己的學習成績產生自信，或許就會有意願去參加音大以外的大學考試。署長這麼想。

他在玄關穿著鞋，再一次告誡長男：「聽到了嗎？你好好想一想。補習班的學習，總有一天一定會派上用場的。」

但是，署長打開大門，準備出門時，背後傳來的卻是兒子像氣話般無精打采的聲音。

「哼，什麼補習班嘛，去了也沒用。那種鬼地方乾脆放把火燒掉算了。」

署長壓抑住想要怒吼的心情，離開家門。但是進入警察署，在署長室的椅子坐下之後，卻依舊氣憤難平。只不過是大學考試落榜，怎麼會彆扭成那樣？那個混帳！署長忍不住低聲咒罵。同時，有如天啟般的靈感突然閃過腦海。那是從他出門之際，長男所說的話所得到的聯想。

（對了，那孩子說：「補習班那種地方，放把火燒掉算了。」發生在我們轄區內的連續縱火事件，會不會就是大學考試落榜的學生自暴自棄犯下的罪行？）

大泉署轄區內已經連續發生兩宗縱火事件了。一開始遭人放火的，是大泉學園町一家小文具店。那是距今十天前的事。

這家店的隔壁是精品店，兩棟建築物之間隔著狹窄的空地。文具店在這塊空地上堆置了數量頗多的紙箱。平常總有業者會來回收，但是那一天沒有任何人來，紙箱就這麼放置著。

犯人似乎是把燈油淋在這些紙箱上，然後縱火。現場勘驗的時候，四周也飄散著燈油的味道。不過由於發現得早，再加上兩棟建築物的外牆都使用了防火建材，所幸沒有釀成大禍。只燒燬了文具店屋簷的一部分，火勢就被撲滅了。警察認為這應該是看消防車出動就感到興奮的人，也就是那些唯恐天下不亂的傢伙所為，因此並沒有想得太嚴重，只透過町會長，提醒居民不要在屋子周圍放置易燃物品。

第二次的事件發生在三天前一大清早。這次的罪行十分惡劣。遭人放火的地點位於大泉學園大道東側，面對俗稱關越學園大道的一家書店。一樓陳列著雜誌與一般文藝書籍，二樓則是以販賣給學生的參考書及問題集為主，大部分的顧客都是年輕的學生族群。

書店的入口是鑲嵌了厚玻璃的四片大拉門，上面掛了及地的長門簾。內側的門鎖總是謹慎地鎖上，但是再怎麼說，這都已經是昭和三十年代的建築物了，正面的兩片拉門中間有些縫隙無法緊密拉上。犯人似乎就是相中了這一點。

現場勘驗後，發現犯人以疑似螺絲起子或鐵橇之類的東西插入門縫，將空隙弄大，然後丟入數十張報紙，再把一張報紙捲成圓筒狀後從隙縫間插入。接著犯人用容器裝了些燈油，再利用圓筒注入店裡並點火。這是會同現場勘驗的警察做出的推理。

不管如何，瞬間熾烈燃燒起來的驚人火勢，說明了注入的燈油量相當驚人。門簾的火勢延燒到天花板，地板的火則擴燒到入口附近的木製平台。店裡滿是易燃的雜誌及書籍。當店家家人發現時已經無計可施。店內一樓的部分幾乎全部燒燬，火勢延燒到二樓一部分之後才被撲滅。犯人是趁著黎明破曉天際泛白，完全沒有行人來往的時刻犯案的。

大泉署目前正全力追緝犯人。不但加強夜間巡邏，從事件發生的第一天起，刑警們就四處奔走，訪查並尋找目擊者。轄區內素行不良者，以及有輔導前科的國中生及高中生，都成了搜查的對象。

（搜查方向會不會錯了？）

大泉署的署長坐在大型辦公桌前，環抱著雙臂，陷入沉思。

署長的長男平素個性溫和老實，附近的人也都稱讚他是個乖巧有禮的孩子。從國中一直到高中畢業，行為上也從來沒有出現過任何問題。這樣的他卻因為大學落榜，性情變得乖僻。他的同學大半都成了大學生，快樂地步上新的人生階段，然而自己卻過著灰暗的重考生活。雙親則逼迫他，要他去補習班唸書。可是絲毫沒有朝氣與活力的補習班，根本無法滿足他的青春。接下來的一年，自己得在那種陰鬱的建築物當中渡過不可嗎？可能就是這種抑鬱的心情讓他說出「那種鬼地方，乾脆放把火燒掉算了」的沮喪話。

沒錯，必須要改變一下搜查方向。

署長這麼想。搜查的範圍不是素行不良者或有輔導前科的高中生，應該要集中在高中或大學落榜，現在正在補習班上課，度過失意的每一天的學生才是。尤其是那些來自鄉下地方，一個人獨居在公寓的重考生，更有徹底盯梢的必要。這是署長的結論。遭到縱火的地方，不是文具店就是賣參考書的書店，由此也隱約可嗅到與考生有關。

署長拿起桌上的電話，命令刑事課長和搜查第一組的主任江森警部補過來。

「請問有什麼事嗎？」

刑事課長很快就出現了。

「哦，關於這次縱火事件的搜查方向，我想到一些事。」署長說到一半，發現進來的只有刑事課長一個人。「江森怎麼了？」

搜查第一組的主任江森警部補是本案的負責人。

「哦，其實江森還沒來上班……」

「遲到嗎？」

「我想他等一下就來了……連續幾天的訪查工作，弄得他疲於奔命……」

「這是什麼話？每個人都很累啊。那他有聯絡你嗎？」

「不，沒有……」

「真不像話。你竟然沒有確切掌握住部下的行蹤？」

「非常抱歉。」

「夠了。江森來的話，我們再一起討論。那等一下好了。」

一個小時過後，時間已經過了十點，但是江森警部補依舊沒有來上班。署長按捺不住，又叫刑事課長過來。

「江森是怎麼了？」

「實在很奇怪，他從來沒有擅自曠職或遲到過。」

「你有打電話去他家看看嗎？」

「打了。兩次都沒有人接。」

「這樣啊……。這麼說，他不在家裡了。」

「應該是，不過我不認為他會自己一個人外出搜查又沒有任何聯繫。我完全想不出他會去哪裡。」

「江森警部補突然不見了。這豈不像蒸發一樣嗎？」

「我想不會有這種事的。只是……」

刑事課長在這裡頓了一下，試探似地看著署長。

「你有什麼線索嗎？」

「嗯。或許是我多心，不過，這會不會和送到我們手中的『那個東西』有關係……」

「唔，那個啊。這麼說的話，江森發現『那個東西』的來歷了？或者是，他為了確定這一點，一個人單獨行動了？」

「不管怎麼說，這件事是署長和我、還有江森三個人之間的祕密，署內沒有其他人知道……」

「所以他才單獨祕密行動嗎？」
「要是這樣就好了，不過對方會不會對江森做了什麼事……例如綁架監禁，這也不是不可能的事。以江森做為人質，獅子大開口……」
「唔……。情況不妙。喂，這下事情糟糕了。」
「可是，這只是我的臆測……」
「不，這是有可能發生的事。總之，我們等到中午吧！如果他真的失蹤了，我們必須立刻採取行動。」
「在那之前對署裡也要保密……」
「當然。要是被媒體知道的話，會引起大騷動的。我們得暗中思考對策才行。知道嗎？」
「是，這點我很明白。」
「傷腦筋。唔……這下真傷腦筋了。」
四目相對的兩人，嘴裡同時發出「唉……」的嘆息。從這一刻起，大泉警察署裡彷彿飄盪起不祥的空氣。
江森警部補失蹤了。這不是出於他自身的意志。他會不會是被某人限制了自由？署長的心中，這股疑惑似乎正一點一滴地化為篤定。當然，署長會這麼想，背後自有其道理存在。

第二章。密室之旅

熟悉的街道風景流曳過車子左右。由紀曾經來這一帶購物過幾次，也有幾家商店的店員認識她。對由紀而言，這是她再熟悉不過的街景。

1

剛才離家之前，由紀聽從男子的命令，在傳單背面寫下「我要去旅行兩、三天好好思考一下」的留言。那個時候她問：「我們要去哪裡？」男子回答：「這還沒決定。總之，先上車再想吧！」真的是這樣嗎？

暮色蒼茫的天空中，還殘留著明亮的光線，但是再過個兩小時，周圍便會被黑暗所籠罩。車子不可能就這樣在夜晚的道路上不停奔馳。到底要在什麼樣的地方度過今晚呢？由紀害怕步步逼近的夜晚。

車子在市公所的入口處左轉，筆直朝本町前進。進入鎌倉町之前，前面的號誌轉紅了。車子停了下來。瞬間，由紀迅速掃射左右的車窗。有沒有認識的人路過？有沒有求救的方法？雖然這麼想，但她立刻就放棄了。就算有誰靠近車子旁邊，她也無法抱著紗江逃出車外。安全帶緊緊地將她的身體固定在座位上。車門也被鎖住了。解開安全帶和車鎖，抱著紗江打開車門跑出車外，不管動作如何迅速，也得花上五、六秒。坐在自己旁邊的男子不可能會默默地坐視這一切。而他實際上也這麼說過了：

「萬一妳想要逃跑，或是向他人求救，我會毫不客氣當場把妳和紗江兩個人都殺掉。」

男子那時候認真的表情和彷彿不顧一切的嚴厲口吻，說明了這不只是威脅，而是表明他的決心。想要逃離這裡，果然還是不可能的。

車子動了起來。前面很快又出現一個號誌。燈號轉綠了。男子稍微提高速度，毫不猶豫地右轉，進入仲町的馬路。緊鄰一旁的是八層樓高的大樓，壁面反射出晚霞、高高聳立著。這是熊谷市裡最大的一家百貨公司，紗江的嬰兒床和嬰兒服也是在這家百貨公司買的。由紀望著這棟建築古樸的百貨公司，眼睛濕了。或許這是最後一次見到它了。不安的感情突然湧上心頭。

車子通過仲町的道路。從剛剛開始男子就不發一語。他的眼睛直視著前方，慎重、緩慢地開著車子。他正小心地駕駛。男子很緊張，留意不要發生意外。由紀祈禱著若是發生輕微的擦撞事故就好了，屆時自己就能趁機逃脫。否則現在這種狀況，她根本莫可奈何。

車子進入男沼町。剛結婚時，丈夫阿昭曾經帶由紀來過這個城鎮好幾次。這裡有一家僅次於大學醫院，可說是縣內最具規模的伊豆原醫院，而阿昭就在這家醫院工作。

伊豆原醫院佔地八千坪，裡面有三棟住院大樓。由紀的老家在熊谷市東鄰的南河原村，但是她在結婚之前對這家醫院已有所耳聞。

由紀與阿昭的結婚典禮還邀請到熊谷市的市議會議長夫婦以證婚人的身分出席，也就是情商當天到場的人情證婚人。婚禮盛大地舉行，出席者大半都跟醫院有關，所有的費用都由新郎家負擔。由紀因此感到臉上無光。

「新郎北條昭先生目前在關東知名的伊豆原醫院擔任總務部人事主任，是難得的俊秀之材。院長對他也信賴有加，可以說是伊豆原醫院未來發展中，不可或缺的人材。」

副院長代表醫院致上賀詞，但是由紀聽著演講，對於這番讚賞並非醫生的阿昭的致詞，感到極度虛偽。

結婚不久後，由紀曾經這麼問阿昭：「醫院的人事工作很辛苦嗎？」

「那當然了。」阿昭得意地回答。「伊豆原醫院裡有二十名以上的醫生和近百名護士，除此之外，還有會計和事務的負責人、負責檢查的技師、調理室、餐廳的從業人員、商店、咖啡廳、警備和清掃人員等。這些人員的聘用和調動，都由我和總務部長負責。比起妳出生的南河原村的村公所，我們醫院的人要多得多了。醫院裡有很多年輕醫生和護士之間也會發生問題。他們搞上之後的爛攤子，都是我在處理的。此外一年還有兩次的獎金考核。那是一種績效評定，這種時候，我手中的情報就派上用場了。醫院裡的人全都對我哈腰奉承，年輕的護士更是對我糾纏撒嬌，但是我完全看不上眼。關於這點妳大可以放心。像妳這樣的美人，就算找遍全醫院也找不到的。」

由紀注意聽著，臉頰泛紅。在幸福的新婚生活包圍下，她安心地看著丈夫。

自己也曾經有過那種幸福時刻啊，由紀心想。但是阿昭現在已經不在伊豆原醫院工作了。而兩人的婚姻生活，現在正瀕臨破局……

由紀短暫的回想被男子的聲音打斷了。

「哦，那就是有名的伊豆原醫院吧！」

車子的右前方有三棟白色建築物被綠意盎然的樹林包圍，呈ㄇ字型並排著。男子可能是看見了那個。

「不過，還真是廣闊呢！這家父子兩代建立起來的大醫院，據說市民都稱呼它為伊豆原王國，是嗎？聽說那裡面還有網球場和搥球場呢！」

「……」

「妳也有看過吧？妳先生之前是在那裡工作的嘛！」

「你怎麼知道？」

「聽說的。不過妳先生現在已經不在那家醫院工作。他去了熊谷市出身的知名政治家——民生自由黨的眾議院議員梅津悠作的事務所了。聽說他現在是梅津議員的私人秘書……」

「你連這種事都調查了，你到底是什麼人？新聞記者？還是私家偵探？」

但是男子無視於由紀的質問繼續說下去。

「說到梅津議員，他是民生自由黨的中堅份子。連續七任當選，又是前任厚生大臣[註1]，位居醫療行政頂端。他的妹妹則是伊豆原醫院的院長夫人。權力與財力緊密地結合在一起。雙方的未來可以說是穩如泰山。這個社會就是這樣啊！」男子不屑地說。

「你討厭梅津議員和伊豆原醫院嗎？」

「嗯，是不怎麼喜歡啦……」

「所以，你也憎恨在那種地方工作的外子。是這樣的對不對？但是，為什麼要對我做出這種事，這和那有什麼關係？請你告訴我，你的目的到底是什麼？為什麼要把我和紗江關在車子裡？你說賠上性命的計畫，只是在傷害婦女小孩而已嗎？」

「傷腦筋。」

由紀瞥見男子的嘴角浮現苦笑。

「看不出來當上母親的妳也會變成一個堅強的女人呢！沒想到竟然會被妳這麼溫柔的人如此嚴厲逼問。不過，請妳暫時不要詢問我的目的。總有一天妳會明白的。但是，我不會把妳們一直關在車子裡的。我正想讓妳們下車，好好地深呼吸一下呢！」

男子說著，把車子停在馬路邊。

駕駛座前面的儀表板上，擺著數張道路地圖。看起來像是從雜誌上剪下來的。裡面也有像是手繪的地圖。男子拿過那些紙，湊近眼睛閱讀。車子裡變得有些暗了。窗外開始飄起黃昏的氣息。

「順著這條路一直下去，就會碰到利根川。那裡有一座橋，叫刀水橋。過橋之後，就是群馬縣……」

「要去群馬縣嗎？」

「不，在那之前要先去一個地方。是寺院唷！繡球花寺……」

「哦，能護寺。」

「妳知道啊？對，它正式的名字叫做能護寺。妳有去過嗎？」

註[1]厚生大臣為日本厚生省的最高長官。厚生省相當於台灣的衛生署，為主管衛生及社會福利的最高機構。

「只有一次，外子開車……」

「這樣啊。那妳知道路吧？」

「我記得再過去一點的地方，好像有一個寫著刀水橋的號誌。從那個號誌往左轉，直走就到能護寺了……」

「就是那個。總之，過去看看吧！也得讓紗江呼吸一下外面的新鮮空氣才行……她從剛才就非常安靜，真是惹人疼愛。紗江，對不起唷，馬上就到囉……」

2

車子開動後，由紀出聲對男子說了。

「那個……」

「什麼事？」

「就算現在去能護寺，我想繡球花也還沒開……」

「還沒開？」

「因為繡球花的花季是六月中旬到下旬……」

「這樣啊。可是我記得埼玉縣的觀光指南上寫著五月到六月之間，寺內超過五百株的繡球花，紅、白、淡紫、粉紅地鮮艷盛開著。」

「那就是寫錯了。或許上面寫的是五月底到六月之間。但是如果是繡球花盛開時間，則是在六月。」

「唔，是我記錯了嗎？妳和妳先生是什麼時候去的？」

「去年五月下旬。正好是花剛開的時候。」

由紀說完，輕咬下唇。心裡五味雜陳。

直到那個時候為止，兩人婚姻生活還十分美滿。雖然阿昭的身邊女人的影子總是不斷，由紀也曾經向娘家的母親說過這件事，但是母親說：「不過是在外頭玩了一兩次女人，用不著這麼氣呼呼的。更何況對方是生意人，妳就默默地睜一隻眼閉一隻眼吧！男人最後總是會回到自己家來的。大吵大鬧的話，反而會佔下風。」她安慰由紀，又這麼勸諫她：「我也一直被妳爸的花心所苦。可是，他在過世前十年左右，真的成了一個好爸爸。孩子出生的話，阿昭一定也會清醒過來，努力當個好爸爸的。因為他是那麼樣地喜歡妳，甚至不顧妳婆婆的反對，和妳結婚了不是嗎？就當做他是看透了妳溫柔的個性，是在向妳撒嬌。他最後一定會回到妳身邊來的。」

由紀相信了母親的話。她刻意避開圍繞在丈夫身邊的不潔氣息。雖然覺得娘家的母親是個傳統的女性，但是她也認為傳統女性的堅強有值得學習的地方，就這樣得過且過地繼續過日子。

然而，就在參觀繡球花寺的隔天，有人前來拜訪由紀。原本不值一提的來訪，竟在夫婦之間造成了決定性的鴻溝。

「他就是妳外遇的對象嗎？」

善妒的阿昭固頑不死心地追問。由紀知道在他背後煽風點火的是婆婆民子。

而且，在那之後不久，由紀的身體出現了變化。她懷孕了。

「哼，那傢伙的孩子我連看都不想看。妳自己收拾掉吧！」阿昭冷冷地說。

當然，那個時候婆婆民子似乎也幫他出了不少主意。

紗江出生的日子，民子也沒有前來產房。入院的準備、生產的輔助，全都是娘家的母親幫忙的。

「明明是自己的長孫出生……」母親含淚說道。「如果怎麼樣都沒辦法的話，不要再撐了。妳隨時都可以回家的。」

「要是這麼做的話，就是我輸了。那樣就等於承認對方無理的誣賴了。我不允許這樣的侮辱。而且，如果讓這孩子成了沒爹的小孩，我也覺得對不起她。媽，我會加油。也為了這孩子，我要奮鬥。」

阿昭及婆婆民子無法將離婚裁判付諸實行，因為無法證明由紀莫須有的「外遇」。當然，由紀也不打算回應離婚協議。就這樣兩人的夫妻生活且戰且走到今天。

在能護寺參觀繡球花的隔天，那個人來訪，那是一切的導火線。當然，這不是那個人的責任。一切都是阿昭異常的嫉妒心所產生出來的妄想。即使如此，那一天淹沒了整座寺院的五顏六色的美麗花朵，如今也化成了悲傷的回憶，烙印在眼底……

「哦，就是那個。」

開車的男子以興奮的聲音說道。

「喏，到囉。也讓紗江到外頭透透氣吧！大門關著呢。不知道能不能進去呢？」

車子停了下來。

「來，妳也下車吧！把安全帶解開。」

男子說著，把由紀抱在膝上的紗江迅速抱進自己懷裡，接著打開車門，走出車外。由紀也跟著下車。雖然沒有風，但是與密閉的車內不同，外頭的空氣帶著清爽的五月香。瞬間，由紀有一種被解放的安心感，將爽朗的空氣深深地吸進胸腔。

能護寺的山門摒除了華麗的裝飾，整體十分簡素，開山以來一千兩百年的傳統所培養出來的名剎門風，讓來訪者感覺得到它歷史的重量。

大門關著。前面立著一個小木牌，上面寫著：開放六點—十八點。冬季至十七點。

「太不湊巧了。要是早點來就好了。」

男子抱著紗江站在山門前。從那個位置既看不到正面的本堂，也看不到鐘樓。種滿了寺內的五百株以上的繡球花，層疊著厚實富光澤的綠葉，等待開花時節。不過緊閉著的門扉另一頭，只是一片寂靜。

男子抱著紗江，在山門前深深地低下頭來。由紀凝視著男子的背影。許久，男子都沒有抬頭。

（那種人，會對神佛祈禱什麼、默念什麼呢？）

男子抬起頭了。他小聲地說著什麼。由紀豎耳傾聽。

「我來到繡球花寺了。可惜的是，花還沒開。如果現在是六月中旬就好了。可是事情沒有那麼順利。不過，我總算是來了。現在我正想像這裡有滿園怒放的繡球花。那麼，我這就告辭了。」

男子是在對誰說話？不是對著抱在懷裡的紗江。看起來像是對著不在這裡的誰、身在遠處的某人說話。

由紀愈來愈搞不清楚男子的真面目了。這個人用刀子威脅並帶走她們母子後，竟悠哉地參觀繡球花寺，還對著不在這裡的什麼人說些莫名其妙的話……

「我們走吧！」男子回到由紀面前。「紗江，來，給媽媽抱唷！」

紗江被移到由紀手中。

「請上車吧！」

男子打開副駕駛座的門，催促由紀上車。緊接著他也坐進駕駛座。男子沒有半分多餘的動作。柔軟的身體，行動敏捷流暢。光是看著也令人覺得舒服。

「把車門鎖上，然後繫上安全帶。」

安全帶和車鎖，雖然在事故的時候會派上用場，但是對現在的由紀而言，那只是拘束她自由的道具而已。可是她還是照著男子的話做。

車子開動之後，由紀問了。

「你不是住在熊谷對吧？」

「為什麼這麼問？」

「住在熊谷的話，繡球花寺一點都不稀奇，隨時都可以來。但是你卻像是對什麼人報告似地，說你終於來到這裡了……」

「哦，妳聽見啦？我是在向神佛報告。」

「騙人。總之，你不住熊谷。可是又開著琦玉縣車號的車子……。請你告訴我，你到底住在哪裡？是做什麼的？又為什麼找上我做出這樣的事？我不認為你是個會做出這麼殘忍的事的人。一定是誰拜託你做的吧？是誰拜託你的？至少告訴我這件事……」

「真傷腦筋啊。由紀，妳這是在逼問我嗎？全部都無可奉告。但是我住哪裡倒也不是不能告訴妳……」

「請你告訴我。」

「我的居所不定。這是事實。現在的我沒有棲身之處。前往的地方，就是我的住所。」

「你被人追捕嗎？」

男子沒有回答。一陣子之後，他悄聲呢喃似地說了：

「現在的我，是漂泊的猶太人。」

「猶太人？你是猶太人嗎？」

「這是一個傳說，或者該說是神話？與耶穌基督有關的神話。妳知道基督教吧？」

「不是很清楚。我住的村子裡也有一個像牧師的人，有時候會發一些寫著基督教義的小冊子……」

「對，就是那個基督。他是猶太人。但是他所宣揚的教義引來當時猶太教指導者的憤怒。結果他受到審判，遭到處刑。這是我以前在書上看到的故事，已經記不得了……」

「你的意思是你也像基督一樣遭到處刑嗎?所以才會四處流亡。因為這樣,你才自稱是漂泊的猶太人……」

「不是的。」

男子的嘴唇浮現淡淡的微笑。車子彷彿分開在狹窄道路兩側的住宅區似地緩慢前行。

「基督在一個叫做各各他的山丘上被處刑。他的背後被綁上十字架,在官吏的監視下走向刑場。他一定是累得精疲力盡了,途中,他想要進去一處民家休息喝水,然而,那家人不但不給基督水喝,還刺耳地咒罵他,用石頭丟他,把他趕了出去。」

「哎呀,然後呢……?」

「這種故事,妳有興趣聽嗎?」

「沒問題。總比兩個人默不吭聲地坐在車子裡頭要好……」

「這樣啊。多少可以聊作慰藉是吧?那麼,我就繼續說下去吧。那個時候,基督對著男子這麼說了:在我重臨世上之前,你將永遠在地上漂泊……」

「然後,那個男的怎麼了?」

「就和基督說的一樣。那個男的當然也是猶太人,基督被處刑之後,他就在某種無形的力量驅使下走了起來。他拋棄自己的家,漫無目的地漂泊行走。既不能休息,也不能停步,像幽靈一樣在全世界流浪,甚至無法死亡。他成了永遠的流浪者,也就是漂泊的猶太人……」

「那麼,那個猶太人,現在仍在某處徬徨著嗎?」

「或許吧！不過，這是當時的神話……不過對這個故事有興趣的作家，改寫成許多小說。日本也有這樣的作品。我記得芥川龍之介[註1]也有寫過……」

由紀感到吃驚：「你真的好博學多聞呢！一定讀了很多書吧？簡直就像大學的老師一樣。」

「沒那回事。只是國中的時候開始，信手亂讀的東西還記得一些而已。」

「可是，我好羨慕有知識的人。我只有唸到高中而已，腦袋也不好，所以總是被外子瞧不起。遲早有一天，我會被家人拋棄，逐出家門，在外頭流浪。這麼一想，剛才的話實在讓我感同身受。既可憐，又可悲，簡直就像在說我一樣……」

由紀邊說著、邊體會到一種不可思議的情感。

自己為何可以與這個男子交心談話，專心地聽著他的話語呢？坐在自己旁邊，握著方向盤的男子，是一個綁架犯，是用刀子威脅自己和紗江，強制將我們帶走關進車子裡的人。原本他應該是一個恐怖而且令人憎恨的對象。然而，自己卻感覺不到對他的強烈憎惡。可以能有一些吧，但我開始對他產生好感。車子啟動之後，只經過了四、五十分鐘，但是離家前感覺到的恐怖，卻已經變得淡薄了。

為什麼？她捫心自問。是因為男子對紗江溫柔的顧慮讓自己感到高興嗎？是因為他對

註[1]芥川龍之介（1892~1927），大正時期的小說家。由於其嶄新的構想與巧緻洗練的文體，被稱為新理知派。代表作有《羅生門》、《鼻》、《地獄變》等。

自己的遣詞用句總是一貫地彬彬有禮嗎？這也是原因之一。但是由紀覺得並不只如此。

由紀在這個男子身上看到了阿昭所沒有的、一種由紀自婚前就偷偷在心裡描繪，並一直蘊藏在少女內心的真實的男性形象——也就是她心目中理想的男性形象。

要她率直地承認這種心情，還是有所抗拒。因為他是個應該遭到自己憎恨的男子。儘管如此，卻又讓人無法打從心底憎恨。由紀不知道該如何處理自己的感情。

車子穿過狹窄的住宅區後，視野突然變得開闊。車窗左右是平坦的田野，遙遠的另一頭，看得見民家和疑似工廠的建築物並排在一起。整齊犛平的田地上，剛種下去的青蔥在視線所及之處呈直線狀排列；尖銳的綠葉前端，筆直地朝向即將日落的天空伸展。

「哦，這是有名的深谷蔥對吧？」男子瞄了一眼由紀，向她搭話。「這裡的蔥，白根的部分很長，味道很甜。什麼時候收割？」

「我想應該是秋末的時候，不過不太清楚。這裡是深谷嗎？」

「對。現在在深谷的南邊。話說回來，紗江大概都幾點睡覺？」

「七點半以後。洗過澡後，我都在八點之前讓她就寢。」

「對了，洗澡。我都給忘了。紗江，就快到囉！洗個澡，喝過奶之後，就可以好好地睡覺囉！嗯，得快點才行……」

車子加快速度，接著又開了近三十分鐘。

道路變得寬敞，錯身而過的對向來車，都打開了車燈。

遠處閃爍著點點燈明，隨著距離接近，光也變得密集。日落後的天空，像被紅色的霧靄包圍一般變得朦朧。霓虹燈的光芒照亮了夜空。

四周逐漸塗抹上夜色。

男子在途中只停了一次車。他打開車內電燈，拿起像是手繪的地圖。

「果然沒有走錯。右手邊有公民館，剛才經過了加油站。從那裡在第二條路左轉。這樣我就知道了。」

「這裡是哪裡？」由紀不安地問。

「本庄市的郊外。可是我們不會進入市內。再四、五分鐘就到了。」

車子開動之後，原本一直乖乖地被抱在膝上的紗江，開始哭鬧起來。她像要掙脫由紀的手，扭動身體發出哭聲。這也難怪。很長的一段時間，她都被放在由紀的膝上、從後面抱著，一直維持著同樣的姿勢。會覺得累又不高興也是當然的。

「哦，乖、乖。對不起唷。來，媽媽抱抱，不要哭唷。乖孩子。看，電燈閃閃發光唷！很漂亮吧？」

由紀抱起孩子，把小小的身體左右轉動，讓她可以看見周圍的風景。一直看著同一個方向的紗江，可能是覺得稀奇，她踢動雙腳，用力扭動獲得自由的身體。哭聲停止了。

車子駛入狹窄的道路。稀疏的街燈將杳無人跡的馬路照得亮白。稍微往前行進，右前方有一棟相當大的建築物。建築物的屋頂上可以看見寫著「夢樂莊」的紅色霓虹燈。

「到了。這裡是今晚的落腳處。」

車子緩緩駛進建築物前的樹叢中。

由紀很快察覺這裡不是一般的飯店或旅館。這裡既沒有玄關，也沒有櫃台。當然，也沒有人出來迎接。整個建築物寂靜無聲。

「這裡是什麼地方？感覺好像沒有人……」

「MOTEL，外國話是這麼稱呼的，不過在日本就是所謂的賓館。」

「哎呀，好下流的地方。」由紀皺起眉頭。

「下不下流，是由住的人的心決定的。或者是妳在想什麼下流的事嗎？」

「我才沒有！」

由紀撇過臉去。男子剛才的話，讓她的身體熱了起來。她心跳加劇，覺得自己的臉頰變紅、變熱了。

她恥於被男子發現這件事。

通道的左右兩邊，有幾處鐵門拉下，還有幾處閃爍著像「準備中」霓虹燈般的文字。

男子把車子開進鐵門沒有拉下的地方，催促由紀。

「喏，下車吧！」

他迅速地走出車外，按下牆壁上的按鈕。由紀下車的時候，鐵門安靜地降下，完全阻斷了車子與通道。瞬間，由紀感到自己與外界的一切被隔絕了。彷彿被關進無法逃脫的密室。她緊緊抱住紗江小小的身體。現在只有這個幼小的女兒，是自己的依靠。

男子拿出由紀的旅行袋後，打開後車箱，取出一個相當大的紙袋。看起來既厚又堅固的紙袋，大小和由紀的旅行袋差不多。裡面可能放了什麼東西，看起來鼓鼓的。

「入口在……哦，這邊。」男子打開狹窄的門。「來，進去吧！」

他將由紀推進去，緊接著自己也進門之後，從裡面上鎖。

眼前有一個陡急的樓梯，狹窄得大約僅容一個人通過。男子輕輕推了推呆站著的由紀。他是在示意她上樓吧？由紀無法拒絕。

由紀彷彿前赴處刑場的囚犯一般，低垂著頭，慢吞吞地爬上又窄又陡的樓梯。男子緊跟在後。

3

這是由紀第一次走進賓館。

她之前透過小說及電視畫面大約瞭解裡面的狀況。這裡是處理男女情事的場所。有著不欲外人知的濕暗關係的男女，在祕密的房間內度過瘋狂的情欲時光。是彼此貪求的兩具肉體汗水淋漓、染滿淫穢的汁液，展開奔放的性愛醜態的地方。踏進這種地方，彷彿連自己的身體都會沾染上不潔的氣味——由紀原本是這麼想的。這是她對愛情賓館抱持的籠統印象及知識。

可是當男子打開門時，豪華的水晶吊燈所映照出來的華美，讓由紀不禁瞠目結舌。

這是一間相當大的房間。地板鋪滿了鮮紅色的地毯，周圍牆壁以白色統一，可能是在四處噴撒了銀粉，整面牆壁反射出吊燈的燈光、閃閃發亮。正面好像有窗戶，紫色的褶簾寬鬆垂地。

房間中央有一張大型雙人床。這張床比任何設備都更直接地道出這個房間的特性。白色床罩上並排著兩個枕頭。枕邊一個突出的擺飾台上，擺著水壺、兩隻杯子以及面紙盒。這個房間毫無疑問地是為了讓男女交歡過夜而準備的。房間的主角是置於中央的床鋪，其他的裝飾品，都不過是為了躺在這張床上的男女烘托氣氛的配角罷了。

（品味好差的房間。）

由紀在心中抱怨。可是，佔據在這個下流房間中央的沉甸甸床鋪，讓現在的由紀感到怨恨、悲慘。

（我也會睡在這上面嗎？）

站在入口處和由紀一起掃視房間的男子催促道：「總之，進去吧！」然後關上了門。

一面牆邊排著兩張矮沙發，前面擺著桌子。

男子走近、並將手中的紙袋放到沙發旁，從由紀的旅行袋裡取出紗江的搖鈴玩具。應該是離家的時候男子放進袋子裡的。

「來，紗江最喜歡的搖鈴玩具。」

男子走到呆愣在原地的由紀身邊，把玩具放進紗江手裡，手移到由紀的肩膀。

「喏，休息吧！總不能一整晚都站在這裡吧？」

他像要抱住由紀纖瘦的身體般，把她帶到沙發邊讓她坐下。

桌上擺著一本皮革封面印有「夢樂莊服務簡介」的說明書。男子拿起它，迅速瀏覽之後，立刻走到床邊的電話旁，只撥了一個號碼。好像是通到櫃檯的電話，話筒另一端傳來男子的聲音。

「……嗯，雖然有點早，我們現在就要住宿。啊？額外費用……可以。還有晚餐……這樣，那，兩份上等壽司。早餐就這本服務簡介裡的早餐好了。兩人份。壽司請在八點半送來。早上的出發時間嗎……？嗯，大約九點半到十點……付款方式呢？哦，我瞭解了。那麻煩你了。」

男子放下話筒，折了回來。

「讓紗江洗澡吧！不過只有媽媽才知道水要多溫。請妳過來這裡。」

由紀完全被男子俐落的動作和口氣牽著走。懷裡的紗江甩著手，搖鈴玩具發出微弱的鈴聲。

入口處附近的牆上，有個籐製的衣架，底下放著同樣是籐編的洗衣籃。裡面整齊排放著疊好的浴衣及浴巾等物品。

男子打開衣架旁的門、打開電燈。那是化妝間。白色磁磚的牆壁和洗臉台的白色陶瓷，給人一種清潔的感覺。右側是廁所，男子打開正面的門，裡面是寬敞的浴室。

牆邊設有橢圓形的浴缸。塑膠製的浴槽是粉紅色的，邊緣呈渾圓的弧狀，觸感應該也相當平滑。自家狹窄的浴室那小小的四角磁磚浴槽，根本無法相比。以壁面的白色磁磚為背景，兩株觀葉植物盆栽伸展出鮮綠色的枝葉。由紀不知不覺以主婦的角度觀察起寬敞的浴室來了。

男子拿下掛在浴缸上方的蓮蓬頭，轉開水龍頭。他用噴出的強勁熱水沖洗浴缸各處，把裡頭清洗乾淨。

洗好之後，他關上水龍頭，對由紀微笑，潔白整齊的牙齒露了出來。

「這種地方，保健所管得很嚴，所以相當注意衛生。客人也會選擇清潔的旅館。可是，這是紗江要洗的，所以我想弄得更乾淨一些。」

由紀默默地聽著，男子的話暖暖地滲入她的心中。

男子轉開水龍頭上的兩個開關，用手指確定流出來的冷熱水恰到好處。

「這樣的溫度可以嗎？請妳用手試試看。」

由紀用手指觸摸流下來的熱水，輕輕點頭。

「這樣。那請妳去房間準備一下吧！」

由紀照著男子的指示行動。她一點都不感到抗拒，她的身體反而自然地動了起來。

她把紗江放在床上脫下衣物、尿布的時候，男子回來了。他把旅館的浴巾攤在床上，放了五、六個塑膠袋在上面。

「這些袋子是我準備的。尿布什麼的就放進裡面吧！明天拿去別的地方丟掉就行了。那麼，就先幫紗江洗澡吧！妳要不要也順便一起洗？」

「我不用了。」

「妳不一起洗嗎？」

「嗯，我幫紗江洗就好。」

「平常都是這樣的嗎？」

「總之，我不洗就是了……」

「這樣。唔，隨便妳愛怎麼做。對了，洗完澡的話，把熱水放掉吧！」

男子說完這些後，回到沙發一屁股坐下。由紀用男子攤開的浴巾包裹住光溜溜的紗江，走進浴室。

4

由紀在塑膠製的洗澡盆裡裝滿熱水，把紗江的身體放進去。小小的屁股剛好坐滿了整個澡盆。平常由紀總是一邊對著孩子說話、一邊幫她洗澡，但是今天她卻默不作聲；讓出生四個月、沒有受到世間污染的純潔身體，在賓館的浴室裡入浴，這件事讓由紀耿耿於懷。或許房間另一頭的男子，也是出於這樣的心情才沖洗浴缸的。

紗江，對不起唷。由紀在心中道歉，抱起紗江柔軟的身體，移到浴缸裡面。她用單手支撐紗江的後腦勺，輕柔地讓她躺在滿滿的熱水上。小巧的身體輕輕浮起，裝滿浴缸的熱水，發出聲音溢流而出。這個時候由紀才發現自己還穿著鞋子。管它的。這樣的話也不用擔心會弄濕襪子了。

紗江的身體在透明的熱水中輕輕浮動。她的眼睛微微瞇起，從櫻桃小嘴中露出一點點舌頭，這是愛洗澡的紗江總會露出的表情。

一會兒，紗江白皙的肌膚浮現血色，臉蛋也像發熱似地泛出紅暈。

「好像泡暖了呢。好了，出來吧！」

由紀抱著用浴巾包裹的紗江回到房間。

男子不曉得什麼時候更衣的，換上了白色長袖襯衫及深藍色的運動長褲。他以那副打扮在沙發上盤腿而坐，靠在桌子上好像正寫著什麼。

「已經洗好了嗎？可以在浴室裡慢慢陪紗江玩呀！」他一看到由紀便出聲說道。

「嗯。」

由紀只是簡短回答，隨即把紗江移到床上去。她擦掉紗江的汗水，等她身體乾了之後，幫她穿上新尿布，換上準備好的睡衣。由紀就這樣靠著紗江小巧的身體，一起躺在床上。她回避男子的目光，敞開胸口讓紗江含住乳房。紗江正貪婪地吸吮著。

紗江睡著後，嘴唇放開了乳頭。由紀拉過床腳的薄羽毛被，輕輕蓋到孩子身上。由紀在床上重新坐正，凝視孩子的睡臉。

接下來該怎麼辦？

孩子睡著了，自己就無事可做了。男子從剛才就一聲不響，不曉得在熱衷寫些什麼。他的旁邊有沙發，但是由紀不想過去坐。在家裡的時候陪著紗江躺著，有時候自己也會不小心睡著。可是現在由紀沒有那種悠哉的心情。在床上放鬆身子，伸直雙腳躺下是很危險的。要是被瞧見那種樣子，男子或許會以為自己在引誘他。端正跪坐的姿勢是由紀對男子欲望無言的意志表明、也是抗拒的姿勢。

由紀雙手放在膝上，視線低垂。此時，她注意到一件奇妙的事。進入房間的時候，床上應該放著兩個枕頭，現在枕頭卻只剩下一個。另一個到哪裡去了？由紀掃視床上沒有看見。她微微轉頭，視線移向男子。沙發旁丟著一條像是黃色毯子的東西，枕頭就放在那上面。

（他打算睡在那裡嗎？）

但是，不管男子睡在哪裡，都不能保證自己是安全的。總之，對方是一個以柔弱的女人和小孩做為人質，四處逃亡的人。對他而言，這是賭上性命的逃亡之旅。不管男子表現得多麼平靜、多麼紳士，他的內心一定都充滿了不安與恐懼。為了逃離那種不安、沖淡那種恐懼，男子會渴望女人的肉體。他的絕望會在我的體內爆發。這樣的時刻何時會來臨？她覺得全身血液沸騰，翻攪聲不斷。

保護紗江，保護自己。我有那種力量、那種勇氣嗎？由紀凝視置於膝上的白皙手指，持續著空虛的想像。

房間裡很安靜。空氣凝固，安靜得近乎詭譎。從建築物的規模來看，這棟旅館裡頭應該住著十到二十對左右的男女，卻一點聲音也聽不見。完全感覺不到人的氣息。

這就是賓館。為了隔絕外部的視線以及聲音而設置的完全密室。在這裡不管發出多大的尖叫聲，無論如何哭喊，都傳不進他人的耳裡。（媽，我該怎麼做才好？）由紀在心中呼喚遙遠娘家的母親。（媽，救救我。）

一聲「嘰」的聲響傳來，男子突然站了起來。由紀全身僵直，望向男子。

男子大大地伸了個懶腰，雙手左右甩動，做了兩、三次伸展運動後，把像是寫到一半的文件收進紙袋裡。然後，他打開靠近門口的冰箱，取出沏茶的道具。

「由紀，」男子出聲。「過來這裡。我來泡茶。」

由紀慌忙下床。

「那個，我來就…」

她說到一半，把後面的話吞了回去。沒有必要這麼做。想喝茶的話，讓他自己泡就好了。不過剛才她看見男子取出泡茶的道具，差點就脫口說出「我來就好」。身為家庭主婦的意識在這種時候依然會不由自主地顯露出來。這樣的自己，讓由紀覺得既可厭又可悲。

男子在茶杯裡放進茶包，拿起電冰箱上的熱水壺倒進熱水後，催促站在那裡的由紀。

「來，請用。」

總不能就這樣一直站在床邊，由紀戰戰兢兢地走到男子旁邊坐下。

「離開熊谷的家之後，什麼都沒喝，一定渴了吧？」

男子說著，把茶杯湊近口邊，卻突然站了起來。

「這不行，水沒滾。」他察看水壺。「果然沒插電。這茶丟了吧！」

男子拿著由紀和自己的茶杯到洗手間去，立刻就折了回來。

「不夠熱的茶，既沒味道也沒香味，會讓人傷感。這種心境……嗯，就像『旅館中的冰冷茶水　讓人今晚想要盡情哭泣』吧？」

「你……」由紀凝視著男子的臉，問道。「是為了哭泣，才住到這種地方的嗎？」

「咦？我嗎？不是啦。剛才我說的是啄木的歌。妳知道吧？石川啄木[註1]。」

由紀微微點頭。石川啄木是個有名的歌人，這點常識她也知道。

「啄木這個人，雖然一般是以歌人聞名，但是他原本是以詩人的身分出發的。然而，他的詩在當時並沒有得到很高的評價。而且光靠寫詩無法過活，因此他立志成為小說家。事實上，他也寫了幾篇小說，卻完全賣不出去。真的是很諷刺。做為一個詩人，無法揚名，做為一個小說家，也沒有成就。這樣的他，聊以自慰而寫的短歌——對他而言，是消遣時間、無用之物的歌，卻捉住了後人的心……啊，真糟糕，這種話題很無聊吧？水馬上就滾了，我們來喝茶吧！」

「沒關係。我很喜歡這種話題。而且，我也知道啄木的一首歌。」

「哦？怎樣的歌……？」

「是家母教我的。家母以前是高等女校畢業的，比我更愛好文學。她現在已經過了六十歲，還會參加公民館的短歌俱樂部什麼的。」

「令堂真不錯，妳生長在很高尚的家庭呢！」

註[1]石川啄木（1886~1912），明治時期的詩人、歌人、評論家。早年即以明星派羅曼主義詩人聞名，在肺疾與貧困當中，寫下反映生活的平易三行短歌。晚年傾倒於社會主義思想，最後死於肺結核。著有歌集《一握之砂》、《悲傷的玩具》、評論集《時代閉塞之現狀》等。啄木的作品與思想，在他死後皆引起廣大的迴響。

「不是的。我是在熊谷市附近一個叫南河原村的地方出生的。那是利根川流域內縣裡最小的農村。在村子裡，我們家算是貧窮的。為了上高中，我每天早上都要送牛奶。家母現在也還在村裡的拖鞋工廠工作。」

「拖鞋？妳說穿在腳上的那個拖鞋嗎？」

「嗯。聽說我們村子的拖鞋生產量是全國第一。一年生產兩千萬雙以上。這是我們村子的驕傲……」

「哦，這我倒是不知道。」

熱水壺傳來水滾的聲音。男子呢喃著：「好像好了。」自然地站了起來。他在放進新茶包的茶杯裡倒入熱水，把杯子放到桌上。

「這次茶的顏色終於沖出來了。」他說，喝了一口。「來，妳也喝吧！」

「嗯。」

在男子的勸說下，由紀也拿起茶杯。中午過後，她就什麼也沒喝，喉嚨渴極了。雖然是平常喝慣了的茶，但是淡淡的苦味滲入舌頭，喝起來格外美味。

「話說回來，」男子把喝乾的茶杯放到桌上，開口說道。「剛才被拖鞋的話題打斷了，妳說妳知道一首啄木的歌……啊，我來猜猜看好了。應該是這首吧？『東海小島的海岸白沙上　我淚流滿面　與螃蟹嬉遊』。」

由紀微微搖頭。

「唔……。妳說是令堂教妳的吧？那樣的話，一定是這首。『胡鬧著背起母親　輕得

令人哭泣　三步即止』。」

由紀再度搖頭。

「不對？說到啄木的歌作，比較廣為人知的有『彷彿被丟擲石頭逐出　離鄉背井之痛　永不磨滅』、『輕聲呼喚自己的名字　流淚　十四歲的春天再不復返』、『每當動怒　就摔破一缽　打破九百九十九缽就死吧』，全都不是？到底是哪一首呢？如果有提示我就猜得到了……」

「家母現在還在拖鞋工廠工作。」

「這是提示？」

「拖鞋這種東西，彎折、縫合材料等等的作業，幾乎全都靠手工的。每當家母下班回家，總是最後一個洗澡，在自己粗糙的手上塗上乳液，把那雙手……」

「我知道了！」男子舉手阻止由紀說下去。「『凝視雙手　念道做牛做馬　生活依然不得閒』，是這首吧？」

「猜對了！」

由紀的嘴唇微微露出笑容。男子的臉上也泛著笑意。

這是一副不可思議的情景。或者該說是不自然的情景？現在坐在由紀面前的是一名綁架犯。他把由紀和年幼的孩子強行帶出，關進密室裡頭。雖然不瞭解他的目的，但是他一定是正被什麼人追捕。危險的男子。最應該警戒的對象是他才對。

然而由紀卻傾聽這樣一個男子說的話、附和他，對方明明沒問，她卻連娘家還有母親的日常生活都給說了出來。而且對於男子答對啄木的歌，她感覺有如親密朋友之間的對話，以輕鬆、半帶玩笑的口吻應和：「猜對了！」這是由紀連想都想像不到的發展。

她沒有發現自己的改變。

當然，她並非失去了對男子的警戒。這間旅館是完全的密室，而男子遲早會要求自己的肉體，這種恐怖並沒有完全從她的意識中消失。

然而，她卻為何被男子的話吸引，親暱地與他交談呢？而且她享受著這番對話。難以理解的心理。這種不自然，連由紀自己都無法說明。

男子所說的「漂泊的猶太人」的故事。石川啄木的事。還有石川啄木所創作的短歌。由紀覺得，自從結婚之後，她就一直渴望有人與她談論這樣的話題。可能也是受到母親影響，由紀從小學開始，就十分好讀童話及小說。進了中學，學校貧乏圖書館中的藏書，她也幾乎讀遍了。到了高中，她的讀書欲變得更加強烈。她也曾經把自己從學校借回來的書借母親閱讀，然後兩個人一起分享讀後感。對由紀而言，那是無上幸福的一刻。

放棄升學的由紀，唯有書本是她的慰藉。一拿起書，由紀就有種開啟未知世界大門般的感覺，心中雀躍不已。

小說當中描繪著由紀所不知道的無數人生。作者豐沛的幻想所編織出來的故事，更加刺激了由紀的想像；她也能因此張開自己幻想的羽翼，自由自在地翱翔於故事中。這就是由紀的青春。

與阿昭結婚之後，由紀對丈夫書架上的書本種類之貧瘠感到失望。

高爾夫入門、麻將必勝法、男女交際禮儀、AV女優的露毛寫真集。上頭盡是一些讓人連打開翻閱的欲望都沒有的書籍。

婚後阿昭從來沒有提過半個有關文學或小說的字眼。兩人的對話，不是醫院裡醫生和護士的情愫，就是如何從藥商身上收取回扣這類話題。

正因為如此，男子的話滋潤了由紀乾涸的心。男子的言語滿足了她的饑渴。這也難怪由紀彷彿變了個人，眼神充滿生氣地聆聽男子的話。雖然只是短暫的時刻，由紀也回到了過去南河原村的少女時代。

「你研究過啄木的歌是嗎？」

「沒有。」

「可是，你怎麼會那麼清楚？」

「這是因為我出生的地方，把啄木視為家鄉的驕傲。他等於是當地孕育出來的英雄。」

「啄木是哪裡出生的？」

「東北的岩手縣，南岩手郡日戶村。可是兩歲的時候，他們一家便遷到稍遠的涉民村去了。『緬懷涉民村種種　回憶中的山　回憶中的河』對他而言，這個涉民村才是他的故鄉。而我也正巧出生在那附近。」

「這麼說，你從小就很熟悉啄木的歌了？」

「沒有，是進入中學以後；那個地方所有的學校圖書室裡必定收藏了啄木的全集與歌集。我中學二年級的時候，一個中年老師調任過來，他是國語老師，也是個狂熱的啄木迷。國語課中沒有一天不提到啄木的名字。那個老師甚至可以流暢地背出好幾百首啄木的歌。」

「………」

「中學三年級的時候，老師出了一個暑假作業，要我們從啄木的歌集裡挑選自己喜歡的二十首短歌，寫下自己的感想。從此我開始讀啄木的歌。啄木的歌裡沒有特別艱澀的表現。他用中學生也看得懂的平易文字，率直地抒發出自己的感情。我也像那個老師一樣，迷上了他的歌。真的很不可思議呢，最近不管看什麼書，內容一下子就會忘掉，但是中學和高中時代讀的東西，卻意外清晰地留存在記憶中……」

由紀很能瞭解他的話。她自己現在也都還能夠背誦出高中時代讀的漱石[註1]的《草枕》中的開頭部分：「我一面登上山路，一面這麼想：耽於智則易樹敵，溺於情則易迷失。」

「那麼，」由紀問道。「你在暑假作業中選了啄木的什麼歌？我想知道。」

「呃，我沒記得這麼清楚。」

「可是，至少總該記得一首吧……？」

「也是。那麼……」

男子就要開口，卻欲言又止。他是在回想嗎？由紀偷偷觀察他的樣子。

「由紀。」

男子突然把身體轉向由紀。原本柔和的表情消失，他以認真的眼神深情凝視由紀。

「石川啄木年僅二十七歲就辭世了。他在短暫的生涯當中，寫作了一千首以上的短歌。其中有一首歌，我希望妳能夠記住。」

「怎樣的歌？」

「不是很有名，是這樣的歌。『森林裡傳來槍聲　可悲可嘆　恰如自我了斷之聲』。」

「再說一次，慢一點……」

男子重覆那首歌。由紀跟在男子後面默唸。

「這……」由紀問道。「是自殺者的歌吧？說有人在某處的森林裡舉槍自盡……」

「這是啄木的幻想。他有一種類似自殺願望的心理。其他還有幾首關於自殺的歌，但多不理想。只有剛才那首歌我希望妳好好記住。」

「可是，為什麼我要……」

「因為事後妳會想起剛才的歌。不，我希望妳能夠想起它來……」

可能是一時情感上來，男子的聲音中斷了。他的聲音好像在發抖。

此時，門的另一邊傳來微弱的門鈴聲。

「哦，好像是我點的晚餐送來了。不好意思，麻煩妳泡個茶。」

男子自然地走出房間。由紀望向手錶。八點半了。

註[1]夏目漱石（1867～1916），文學家、小說家。本名金之助。東大英文系畢業後，歷任中學、高中教師，並留學英國，返日後成為東大講師。其後進入朝日新聞社，專注於寫作。以近代個人主義的角度出發，探究人類的心理。代表作有《吾輩是貓》、《草枕》、《三四郎》等。

5

夜深卻無法成眠。

由紀穿著白天的服裝，安靜地趴在紗江旁邊。

房間的燈全都是男子關掉的。只有枕邊檯燈上的小電燈泡，發出黃色的微光。

男子把沙發和小桌子搬到入口門附近，拉長立燈的電線，把它移到沙發旁，伏在桌上繼續寫東西。

他移動位置是為了不讓燈光妨礙由紀的睡眠，但是由紀卻清醒無比，絲毫沒有睡意。

剛才外送的壽司，由紀勉強吃了兩個就放下筷子。男子見狀，出聲問：「妳不喜歡壽司嗎？早知道的話，我就叫別的了。」

「沒關係。我只是沒有食欲。」

「這樣怎麼行呢？紗江要靠母乳長大，要是媽媽不攝取營養、母乳變少的話，也會影響到紗江的成長的。只要去想不是妳在吃，而是紗江在吃的話，這些東西妳一下子就吞進去了。來，加油，再吃一個。」

男子很擅長推銷。由紀伸筷夾起另一個壽司。

「對，多少都吃得下去的。話說回來，妳剛才吃的是蝦蛄（SHAKO）的吧？我來出個問題，SHAKO[註1]的英文怎麼說？」

「不知道。」

「SHAKO是停車子的地方。所以英文叫garage。」

由紀忍不住笑了出來。

「簡直就像落語[註2]嘛。」

「其實我也是看落語記起來的。太好了，妳終於肯笑了。笑的話，會促進胃的蠕動。那麼接下來妳吃吃看這個鮪魚的。當我們到壽司店的時候，裝內行的人都叫鮪魚TORO。」

「嗯，這個有聽說過。」

「那鮪魚為什麼會叫TORO?」

「又是落語嗎？」

「不是的。妳先吃下去看看……對，仔細咀嚼。瞭解了嗎?鮪魚放進嘴裡的時候，有種柔軟、入口即化[註3]的觸感。所以才會叫做TORO。」

「總覺得這也好像落語。」

「不是，這是真的。聽說東京的日本橋以前有家有名的壽司店，去過的客人都讚不絕口，說這裡的鮪魚放在舌頭上入口即化，有種難以言喻的美味。客人口耳相傳，入口即化的美味簡化成TORO，不知不覺中就成了鮪魚的代名詞。這是書本中也有記載的事情。」

註[1]日文「蝦蛄」（SHAKO）與「車庫」同音。

註[2]落語類似中國的單口相聲。

註[3]「入口即化」在日文中為「とろり」（TORORI）。

說著說著，男子的壽司桶已經空了。

「喏，我的全吃光了。妳的還有剩。」

「可是，我已經吃不下了。」

「那這樣好了。那個海苔卷叫什麼？」

「河童卷嗎？」

「對。在飯裡面夾進小黃瓜，再用海苔捲起來的壽司，為什麼會叫河童卷呢？」

「這種事我怎麼知道……」

「請妳說明。要是說不出來的話，那兩個河童卷妳就要吃掉。如果妳說得出來，就算我輸。我會吃掉剩下的壽司做為處罰。」

「傷腦筋。我又不像你那麼博學多聞。」

「那樣的話，河童卷我們一人一個吧！好嗎？這樣就吃完了。來，我用河童卷敬妳……」

被男子開玩笑的口吻說服，由紀也伸筷夾起河童卷。她覺得好久沒有享受到像這樣一邊笑、一邊吃飯的樂趣了。

「我吃飽了。」

「太好了。這樣就全吃光了。」

「那樣的話，請你告訴我。包著小黃瓜的海苔卷，為什麼叫河童……？」

「哦，這個啊，其實我也不知道。」

「好詐唷！」

「是真的。我也曾經問過壽司店的老闆。可是，連老闆都不知道。他笑我說：從以前就這麼叫了，管他那麼多。可是我還是很在意，也曾經在辭典查過河童這個字。」

「有嗎？」

「有，有河童[註1]的說明。上面寫著：河童是居住在河川及陸地，一種幻想出來的動物。身材像小孩子，全身為帶綠的黃色。頭上有裝水的盤子。然後又寫著：為小黃瓜的別名。」

「別名？」

「也就是，小黃瓜也叫做KAPPA。可是為什麼小黃瓜會叫做KAPPA，上面並沒有說明。」

「這是最想知道的說……」

「可是，妳不覺得大概可以瞭解為什麼嗎？河童的皮膚是帶綠的黃色，這一點和小黃瓜的顏色一模一樣。身體像小孩子也就是細細小小的吧！這也和小黃瓜一樣。傳說河童頭上有裝水的盤子，小黃瓜的頭也有蒂在上面。把蒂摘掉的話，剩下的地方就會有點凹陷，看起來也蠻像頭上頂著一個盤子的形狀。換句話說，小黃瓜整體感覺跟河童很像。想像力

註[1]河童日文發音為KAPPA。

豐富的古人才會作此聯想……」

「好厲害！真的耶，真的就像你說的。所以包著小黃瓜的海苔卷才會叫做河童卷是吧？」

「這只是我的想像。仔細調查的話，或許會有更正確的說明。不過，靠著一點線索，以推理和想像逼近謎團的真相，對我們而言是很重要的……啊，唉呀，我老是說這種自以為了不起的話，才會被其他人討厭。」

「其他人？是指你的朋友嗎？還是工作的同事？吶，你是在做什麼樣的工作？」

男子無視由紀的話，默默拿起眼前的茶杯。很明顯地，他在迴避有關同伴以及工作的問題。

男子像要轉移由紀的注意力，換了一個話題。

「我記得芥川龍之介也有一篇叫《河童》的作品。很久以前讀的，內容記得不是很清楚……好像是一個男子被帶到河童的國度，透過他在那裡經驗的事、河童的社會生活及文化，幽默地諷刺、批判人類社會……不過因為是高中的時候看的，已經……」

「我也有讀過那篇作品。也是在高中的時候。」

「哦？聽說芥川這個作家是個很勤勉好學的人。他在寫《河童》的時候，或許調查了日本各地有關河童的故事和民間流傳的傳說。妳還記得裡面有出現關於河童和小黃瓜的事嗎？」

「我作品的內容也忘得差不多了……可是，我記得一個地方……」

「印象深刻的地方嗎？是什麼？」

「河童講的話。」

「哦？有這一段嗎？」

「有的。我和家母一起讀的，因為實在太滑稽，兩個人都笑了出來。所以這個地方記得特別清楚。」

「哦？寫了些什麼？」

「河童的國度裡，在說『是』、或者『YES』的時候，就說『庫哇！』那篇小說裡，是用羅馬字寫著quax的。我和家母兩個人討論應該怎麼發音。我說應該是唸『庫．啊』，可是家母說那樣太平凡無奇了，那裡是河童之國，應該唸『庫哇！』才對。聽她這麼一說，我也覺得應該如此。之後，家母和我就開始用起那種河童話……例如家母問我：『由紀今天不用去學校嗎？』我就回答：『庫哇！』我問：『媽，今天晚上吃咖哩嗎？』家母就一臉正經地回答：『庫哇！』然後兩個人捧腹大笑……」

說著說著，由紀的臉上不經意地浮現笑容。那不是承受來自丈夫與婆婆莫須有的中傷和誹謗、過著有名無實夫妻生活的表情；而是即使貧困、卻渡過充實的青春歲月的南河原村女孩、十八歲少女的表情。

「令堂人真好。」男子以誠懇的口吻說道。「聽了妳的話，讓我好羨慕。」

「令堂應該也是個好學又聰明的人吧？」

「不，家母不在了。她已經過世了。」

「哎呀……」

「有時候我也會想，如果家母在世的話就好了。我覺得現在的我非常明白，對小孩子而言，母親的存在有多麼重要。妳現在的幸福，也是因為有令堂在的緣故。」

「幸福？你說我幸福？」由紀突然反駁似地說。「我的生活哪裡幸福了？像我這種整天痛苦嘆息、悔恨度日的女人……」

由紀說到一半，才驚覺糟糕。這是不該說出口的話。這是除了娘家的母親之外，她從未對任何人提起的家醜、當下的煩惱。然而她竟然把這件事告訴了綁架自己的犯人。一時衝動之下，說溜嘴了。

對這種人、這個不曉得哪裡來的什麼人、莫名其妙的男子。

由紀因為羞恥及後悔，覺得全身的血液倒流。她的臉也一定整個都紅了。

然而男子卻以平靜的態度聽著她的話，並低聲地說：「果然是真的。」

「果然？你知道什麼？你調查過了嗎？還是從誰那裡聽說的？」

「不，只是傳聞而已。妳先生似乎太多嘴了些。哦，不好，已經十點了。喏，休息吧！我會睡在另一邊，妳不用擔心。」

男子說道，把沙發搬到房間門口附近，又移動桌子。由紀像被趕走似地，在床上躺下。

她從未穿著外出服在床上睡覺。這讓由紀覺得心靜不下來。

男子剛才說「我會睡在另一邊，不用擔心」。可是這種話不能當真。他什麼時候會去洗澡？當泡澡出來的裸體，蠻不在乎地走近這張床的時候，自己該怎麼做才好？她無法對抗男子那柔軟而強韌的肉體。一五六公分、四十三公斤的纖弱身體，不管如何掙扎，都會被那個男子單手壓制住的。

而且紗江睡在自己身邊，只有這孩子的安全，就算賠上自己性命也要守護。那樣的話，身為母親的自己，得閉上眼睛將自己的身體奉送給那個男子不可嗎？無論怎麼樣的凌辱，都必須咬牙忍耐才行嗎？

好想逃走。想從男子手中逃走。必須向別人求救才行。可是要怎麼做？空虛的想像在由紀的腦海中劇烈地回轉。但是，她的想像卻伴隨著絕望。死亡的伴奏。失敗的話，她或許會被殺掉。

6

由紀像要用薄羽毛被藏住臉似地，偷偷觀察男子的樣子。男子像是抱住矮桌似地，熱衷寫著東西。將綁架的女人帶到賓館，不可能在這裡做公司的工作。他到底在寫些什麼？由紀偶爾看看時鐘，祈禱趕快天亮。希望能夠就這樣平安無事地迎接早晨。時間的流逝慢得令人咬牙切齒。

晚上十一點半。

男子突然動了。他把原本一直在寫的文件之類的東西收進帶來的紙袋裡，然後推開洗手間的門，接著又打開浴室的門。他沒有開燈，但是立燈的光照射進去，模糊的光芒中浮現出男子的背影。

男子開始在浴缸裡放水，但是他隨即回到房間，把沙發和桌子移到門口前。他在空出來的狹窄位置鋪上自己帶來的毛毯、放上枕頭。衣物籠裡有旅館的浴衣。兩人份的浴衣，都還沒有被使用過。男子拿起浴衣，攤開放在毛毯上。可能打算當成蓋被使用。

大致做好就寢的準備後，男子再次進入洗手間。他把門打開著，也沒有開燈。他探頭進去浴室，像在確定熱水的水位，接著當場脫下襯衫及運動褲，然後丟到洗手台上。只剩一件白色內褲的男子，緊實的軀體在立燈幽暗的光線中，看起來就像輪廓鮮明的雕像。淺黑色的肌膚，與包裹在胯間的白色布片形成了強烈的對比。

男子的手伸向內褲。由紀慌忙把棉被蓋到臉上、閉上眼睛。瞬間，由紀的腦袋閃過有如天啟一般的想法。

（現在不正是逃脫的大好時機嗎？）

由紀從被子裡探出臉來望向浴室。男子似乎悠閒地在浴缸裡伸展雙腳，昏暗的光線中，只看得見他黑色的頭部。

離開熊谷來到這裡，到完晚餐為止，男子知道由紀的態度中沒有反抗或逃走的意思，因此完全放下心來。得利用這個機會才行。

幸好，自己還穿著衣服。紗江雖然已經換上了睡衣，不過這不要緊。只要抱起紗江，偷偷離開房間。走下狹窄的樓梯，那裡有男子的車，鐵門是拉下來的。開關在牆壁左側，然後拉起一點鐵門就可以穿出去走到通道上。接著只要大聲喊叫呼救就行了。這種旅館應該會有深夜住宿或離開的客人，旅館人員也應該醒著。雖然不曉得櫃台在哪裡，不過一定會有人聽到自己的叫聲，跑出來察看情況的。

就算男子發現自己逃走，也沒辦法光著身體追上來。著裝的數十秒時間，就足以讓我安全脫身。不要緊的。現在就是行動的時機。

判斷就在一念之間。

由紀把睡著的紗江抱近自己，望向浴室。男子的頭從浴缸邊緣露了出來。看到這一幕，由紀心頭一驚。這裡看得見男子的頭，不也意味著對方看得見這裡嗎？

沒有開燈的浴室裡幽暗極了。可是這邊的房間點著立燈。而且枕邊的檯燈也開著，燈泡的微弱燈光照亮了床鋪周圍。房間裡相當明亮。

男子可以從黑暗的浴室裡看遍明亮的房間。他一定正悠閒地泡著澡，目不轉睛地觀察這裡的情況。由紀沒辦法起身，也無法動彈。她不可能避開男子的目光行動。他開著洗手間和浴室的門，就是為了這個目的。

（怎麼會有這麼謹慎的人？）

由紀忍不住嘆息。

男子好像洗完澡了。修長的身軀站在浴缸旁邊。一種看見不該看的害臊，讓由紀內心小鹿亂撞。她閉上眼睛，翻過身子。雖然已經背對男子，悸動卻依舊無法平息。自己附近站著一個全裸的男子，淺黑有如鞣革般的肌膚被熱水沾濕、泛出汗水。男子的裸體鮮活的印象，讓由紀呼吸困難。

傳來門關上的聲音。男子似乎已經關上浴室與洗手間的門。

由紀在被子裡蜷縮起身體。她夾緊左右大腿，雙手用力握緊乳房，近幾發疼。彷彿小動物面對強大敵人時，保護自己的防衛姿勢。

但是，男子卻完全沒有要接近床鋪的樣子。一分鐘……兩分鐘……突然，房間暗了下來。立燈的光熄了。由紀戰戰兢兢地從被窩裡探出頭來，偷看男子的樣子。男子躺在剛才準備好的毛毯上。旅館的白色浴衣就蓋在男子修長的身體上。

又經過了一段時間。寂靜無聲的房間裡，開始響起男子睡著的規律呼吸聲。

（太過分了。我是這麼樣地痛苦，他卻……）

綁架自己的犯人，把獵物擺在旁邊，沈沈地睡著了。但是不能大意。或許男子在裝睡，等待我入睡。由紀望向時鐘。就快凌晨一點了。

在男子的鼾聲中，由紀緊張的身體一點一點地放鬆了。今晚或許會平安無事地結束。但是危險並沒有解除。男子還有明天和後天，直到他釋放自己之前，這樣痛苦的夜晚還會持續下去。

釋放。這意味著由紀的自由，同時也是讓她預感到死亡的一句話。

（那個男子會釋放我，也就是他不再需要我的時候。他會讓不需要的人繼續活著嗎？）

（我知道他太多事了。他的臉、聲音、還有說話的特徵，甚至還有他赤裸的形體。對他而言，我成了他最危險的存在。他會放過這樣的人，讓我平安回去嗎？這麼一個謹慎行事的人……）

悲劇的想像沒有止盡。不想被殺、想活下去。可是由紀無法自力逃脫。不向別人尋求協助是不行的。但是要怎麼樣才能夠把這個狀況傳達給別人知道呢？有什麼樣的方法、手段……

由紀放鬆僵硬的身體，盡情伸展雙腳。她趴在床上，將臉頰埋進拉過來的枕頭上。那是個又硬又粗糙的枕頭。這一瞬間，突如而來的想法掠過由紀的腦海。

枕頭！可以利用枕頭！

枕頭尺寸頗大。外面包著一層上了漿的純白枕套。由紀不讓男子發現，微微抬頭，撫摸枕套的表面。在由紀的眼裡，它看起來就像一張大白紙。

上頭應該可以寫字。不用很長的字句。只要寫下求救的簡短訊息就行了。

我被綁架。救命。白色的COROLLA。・・・・168X。

只要這樣就行了。離開家的時候，她看見男子的車牌號碼了。巧的是，末尾的數字和阿昭的車子只差一號，所以她記得非常清楚。這一類的旅館客人流動頻繁。只要他們出發，旅館人員立刻就會進來清掃房間、整理床鋪。旅館人員看到枕頭套上的文字必定會大吃一驚，並通報警察。幾個小時之後，警方應該就會展開緊急行動，開始路檢。男子的車子落入搜查網也只是時間上的問題。恐怕今天下午左右，男子的車子就會被發現。屆時自己和紗江將會被平安無事地釋放了。

不管男子再怎麼小心謹慎，也不至於連枕頭內外都會檢查吧。不要緊的，這個計畫一定會成功的。

問題是寫字工具。不過由紀有；那是一月的時候，在某家商店拿到的贈品。筆做得又細又短，可以夾在筆記本上面之類的，而且寫起來很順手。因為常用到，她總是隨身放在提包裡。

原子筆寫出來的字很細。但是只要多描幾次，一定可以在白色枕套上留下清晰的文字。

由紀拉過放在枕邊的手提包。她蓋著被子，靠著小燈的光線摸索提包裡頭。

沒有！裡面沒有原子筆！

弄丟了嗎？忘了帶嗎？

但是由紀不死心。能夠拿來當筆的還有別的東西。口紅。一支口紅可以當成紅筆寫。白色枕套上留下鮮紅文字，反倒更有效果不是嗎？

必備的化妝品都收在提包裡了。由紀再次檢點包包裡頭。粉餅。小香水瓶。梳子。手鏡。手帕。面紙。錢包……沒有口紅。只有口紅不在裡面！

到了這個時候，由紀終於想起一件事。離開家之前，男子所做的動作。

他命令由紀將手提包拿來，並且確認裡面的物品。那時他喃喃自語地說：「這個不需要」，接著就把某些東西放進自己的口袋裡了。該不會就是原子筆和口紅吧？當時被突來的驚恐嚇壞的由紀，沒有餘裕去注視男子的手。

原子筆不用說，口紅視情況也可以當做寫字工具。正如同由紀剛才想到的那樣。

男子拿走這兩樣東西，意味著他事前已經察覺了由紀的計畫。旅館裡有滾筒廁紙，也有面紙。由紀可以在上面陳述自己的困境，寫下求救的文句，偷偷交給他人。可是，就算有紙，沒有書寫的工具就不可能實行。男子會檢查手提包裡面，表示一開始就想到要從由紀手中奪走書寫工具了。

周全的計畫、驚人的洞察力。由冷徹的意志以及縝密的頭腦，設想出一切並實行的這個綁架舞台上，由紀成了無法從中逃離的登場人物。一切都照著作者的預測進行。何時才會閉幕？落幕的時候，自己還會活著嗎？

絕望感揪緊了由紀的胸口。由紀緊閉的雙眼中滾落出淚水，沾濕了枕頭。

點景——大泉警察署

掛在大泉警察署署長室裡的時鐘顯示著下午兩點半。這與突然入侵熊谷市由紀家的男子威脅由紀、準備所謂「天倫之旅」，幾乎是相同的時間。

署長室裡備有訪客用的小矮桌與數把椅子。署長與刑事課長正隔著桌子沈默面對彼此無精打采的臉。

課長已經第三次被叫進辦公室了。

「江森有聯絡了嗎？」每次署長都提出相同的問題。

「不，還沒有。」課長也重覆相同的回答。

搜查主任江森警部補到現在都還沒來上班。為了逮捕縱火事件的犯人，大泉署正動員所有的搜查人員傾全力調查。江森警部補是這個事件的直接負責人，也是指揮官。直到昨天為止，他經常都是早上八點就到署裡，指示刑警當天的搜查方向及注意事項，有時候也帶著部下親自外出訪查。誠實且熱心工作的他，深受署長的信賴。

這樣的江森警部補，卻到現在都還沒現身。遲到嗎？曠職嗎？但不管如何，署長更在意江森「未事先報備」。

「這件事，」課長以沈痛的表情說道。「是不是還是聯絡本廳比較好？以防萬一……」

「太快了。還太早！」署長也以沈重的口氣答道。「雖然江森應該早上八點上班，但只不過遲到了六個小時。要是大驚小怪地向本廳報告，他又突然出現的話，彼此豈不是都下不了台？我總有這種感覺。再等一會兒好了。」

署長雖然這麼說，但是他自己也很明白，這只不過是自我安慰罷了。

「喔……。這種情況或許也有可能，不過我倒是一直想起上次那起龜辰事件……」

「唔，這樣說的話，」署長指著桌上的明信片說道。「這也是與龜辰事件有關的人幹的……」

「應該可以這麼斷定吧！那些恐嚇信是星川副教授寄來的。江森的意見也和我相同。

因為那個人堅持他妹妹的死是警方的責任。尤其他對負責指揮的江森更是懷恨在心。他非常有可能對江森採取某些行動。」

「唔……。我以為這只是單純的惡作劇，完全沒放在心上。當然，也沒有對署裡發表。因為這會影響到大家的士氣。我要你和江森不要張聲，也是這個原因。也許我錯了。或許應該徹底調查這封恐嚇信才對。」

署長重新望向放在桌上的明信片。

明信片共有三張。

文面完全相同，收件人分別寫著署長、刑事課長、江森警部補的姓名，三封都是寄到自家的信箱裡頭。

以一個警官而言　你毫無力量可言

市民的和平與安全　因你而飽受威脅

為你的罪孽懺悔　立刻辭去警察的工作

若是不肯聽從忠告　你最好覺悟報應即將到來

文面雖然相同，但並非影印，而是以鉛筆手寫的。每一個字的點和線，都像是用尺畫的般筆直整齊。

根據郵戳，這些明信片是三月二十三日的十二點到十八點之間，投函到蒲田郵局去的。當然，上面沒有寄件人的名字。

收到明信片的那天，刑事課長和江森警部補將它提交給署長，請示署長的意見。

「我也有收到。換句話說，收件人只有我們三人。這些交給我保管。從事我們這種工作常會遇到這種事。因為某些案子而被捕的傢伙或是他們的家屬，會出於怨恨做出這種騷擾行為，用不著在意。但是千萬不要在署裡張揚，要是被媒體知道的話，事情就麻煩了。」

那個時候署長這麼說，還要三人嚴守祕密。

「但是話說回來，」刑事課長說道。「現在都有文字處理機、可以輕鬆影印這些玩意兒，何必還這麼麻煩地用手寫？」

江森警部補回答了這個疑問：「文字處理機和影印的機種各有特色，換句話說，可以透過這些查出生產公司。根據情況甚至可以查出在哪間工廠生產以及製造日期。再由此鎖定販賣商店，從而找出購買人。投遞恐嚇信的人可能是考慮到這一點吧！」

「原來如此。」署長佩服地點頭。「而且，看這明信片的狀況也無法送去鑑定筆跡。搞不好是個知識份子幹的也說不定。不過知識份子都是些只會動嘴巴、缺乏行動力的傢伙。嗳，用不著擔心的。」

筆跡鑑定是調查呈現在各人書體上獨特的「書寫習慣」，因此筆勢及筆壓是很重要的參考部分。但是利用尺一點一線畫出文字的話，無法看出這些特點。

署長的意見很有道理。

會談結束，大伙準備離開署長室的時候，刑事課長說：「江森，過來一下。」邀江森到別室去。

「關於這些明信片，你有沒有什麼線索？你覺得匿名投信的人是誰……？」

「我還不曉得……不過我大概隱約可以猜得出來。」

「我來幫你說吧！你心裡想的人是龜辰事件的關係者……因為妹妹成了犧牲者而心生怨恨的星川，對不對？」

「是的……這麼說，課長也覺得他很可疑囉？」

「除了他之外，沒有其他會做出這種事的笨蛋了。」

「要調查看看嗎？」

「沒用吧！就像署長說的，這種筆跡根本無法鑑定，我想當然也驗不出指紋。」

「說的也是。而且投書本身並沒有構成犯罪。既無法偵察，也不能要求他到案。」

「嗯，畢竟到目前為止，我們還沒有蒙受任何實際損害。不過實在是個可恨的傢伙。」

「東華女子大學副教授，星川英人。這個名字我想忘也忘不了。因為我可是被他給罵得狗血淋頭呢！」

「嗳，你就小心點吧！或許不久後他就會露出馬腳了。」

兩人的談話就到此為止。恐嚇信的記憶，在課長的腦海中也逐漸變得淡薄。

但是，江森警部補「擅自曠職」，又讓這段記憶死灰復燃了。

（江森是不是查到了什麼？所以他想接近星川副教授。這會不會就是他「曠職」的原因？）

在此稍微說明一下刑事課長口中的「龜辰事件」。

龜辰，指的是一名叫坂戶辰吉的人，他是暴力團體關東俠道會的一員。嗜酒如命、好打架，是個連同伴都敬畏三分的莽漢。

他的背部佈滿了鱉的刺青；鱉伸出筒狀的頭部，張開大嘴的圖案，給人一種凶猛的感覺。

「只要被我咬住，到對方死掉之前我絕不鬆口。所以啊，我才在背上刺了這傢伙。」這是他的口頭禪。鱉辰或龜辰，不知不覺中就成了他的綽號。

事情發生在今年的一月四日。

案發現場是在大泉町一丁目。靠近埼玉縣和光市，是住宅與商店林立的地區，去年秋天，這裡開了一家叫「小夜」的酒店。

店家的媽媽桑是個三十來歲的高大美女。她對客人自稱夕子，但這是不是本名，相當令人懷疑。

除了媽媽桑之外，店裡還有一個名叫露美的年輕女孩。據說她以前在加油站工作，看到貼在酒店門口的召募傳單，才前來應徵工作的。露美歌喉不錯，很受喜歡卡拉ＯＫ的客人歡迎。

擔任酒保的是一個名叫阿真的年輕男子。他長得眉清目秀，沒有客人的時候會直呼媽媽桑夕子。露美猜測他們兩個不是情侶就是夫婦。

店的二樓有一間六張榻榻米大的房間，但是兩人都從其他公寓通勤上班。至於他們是同居還是分住在別處，露美就不曉得了。

一月四日。

酒店「小夜」一月只休息了頭三天，四日就開始營業。

這天，露美下午五點過來上班。媽媽桑似乎來得比她更早。店內好像已經清掃完畢，露美推開門時，媽媽桑正在為櫃檯上的花瓶插花。

「啊，抱歉我來晚了。」

聽到露美的話，媽媽回過頭去，笑著應答：「沒關係。六點才開店嘛。」

就在這個時候，店門突然打開，一名男子走了進來。

露美正想說「還沒開始營業」的時候，媽媽桑的嘴裡傳出「啊」的叫聲。

「老公！」

「喲，好久不見啦，時枝。」

男子在靠牆的包廂悠然坐下，掃視店內。

「很不錯的店嘛！」

男子的聲音壓得很低，但也因此充滿了威嚇的感覺。

「你……你什麼時候出來的？」

「哼，這就是妳打招呼的方式嗎？三年來，妳這個在牢裡蹲苦窯的老公，好不容易現身了。——啊，太好了，真是苦了你了，我一直期待著你的歸來。不過，看到你平安無事的樣子，我真的好高興。親愛的，恭喜你——這才是世間一般的招呼方式吧？對吧，時枝？「小夜」的媽媽桑啊！」

男子以低沈的嗓音劈哩啪啦說出這串演戲般的台詞。媽媽桑的臉色變得蒼白。露美察覺到危險，身體慢慢地往門口移去。她打算萬一有什麼狀況，立刻開溜。

「就算你這麼說，我又不曉得你什麼時候出獄……」

「妳是說妳不知道嗎？我從牢裡寄出去的信，全都被貼上收件人不明的附箋退回來了。妳在我入獄的同時，一溜煙地逃跑，害我顏面盡失，甚至讓我在自己人面前都抬不起頭來，只能咬牙切齒地等待出獄的日子。我是上個月出來的。這一個月，我費盡千辛萬苦，終於讓我找到妳了。妳就不會拿杯酒來，說句：『讓我們邊喝邊慢慢聊』嗎？」

「對不起。酒的話我馬上準備，不過下酒菜還……」

「下酒菜的話，這兒不是有嗎？」

「哪裡？」

「混帳東西！妳如果是道上人的老婆，就應該明白我的意思？要拿來當下酒菜的，是妳的手指。而且一根還難消我心頭之恨。把妳摸夠了年輕男子罡丸的手指，給我砍下兩根，放在盤子上端來。」

「你、你是叫我切指嗎？」

「廢話！這是道上的規矩。我要拿著妳的手指回組裡去。俠道會的龜辰要重振雄風，怎麼樣都需要這份禮。」

「不要、我不要！這種事我做不到，請你饒了我！錢的話，我可以想辦法湊出一些來。求求你，請你放過我吧！」

「我可不是來討東西的。要是妳不敢切，我來幫妳。妳給我坐在這張椅子上。」

男子站了起來，指向自己面前的包廂。那一瞬間，原本呆站在門前的露美用背把門頂開，就這樣逃出外頭了。

「哼，竟然逃掉了。算了，反正我和那個小姑娘也無冤無仇。不過啊，時枝，要是妳以為妳也能逃掉，那就大錯特錯啦！」

男子說著，從口袋裡掏出手槍，槍口對準女人。

「啊啊，救命！」

女人發出尖叫，頹軟似地當場坐了下去。

「不要開槍！不要殺我！求求你饒了我，我是你的女人啊！我什麼都照你說的做……」

女人哭叫著，不停地磕頭。

「搞得這麼哭哭啼啼的。對妳來說，這是生死關頭的一樁大戲吧！我不會再被妳這招給騙了。總之，砍下妳的手指就是了。吧檯裡至少該有菜刀吧？」

龜辰把槍口對著時枝，想要走進吧檯裡。

此時，店後面傳來「嘰」的傾軋聲。緊接著響起有人跑上樓的腳步聲。龜辰嚇了一跳似地，在店面與房間之間的玻璃門前停住了。同時，二樓傳來粗暴的關門聲。

後來才知道，當時人在二樓的酒保聽見店面的騷動，下樓查看情形。他從微開的玻璃門縫隙偷看店裡的樣子。男子取出手槍的瞬間，他反射性地轉向樓梯。一開始的兩、三段樓梯還躡手躡腳的，但接著他忍不住衝進二樓的房間裡，並從裡面反鎖，全身不住發抖。事後查明，阿真，也就是江藤真吉，其實是時枝的小白臉。

「有人在上面是吧？」

突來的聲響轉移了龜辰的注意力。他打開前面的玻璃門踏進一步。

「喂，是誰？有人就給我下來！」

他朝二樓出聲。時枝抓住了這一瞬間的空檔。她搖搖晃晃地站起來，用身體撞開入口處的門，衝出店外。

「混帳！」

龜辰察覺，追了上去。他朝著在數公尺前方拚命奔逃的女人開槍。瞬間，女人的身體晃動了一下。可是她沒有停止奔跑。她踉蹌地往前跑。捨命奔跑。

龜辰再一次舉槍對準女人的背影。就在這個時候，警車警笛的聲響傳來。是先一步逃走的露美，用她隨身攜帶的手機打了一一〇報案。

幸好這附近有一輛警車正在巡邏。

從警視廳的交通指令室收到緊急出動聯絡的警車，立刻趕到現場。警車會來得這麼快就是這個原因。

「可惡！」

逐漸逼近的警笛聲讓龜辰退縮了，於是他掉頭逃跑。

此時，幾棟屋子之前的公寓前庭，走出一個抱著小孩的年輕女人。

龜辰跑到那個女人前面，拿槍對準她。

「妳住在哪裡？」

突來的恐怖，讓女人說不出話來。

「妳住哪裡？」

槍口頂上女人的脖子。

「三……三樓。」

「好，回去妳家。」

龜辰的手押住女人的身體。女人像夢遊病患者一般往電梯走去。

男子把年輕女人推進電梯的時候，警車在酒店「小夜」前停了下來。警笛的聲音停了。

電梯在三樓停下，門打開的時候，龜辰把槍收進口袋，抓住女人的脖子。

「聽好，不許吵鬧。我只是在妳房間休息一下而已。喏，帶路吧。」

女人跌跌撞撞地走到三〇八號室前。

「這裡嗎？門牌上寫的星川，是妳老公嗎？」

女人搖頭。

「不是妳老公？那這是誰家？」

「家兄。我哥哥的……」

「妳哥的房間啊。妳們兩個人住在這裡嗎?」

女人再一次搖頭。

「真是莫名其妙。反正裡面有人就是了?」

「沒有人。我哥外出了。」

「那妳是來看家的?」

「我是來玩的。」

「好啦,隨便。總之把門打開吧!」

女人單手抱著小孩,用手提包裡拿出的鑰匙開了門。

這裡是東華女子大學副教授星川英人的住處。女人是他的妹妹由比冴子,懷裡抱的小孩是冴子出生滿六個月的長男。

冴子的丈夫是拓洋商事的職員,上個月到香港出差,預定下個月底才回來。丈夫不在的時候,她時常到哥哥的住處走動。她掛念現在依然單身的哥哥的生活,有時候會來為他做飯、洗衣以及打掃房間。

原本他們兄妹感情就非常好。正月一直到初三都在岩手縣的娘家過年的冴子,帶著老家託給她的土產,前來拜訪哥哥。

她來的時候,哥哥英人正好要出門。

「妳來得正好,」英人說道。「我正要去教授家拜年。本來想昨天去的,不過老師正好也外出不在，所以改到今天。」

「你會吃過飯再回來嗎？」

「不，只是去打個招呼，六點左右就回來。妳可以等我到那個時候嗎？我們一起去吃飯。」

「這樣的話，我今天就住在這裡好了。」

「嗯，就這麼辦吧！反正妳回去家裡也只有妳一個人。那我走了。」

哥哥英人說完、出門之後，冴子陪著自己的孩子打發時間。

「舅舅差不多該回來囉，我們去外頭迎接他吧！」

過了五點半時，冴子抱著孩子下樓，碰巧就遇到了衝過來的龜辰。

抓著冴子的脖子進入三〇八號室的龜辰，掃視房間內部問道：「妳哥是做什麼的？」

有一面高及天花板的固定式書架，他似乎被上頭滿滿的書本給嚇到了。

「家兄是大學老師。」

「哦？了不起呢！那他什麼時候會回來？」

「已經要回來了。」

「我知道了。就算妳哥回來，暫時也不能讓他進來。妳去那邊，不要讓小孩子哭鬧。」

龜辰說道，指向隔壁的房間。鄰接約十張榻榻米大的客廳，有一間六張榻榻米大的和室，和室的北側是廚房、浴室及廁所。冴子抱著小孩被趕到和室去了。

打開入口的門，有一塊狹窄的脫鞋處，應該算是玄關。龜辰搬來客廳的椅子和桌子堆在門口。然後他關上玄關與客廳之間的玻璃格子門，鎖上內側的插式門鎖。換句話說，想要進入客廳，必須突破兩道關卡才行。這成了讓警方頭痛無比的障礙。

龜辰進入和室，掃視裡面，然後走到廚房。他確定出入口只有剛才封鎖的地方之後，便打開廚房的冰箱。他取出罐裝啤酒，當場喝乾之後，大大呼了一聲。他點燃香菸，右手拿著手槍回到客廳。

冴子全身發抖，注視龜辰的行動。

這個時候，鳴著警笛的警車陸陸續續集中到公寓附近來。頭戴安全帽、身穿防彈背心的警察，拿著盾牌集結到公寓周圍。附近的居民都從家裡微微打開窗戶，凝視這副森嚴的景象。

警方根據酒店媽媽桑時枝（這是本名）以及附近居民的目擊證詞，差不多掌握了事件發生的經緯。

時枝雖然被龜辰的手槍射中，但是子彈斜向貫穿右小腿部的內側，亦即小腿肚的地方。她拖著腳跑到附近的外科醫院請求治療。雖然出了不少血，但也不是不能行走。換句話說，只是輕傷而已。

暴力團組員坂戶辰吉開槍射傷三年前一起同居的女人，拿年輕女性和小孩當人質，據守在公寓的一室。女性應是居住在這棟公寓的三〇八號室的星川英人的妹妹——警察已經掌握到這些資訊。然而眼前的問題是如何救出人質？要怎麼做，才能平安地從持有手槍的兇暴犯人手中救出兩個人？

發生兇殘事件讓署長臉色蒼白。他帶著刑事課長趕到現場，卻沒有任何人提出有效的救援方法。他們暫時以署長的座車做為臨時本部，由搜查主任江森警部補負責全體指揮。

這棟公寓三樓，有五間隔局相同的住家。三〇八號室位在東角。它的隔壁是三〇七號室。江森從管理員室利用可以聯絡各室的內線電話呼叫三〇七號室。為了防止鄰室的歹徒入侵，確保住戶生命安全，他要求三〇七號室的住戶允許警察進駐他們的住處。住在三〇七號室的老夫婦，二話不說答應了警方的請求。

警方選出三名警察。他們全都是對射擊有自信的人。

「要是被犯人察覺就糟了，所以我們行動必須隱密。三〇七號室的居民會站在門前，只要轉動門把就會開門讓我們進入，千萬不要敲門。進去後立刻打開窗戶，拉上窗簾，緊盯住犯人的行動。接下來我會用擴音器向犯人喊話。我說話的時候，你們要迅速進入三〇七號室。情非得已時可以使用手槍，但是在我示意之前，千萬不能開槍。使用無線電保持聯絡。好，瞭解後就開始動作吧！」

對犯人的第一次喊話，由江森警部補進行。

「通告三〇八號室的坂戶先生（警部補避免直呼他的名字），坂戶辰吉先生。這裡是大泉警察署。現在在房間裡的女性，和這次的事件毫無關係。你先放了女人和小孩吧！聽得見嗎？坂戶先生。不要再加重你的罪孽了。你也趕快棄械下樓來吧！你不也是行仁俠之道的男子嗎？那麼就堂堂地來到我們面前，提出你的主張吧！聽到了嗎？坂戶先生。」

這個時候，三〇八號室的窗戶稍微移動了。辰吉的右手拿著手槍伸了出來，同時轟聲作響。他開火了，槍口朝著天空，所以應該只是威嚇射擊，但是周圍瞬間都安靜了下來。

「囉嗦！把擴音器關掉。又不是選舉宣傳，這樣不是會吵到周圍住家嗎？聽好了，這個房間裡有電話，警察的車子裡應該也有電話吧？用電話講。混帳！」

窗戶一把關上。房間裡沒有小孩的哭聲，也沒有女人的聲音。無法得知人質是否安全。

江森警部補立刻用警察電話打到三〇八號室。

「坂戶，」警部補的口氣驟轉，一副高壓制人的口吻。「我們聽從你的要求，用電話交涉。人質安全嗎？」

「你是誰？照規矩報上名來。」

「我是搜查主任，江森。」

「階級呢？」

「警部補。」

「哼，小囉嘍啊。叫警視總監親自過來打個招呼怎麼樣？」

「我是這個事件的最高負責人。總之，請你至少立刻釋放人質吧！拿女人小孩當擋箭牌，豈不是丟盡男子漢的臉嗎？」

「聽你放屁。我如果放了他們，拿著手槍的條子全部都會衝上來，事情可沒那麼簡單。聽好了，這個房間的入口只有一個，門共有兩道。要是你們敢輕舉妄動，人質可就沒命了。」

「你總不能一直關在那裡吧？如果有釋放犯人的條件，就說吧！」

「哦，很通情達理嘛！我的條件只有一個。把時枝……那個酒店的媽媽桑給我帶來這裡。那樣的話，我保證女人和小孩可以安全走出去。」

「這是不可能的。時枝被你射中、受了重傷，現在正在醫院裡接受治療。」

「重傷？少胡扯了。我明明只瞄準了那個女人的腳，八成只有擦傷而已。那傢伙最後還不是跑掉了嗎？這就是最好的證據。」

「那是因為那個時候她太驚慌了。醫生說她出血過多，根本無法行走。」

「那樣的話，叫她坐輪椅過來。要不然就用擔架抬來。這邊的人質大姐說，在時枝出現之前，她都願意陪著我。接下來我們兩個要一起快樂地用晚餐。冰箱裡吃的東西可多著呢。」

電話就這麼掛斷了。明明是深冬時節，警部補的額頭卻佈滿了汗水。

正好就在這個時候，東華女子大學副教授星川英人去教授家拜年回來了。

他從刑事課長那裡大致聽了說明，並聽完江森警部補的報告後，臉色驟變逼問署長：

「冴子的性命很危險。她剛生產完，身體很虛弱。不能讓她留在那種像野獸般的男子身邊。立刻聽從犯人的要求，把那個叫時枝的女人帶過來。用那個女人交換，要犯人釋放冴子。署長，拜託你！」

「我瞭解你的心情，但是我們沒辦法帶時枝過來。犯人可能會殺了她。而且時枝本身極度害怕見到犯人，一定會拒絕他的要求。我們不能強制帶她過來。」

「那樣的話，我去把她帶來。請告訴我那個叫時枝的在哪家醫院。」
署長默默搖頭。這似乎更激起了星川英人的憤怒。
「為什麼不告訴我？時枝是個棄丈夫不顧的女人。換句話說，她是這次事件的罪魁禍首。黑道妻子的性命是很重要，但是和本次事件毫無關係的冴子會怎麼樣都無所謂嗎？日本的警察原來是這麼無能的集團嗎？我不奢望你們了。我要直接和犯人交涉。」
「噯，星川先生，稍安勿躁。」署長慌忙抓住星川的手臂。「對方有槍。犯人像野獸一樣兇暴，不會老實回應你的交涉的。」
「不要緊的。我大學時代曾經是橄欖球的選手，對腕力很有自信。」
「可是，也打不贏手槍吧？」
「我來代替冴子當人質。這樣對方也不會貿然開槍吧？要是危急的時候，我就衝撞他的身體。只要能救妹妹，我什麼都做。」
星川甩開署長的手，就要前進，江森警部補擋在他前面。
「請不要這樣。要是刺激到犯人，令妹反而危險。這裡就交給我們，請你到管理員室休息吧！」
他叫來在公寓待命的兩名警官，命令他們：「帶星川先生到管理員室去。你們在裡面陪星川先生，不要出來。」
換言之，江森打算把他軟禁在管理員室。
高個子的星川副教授被兩名警察帶走後，龜辰服刑的監獄典獄長打電話來。

「坂戶辰吉在服刑中經常有腹部不適的現象，前陣子在這裡的診所照胃鏡檢查時，發現了息肉，據判是得了胃癌。我們只對本人說是初期的胃潰瘍，當然需要動手術，但那時已接近他出獄的時間，所以我們交代他出獄後，要立刻到醫院治療。不過他聽到卻駁斥我們胡說，並且說：『我爸跟祖父都是癌症死掉的，所以我一定也是得了癌症。』出獄的時候，他也笑著說：『我的命只剩一年半載了，反正遲早要死，我就來大幹一場，揚名全日本。』我聽說了這次的事件，所以想把這件事通知警方……他已經豁出去了。逮捕他的時候，請務必小心。」

監獄所長在電話裡說了上述的內容。署長咬住嘴唇。

這是預感自己即將死亡的男子所犯下的人質事件。這種人，既不怕逮捕也不怕刑罰。在對背叛自己的女人完成復仇之前，他恐怕都不打算釋放人質。

「怎麼辦？結果還是只能等待對方疲勞，進行持久戰嗎？」

刑事課長以沈重的表情點頭。目前除了這樣，也沒有其他辦法了。精神與肉體的疲勞，或許會帶給犯人心理上的變化、或許會產生可趁之機。現在只能仰賴那微渺的期待了。

「我再聯絡一次坂戶看看。」

江森說道，打電話到三〇八號。

「坂戶，你聽好。其實，你服刑監獄的典獄長剛才打電話來了。」

「哦？那個小鬍子傢伙啊？他說了什麼？」

「典獄長非常擔心你的身體。他說你很有可能是胃潰瘍，要我們務必轉達你，叫你盡早治療。如果你真的生病，警方也打算立刻為你辦理住院手續。至於你的罪行，等到治療好了再清算也不遲。怎麼樣，坂戶？你撐了那麼久，也夠了吧？你就出來吧！關於治療的事，我們會盡力而為的。」

「我說主任啊，你這番話實在教人感動哪！」

「我們很擔心你的身體。」

「那種話是說不動我這個龜辰的。我得的是癌症，我自己本人最清楚。所以我早就威脅認識的無照醫生，拿到足夠的止痛藥了。話說回來，主任啊，我一直在看電視，可是每一家電視台畫面都一樣哪！只是遠遠地拍攝這棟公寓，一點意思也沒有。警方禁止電視台靠近這裡是嗎？」

「當然了，這可不是表演。」

「幹嘛這麼死板？只有NHK也無妨，叫一台攝影機到這附近來。那樣的話，我也會從窗戶探出頭來揮手，服務一下觀眾嘛。把警方耍得團團轉的男子漢龜辰，到時我的長相將會傳遍全日本。我想讓同伴們看看我的威風樣哪！」

「別鬧了。明天報紙頭版就會登滿你的事了。」

「對了，還有報紙嘛。可以的話，拜託盡量登些照片啊！警方應該有一堆我的照片吧？唔，早報是吧，真想早點讀到。」

「待在那裡的話，就看不到了吧？快點出來吧！到警署裡來，一邊喝茶，一邊仔細地看報怎麼樣？」

「這當然好了。在那之前，先把時枝給我帶來吧！」

「我們不能……不，那個女的現在無法動彈。」

「所以叫她坐輪椅來啊！還有，準備消防署的雲梯車、升降車也可以。把輪椅綁在上頭，送到三樓的窗邊來。這個方法怎麼樣？」

「別胡說了。」

「你也真是頑固。這個不行，那個也不行。那樣的話就沒什麼好談的了。我就奢侈一點和人質大姐一起下地獄去好了。你好好記住，我是不會活著讓你們殺掉的。反正我的命也只剩個一年半載了。」

「噯，等一下，不要性急。我再去找時枝，和她好好談一次。我會盡可能讓你滿意。但是這需要一點時間。對了，可以再等我一個小時嗎？」

「好吧！兩天、三天都不是問題。讓大家辛苦了。我就來服務一下，振作大家的精神吧！」

電話掛斷了。緊接著三樓的窗戶打開，龜辰的手伸了出來。同時他的手槍再次開火了。子彈撕裂了夜晚的一片黑暗。

警察幹部聚集到署長的車子周圍。

防犯課長和機動隊長都趕到了。來自警視廳的支援部隊抵達，搜查一課課長也現身了。

每張臉上都有著焦躁的神色。龜辰三年來在監獄度過，直到最近才釋放出獄。可以想像得到，他一定對女人的身體相當飢渴。做為人質的冴子是個美貌的婦女，她身邊只有一個毫無抵抗之力的幼兒。冰箱裡有啤酒，聽說買來準備過年的年菜還剩得不少。而且龜辰為了抑制胃癌引起的疼痛，甚至威脅醫生準備了藥品（恐怕是麻藥）。

向背叛自己的女人復仇。很清楚地，在達到這個目的之前，他一步也不會離開三〇八號室。當然，他也不可能釋放人質。任誰都明白這件事拖得越久，事態會更加惡化。

闖入房間的方法有兩個。突破玄關的門，撞破裡面的格子門之後，警察一股作氣衝進去。或者是從樓頂或三樓以上的房間垂下繩索，踢破前面的窗戶突入。

不管哪一種情形一定都會引發槍戰，但是當然也預想得到，人質的生命將曝露在危險當中。警方無法下定決心強行突破，就是因為沒有自信救出人質。

「我有個方法想試試看……」

聽見江森警部補對刑事課長說明，署長像發現一線生機似地插口：「什麼？有什麼可以突破現狀的方法嗎？」

「我還不確定。從電話中的交談可以看得出來，龜辰這個男子為人狡詐，性格冷酷。但相反地，他也有單純而幼稚的一面。他陶醉在自己現在的作為當中。他想要東山再起。可以的話，他想對自己的同伴誇示、炫耀自己的存在。也就是說，我們要煽動他那幼稚的英雄主義，利用這種個性。如果我的方法失敗，就會出現犧牲者，也無法保證人質的安全。但強行突破在這一點上也一樣。想要和平解決，是難上加難。與其如此，我想試試自己想到的方法。」

他這麼說道，解釋自己想出來的「方法」。

「唔……這也是一個方法……」聽完之後，刑事課長試探性地望向署長。

「對方不是個會回應勸說的人。這樣的話，要不要賭上這微渺的可能性？怎麼樣？」

署長用尋求同意般的口吻，詢問警視廳的搜查一課長。

「試試看好了。龜辰為了威嚇我們已經從三〇八號室開槍過兩次了。但是再這樣繼續下去，下次他很有可能會對人質開槍。換句話說，他有可能射殺幼兒或女人來威脅我們實現他的要求。江森的方法雖然不甚周全，不過在這種緊要關頭，還是狠下心來放手一搏吧！但是，如果計畫不成功的話，就必須強行突破。先讓攻堅部隊在指定的地方集合好。江森，再等三十分鐘吧！在那之前會做好所有的準備。」

搜查一課長和大泉署的刑事課長，立刻開始商量攻堅行動的計畫。

這段期間，江森警部補在做什麼？

他叫來兩名巡查。

「你們去附近的民家，借兩根竹製的曬衣竿來。還要一個信封。裡面放進五、六張信紙。此外再準備捆包用的膠帶和繩子。準備好這些東西後，放在公寓的東側。沒錯，就是龜辰的房間正下方。東側沒有窗子，對龜辰來說，是個死角。立刻就去！」

數分鐘後，這些東西被送到江森指示的場所。

他用膠帶綁住兩根曬衣竿，計算恰好可以碰到三樓窗戶底下的長度。然後用繩子在前端掛上信封。

做完這些勞作後，他用無線電呼叫潛入三〇七號室的刑警。

「隔壁的房間有什麼動靜嗎？」

對方壓低了聲音回應：「不太清楚。犯人有時候會說話，但是聽不見女人的聲音。小孩子好像睡著了。」

「不久之前，我有打電話到三〇八號室，那個時候，你有聽到鈴聲嗎？」

「聽得到一點。」

「很好。接下來，我要再打一次電話到三〇八號室和龜辰說話。電話響完之後，我們要狙擊犯人。」

「喂喂？從這裡進不去三〇八號室……要怎麼樣把犯人……」

「我會誘導犯人，讓他從窗戶探出身體。你們三人當中，叫田村坐到靠近三〇八號室窗口的位置，把手肘放在窗緣，瞄準對方。松野站在田村背後，擺好狙擊姿勢。剩下的矢代，你負責迅速地拉開窗簾。與其說拉開，用掀的或許比較好。你仔細想想後再實行。還有，矢代你要隨時注意我的動作。我會拿著竹竿，站在三〇八號室的窗下。竹竿的前端吊著白色的信封。犯人整個身體會探出窗外拿它。那個時候我會放掉手中握著的手帕。那一瞬間，你就打開窗簾，其他兩個人同時開槍。聽好了，矢代，注意手帕。在那之前不能開槍。然後小心不要露出你們的臉讓對方發現了。不許失敗，要一槍斃命。知道了嗎？有問題嗎？」

「瞭解了。」

「那麼快決定狙擊位置、準備架槍；還有，不要漏聽了電話的鈴聲。好，準備行動！」

「瞭解。」

交代完畢後，江森把巡查找來。

「跟本部聯絡，我這就開始行動。還有，要公寓前的警官們暫時退避到建築物後面。本部OK的話，從那裡向我揮手。」

巡查跑了出去。大泉署的署長座車，停在離公寓有段距離的地方。那裡是臨時的對策本部。

江森望向那裡。一會兒之後，刑事課長朝江森用力揮手。江森也舉起手來回應。

他望向時鐘。晚上九點四十分。事件發生之後，已經過了四小時又十分鐘。

江森警部拿著兩根連結在一起的竹竿，繞到公寓的正面。他站在三〇八號室底下，把竹竿靠在牆邊。前端用繩子吊著的信封微微地隨風飄動。

公寓前的馬路已經被封鎖，周圍禁止一般人進入，也看不見警察的影子。他們大部分都集結在公寓的大廳及樓梯轉角等待攻堅指示。

異樣的寂靜籠罩住這棟五層樓的公寓。每一個房間的燈都亮著，卻沒有居民活動的氣息，也聽不見半點聲響。所有的居民似乎都正屏息守望著事件的經過。

在這當中，只有江森警部補一個人在行動。他確定竹竿的長度只到三樓的窗底之後，拿出手機打到三〇八號室。

對方立刻接起電話。

「坂戶嗎？」

「不要每次都問。這裡不就只有我一個人嗎？」

「人質怎麼了？」

「沒怎麼樣。嬰兒睡得很熟呢！大姐也很老實地陪著我。不管這個，時枝怎麼了？你把她給帶來了吧？」

「我去了醫院，剛剛才回來。她的傷勢比想像中的更嚴重。醫生也說今晚絕對要保持安靜。」

「明天就行嗎？」

「這就不曉得了。」

「混帳東西！你根本不打算把她帶來是吧？那樣的話，我也有我的打算。我就拿這裡的這個女人代替時枝，好好疼愛一番，然後一起帶去黃泉做伴。小孩也一樣。砰！一槍就結束了。到時候，你們警察可是會受到全日本的抨擊唷？怎麼樣？要拿時枝那個賤女人來交換這兩個人的命嗎？警察連這麼簡單的算數都不會嗎？」

「噯，坂戶，先別急。我的話還沒說完。我去見了時枝。她的傷勢的確很嚴重。所以，我把你的心情告訴她，拜託她說，不管用什麼方式都好，請她和你再好好談一談。」

「結果被拒絕了是吧？」

「時枝突然哭了出來，然後說：他誤會了我，我並不會是那種會背叛他的女人……」

「胡說八道。那傢伙等不及我入獄似地，一下子就跟著年輕男子跑了。會被那種女人的假哭給騙倒，你也真是個蠢男人。」

「我只是把我看到的照實說給你聽而已。時枝哭著對我說，你被送進監獄後，她一個女人要活下去有多麼地辛苦。還有，現在跟時枝在一起的年輕男子，她說雖然瞞著你，但是那其實是她同父異母的弟弟。」

「真會扯。那個女的演技不是蓋的哪！」

「我也這麼想。因為這實在是太湊巧了。所以我當場拜託本署確定這番話的真偽。因為是警察，這種事只要四、五分鐘就查出來了。結果，時枝說的是事實。時枝的本籍是長野縣南信濃村，舊姓是山本時枝，男子則是時枝的父親跟外頭的女人生下的孩子，在父親去世之前承認的。他叫山本真吉，二十四歲，是時枝的弟弟沒錯。」

「哦？聽你說得蠻像一回事的。」

江森警部補在事發同時，就趕到時枝就醫的外科醫院對她進行偵訊。她的本籍和舊姓，也是在那個時候得知的，這兩件事確實是事實，但是酒店的酒保是她同父異母的弟弟這件事，則是臨時編出來的。不過龜辰似乎被這番話給打動了。

「哦？可是那女人一次也沒跟我提過這種事。」

「她說因為覺得丟臉，所以才瞞著你的。時枝的父親是個花心大蘿蔔，似乎玩了不少女人。她可能是不想跟你說這樣的事吧！別人好像都說她弟弟是時枝的情夫還是小白臉，不過時枝說，不管別人怎麼看她都無所謂，這三年間，是她和弟弟兩個人咬緊牙根撐過來的。」

「怎麼愈說愈陰沈了。」

「時枝說，你今晚出現在酒店的時候，她本來打算把事情都告訴你的。可是，你卻突然亮出槍來，所以她才嚇得逃走了。」

「廢話。我是打算殺了她的。」

「我知道，坂戶，那不是你的真心話。所以你才叫她切手指的不是嗎？時枝也知道你擄了人質，據守在這棟公寓裡。她叫我來問你，如果她砍下手指的話，你願意釋放無辜的人質嗎？」

「唔……她連這種話都說啦？」

「她是個很堅強的好女人。不愧是你看上的女人。不過，她說在那之前，有件事想先告訴你。」

「什麼事？」

「這三年之間，她是怎麼活過來的、又為什麼一直沒有聯絡你？這些無法告訴外人的苦悶心情，她希望你至少能夠知道。她說，告訴你這些之後，隨便你要殺要剮都無所謂。」

「所以我不是叫你們把她給帶來嗎？」

「這件事辦不到。我們不能帶她過來，不，她無法動彈。我想就算是你，也不可能完全相信我說的話吧！所以我拜託時枝寫信給你。總之，請你先讀完它吧！」

「你帶在身邊嗎？」

「對。聽著，坂戶，不要掛斷電話，把話筒放在那裡，從窗簾的隙縫間也好，看看站在這裡的我吧！我現在正一個人站在你的房間底下。」

江森警部補單手拿著立在牆邊的竹竿，左右揮動拿著手機的手，仰望三樓的窗戶。從公寓各室流洩而出的燈光，以及入口處的門燈光線，照出了江森的人影。雖然是夜晚，但建築物周圍還是相當明亮。

看見三〇八號室的窗簾微微晃動，江森再次把手機按上耳朵。

一陣子之後，龜辰的聲音傳了過來。

「喂？哦，我看到了。掛在竹竿上面的是時枝的信嗎？」

「對。你把手裡的槍丟出來的話，我們就讓女警把這封信送到你的房間裡。把槍丟了吧！」

「混帳，誰會上這種當？就是因為有這玩意兒，我才能夠和警察對等地說話。快點把信拿來。」

「我知道了。我想你八成會這麼說，所以才準備了這個竹竿。時枝說，你看完這封信，務必要給她一個回答。換句話說，她想知道你的想法。」

「要我怎麼回答？」

「時枝在附近的醫院接受治療。是個人病房，枕邊有電話。她說她在信裡頭寫了電話號碼，你打電話過去就行了。」

「哦，可以單獨兩人交談就是了。」

「沒錯。現在這個時間只有時枝一個人，沒有護士在場。聽好了，坂戶，別說出讓時枝傷心的話啊！她到現在也都還愛著你。不要說什麼叫她切手指這種傷人的話了。」

「這得等我看完信後再決定。」

「好，那你打開窗戶，從竹竿上把信拿下來。如果你和我們約定絕不傷害人質的話，明天的早報也可以利用這個竹竿送給你。喏，快點拿去吧！」

江森把手機收進口袋，雙手拿著竹竿，靠近三〇八號室的窗戶底下。

窗簾微微打開。龜辰的臉瞬間從那裡露了出來。他看見伸到窗戶底下的竹竿前端了。窗子微微打開一些，他拿著手槍的右手緩緩地伸了出來。他想用自己的手槍把竹竿挪近手邊。但是江森一開始就巧妙地調整好竹竿的長度。龜辰的手槍只能稍微觸碰到竹竿前端，用繩子吊著的信封，在更下面的地方搖晃著。

「你在幹什麼？快點拿去啊！」

江森從底下大叫。窗子裡傳來龜辰反駁的聲音。

「竿子再伸上來一點！根本碰不到啊！」

「這已經是極限了。竹竿前面很重啊！你等一下。」

江森把竹竿立在地上，從口袋裡取出手帕，擦拭臉上的汗水。

「這次好好地拿啊！手槍先放到一邊去，要是走火的話不是很危險嗎？」

「少囉嗦，快點拿過來！」

「你在怕什麼？時枝跟我說，你其實是個既膽小又軟弱的傢伙……」

「你說什麼？」

「怕得不敢從窗子裡頭露臉，連心愛老婆的信都不敢拿嗎？來，要去囉！手再伸長一點。」

窗戶打開了一半。龜辰的臉露了出來。他把拿著手槍的右手放在窗緣上，迅速地掃視周圍。確定只有江森一個人站在那裡後，他把左手伸向竹竿。

「對了，這次就碰到了吧！」

江森高高地舉起竹竿，卻因為重量搖晃了一下。竹竿的前端微微擦過龜辰的手，又離開了。

「怎麼這樣呢？好好抓住啊！身體再伸出來一點就抓到了。」

「囉嗦！竹竿再舉高一點！」

窗子開得更大了。龜辰的上半身第一次露了出來。他似乎因為和江森警部補透過電話交談過，警戒心變得薄弱了。即使如此，他還是銳利地凝視正面，並謹慎地掃視左右。接著，他屈起上半身探出窗外，用力伸出左手，抓住了竹竿的前端。

就在此時，白色的手帕從江森伸出竹竿的手中掉了下來。瞬間，三〇七號室裡，兩把手槍發出轟聲，同時開火了。

「哇！」

隨著一聲尖叫，龜辰的身體倒栽蔥地摔倒，消失在室內。同時，一道槍聲從室內傳來。

手持護盾的警察隊撞破房門，踢倒格子門，湧入三〇八號室。據說，闖入的警官們瞬間呆立在當場。映入他們的眼簾的是言語難以形容的淒慘情景。

龜辰中了兩發子彈。一發打碎了下顎，另一發貫穿了他左上胳臂。噴出來的血佈滿了客廳的地板，奄奄一息的龜辰，右手握著手槍，在血海中游也似地掙扎著。

冴子被綁在木製的小桌子上；原本應該是放在廚房做為餐桌使用的，龜辰把它搬到客廳來。

冴子的嘴裡塞著手帕，再用哥哥英人的領帶封口。她的雙手被扭到背後，和桌腳綁在一起。換言之，她以揹著桌子的姿勢，雙腳平伸在地板上。她的裙子被扯下來，絲襪及內褲纏在腳踝一帶。襯衫前胸大大地敞開，被割開的襯衣及胸罩，揉成一團扔在地上。近乎全裸的冴子，左胸的乳房下方噴出大量鮮血，彷彿聽得見血流的聲音。鮮血從她白皙的腹部流到大腿，在張開的雙腿間形成血灘。

桌子旁邊鋪著一枚座墊。上面睡著出生六個月的幼兒。原本沈睡的孩子，似乎被警察隊的闖入驚醒，他抓住渾身是血的母親的腳，放聲哭叫。

冴子當場死亡。龜辰被救護車送到醫院，但是數小時之後也斷氣了。

冴子被龜辰持有的托卡列夫手槍——一般稱為ＴＴ33的舊蘇聯製手槍所射殺。但是中了兩發子彈，受了重傷瀕死的龜辰應該沒有餘力再以自己的意志射殺冴子才對。

他被鄰室的刑警狙擊之後，倒栽蔥地跌進房間裡，瞬間右手緊握的手槍走火，不幸射穿了冴子的胸部。

任誰都看得出來，冴子的死是一場偶發的事故。

這個事件中，使用手槍狙擊龜辰的兩名刑警，以及指示兩人開槍的江森警部補都沒有受到任何處分。

警察官職務執行法當中，關於警官的武器使用有以下的規定：

逮捕犯人或防止犯人逃亡

保護自己或他人

或遏止執行公務之際的抵抗

上述場合中有必要且有使用武器充分理由者，得以使用武器。

龜辰事件當中，從現場的狀況來判斷，開槍是迫不得已的行為，同時也符合使用武器的「必要且有充分理由」。

然而，痛失妹妹的星川英人，卻嚴厲地糾彈警方的失策。

他的憤怒與悔恨，不是對龜辰，反倒是朝著警方爆發了。

事件隔天開始，他每天前往大泉署，請求與署長會面。刑事課長和江森警部補也被署長一起叫過去。

「家妹冴子被像瘋狗一樣的男子監禁長達四個小時以上，身體遭受凌辱。光想像她的痛苦與屈辱，我的胸口就好像要裂開了一樣。而且，這樣的事態明明早就預測到了，警察卻袖手旁觀放任不顧。你們要怎麼負起這個責任？對於被留下來的幼兒、還有她的丈夫，警方一點贖罪的意思都沒有嗎？」

「家妹的死，若是犯人偶發的事故所致，那麼造成這種事故原因的警方，難道沒有責任嗎？」

「犯人要求你們帶來那個叫時枝的女人。如果照著他的要求，冴子應該就會獲得釋放了。然而警察卻單方面拒絕犯人的要求。所以才引發了這次的悲劇。你們應該可以邊保護時枝的安全，邊帶她到現場請她親自跟犯人喊話才對。無能無策的警方，面對家妹的屍體難道一點都不覺得羞愧嗎？」

「沒錯，黑道的老婆也是有人權的，好！時枝還活著，但是冴子死了。難道冴子就沒有人權嗎？受害者的性命難道比黑道老婆的命更不值嗎？」

「我當時說要代替冴子當人質。視情況我也打算與犯人對決。然而我卻被兩名警官以不當方式關進管理員室，剝奪我行動的自由。眼見妹妹恐懼得發抖、承受著痛苦，身為親人的自己卻束手無策地遭到監禁。我悔恨不甘的心情，警方能夠瞭解嗎？」

「無能的警察，立刻辭職吧！你們一點都沒有剃髮為僧、一生祭弔冴子亡靈贖罪的意思嗎？」

星川英人連日出現在大泉署，不斷地進行激烈的抗議。他口沫橫飛地反覆著與其說是抗議，更像是謾罵與怒號的話語。

在這當中，他也會泣訴自己的身世；他說冴子是他唯一的妹妹，她兩歲的時候母親便去世，父親迎娶繼母，但是繼母對他們漠不關心的種種過去。冴子對年長許多的英人如父親般仰賴、如母親般敬慕，兩人相依為命到今天。他們與世間一般的兄妹是不同的。

星川英人在東華女子大學的學生當中，是最受歡迎的副教授。運動鍛練出來的修長體格、端麗的長相，再加上單身，還有刊載在某本文藝雜誌上的小說成為著名文學獎候選作品等因素，使他在女學生當中簡直就像偶像一般受到景仰。

「只要星川老師開口，我什麼都願意做。我願意把一切都奉獻給老師。可是老師就是不肯來找我……」

聽說有不少女學生經常把這樣的話掛在嘴邊。

然而，出現在大泉署的星川，形象與傳聞相差了十萬八千里。當時的他只是一個為妹妹的死感到悲嘆、狂怒的平凡男子。

以上即是「龜辰事件」的概要，事件發生至今已經過四個多月，因為江森警部補的「擅自曠職」，又重新喚醒署長及刑事課長的腦海中開始模糊的記憶。

這天晚上七點。（這與北條由紀生平第一次被陌生男子開車帶進賓館幾乎同一時刻……）

大泉署的署長室裡，刑事課長正以沈痛的表情面對署長。大部分的署員都已經離開，署內鴉雀無聲。即使如此，署長還是壓低了聲音，小聲地對課長說：「江森終究沒有聯絡。我想我們也該做最後的判斷了……」

「還是要報告本廳嗎？」

「唔，總不能隱瞞不報吧？」

「署內怎麼辦？」

「還是跟幹部說明吧！包括恐嚇信的事。」

「問題是媒體怎麼辦？星川英人與江森的曠職有關——這完全只是推測，沒有任何具體的證據。如果星川的名字被媒體得知，當然龜戻事件又會被舊事重提。那次我們遭到星川猛烈的抗議。如果到最後發現江森這次的曠職與星川完全無關的話，星川一定不會善罷甘休的。他一定會比上次更嚴厲地抨擊警方吧……」

「沒錯。正因為如此，我們不能隨便說出他的名字。這就是讓人頭痛的地方。星川現在到底在哪裡？」

「不曉得哩。我聽說那個事件後，他辭掉原本女子大學的工作回到故鄉去了……」

課長說著，從口袋裡取出香菸。署長也跟著點燃了香菸。

一時之間，沈默降臨兩人之間。兩人默默地以視線追逐緩緩升起的煙霧。

「星川他，」署長說道。「曾經說他大學時代是橄欖球的選手，對腕力很有自信對吧？」

「嗯。」

「我聽說江森高中的時候是籃球選手，而且，他的空手道還有段數……」

「我記得他說過是二段，怎麼了嗎……？」

「他們彼此都對腕力有自信。就算假設星川在哪裡遇到了江森，我想他也無法輕易擄走江森才是。」

「我想也是。以體型來看，兩者也難分軒輊。但是如果對方帶著兇器的話……」

「江森應該也帶著手槍。他出門搜查縱火事件的時候，有說他會帶手槍去。」

「嗯，好像是。昨天江森是與落合刑警一起去查訪的。聽落合說，江森回到署裡是六點半。聽完大家的報告後，七點左右他又和落合一起離開警署。他們的家在同一個方向。兩個人在途中就分手了，聽說那個時候江森說他要去超市買晚餐的配菜。」

「這樣啊，他是一個人住的嘛。」

「嗯。雖然午餐是外食，不過早晚餐江森好像都自己做。聽說他都早上用電鍋煮飯保溫，留到晚上吃。我也是個早晚餐一定要喝味噌湯的人，江森就曾經對我說：下次請你喝喝江森流的味噌湯如何？」

「唔……這麼說的話，他是七點半左右回到公寓的。」

「不，這還不知道。他與落合刑警分手之後的行動完全不明。他是從公寓出來後不見蹤影的，或者是在回去公寓的途中遭到了什麼變故……」

「我說啊，」署長朝刑事課長探出肥胖的身體。「要不要去？」

「去？去哪裡？」

「去江森的住處調查。當然，我們要祕密行動，沒有搜查狀，但是責任由我來擔。搜索他的公寓，或許可以發現什麼也說不定。」

「也是。我瞭解了。那我們現在立刻出發吧！到他的公寓走路只要十五分鐘左右。」

署長和刑事課長同時站了起來。

「警察署長和刑事課長去搜索部下的家，這應該是前所未有的事吧？」

署長想笑，臉部卻只是微微抽動了一下。

第三章。疑惑

1

「由紀，妳還在睡嗎？已經八點囉！這怎麼行呢？上學又要遲到囉！來，快點起床了。」

母親的聲音響起。由紀心想：竟然已經這麼晚了？她想張開眼睛，眼皮卻緊緊地閉著，彷彿黏在一起似地打不開。

「由紀！」

母親的聲音從底下傳來。由紀爬了起來。瞬間，她緊閉的雙眼張開了。自己穿著高中的制服入睡，這樣就不用更換衣物了。

由紀跑下樓梯，玄關門開著。外頭照進來的朝陽好刺眼。

玄關前停著由紀上學用的腳踏車。她正想抓住把手的時候，母親從一旁冒了出來，推開由紀逕自跨上腳踏車。

「媽，讓開啦，我要騎去上學的。」

母親沒有回答，踩起腳踏車往前騎去。母親總是步行到工廠上班。為什麼今天偏偏就要騎我的腳踏車？

「等一下，媽，等一下啦！」

可是母親頭也不回。簡直就像腳踏車比賽的選手一樣；她高高抬起臀部，踩著踏板。

只見母親的身影越行越遠。

「等一下，媽、媽！」

由紀朝著母親的背影大聲呼喚。她的叫聲將自己給驚醒了。同時，她發現這裡並不是南河原村的老家，而是被陌生男子帶進來的賓館房間。

房間裡一片漆暗。天還沒亮嗎？由紀打開枕邊的檯燈看著手錶。已經過了六點二十分，但房間裡卻沒有半點晨光。

由紀將視線投向睡在門口附近的男子。裹著飯店浴衣的男子，以背對由紀的姿勢，蜷縮身體睡著。

由紀的唇間發出長長的嘆息。平安無事地度過一晚了。不過，心想絕對不能入睡、神經綳緊的自己，到底是什麼時候睡著的？她以為自己一整晚都醒著，搞不好卻好幾次落入了淺眠中也說不定。就是擔心這樣的女兒，娘家的母親才會出現在夢境裡叫醒自己吧！好想見母親。由紀現在痛切地思念母親。

身邊的紗江發出微弱的哭聲。那是不高興的聲音。紗江好像很早就醒了，她在檯燈燈光當中看見母親的身影，刺眼地眨了眨眼，哭了出來。正好也到了哺乳的時間。

「哎呀，紗江也起床了呀。對不起唷，來，喝奶唷！」

由紀輕聲說道，讓紗江含住乳房。紗江的嘴唇貪婪地吸吮。

最近，哺乳的時間已經差不多固定了。從早上六點開始，接著每隔四小時：十點、兩點、六點，到晚上十點結束。一天哺乳五次已經成為習慣。過了晚上七點，紗江就開始入睡，但是到了十點左右，她又會醒來一下。那個時候讓她含住乳頭，紗江就會半睡半醒地吸吮。這個時候大約只會哺乳個十分鐘，結束之後，她便會一直熟睡到隔天早上六點。紗江從來沒有在半夜醒來哭鬧的情形。

「紗江真是聰明呢！」

由紀對專心吸吮乳房的孩子輕聲說道。

「這小鬼不是我的孩子，是妳跟那傢伙生的吧？」被親生父親阿昭如此唾罵，就像被拋棄的幼兒。這孩子緊抱住我這個被陌生男子帶出，現在被監禁在賓館的母親。專注吸奶的孩子令人又憐愛又疼惜。

「紗江，對不起唷。」

紗江的小嘴放開了乳房。

「已經好了嗎？」

由紀說著，用帶來的紗布擦拭紗江的嘴巴及自己的乳頭。孩子睜著大大的眼睛從底下凝視母親的臉。

男子好像起床了。他瞄了一眼由紀，好像以為紗江還在睡，悄悄地折好毛毯裝進紙袋，把蓋在身上的兩件浴衣對袖折好，放進衣物籠。

男子走進洗手間。他刷牙之後，用賓館準備的刮鬍刀刮鬍子。洗完臉後他用梳子整齊地梳理好頭髮。由紀則茫然地看著他的動作。

男子走出洗手間。

「早。」他朝坐在床上的由紀打招呼。「紗江已經醒了嗎？」

「嗯。」

「這樣啊。睡得好嗎？」

男子走近床邊，露出笑容望向紗江。

「紗江，早安。對了，把窗子打開吧！也得讓紗江呼吸一下新鮮的早晨空氣才行……」

男子左右拉開垂在窗前的厚重窗簾。窗子是兩層式的。內側是嵌入透明玻璃的普通玻璃窗，但是外面那層則是在鋁製窗框上嵌入黑色的塑膠板。這雙層的窗子以及厚重的窗簾，阻絕了外部的光線和聲音。

男子用力打開窗子，早晨的陽光立刻傾瀉在鮮紅的地毯上，明亮得刺眼。清爽的風吹了進來，彷彿排除掉房間整晚沈澱混濁的空氣。

「啊，好舒服。」

男子站在窗子前，反覆深呼吸，然後回過頭來說道：

「由紀，把紗江抱來這裡怎麼樣？」

由紀照著男子說的，抱著紗江來到窗前。周圍有許多樹木。昨天是在天黑之後才進入這家旅館，所以沒看到四周的風景。擴展到遠處的城鎮建築物看起來就在下方，大概是因為這棟旅館建在小山丘之故吧！旅館前茂密的樹木，似乎不是後來才栽植的。換句話說，這棟旅館位於開墾林地，周圍的樹木是直接保留下來的。自由生長的樹幹上滿佈新綠的嫩葉，在朝陽照耀下枝葉閃閃發光。

「好漂亮。」

由紀忍不住說道。她深深地吸氣。風帶著綠意，清爽地流入她的胸中。

聽到男子的話，由紀仰望天空。萬里無雲的碧藍天空，無邊無際地展現在眼前。

「今天也是個好天氣呢！」

兩人肩並著肩，看著四周風景看到入神。兩人都沒有說話，然而由紀卻不斷注意站在窗口陪在身邊的男子。她不覺得恐怖。反而感覺到前所未有的靜謐與安祥。望著相同的風景，呼吸著相同的空氣，被同樣的嫩葉氣味所包圍的男子。

（如果這個人是我摯愛的人……如果他的手輕輕放到我的肩上，並且像裹住我一般地抱住我的話……）

忽地，由紀的身體差點往男子倒去。她吃了一驚。不過這只是她的想像，現實中由紀的身體並沒有動。她對自己不檢點的幻想感到羞恥。

「我也去洗個臉。」

由紀將紗江放到床上，走進洗手間。

2

八點過後，早餐送來了。

裝在紙容器裡的果醬和奶油、兩片麵包、盛在小碟子上的沙拉，還有一顆白煮蛋，再配上一杯咖啡。

由於睡眠不足加上緊張，由紀完全沒有食欲。

「製造出好的母奶，是母親的責任吧?妳要為了紗江而吃啊!」

聽到男子這麼說，由紀把一片麵包和白煮蛋，還有一半的沙拉，用咖啡沖進去似地吃了下去。

男子的盤子則吃得精光。

用完早餐後，男子打開電視，專注地看著九點新聞。節目結束後，他雙臂盤在胸前，閉上眼睛好像在思考什麼。男子一動也不動地維持這個姿勢長達三十分鐘以上。

這段期間，由紀把帶來的浴巾收進旅行袋，幫紗江換尿布，把用過的尿布收進男子準備的塑膠袋裡。出發的準備妥當了。

仰躺在床上的紗江，眼睛盯著母親的動作。她的眼睛看起來很睏。由紀讓紗江含住自己的乳房。

一陣子之後，原本雙手盤在胸前的男子站了起來。他雙手往上伸，同時嘴裡發出響亮的哈欠聲。

「好了，差不多可以出發了。」

男子說完來到電話前，好像是打到櫃台確認金額。

過了一會兒，門鈴響了。男子走出房間，但立刻就回來了。付錢的窗口似乎設在房間外。旅館看不見住宿者的臉，也不直接與住宿客交談。這類的旅館都是採用這樣的系統嗎？

「哦，紗江好像睡著了呢。」

「嗯，到了她小睡的時間了。」

「這樣啊。雖然有點可憐，請妳輕輕抱著她，坐上車子吧！還是要讓她睡在車後座？」

「沒關係，我抱著就行了。」

男子提著大紙袋和由紀的旅行袋走出房間。由紀抱著紗江，拿著塑膠袋，跟在後面。

時間已經過了十點。

車子緩慢地行駛在平坦的道路上。

他依然謹慎駕駛。車子開動之後由紀才發覺男子盡量避免開進熱鬧的市區。由紀注意到另一件事，男子似乎並沒有決定好去處。由紀好幾次在開了十幾分鐘後不斷看見寫在招牌和廣告塔上疑似地名的文字。換言之，車子左彎右拐，卻幾乎在相同的地方來回穿梭。感覺上開車好像只是為了消磨時間。

由紀開始覺得煩躁。她不是來兜風觀光的。她一開始就沒有欣賞風景、享受當地風物的心情。她只想盡快到達男子預定的目的地，脫離這種監禁狀態。

「到底是要去哪裡？」由紀按捺不住出聲問道：「我覺得從剛才開始一直在同一個地方打轉……目的地是哪裡？」

「目的地啊……。現在的話，去哪裡都好，不過可以的話，我想去神社或寺院……」

「你還真是虔誠呢！」

「不，不是那樣的。那種地方境地寬廣，樹木也繁盛。我想讓紗江呼吸一下外頭的空氣。紗江沒有帶帽子來對吧？就算要到外頭走走，也得找有樹蔭的地方才行。」

男子的話語讓由紀沈默了。他對紗江的體恤令人高興。

「那麼，暫時先放棄神社，渡河好了。」

「渡河？」

「對，渡過利根川。那在之前，先繞到那裡去看看吧！」

男子左手放開方向盤，指向前方。道路的左側有一個巨大招牌。上面寫著「超市阿賀野店」。底下也看得到表示停車場的記號P。

男子的車子進入停車場，同時紗江也醒了。

「哦，紗江醒了。那換叔叔抱妳好了。」

男子把紗江從由紀的膝上抱起來，走出車外：「妳也下車吧！」

停車場裡並排著幾十輛車子。睡醒不吵鬧的紗江，就算被男子抱著也不會哭鬧，反而一直環看四周。

「紗江，看，有好多車車唷！這裡是商店。接下來叔叔跟媽媽要去買東西，紗江也一起去唷！」

男子用眼神催促走過來的由紀一起進入店裡。

店的入口處擺著層層疊起的購物籃。

「由紀，拿一個籃子。」男子說道。

進去之後，左手邊陳列著週刊雜誌及兒童讀物、繪本等等。男子從當中隨手拿出兩本週刊雜誌丟進由紀的籃子裡。

店裡掛著指示各個賣場的標示板。男子向右彎走到食品賣場。

放進由紀提著的籃子裡的，是一罐紙盒包裝的牛奶，還有三個三明治。

「午餐就吃這個吧！晚上再請妳吃想吃的。」

男子接著前往衣物賣場。

「妳穿的衣服尺寸，M就可以了嗎？」

「我嗎？你要買我的什麼？」

「睡衣啊！妳昨天晚上沒有換上旅館的浴衣就直接睡了，不是嗎？總之，妳如果不喜歡穿浴衣，那我買兩件式的睡衣給妳吧！」

「我不需要那種東西。」

「妳別為了無聊的事逞強了。晚上換上睡衣，充分休息比較好。哦，這件怎麼樣？大小也正好是M號的。就算不滿意顏色還是花樣，也忍耐一下吧！只是穿個兩、三天而已。」

男子拿起淡藍色的長褲和同色的上衣。上衣的衣襟上有個白色蝴蝶結。

「感覺是女學生會喜歡的，不過無妨吧！」

男子把它放進由紀的籃子後，再度掃視店裡。

「這裡好像沒有玩具的賣場。本來想給紗江買個玩具的……喏，我們走吧！」

男子催促由紀到收銀台去。總共買了大約一萬圓。

離開超市後，男子把懷裡的紗江交給由紀，然後再接過購物袋。由此也看出男子的謹慎。店裡有顧客和店員，但由紀既無法逃走，也無法出聲向他人求救。因為紗江在男子手裡。男子藉由抱著紗江，奪去了由紀的自由。

男子坐上駕駛座，拿起放在儀表板上的兩本道路地圖。由紀瞄到封面上寫著埼玉和群馬。

「哦……從這個號誌往左彎，就會進入縣道。伊勢崎深谷線啊。好，這條路最好走。」

看樣子，似乎決定好去處了。男子轉向由紀：「喏，我們出發吧！利根川就在旁邊。經過上武大橋就到群馬縣了。」

車子往前開動。過了一陣子，眼前出現男子所說的號誌。號誌底下寫著漢字「下手計」。可能是地名，但由紀不曉得該怎麼讀。

車子在這個號誌往左彎，進入寬廣的道路。男子加快車速筆直前進。前方出現鐵橋。

「那個就是上武大橋。來，要渡過利根川囉！」

由紀抱起紗江的身體，把她的臉湊近窗口。

「紗江，看，是利根川唷！看仔細唷，很大的一條河對吧？媽媽出生的家，就在這條河很下面的地方唷！」

傾瀉而下的五月陽光，照耀在緩緩流動的河川水面，波光粼粼。

由紀出生的南河原村，位於這條利根川與荒川包圍的低地，村子裡頭也有許多小河和沼澤。到了夏天那裡就成了由紀和其他孩子的遊樂場。景致悠閒的村落裡，一棟房子裡頭只有兩間分別是八張及六張榻榻米大的房間。父親去世之後，二樓八張榻榻米大房間就成了由紀的房間。接近高中期末考的時候，母親總是為了唸書到深夜的由紀煮宵夜，「嘰、嘰」地踩著階梯上樓，說：「由紀，吃了這個再加油吧！」並且還為她送上熱茶。

母親今天也在拖鞋工廠努力做著裁剪和縫製的工作。但我卻被奇妙的男子帶走，被監禁在車子裡頭，現在正要渡過利根川。媽媽，我會被帶到哪裡去呢？會遭遇到什麼事呢……？

由紀的眼睛不知不覺中濕了。

「由紀。」

男子開口了。已經完全跨越利根川的車子，奔馳在像是住宅區的道路上。

「如果無聊，要不要聽歌？這裡有錄音帶。隨便選妳喜歡的放吧！不過我只對演歌有興趣，所以這裡沒有搖滾樂或流行音樂之類年輕人喜歡的曲子。」

確實，十幾卷錄音帶全部都是演歌。但由紀也不討厭演歌。娘家的母親是超級演歌迷，由紀似乎從小就受喜歡演歌的母親影響。

錄音帶裡有竹田英雄，也有田端義夫。都春美。北島三郎。美空雲雀……由紀從裡頭選了迪克．三根[註1]的曲子。《人生樹蔭道》是母親最喜歡的曲子。

註[1]DICK MINE（1908~1991），本名三根德一，為昭和時期的歌手。一九三四年以「黛娜」出道，有許多暢銷曲，錄音作品超過一千首，是日本爵士的先驅之一。

3

古賀旋律[註1]獨特的吉他前奏響起。

別哭啊妹妹　妹妹啊別哭
妳哭泣的話　年幼的咱們倆
豈不失去了一起離鄉背井的意義　（佐藤惣之助作詞）

迪克・三根雄厚的男性歌聲同時也帶有直訴聽眾內心一般的柔和音色。哥哥對妹妹的愛情被巧妙地唱了出來。這讓由紀忍不住回憶起她唯一的哥哥。

由紀的哥哥在她正值高中三年級十八歲的時候過世了，與由紀相差五歲。哥哥在學校的成績總是出類拔萃，父親生前總是說，不管他再怎麼辛苦，只有這孩子一定要想辦法讓他進東大醫學系。被稱為創校以來第一個秀才的哥哥，也是由紀的驕傲。由紀從小就很仰慕哥哥，不管到哪裡都黏著哥哥不放。聽說她小時候還曾經說過「我長大以後要當哥哥的新娘」，惹得雙親大笑。哥哥也十分疼愛愛撒嬌的由紀。

然而這個哥哥卻在高中三年級的夏天，臉色突然變得蒼白，開始經常流鼻血。輕微的發燒持續不斷，最後連牙齦也開始出血了。村裡的醫師診斷的結果，說不是什麼病，可能是唸書太認真或是營養失調，只要留意飲食、勤運動就行了。但是，哥哥完全沒有好轉。

父母親擔心病情帶他到熊谷市的醫院，請院方做精密檢查。結果，哥哥被診斷出得了急性白血病，而且在得知病名後，短短一個星期就撒手人寰了。死得令人措手不及。

哥哥走時的表情很安祥。由紀趴在遺體上大哭。迪克．三根的「別哭啊妹妹　妹妹啊別哭」的歌聲，彷彿又讓她想起了當時的悲傷。

難道妳忘了
在遙遠寂寥的日暮道路
哥哥哭泣斥責妳的哽咽聲音嗎？

吉他與弦樂器的間奏再次響起。由紀的手指貼著坐在膝上的紗江背後，配合著曲子輕輕敲打。

冷不防地，開車的男子伸手按下錄音機的開關。曲子中斷了。

「不要聽這首。換別的歌吧！」男子說道。

由紀感到不悅。他說可以放自己喜歡的曲子，她才選了《人生樹蔭道》的。

「為什麼？你討厭這首歌嗎？」

註[1]此指古賀政男所做的曲子。古賀政男為日本昭和時期最負盛名的作曲家，所作歌曲超過四千首以上。其哀愁的曲調被稱為「古賀旋律」。

「不，並不是討厭……只是，就算是同一首曲子，依時間和場合的不同，也會有不想聽的時候。換句話說，有時聽了會覺得高興，有時卻會覺得難過。對了，妳喜歡古賀旋律的話，應該有一首《思慕倩影》。是藤山一郎唱的。」

「算了，我不想聽了。」

由紀故意把視線別到窗外去。車子駛過兩旁並列的屋舍，呈現出鄉下小鎮的單調。由紀閉上眼睛。她對四周的風景毫無興趣。群馬縣中她所知道的地方只有伊香保溫泉而已。結婚前她在南河原村的郵局任職，員工旅行就是去那個溫泉。她記得是從熊谷坐JR的上越線到涉川，再從那裡搭巴士到伊香保。但是途中的風景和通過的站名她幾乎已經不記得。現在這輛車子正開在群馬縣何處，她既沒有心情去確定、也不想知道。因為就算知道，對自己也毫無用處。

反倒是她對男子中斷迪克．三根的歌感到非常在意。《人生樹蔭道》是一首四小節的歌。在第二小節結束的時候，男子就伸手切斷曲子了。他的理由是，依時間和場合的不同，也會有不想聽的時候。接著還說，有時聽了會覺得高興，有時卻覺得難過。

換句話說，對現在的他而言，《人生樹蔭道》是一首聽了會難過的歌。對現在的他而言，是一首不想聽到的歌。男子強行把我帶走，漫無目的地行駛在群馬縣內。這是男子「現在」做的事。而這又與《人生樹蔭道》有什麼樣的關係，為什麼它會成為一首不想聽的歌、聽了會難過的歌？

歌詞中登場的是一對兄妹，而且不是一對幸福的兄妹。兩人身處逆境，妹妹為不幸的命運悲嘆、為薄命的人生哭泣；而哥哥鼓勵她，要堅強地活下去。所以裡頭才會出現「燃起希望　活下去吧」、「人生的春天一定會到來」這類的歌詞。

那麼，現在默默開車的這個男子，也同樣有個妹妹，有著相同過去的記憶嗎？

由紀的想像沒有根據，也無從確定，但是她覺得似乎窺見了姓名不詳、住所及職業也不明的這個男子，隱藏的內心一隅。

車子停了下來。由紀睜開眼睛掃視周圍。不復見成排的房舍，可以看得見零星散佈在屋舍之間的田地。

「要下車嗎？」男子問道。

「這裡是哪裡？」

車子停在道路左側的空地，這裡的大小再容納五、六輛車子也沒問題。從地面鋪了水泥的樣子看來，似乎是用來做為停車場的。

男子從儀表板上拿起道路地圖，以及寫著「群馬」像是情報誌的書刊讀了起來。

「這裡是境町吧！也可能已經進入尾島町了。這一帶似乎有不少有名的寺院，我在找的時候，正好看到這座寺院……」

「寺院是嗎？」

「對，在那裡。」

男子指向左側。那裡有著七、八階的石梯，上面有座像山門的東西。

「如果這裡是境町，那就是能滿寺。書上寫著這裡有芭蕉[註1]的句碑。除此之外，有一間叫長光寺的地方也有芭蕉的石碑。如果這裡是尾島町的話，那就是永德寺吧！別名五月寺。另外，也有一間叫滿德寺的寺廟。上面寫說又叫絕緣寺，聽說可以讓女性順利離婚的寺院。真是什麼寺院都有呢！哦，上面說門票要三百圓，可以參觀江戶時代的離婚證書，還有德川歷代將軍的相關資料。總之，我們進去看看吧！可以帶紗江散散步，寺內又有許多樹木應該很安全。」

在男子催促下，由紀下了車。登上石梯後，山門的左右立著兩座新穎的石燈籠。巨大的基石上刻著「新田町林屋傳兵衛捐獻」。

「咦?是新田町啊?」男子仰望山門呢喃：「是照念寺。書上沒寫這座寺院。」然後他回頭望著由紀。「這裡好像是新田町。是太田市西鄰的城鎮，妳有來過這裡嗎？」

由紀搖頭。不管是太田市或新田町，對她而言都是完全陌生的土地。就連位在群馬縣的哪一帶，她都摸不著頭緒。

「這座照念寺似乎不是很有名的寺院。可是沒有觀光客，反而可以寬心休息。喏，紗江換我抱。妳暫時在寺內逛一逛，舒展一下筋骨吧！」

男子抱過紗江，穿過山門。由紀也跟了上去。

寬廣的土地正面有一座本堂。右手邊鄰接著像是住處的平房，兩邊的建築物以走廊連接在一起。左手邊有假山，對面是一棟老舊的建築物。與其說是離屋，更像是茶室。木製的遮雨板緊閉著。

假山的背後聳立著杉樹、松樹，還有櫻花及老楓樹。雜亂無章種植的樹木，似乎好幾年都沒有修剪過，盡情伸展的枝椏重疊在一起，茂盛且鮮艷欲滴的綠葉遮蔽了五月的陽光。

樹蔭下的泥土潮濕且柔軟。由紀覺得自己已經好久沒有接觸到這種舒適的泥土觸感了。

男子抱著紗江在寺內的樹蔭下似走非走地遛達著。由紀也跟在男子後面緩步走著。在狹窄的車內被安全帶固定的身體，在這裡能夠自由自在地盡情活動。她覺得好像又重新活了過來。

男子用雙手高高抱起紗江，然後像盪鞦韆似地慢慢左右晃動。男子一動，紗江的嘴巴便發出呀呀笑聲。

（就算我哄，她也從來沒有笑得那麼高興過。真討厭的孩子。）

在男子手中紗江的身體一下左一下右地在空中浮遊。隨著動作，紗江有時笑得高亢，有時彷彿覺得癢似地扭動著身體、從喉底擠出笑聲。將全身寄託在男子手中的孩子，就像個成熟的女人發出嬌媚的聲音——這不是母親對一個出生四個月的幼兒該有的感情，而是由紀接近妄想的錯覺。然而，瞬間掠過她胸口的嫉妒，遠離了母性，那是由紀身為女人的

註[1]指松尾芭焦（1644～1694），芭蕉為江戶前期的俳句詩人，於江戶師事談林派學習俳諧，其後創立「蕉風」，將俳句提昇到藝術的境界。芭蕉旅遊各地，留下了許多著名的俳句及紀行文。紀行文以《奧之細道》聞名。

兩人面對面坐了下來。
經過日曬雨淋的椅子雖然老舊，卻相當堅固還沒有腐朽。
寺內一隅有個藤架，底下放著兩把木製椅子和圓桌。
「到那裡休息一下好了。」
一種感情。

4

周圍寂靜無聲。本堂和住家都沒有半點聲響。當然寺院內也沒有其他人的身影。
視線一轉，從樹木枝椏間看得見遠方的城鎮。寺院周圍是一片農田，當中點綴著幾家似乎新蓋不久的房子。沒有大樓和高層建築，只有低矮房子集落，沐浴在五月的陽光下。
鄉下城鎮獨特的寂靜景觀，一時之間緩和了由紀的心情。
「離開熊谷的家之後，」男子開口說道。「今天是第二天了。妳有沒有想到妳不在的時候，會有誰打電話來？像是妳娘家的母親，或是妳的朋友……」
「我想應該沒有。」
「哦？可是，妳有時候會跟令堂聊天吧？」
「嗯，都是我打過去的。可是，昨天早上家母卻罕有地打了電話給我。她說她上班的工廠老闆家裡有喜事，所以那天放假……我們聊了超過三十分鐘。所以，我想暫時應該是不會打來。」

「這樣啊，那就太好了。我想妳先生應該不會打電話來，也不會在妳出門時回家吧……」

「你怎麼知道？我和外子的事你知道多少？請你告訴我。你跟外子有什麼關係？」

這是由紀最想知道的事。只要知道阿昭和這個男子的關係，或許就能夠推測出他強行帶走自己和紗江的目的了。

「不，我和妳先生一點關係也沒有。」

「可是，你知道我和外子現在的狀況不是嗎？所以才說我不在的時候，外子不會打電話來，也不會回家……」

「真傷腦筋。我只是說出我的想像而已。」

「可是，想像應該也有理由或根據才對。」

「唔……我是根據傳聞想像的。」

「你聽到什麼樣的傳聞？」

「被這麼逼問，我也沒輒了。那麼我就告訴妳好了。妳先生現在在熊谷市的國會議員梅津悠作的事務所工作。這妳知道吧？」

「嗯。」

「妳先生的頭銜是梅津的私人祕書，但是薪水是伊豆原醫院支付的。換句話說，他是醫院派任的職員。伊豆原醫院除了院長伊豆原和院長夫人每年大筆的政治獻金之外，還將輕井澤的別墅無償借貸給梅津。實質上等於是贈與了。另外，為了在今年年底或明年春天舉行的總選舉中鞏固梅津的票源，他們從自己的醫院派任職員過去，現在就開始進行拉票活動了。但是為什麼伊豆原醫院要這麼支持梅津悠作？理由很簡單。伊豆原本人想要在兩年後的參議院選舉中，由民生自由黨提名為候選人，利用梅津的政治力量當選議員。」

「你對政治內幕相當清楚呢！」

「不，這點程度的事，報紙什麼的也有寫。我只是在當地報社有認識的記者而已……」

「那麼，關於外子，有什麼樣的傳聞呢？」

「與其說是傳聞，倒不如說是妳先生在熊谷市的高級酒店、俱樂部之類的地方到處宣揚的。私人祕書的工作，主要是鞏固當地的後援會組織，以及增加會員。因為這些就等於是票源。為了這個目的，與市內的權貴、後援會的幹部等應酬的機會都會增加。可能是妳先生在酒席上經常說溜嘴。因為這些事連我都聽說了。」

「外子到底說了些什麼？八成是說我或我娘家的壞話……」

「是啊。他似乎說了相當過分的話。好比說：『我們夫婦現在雖然分居，不過彼此都享受著外遇之樂……』」

「外遇之樂？」

「言下之意就是妳在外頭有男人。他說：我把那男人的孩子當成自己的女兒在養，所以就算我對別的女人出手，老婆也不敢有半句怨言——噯，他就是用這種話來引誘俱樂部跟高級酒店的小姐。」

「好過分，怎麼能說這種話！」由紀忍不住叫了出來。「紗江是他的孩子。我只有他這麼一個男人而已。這是真的。全部都是他誤會了。與其說是誤會，倒不如說是外子的母親，也就是我的婆婆，利用了外子善妒的個性，要他說出這種話來。因為婆婆本來就很反對我們兩個結婚……」

「我瞭解。在妳的身上我一點也感覺不到外遇的氣息。昨天我和妳聊了啄木的歌，聽妳說令堂和妳高中時代的事。那個時候的妳……恕我失禮，簡直就像個十七、八歲的少女。最近有些年輕女性讓人感覺污穢、莫名老成，可是妳和她們完全不同。聖潔，而且完全不改身為母親的凜然態度。這樣的人是不可能背著丈夫做出與其他男人有染的骯髒事。妳先生不肯相信妳，這讓同樣身為男子的我感到不可原諒。」

男子說完，露出靦腆的笑容，又加了這麼一句：「對不起，我不是故意要說妳先生的壞話的……」

「沒關係。我真的覺得好高興。知道有人這樣瞭解我，就好像得救了一樣。」

這是由紀的真心話。儘管眼前的男子綁架了自己，他卻毅然駁斥了丈夫阿昭和婆婆民子加諸於自己身上的屈辱言詞。

「或許是我多管閒事，」男子對著懷裡的紗江說話似地。「要是因為外遇這種理由，媽媽同意離婚的話，紗江也不願意吧？紗江相信媽媽。是站在媽媽這一邊的。好，紗江會說嗎？說：媽媽加油，媽媽不可以輸！」

男子假裝紗江在說話，對由紀這麼說。男子那溫暖的心意，真誠地傳進由紀心房。由紀咬住下唇，忍住就要湧上喉邊的嗚咽感覺。

「話說回來，」男子抬起頭來，望著由紀濕掉的眼睛。「妳先生為什麼會說出紗江不是自己的孩子呢？是不是發生過什麼讓他懷疑的事嗎？」

「那是因為……」

話到口邊，由紀又吞了回去。連這種事都跟這個男子說，好嗎？夫妻的問題是家庭的私事，也是夫妻間的祕密。不該隨便向外人宣揚。知道這件事的只有娘家的母親而已。

看到由紀沈默，男子苦笑說：「看樣子我問了不該問的事。只是，再怎樣荒誕的事，只要一方保持沈默，一方不斷地宣揚，就會變成世人公認的事實。妳先生好像說：我認識老婆外遇的對象，還撞見兩個人擁吻，這下鐵證如山賴也賴不掉了……他到處加油添醋講這樣的事。妳繼續沈默的話，只會任憑妳先生單方面散佈他的言論。我當然不認為真有他說的那回事，也不願意去想，但……」

男子最後的話，徹底瓦解了由紀的心防。難道連這個男子也懷疑我嗎？丈夫阿昭及婆婆加諸於她的莫須有的中傷與誹謗，雖然她一直咬牙忍了過來，但她其實也有許多想一吐為快的話。她想找人訴說、想找人傾聽。在胸中百轉千迴的話語，已經沖垮了由紀的心防。

「好，我就告訴你。」由紀壓抑住激動的心情，平整呼吸後開始說了。「那是去年春天的事了。」

5

這天，住在南河原村的堂哥努，前來熊谷市的由紀家拜訪。

由紀的父親有個弟弟。由紀的父親是村公所的職員，過世之前是村公所的會計人員；但是弟弟也就是由紀的叔叔擅長買賣，現在開了一間家電用品行，同時在鄰近的行田市經營加油站。

努是叔叔的獨子，高中一畢業就開始幫忙父親的生意。「我有一個令人放心的繼承人。」叔叔經常對來店裡的顧客瞇著眼這麼炫耀。

努明朗的個性，以及認真工作的態度受到大家歡迎，村民們都暱稱他為「阿努」。努和由紀過世的哥哥相差兩歲，他們從小就是親密的好玩伴。

某天，努突然出現在由紀的新居。那是個溫暖有如初夏的春日下午。

懷念的堂哥來訪，由紀熱情招待他進入客廳。當時丈夫阿昭在伊豆原醫院上班。那時由紀還沒有懷紗江，所以送阿昭出門上班後，也沒什麼事好做，正一個人閒得發慌。

努說他高中時代的朋友在熊谷市工作。如今已經結婚，前陣子打電話給努，向他報告自己第一個男孩出生了。努今天帶著賀禮過來拜訪，並且受到午餐的款待。回程時突然想到順便來拜訪由紀。

「順道過來，實在是頗失禮，不過我一直很想拜見新婚太太的新居呢！」

「我好高興，阿努竟然會來看我。喏，坐下來慢慢聊吧！我這個新婚太太這陣子也好無聊說。太好了，我們真的好久不見了。我這就來泡茶。還是要喝啤酒？」

「嗯，我剛才在朋友家喝了酒，不過走著走著又口渴了。」

「那，就喝啤酒吧！酒的話，我現在已經到可以奉陪一杯的程度了。」

因為是堂兄妹，又是青梅竹馬，兩人對彼此都不客套。由紀端來罐裝啤酒和簡單小菜，在對面坐下。

「來，為阿努的拜訪乾杯。」

「好，來為由紀的新妻模樣乾杯。」

喝了一口之後，兩人同時笑了出來。他們聊得十分盡興。過世的哥哥的回憶、共同的朋友、還有村裡發生的事等等，聊著聊著時間就過去了。喝完三罐啤酒的時候，努一邊大打哈欠一邊說了：「糟了，我還得去一家客戶的燃料店，可是喝得有點醉了。今天在朋友家受到大吃大喝，現在這是第二攤了。好想睡唷！」

「那，要不要稍微躺一下？我趁這個時候去附近的超市買東西。你幾點要去客戶那裡？」

「我跟他們說五點左右。」

「那樣的話，睡個一小時左右也不要緊的。我回來再叫醒你。」

由紀排好兩張座墊，把另一個折成兩半，當成枕頭。看到努在上面躺下，由紀便出門了。熊谷名產的五家寶[註1]是母親喜歡吃的點心。她打算買了請努帶回去給母親和努的家人當禮物。

買完東西回來的時候，努正發出細微的鼾聲，沈沈地睡著。

「阿努，起來了，已經五點囉！」

由紀搖晃他的肩膀。努茫茫然地睜開眼睛，聽到已經五點，慌忙跳了起來。

「走到那裡要花三十分鐘。我的車子也停在那裡。不好意思讓妳招待了，我得趕快走了，再見。」

努說道，走向玄關。因為兩人很熟，所以也沒有特別的招呼。由紀也跟著走下玄關。仔細一看，努好像在睡前鬆開領帶，領結部分鬆垮垮地垂掛在胸前。

「這怎麼行呢？得體面一點才行啊！」

由紀的手伸向努的領帶，想幫他重新打好。於是她靠向高個子的努。尚未完全從醉意和睡意中清醒過來的努踉蹌了一下，在段差的地方坐了下來。抓著領帶的由紀，也順勢跟著在努打開的雙腿間跪了下來。結果兩人成了抱在一起的姿勢。

「哇，都是酒臭味。」

由紀避開努的呼吸，想要為他重新打好領帶。

就在此時，玄關的門打開，阿昭走了進來。努推開由紀站起來，同時由紀也看見丈夫的身影，一時之間，連「你回來了」都說不出口。由紀被阿昭扎刺般的眼神嚇到，視線垂

註[1]一種點心。糯米蒸熟後，做成棒狀，用麥芽糖固定，上面撒上淡綠色的黃豆粉。據傳為江戶時代的五箇村所創製，現在是埼玉縣熊谷市的名產。

了下去。

充滿了緊張沈默的數秒鐘，讓由紀覺得漫長極了。總是親切熱情的努，可能也慌了手腳，或者是因為難為情，只是臉朝著底下說了句「多謝招待」，就逃也似地回去了。

「那傢伙是誰？」

阿昭粗魯地脫下鞋子，走進客廳。不巧的是，那裡還是努剛睡過的狀態，地上鋪著座墊，折成兩半代替枕頭的座墊也還沒收起來。

「哼……」

阿昭用嚴厲的眼神掃視房間裡面。

「原來如此，妳們就在這裡玩了起來啊？而且這樣還不夠，又坐在玄關口摟摟抱抱。湊巧我忘記東西回來拿，不好意思打擾妳了哪！那傢伙到底是誰？妳們的關係從結婚前就開始了嗎？就算我是個傻丈夫，也至少該說明一下吧？」

「不是的，老公，你誤會了。我們並沒有做任何虧心事。那個人是我的堂哥。他是拿祝賀生產的禮物來給以前熊谷的朋友，回程的時候順道過來看我的……」

「原來如此，俗話說：堂兄妹濃情深似鴨鮮味。古人真是說得好呢！看樣子滋味真的很不賴吧？我不在的時候，那傢伙常常過來嗎？」

「沒有的事！他今天是第一次過來的。」

「無所謂。今天我得拿需要的文件回去醫院。下次再慢慢聽妳說妳的體驗吧！被擁在堂兄懷裡，陶醉於性愛歡愉的人妻告白。女性雜誌裡經常刊登的新聞。沒想到竟然能直接聽本人現身說法，我可真是個幸福的老公啊，由紀。」

阿昭說著諷刺的言語，走上二樓去了。

拿著裝有文件的大信封下來的他，只瞪了由紀一眼，連聲招呼也不打就離開了。那天晚上，阿昭沒有回家。

6

默默地聽完由紀的話後，男子深深點頭說：「我瞭解事情的原委了。我似乎勉強妳說出難過的回憶了。」

「沒關係的。知道這件事的，只有娘家的家母而已。因為這不是可以對外人啟齒的事。可是，其實我真的很想找人說說的。只有我一個人被說成壞人……要我默默承受，這實在是……我……」

「實在是很過分的一件事。那麼，妳是在那個時候懷了紗江的囉？」

「嗯。正因為這樣，外子更憤怒了。他說那個小鬼不是我的孩子，妳想把那男人的孩子塞給我養嗎？……生產的時候，外子和婆婆都沒有露面，只有娘家的家母住進醫院照顧我。」

「嗯……明明就是自己的長孫。」

「總之，那個時候的外子相當反常。我堂哥回去之後，大約有一個月，我幾乎每天晚上都被外子折磨。他說：妳結婚之後，一次都沒有表現出感受到肉體歡愉的模樣，也不肯滿足我。我以為妳是個不識男人味的處女，想來也理所當然。結果我是大錯特錯了。那個男子教了妳不少吧？妳也應該讓那個男的嘗了不少甜頭。也讓我嘗嘗同樣的滋味吧！妳們做了這種事嗎？還是像這樣讓他摸妳的身體？——總之，我被迫做了許多難以啟齒的羞恥行為……這樣的夜晚持續了一個月之久，之後外子就完全不碰我了。就在這個時候，我發現懷了紗江了……」

「嗯……結果，紗江和妳被當成妳先生野心之下的犧牲品了。」

「野心？」

「對。妳先生似乎有意參選下次的市會議員選舉。他對俱樂部的小姐們也說，他有個強而有力的後盾。先當上市會議員，然後是縣會議員。這似乎是妳先生的夢想。」

「我以前也稍微聽過他說這樣的事。可是，因為都是喝了不少之後說的話，我一直以為只是酒後的胡言亂語……」

「不，他好像相當認真。為了將來能夠成為政治家，他想要一個可以幫他往上爬的婚姻。簡單來說，妳的娘家，還有南河原村的村民，沒有熊谷市會議員的選舉權。那麼，妳能夠幫他籌措大筆的選舉資金嗎？這樣說有些失禮，不過我想很困難吧？那樣的話……」

「我知道。我和紗江對外子的將來一點幫助都沒有。只是個棘手的包袱罷了。」

由紀垂下頭去，咬住嘴唇。

男子的話，每一句都讓她想起一些事。在他們的婚禮擔任證婚人的是熊谷市的市議會議長。那個人就是阿昭的後盾嗎？婆婆民子似乎也有外遇的「男人」。或許就是那個「男人」請市議會議長來證婚的。這麼想反而比較說得通。

剛結婚的時候，民子總是會說，小昭也有不少良緣的機會呢！像是市會議員的千金、律師的女兒……可是那孩子說就是要娶妳……。

由紀以為那是對自己的挖苦，聽過就算了，但是那卻是婆婆的真心話。為了將自己的兒子送上地方政治的舞台，必須讓他迎娶市內權貴的女兒。這是婆婆的夢想。選舉靠的是地緣與血緣。由紀終於瞭解婆婆為何如此討厭出生在南河原村的貧窮家庭的自己了。

原本這場婚事就是阿昭強行提出的。兩人是在由紀高中朋友的婚禮上認識的。那個時候，由紀在新娘的懇請下，擔任婚禮的司儀，而負責新郎那一方的司儀的，就是阿昭。換句話說，新人希望以兩人共同主持的形式，來炒熱婚禮的氣氛。

不曉得是不是已經習慣這種工作了，阿昭主持得非常精彩。而且他還幫忙初次主持沒有經驗而不知所措的由紀，巧妙地為她安排出場時機。由紀能夠勉強完成不熟悉的工作，全都是因為有阿昭在一旁幫忙。

婚禮在下午五點左右結束。由紀準備回去的時候，阿昭走過來：「辛苦妳了。怎麼樣？要不要一起去喝個茶？說是檢討會也有點奇怪，不過就拿今天的新郎新娘當下酒菜，聊聊天怎麼樣？」

由紀也口渴了。婚禮結束前的一連串緊張，非但沒有用餐，連飲料喝也喝不下。

在阿昭的邀請下，兩人在飯店的咖啡廳度過獨處的時光。阿昭非常健談，他尤其稱讚由紀美麗的和服打扮：「我只要想像由紀小姐坐在今天的新娘席，而我並坐在旁邊的情景，內心就怦然不已呢！」由紀羞紅了臉。阿昭開朗而平易近人的個性，讓由紀對他懷有好感。

數日之後，阿昭打電話到由紀工作的郵局。

「前幾天結婚的新郎雙親，說要招待擔任司儀的我們一起去熊谷皇宮酒店用餐。不過新郎的雙親說他們不會出席，要我們兩個人好好享受美食。他們寄來了下個星期天晚餐秀的招待券，希望妳撥冗出席。」

由紀和母親商量這件事，母親說既然人家一番好意，還是接受好了，於是由紀那一天於指定的時間在飯店和阿昭碰面了。

這是由紀生平第一次體驗到晚餐秀的樂趣。寬廣的大廳、燦爛奪目的照明、華麗的擺設品。身穿白色禮服的著名香頌歌手，輕盈地穿梭在客席之間，呢喃似地對著每一位來賓獻唱。由紀覺得有如置身夢境一般。

晚餐是全套法國料理。這也是由紀初次的體驗。從前菜到主菜，還有點心的蛋糕，她都笨拙地用刀叉送進口中，但阿昭似乎相當習慣這種用餐方式，「這種東西啊，就像日本人用筷子一樣，用自己喜歡的方式吃就行了。」還故意粗魯地吃給她看，消除由紀的緊張。

「這個干貝奶油湯，和日本風的湯有點像呢。」、「這是鴨肉薄片。上頭點綴蔬菜，引出卡爾瓦多斯醬（Calvados Sauce）的滋味和香味。」

對於每一樣端上來的料理，阿昭也像這樣若無其事地對材料和調味加以說明，由紀盡是「哦」、「這樣」地點頭。聽阿昭說是鴨肉，由紀才驚覺「哦，原來這就是鴨肉」，她對自己的無知和貧乏的味覺感到羞恥。

喝了半杯左右的紅酒後，由紀就醉了。周圍奢華的氣氛，似乎更加深了她的醉意。

阿昭深情地凝視由紀泛出紅暈、嘴角浮現微笑的臉。

「由紀小姐有未婚夫嗎？」他這麼問。

「沒有，我沒有那種對象。」

「那，男朋友呢？」

由紀笑著搖頭。

「這樣……」

阿昭沈思了一會兒後，突然朝由紀探出身子說：「由紀小姐，我想今晚將成為我倆生命中最值得紀念的夜晚。」

阿昭認真的口吻讓由紀嚇了一跳。一個星期後，她才瞭解了阿昭話中的意思。

由紀工作的郵局局長，向她提起阿昭的求婚。

7

「那麼，我們差不多出發了吧？」

聽見男子的聲音，由紀抬起頭來。耽溺在婚前回憶的她，一時忘了自己身處寺院境內。

「出發……出發去哪裡？」

「到伊勢崎市附近。」

男子將懷裡的紗江交給由紀，站了起來。由紀抱著孩子離開藤架底下。

「伊勢崎很遠嗎？」

「不，開車大概一個小時左右吧！」

「那裡有什麼嗎？」

「汽車旅館。就像昨天住的那種地方。我們在那裡吃午餐。妳肚子會餓嗎？」

「不會。」

「嗯，那剛才在超市買的牛奶和三明治就很夠了。晚上再來吃好的吧！紗江這麼乖，是不是差不多想睡了？她都是幾點午睡的？」

「差不多兩點左右。」

「正好。我想兩點之前應該可以抵達。我看了地圖，新田町的隔壁是境町，穿過境町之後就是伊勢崎市了。那麼，這次就別繞路直接過去吧！」

離開寺院之前，並沒有看到任何人影。男子在山門前停下，對著本堂行禮，並且呢喃自語：「謝謝您讓我們好好地休息。」

由紀也學男子輕輕鞠躬。有一種豁然開朗的感覺。

坐上車子後，男子打開道路地圖和像是手繪的地圖，看了一陣子，似乎瞭解了要去的地方後，慢慢地開動車子。

由紀茫茫然地望著窗外流動的風景。住家集落消失之後，接著就是廣大的農場，遠處還看得見頗高的森林及丘陵。比起在埼玉縣內的時候，這裡的土地起伏感覺變化較大。此時車子穿過新田町，經過東村與境町的境界附近，並且持續朝伊勢崎市前進。但是對這一帶十分陌生的由紀而言，完全不曉得這裡是群馬縣的東部，是赤城山平緩廣大山腳下的田園小鎮。

車子開了不到一個小時，由紀的眼前出現一棟雅緻的異國風白色建築物。

「就是那一棟吧！我們的休息處。」

男子把車子開進通往建築物的道路。周圍雖然有幾戶人家零星散佈，但是看起來就像一片廣大的空地上，只有一棟白色的建築物沐浴在五月的陽光下，寂然蹲踞著。

彎入旅館境內的轉角處，立著一個鑲玻璃的箱型招牌。周圍裝飾著小燈泡的招牌，可能到了夜晚就會點亮，成為遠處也看得見的目標。招牌上用英文和日文寫著「新港口飯店」。

他們進入房間，掃視周圍。裝潢和昨天住的旅館不同，以白色統一整體感。幾株觀葉植物的盆栽巧妙地並排，牆邊有兩張雙人座的寬敞沙發，中間隔放一張桌子。中央則是雙人床。

男子一進入房間，就脫下外套掛到衣架上，接著把兩張沙發並排在一起。他從帶來的紙袋中取出毛毯，在沙發上攤開。男子似乎打算把這兩張沙發當成即席的床鋪使用。沒有靠肘的雙人用沙發，兩張並排在一起的長度讓高個子的男子也能夠輕鬆地舒展身體。

由紀把懷裡的紗江放到床上。床的左側有電視，後方有一道門。她走近並打開那道門，按下開關。不出所料，果然是洗手間和廁所。盡頭處還有一間寬敞的浴室。由紀急忙走進廁所，拉下褲子。在便座坐下的同時，一直忍住的東西一口氣迸流而出。有種長久被緊緊束縛的身體，瞬間得到解放般的快感。

小解完之後，她來到洗手間的鏡子前。昨天離開熊谷的家之後，她就完全沒有保養自己的臉。可能是因為睡眠不足，失去光澤的肌膚滲出疲勞的神色。彷彿突然老了好幾歲的臉，讓由紀不忍卒睹。

回到房間，男子在並排的沙發上伸長雙腿，一邊讀著週刊雜誌，一邊吃三明治。

「啊，妳的份我放在那邊。」

男子指向床鋪。枕邊放著週刊雜誌、牛奶瓶和三明治。

「只有一點點而已，最好全部吃完。而且妳昨天晚上是不是沒睡好？眼睛好紅呢。和紗江一起睡個午覺吧！這種地方，不管什麼時候離開，還是要待上多久都沒關係，非常方便。總之，妳好好休息一下吧！」

床鋪上的紗江正側躺著吸吮手指。短短的腳一伸一屈。由紀湊近那小巧的身體，讓她含住乳房。

二十分鐘之後，紗江的嘴放開了乳頭。看到她熟睡之後，由紀伸手拿起牛奶瓶。牛奶雖然沒那麼冰了，但是用來解渴還是非常足夠。

男子在沙發仰躺著，把毛毯拉到胸口，雙眼閉起。他是在睡覺嗎？

一時之間，由紀彷彿在看什麼不可思議的東西似地，凝視著男子一動也不動的睡姿。從昨晚到今天，男子帶著她們母女同行，不慌不忙地輾轉各家賓館。連目的地在哪裡都不曉得。今晚睡的地方恐怕也是賓館吧！

而且從昨晚開始，男子就完全沒有觸碰由紀的意思。不管怎麼看，這個擁有強健魁梧肉體的男子，都不像是個性無能者。由紀對於自己的容貌和身材，就算與同年代的女性相較也不覺得差到哪裡去。男子不碰由紀的身體，應該不是因為她沒有魅力。男子應該也有和常人一樣的欲望，而他壓抑著它。他以強韌的精神力量封住了自己的欲望。為什麼？美麗的獵物就在眼前，男子卻若無其事地在沙發上入睡，他的心理讓由紀無法理解。

由紀拿起枕邊的週刊雜誌，隨意翻起書頁。

著名藝人的情事。運動選手與美女播報員的婚約。高級官僚夜晚的行徑。操控政治的宗教團體內幕……空虛的鉛字羅列，讓由紀的視野在不知不覺中變得模糊，連手裡的週刊雜誌掉在胸前都沒發現。由紀被無法抵擋的睡魔所侵襲，被拖入深沈的睡眠當中。

8

三小時後。

由紀醒來時，男子正在洗手間梳洗。輕微的聲響似乎打破了由紀的睡眠。她慌忙起身坐直身體。衣物並沒有亂掉。

紗江好像早就醒了。她發出啊啊叫聲，可能是中意掉在旁邊的週刊雜誌的紅色封面，揮動著小小的手想要抓住它。

「喲，妳醒了啊。」男子從洗手間出來，笑著出聲。「因為妳睡得太熟，我還在想今晚要不要就這樣住下來呢！」

「對不起。我馬上準備。」

由紀急忙下床，收拾牛奶瓶和吃剩的三明治。

「沒關係，慢慢來。喏，去洗把臉，清醒一下吧！」

由紀避開男子的視線，衝進洗手間。好丟臉。自己用什麼姿勢在睡覺？男子或許仔細地觀察了我的睡臉。高中的時候，準備期末考太累，她常常就這樣趴在書桌上睡著。那時候常被拿宵夜來的母親笑說：「妳又說夢話了。」由於昨晚以來的疲倦，忍不住睡著的我，嘴巴有沒有開開的？有沒有說什麼奇怪的夢話，被男子給聽見了？她覺得身體變熱，臉頰也變紅了。

她用冷水洗臉後，拿旅館的梳子梳整頭髮。三小時的熟睡似乎讓她的腦袋清醒了。

回到房間時，男子正抱著紗江哄她玩。

「我已經付完帳了，那差不多出發了吧！」

車子再次往前駛去。

離開新港口飯店，車子開進一條頗為寬敞的馬路。由紀問：「這次要去哪裡呢？」

「前橋市。」

「到那裡要多久？」

「很近，就在這個伊勢崎市的隔壁而已。而且也不是市中心，唔，算是郊外吧！賓館這類的設施好像不會蓋在市中心。在大都市像東京之類的地方，雖然在市中心有賓館林立的地區，但是鄉下地方的都是悄悄地蓋在城鎮邊緣不顯眼的地方。那樣對使用者來說比較方便。」

「你對賓館蠻清楚的嘛！你常常去嗎？」

「不，沒這回事。我只是聽到有出版社出了一本全國賓館跟汽車旅館的導覽書，去買來看了而已。這本書很有用。不管是交通，還是裡面的設備和價格都有詳細的介紹。」

「接下來要去的地方也是書上介紹的嗎？」

「對，有兩間。夢園飯店和愛染莊。」

男子帶來的手繪地圖，可能就是從那本導覽書上將必要的部分抄過來的。他事先就已經決定好要帶由紀和紗江去哪裡、在哪裡休息、住什麼地方。這場綁架事件不是臨時起意，而是經過周全的準備，並且有計畫地實行。這一點雖然可以理解，但是男子的目的及意圖卻完全不明。這讓由紀覺得詭異，同時也令她不安。

男子的旅途終點究竟會發生什麼事呢？究竟有什麼樣的結局，在等待我們母女呢？

「由紀，」男子還是一樣用平靜的語調。「妳從來沒有來過群馬縣嗎？這裡離埼玉縣很近，也有許多有名的溫泉。」

「我只來過一次……」

「哦？去哪裡？」

「伊香保溫泉。」

「哦，那裡我也去過。那是個石梯很多的小鎮。穿著旅館的浴衣，踩著旅館的木屐在石階梯爬上爬下。木屐的聲音有種難以言喻的風情。爬上石梯後，上面就是伊香保神社。有去過嗎？」

「沒有。」

「哦。站在那裡，底下的溫泉街一覽無遺呢！遠方是上州連峰的雄偉景觀，對我這種在山區長大的人來說，實在是令人懷念的風景……」

「在山區長大？是岩手縣嗎？」

由紀問道。這或許是得知男子底細的新線索。

可是，男子若無其事地避開了這個問題。

「是東北的山中。左看右看都是山。我就是出生在那樣的地方。話說回來，妳去過伊香保的話，應該參觀過德冨蘆花註1的紀念文學館吧？」

「沒有。」

「那真是遺憾。德冨蘆花的代表作《不如歸》——妳知道吧？川島武男和浪子的故事。這篇作品是明治時代以報紙連載小說的形式發表的，據說賺了不少當時的讀者、尤其是女性讀者的熱淚。因為作品主題是婚姻的悲劇。」

「婚姻的悲劇？怎樣的……？」

「簡而言之，就是原本過著幸福的婚姻生活的二人，由於武男的母親，也就是浪子的婆婆出現，整個家變得陰暗而冰冷……」

「……」

「婆婆逼迫兒子和浪子離婚。因為當時浪子得了肺病。肺結核是當時最恐怖的病。婆婆害怕浪子的病會傳染給兒子，擔心斷了男方的香火……」

「好狠心。」

「可是，武男堅決拒絕了母親的要求。他說：我絕對做不出這麼冷酷無情的事，我深

註[1]德冨蘆花（1868~1927），明治．大正時期的小說家。出生於熊本縣，本名為健次郎。在《國民新聞》連載小說《不如歸》而成名，陸續發表《回憶之記》、《自然與人生》等作品，奠定其文壇地位。後來傾倒於托爾斯泰思想並訪俄，晚年則潛心於宗教。

愛著妻子……」

「這是理所當然的。不保護妻子的丈夫最差勁了。」

「母親以更嚴厲的態度逼迫兒子。她逼兒子：『是母親重要？還是妻子重要？』對於這個問題，武男也窮於回答了。因為他是明治時代的人，從小就被教導要孝順父母……」

「……」

「在這樣的狀況下，武男竟又被捲入當時的中日戰爭。我記得他是海軍少尉。因為他是個軍人，沒辦法陪在妻子身邊。就在他離家的時候，浪子呼喚著心愛的丈夫的名字，吐血而死。」

「好悲傷的小說呢。」

「這篇作品不只是日本，在美國也有出版。還翻譯成法文、德文，也有譯介到中國。這篇作品的焦點是許多家庭常見的母親、兒子與媳婦的關係，同時也描寫了將夫婦視為獨立個體的個人主義思想，與重視家庭完整性的家族主義思想之間的衝突。再加上故事的背景是拆散夫妻的中日戰爭。換言之，這也是一齣戰爭的悲劇。應該就是這種種的要素喚起了當時讀者共鳴吧！」

由紀吃了一驚。如此博學多聞、對文學有著深厚素養的男子，怎麼會做出綁架、並轉徙於賓館這樣不知廉恥的犯罪呢？為何非得這麼做不可呢？

「你在哪裡學到這麼多的？還是你有研究明治時代的文學？」

「沒有。我剛才不是說了嗎？伊香保有德富蘆花的記念館。我去參觀過，並且得知了一些事，如此而已。那裡展示著蘆花的初版品、信件和生前愛用的日常用品。我也是參觀了那裡之後，才突然想讀他的作品，《不如歸》也是在那之後才看的。不過因為是明治時代的文章，裡頭也有我看不懂的詞彙和文字表現。不過會話部分寫得滿接近現代口語的，因此很容易懂。」

「那本書哪裡有賣呢？」

「我想大書店應該都有。」

「可是，伊香保為什麼會有德富蘆花的紀念館……蘆花出生在伊香保嗎？」

「不是。是因為伊香保是《不如歸》的舞台。這篇小說是從伊香保某家旅館的一室開始的。丈夫武男帶著剛結婚不久的新婚妻子浪子到當地旅行。當時浪子十九歲，武男二十三歲，是海軍少尉。以伊香保為舞台，描寫無上幸福的兩人彼此愛的交流。當地人將它當成招攬觀光客的一種手段，利用這篇名作才蓋了蘆花的記念館吧！」

「我也想讀讀那篇作品。」

男子的話似乎刺激了由紀好讀書的心。根據男子的說明，這篇作品的主題是婚姻生活的悲劇；由於婆婆的出現，折散了幸福的年輕夫婦。

婆婆的出現——瞬間，由紀的婆婆民子傲慢的笑容掠過她的腦海。那是對娘家貧窮、沒有學歷的自己，充滿冷笑與侮蔑的表情。

小說中的浪子是如何與她的婆婆對抗的？由紀覺得作品中的女性和自己現在的立場有

些相似。

「那篇作品，」男子繼續說下去。車子依然避開熱鬧的市區行駛。「從以前就經常被拿來當成電影和戲劇的題材。尤其是女主角浪子有一句對著利用軍務餘暇來訪的武男說的著名台詞。就是這句話賺人熱淚。對女性而言，只要是感人落淚的戲劇就是一部好戲。」

「她說了什麼台詞？」

「那時候浪子在氣候溫暖的逗子（地名）的別墅專心養病。因肺結核不斷吐血的她，在擔心是否就這樣死去的絕望中與病魔搏鬥。此時，丈夫武男出現在她的面前。也就是逗子海岸的那一幕。在俯瞰平靜大海的小山丘上，兩人坐在一塊小岩石上，牽著彼此的手，說出了有名的台詞……。」

「她到底說了什麼嘛？」由紀不由得看著男子的側臉。

「浪子首先問丈夫：『我的病治得好嗎？』武男鼓舞妻子說：『當然治得好，妳在說些什麼？不治好怎麼行呢？一定治得好的。』這個時候，浪子濕著眼睛，露出虛渺的微笑說了。」

「………」

「『啊，人為何會死？我好想活下去。好想活上幾千幾萬年。要死，也要兩人一起。喏，兩人一起。』我以前曾經在學生時代看過這部戲，那個時候觀眾席也是欷歔聲不斷……」

彷彿被男子的話所牽動，一串淚水從由紀的眼中落下，流過臉頰。固然是男子說書精采，但不只是如此，我沒有那種可以生死與共的丈夫，我們不過是空有夫妻之名的陌生人罷了。這種不甘與痛心讓由紀的眼睛熱了起來。

她慌忙拭去眼淚，開口問男子：「那丈夫武男怎麼回答？」

「唔……我記不太清楚了，不過他應該是這麼說的：『小浪如果死了，我也活不下去……』」

「好幸福的一對夫妻。他們之間有著這麼堅定的愛情。就算浪子死了，也會化成美好的回憶，永遠留在丈夫心中吧！」

「沒錯。誰都想永遠活下去，但是死亡卻是無法避免的。只是，若是病死，被留下來的人的悲傷總有一天也會變淡。但是，想要活下去的年輕生命，若是被疾病以外的理由所奪去，對於被留下來的人將必須承受那永無止盡的悲傷，而且永遠不消失。對吧，由紀？但是妳能夠原諒這種事的發生嗎？妳覺得可以原諒嗎？」

男子的聲音突然激動起來。簡直就像對著什麼人發洩怒意一般，口氣相當激昂。由紀嚇了一跳，看著男子的側臉。

男子像要隱藏內心的動搖，又放柔了聲音。

「由紀，差不多快六點了呢。我想打個電話，如果看到公共電話，請告訴我一聲。」

「不知道那裡會不會有？」

由紀指向前方。她看到郵局〒的標誌。

「哦，那個。正好。那我停一下車子。也讓紗江呼吸一下外面的空氣吧！妳暫時待在車裡別動。」

男子把車子停在郵局前，抱起紗江，走向電話亭。就像之前一樣，他的動作既敏捷又迅速。

我又沒有逃跑的意思。由紀內心苦笑。只要孩子還在男子手中，她就無計可施。

男子按下號碼，將話筒按到耳邊，視線緊盯著車裡的由紀。不久後，似乎有人接聽，男子開始談笑說話。

幾分鐘後，通話結束。男子返回將紗江交給由紀，並且說：「好了。接著我們前往可以好好休息的地方吧！從這裡向左轉就接到國道。接下來只要照著這份導覽，尋找沿途的目標建築物開下去就行了。我想一個小時之內就會到了。請再忍耐一下。」

車子再度駛上暮色逐漸轉濃的城鎮道路。

9

七點五分過後，他們抵達了第二天晚上留宿的汽車旅館「愛染莊」。

進入房間之前，不會碰見任何住宿的客人，也不需要到帳房或櫃檯登記，雖說是汽車旅館，但實質上與為了享受情事的男女而設的賓館沒有兩樣。

男子打開標記「桔梗之間」的房間時，由紀「啊」地輕叫出聲。

「哦，是日式房間。」男子也吃驚地說。

八張榻榻米大的房間正面有一個壁龕。上面擺飾的陶製香爐，升起細長的白煙。房間裡飄盪著淡淡的香味。

房間的一角有個塗漆的折疊式掛衣架，底下放著一個裝有浴衣及毛巾類的無蓋日式衣物箱。旁邊的紙門應該就是通往洗手間或浴室的出入口。

對面的牆邊放著泡茶用具的小矮桌，兩側分置著兩張花朵紋樣的紅色坐墊。牆上裝設的紙燈罩風的照明，在矮桌上投射出明亮的光芒。

鋪在房間中央的墊被上並排著兩個枕頭，枕邊有個竹子與和紙製成的燈籠型檯燈。紅漆盆子上放著水壺和杯子，旁邊附了兩個紫色的小袋子。裡面裝的應該是保險套吧？它直截了當地說明了這個房間的性質，讓由紀忍不住別過視線。

「趕快讓紗江洗澡吧！」

男子把手裡的旅行袋放在壁龕上，將自己的紙袋丟在矮桌子旁，對站著的由紀說道。

「我去放水，妳趕快把紗江抱過來吧。」

男子拉開紙門，打開電燈。裡頭是與和室格格不入的鋪磚洗手間。另一頭好像有浴室。

由紀急忙脫掉紗江的衣服。紗江一臉睡眼惺忪。由紀從旅行袋裡取出帶來的浴巾。因為她想起昨天晚上男子把旅館的浴巾拿來當蓋被使用。雖然今晚他不一定會這麼做。

由紀抱著紗江進入浴室。不鏽鋼的浴缸裡熱水已經放滿了一半。

「我想這樣的溫度應該可以……」男子伸出修長的手確定溫度。「妳今天也一起洗比較好。」

「我沒關係。」

「妳不洗嗎？」

「嗯。」

「哦……沒關係，那也無妨。反正我也曾經好幾次整個星期都沒洗澡。」

「不會怎麼樣嗎？」

「不會有人因為污垢積太多而髒死的。」

男子笑著走出浴室。

那天的晚餐是鰻魚雙層飯盒，附蛋花湯及薄醃小黃瓜。好像是由紀在幫紗江洗澡的時候男子叫的外賣。

由紀除了早餐之外，什麼也沒吃。她喝了男子在超市買的牛奶，但也只喝了一口，肚子實在餓了。雖然覺得難為情，但她還是將自己的飯盒全都吃得一乾二淨。

她端出房裡的沏茶道具泡茶。一時之間，兩人默默地啜飲起熱茶。

「紗江好像睡得很熟呢。」男子低聲說道。

「嗯，她總是這樣。大概這個時間睡著，然後一覺到天亮。」

「是嗎。那妳今晚也好好睡一覺吧！對了，換上這件睡衣比較好。」

男子把超市買來的睡衣遞給由紀。

「其實洗個澡，換上這件睡衣，會睡得比較舒服……」

「沒關係，我這樣就行了。」

「妳要穿那樣睡覺嗎？」

「嗯。」

「可是，這是特地買給妳的。」

「我這樣就好，沒關係。那件睡衣就送給你太太吧！」

「我沒有結婚。」

「那，就送給你親愛的人吧！」

「我要是有那麼體貼的女人陪在身邊就好了。」男子笑著，以試探的眼神凝視由紀。

「妳是不是誤會什麼了？」

「誤會？」

「昨天晚上也是這樣，妳不肯換上旅館的睡衣。今晚也是。妳不願意脫掉自己的衣服，是因為妳想藉此盡可能地守護自己的身體，對吧？可是，我離開熊谷的時候就說過了，我並不打算碰妳一根寒毛……」

「……」

「妳確實很美，同時又擁有挑逗男子的誘人肉體。我不否定這些。像妳這麼美麗的人，如果是我的女朋友、是我的妻子……說來慚愧，不過這種想法曾經浮現在我的腦海。」

「……」

「假設我想要對妳的身體為所欲為好了，不管妳是穿著外出服還是睡衣，我都可以輕而易舉地辦到。不管妳怎麼叫喊求救，都不會有人進來這裡。妳的抵抗根本算不上什麼。在我面前妳等於是一個無力的嬰兒。但是我沒有這麼做。因為我已經在心底發誓，絕不能做這等事。」

「……」

「妳誤會我了。妳不相信我，對不對？」

「可是……我不明白。你把我帶出來，就只是徘徊流連在這種旅館……到底是為了什麼……？我完全搞不懂你這個人……」

由紀抱著懇求的心情，在男子面前低下頭來。

「請你告訴我。你為什麼要做這種事？你是誰？……這已經不是相信不相信的問題了。我接下來會怎麼樣？又該怎麼做才好？」

「唔……真傷腦筋。」

由紀真摯的發問，讓男子難掩困惑之色。

「這件事我現在還不能說明。可是總有一天，我會告訴妳的。請妳等到那個時候。總之，至少換上睡衣會比較好。妳換衣服的時候，我到房間外頭去好了。」

「這……」

「要不然妳到洗手間去好了。那裡的話，可以從裡面上鎖。喏，帶著這個去吧！不想洗澡的話，用熱水擦擦身體也好。然後好好睡一覺。去吧！」

男子把睡衣塞到由紀膝上。這讓由紀無法拒絕。男子的話中應該沒有虛假的成份吧。由紀認為自己應該坦率地接受他的好意。男子認真的口吻似乎打動了由紀的心。

「那麼，我就借用了。」

「請。」

由紀抱著睡衣，然後從旅行袋裡拿出自宅帶來的底褲，走進洗手間。

她在浴室裡的沖水桶內裝滿熱水，把毛巾和睡衣一起拿進洗手間，並鎖上門。在這種地方擦身體和更衣，都是她生平第一次的經驗。

10

由紀把臉埋進花朵圖樣的薄蓋被裡，雙手緊緊交握在胸前，靜靜地躺著。漫長的時間裡，她一動也不動，連吐氣都小心翼翼地，屏息等待著黎明。她覺得自己的身體好像會就這麼變成化石。

從手腕上解下來的手錶放在枕邊。靠著仿燈籠的檯燈光芒，她已經微微睜眼偷看了好幾次那小巧的數字盤。十一點五分多。距離剛才看的時間才經過十分鐘而已。她覺得這十分鐘有如一天那麼漫長。

男子把矮桌子搬到牆上的一盞紙罩燈的正下方。矮桌上放著像信箋的紙張。男子像趴在上頭似地專心用原子筆書寫著。

他在寫些什麼？從這裡只看得見男子的背影。可是他偶爾會停筆，偏著頭，伸直上半身，或把一隻手按在頭上。從他的動作可以看得出來他在思索些什麼。男子似乎苦心斟酌著寫在紙上的一字一句。

方才，由紀換好睡衣回到房間時，男子已經開始書寫的作業了。

他一看到換上睡衣的由紀，便說：「啊，非常適合妳。簡直就像女學生一樣，好清純。今晚好好休息吧！晚安。」

由紀也輕聲回了句「晚安」，即鑽進被窩裡。從那之後已經過了三小時了。他到底是在寫些什麼？

綁架女人並且將女人帶進賓館的男子，總不可能在寫日記吧？以信件來看，寫得未免太長了些。說起來，這種事應該不會特地跑到賓館來做才對。

或者他是某家公司的上班族或業務員？

奉命長期出差的他，利用這個機會綁架了我。可是，為了隱瞞這個事實，他必須向公司提出偽造的出差報告書。男子現在為了寫出像樣的報告，正苦心琢磨如何下筆。

給公司的報告書——造假的報告書——冷不防地，由紀心頭一驚，全身顫抖。掠過她的思考中的「報告」這兩個字突然喚起了某種想像。

沒錯，那確實是報告書。可是，裡面的內容不是單純的業務聯絡或市場調查報告。那裡面被拿出來「報告」的，不就是我自己嗎！

離開熊谷的家時，我就一直與那個男子共同行動。昨晚住在賓館，今天白天也在賓館休息，今晚又在賓館的一室與他共度一夜。

這段期間，男子沒有觸碰我的身體。我的肉體沒有被男子玷污。可是這只有我和男子才知道，對第三者來說是難以置信的事吧！從世間眼光看來，我將會是一個被陌生男子引誘，享受外遇情事的女人、不貞的妻子。

而且我沒有從男子的手中逃離；沒有抵抗也沒有反擊；沒有發出尖叫，也沒有向他人求救。

當然，這是有理由的。因為我就算犧牲自己也要保護紗江。為了保護幼子的安全，我屈服在男子的刀子及高壓的態度之下。

可是，世間的目光是殘酷的。既不逃走，也不反抗，乘著男子的車子走遍賓館的我，看起來就像趁著老公不在，順從地跟隨男子，忘我地依偎在他的胸懷裡，耽溺於性愛喜悅、淫蕩而多情的婦人吧！

那份「報告書」一定滿載謊言與誇張，鉅細靡遺地記載著我離開熊谷的家之後，一直到現在的言行舉止。

我對男子有多麼地順從。說了什麼樣的話，多麼愉快地享受著餐點。傾聽男子的話、為男子的話流淚、興高采烈地穿上男子贈送的睡衣……由紀覺得閉上的眼皮裏側，鮮明地浮現出男子所寫下的「報告書」的文字。

那麼，這份「報告書」是要呈交給誰？

在由紀想像中，清楚浮現出一個人的臉孔。

北條昭！我的丈夫。

11

由紀更延伸她的想像。

男子的「報告書」如果是交給丈夫，那麼表示他與丈夫之間，應該已經事先商量或協議過了。

換言之，男子得到丈夫（阿昭）的同意，為了「綁架」我而來到熊谷的家。

那麼，這場「綁架事件」，又是基於什麼樣的意圖而策畫的？它的目的是什麼？

由紀覺得現在的她能夠回答這個疑問。

這是為了「讓阿昭強硬要求而遭由紀堅決拒絕的離婚問題」能夠迅速且確實達成而採取的卑鄙手段。

阿昭提出離婚是堂兄努拜訪熊谷的家後，數日之後的事。

「我沒辦法和一個趁丈夫不在就找外頭的男人到家裡，享受外遇生活的女人繼續共度夫妻生活。妳立刻給我離開這個家。」阿昭說著便把離婚證書擺到由紀面前。

當然，由紀拒絕了。

「如此一來，只能靠法院來判決離婚了。到時候妳可是會在法廷上丟人現眼唷？這樣也沒關係嗎？」阿昭說道。

「無所謂，因為我根本就沒有外遇這回事，法院才不會判決離婚。丟人現眼的人是你。」

由紀這個時候並沒有認輸。

離婚的事，乍見之下似乎就這麼算了。但是由於紗江的出生，這次變成婆婆提出這個話題。

「小昭說，他覺得孩子不是他的。當然，妳一定會否認。我不曉得該信誰的話才好。可是，我覺得與其抱著這樣的疑惑，繼續過著夫妻生活，對這孩子也不是件好事。妳自己是怎麼想的？」民子這麼說，言下之意在逼迫她離婚。

此時由紀也斬釘截鐵地否定了婆婆的話。

「紗江是阿昭的孩子。我不是不守婦道的女人。如果婆婆您懷疑的話，我們可以去做血液鑑定。科學會證明這孩子真正的父親是誰……。」可是，這番話反而激怒了婆婆。

「血液鑑定？妳竟然說得出這種話！」婆婆憤然瞪視由紀。

「妳叫我為了判斷出生的孩子是自己的還是別人的，拿阿昭的血液到醫院去？要是被別人知道了，阿昭會有多丟人，妳知不知道？小昭今後是社會的中堅，現在正是關鍵時期。而且，如果要做血液鑑定的話，應該先調查阿昭懷疑的那個男人的血才對吧？妳給我去拿那個男人的血過來。不過，要是對象不只一兩個那就傷腦筋了。到時候就需要每一個人的血才行了。妳說科學會證明？別說得那麼了不起，科學還沒進步到光是靠血液就能判定出那孩子的父親是誰的程度。誰都不能斷定百分之百準確。要是妳覺得我在胡說，可以隨便去哪問大學問問看就知道了……。」

對於婆婆歇斯底里的刁難，由紀沒有勇氣、也沒有足夠的知識去反駁。全身籠罩在充滿惡意的言語攻擊下，她只能哭著承受那種痛楚。

即使如此，她之所以還沒有同意離婚，是因為絕對不想被烙上放蕩的女人這種烙印而離開家裡。這種賭上性命的反抗意志，充盈了由紀纖弱的身體。

這段時期由紀偶爾會到市內的書店，去查閱有關結婚及離婚的通俗解說書。因為是利用紗江午睡的短暫時間，她總是站著直接翻閱。

也就是在那個時候，她讀到了協議離婚與判決離婚這些字詞。

協議離婚是由夫妻雙方協議成立的。但是由紀已經明白地表示她沒有答應協議的意思。此時，阿昭說的便是判決裁定的離婚。

但是，夫妻其中一方若要提起離婚訴訟，就必須要有明確的原因才行。

法律所規定的離婚原因共有五種。由紀一次又一次前往書店，將那一部分的內容刻印在腦中。民法第七七〇條明記著這些規定。她現在也能夠默唸出那個部分的內容。

第七七〇條　夫妻其中一方，限於左列情況，得提起離婚之訴。

一　配偶有外遇行為時。

二　遭配偶惡意遺棄時。

三　配偶三年以上生死不明時。

四　配偶罹患重度精神疾病，且無復原希望時。
五　其他致使婚姻難以維持之重大事由發生時。

由紀心想：當我沒有意願協議離婚時，阿昭會提到判決離婚八成是想起了這個條文。也就是離婚原因第一項「配偶有外遇行為」。

但是，由紀原本就沒有外遇的事實。阿昭必須證明由紀有外遇才行。他所說的「外遇」證據，只有他看見妻子在玄關口為堂兄整理領帶這件事而已。什麼「兩個人抱在一起」、「吻在一起」，不過是阿昭愚蠢下流的揣測罷了。這種理由是說不動法官的。阿昭自己也明白這一點。

如果審判開始，堂兄努也不會保持沈默。為了證明自己的清白，他一定會主動擔任證人。就算娘家的母親，或是南河原村的村人、認識我和努的所有人都站上證人席，也不用擔心會有任何對自己不利的證詞出現。

結婚之後，由紀一直順從地服侍著丈夫。對於婆婆也從來沒有頂過嘴。這樣的由紀，卻對離婚這件事表現出一步也不退讓的態度。就算拿什麼外遇、審判等詞句威脅她，也完全不為所動。由紀如此毅然的態度，一定也讓阿昭和婆婆民子感到困惑。

於是兩個人這麼想了：既然如此，那就自己來製造由紀「外遇」的事實不就得了。換句話說，他們要提出確實的證據，來譴責由紀的不貞，把由紀逼到不得不主動離婚的狀況。逼迫她……。

沒錯，這就是這次莫名其妙的「綁架事件」的真相！

現在，在這家賓館的一室，趴在矮桌上不停寫著「報告」的男子。他正是丈夫派來的奸細、丈夫的間諜、丈夫與婆婆共謀派來的離婚斡旋人！

這個想法與那個男子現身在熊谷的家之後的行動，幾乎完全符合。男子直到現在都還沒有觸碰過由紀的身體。他的態度經常是彬彬有禮的。望著紗江的眼神甚至帶著父親般的憐愛。

可是，那種體恤、那細心的顧慮全都是他的演技。他想要藉此緩和由紀的恐懼，去除她的猜疑心。這是為了逐步贏得由紀芳心的巧妙手法。事實上，從昨天到今天，由紀的心裡已經開始一點一滴萌生「這個人不是壞人」的想法。

男子沒有以蠻力侵犯由紀。他是否在等待由紀主動對自己傾心、毫無抵抗地、自然而然地投向自己的懷抱裡？

同時，這個男子也對由紀說了不少關於丈夫阿昭的壞話。例如——

（我的老婆在外頭有男人。分居中的我們彼此享受著外遇之樂……，妳先生好像用這種話引誘俱樂部跟高級酒店的小姐。）

（妳先生似乎到處跟別人說：我把老婆跟別的男人生下來的孩子當成自己的孩子養。所以，不管我在外頭怎麼玩，她都不敢有半句怨言。）

從阿昭的個性來看，他的確很有可能說出這種話，可是男子是從哪裡、從誰那裡聽說這種事的？男子聲明這只是他聽到的傳聞，然後再把內容轉述給由紀；可是事到如今，這種話也無法相信了。其實這會不會是男子刻意編造出來的虛構謊言？

換言之，男子藉由說阿昭的壞話，佯裝他和阿昭之間完全沒有關係；卻又讓由紀堅定離婚的決心。

一旦開始懷疑就沒完沒了。由紀覺得現在坐在矮桌前寫「報告」的男子，全身散發出濃濃的可疑氣味。

由紀在薄薄的羽毛被底下蜷縮著身體，嘗試再次回想出男子離開熊谷到現在的行動及話語。

男子離開熊谷的家之前，要由紀在商店傳單的背面寫下「我要外出旅行兩、三天好好思考一下。我會主動聯絡」的留言，並命令她在後面簽下自己的名字。那個時候，由紀問：「這是寫給誰的？」記得男子回答說：「是誰會看都無所謂。總之，第一個進入這個家的人會讀到它。」

可是，如果男子是丈夫的奸細，那他的話也就無法相信了。最先看到那張留言的會不會是丈夫阿昭？他看到男子的車子離開後，進入自己的家拿到那張傳單。那是由紀離家出門旅行的證物。

丈夫或許會拿出那張傳單逼問由紀。

「妳趁我不在的時候出門旅行了。妳去哪裡了？在什麼旅館住了幾天？」

由紀無法回答。

「妳是一個人去的嗎？還是有伴？」

這個問題由紀也無法回答。

「妳上面寫我會主動聯絡。妳是對誰、什麼時候聯絡的？」

每個問題由紀都無法回答。

寫在這張傳單上的字句，是突然闖入家裡的男子威脅我，迫不得已才寫下來的。就算這麼說明，丈夫也不可能會相信。

「那個男的是誰？叫什麼名字？住在哪裡？妳說妳不知道？那妳是在陌生男子的邀約下，幾天幾夜都和他一起遊蕩？妳沒有逃走嗎？沒有求救嗎？沒有賭上性命抵抗他的意思嗎？還是妳樂意被男子擁抱，日日夜夜在他懷裡盡情享受性愛歡愉？說啊！回答我啊，由紀！」

不行。我什麼都答不出來。不管怎麼說明，丈夫和婆婆都不會滿意的。

與陌生男子在賓館共度夜晚，這個沈重的事實壓在由紀心裡，悸動激烈地衝擊著胸口。破滅的想像讓她呼吸困難。

那樣的一張傳單會被拿來當做逼迫自己同意離婚的道具。啊，不過是一張傳單而已啊！

負面的想像漫無邊際地延伸。

男子離開熊谷的家後，首先車停在能護寺，別名繡球花寺。可是現在不是繡球花開花的季節。男子為何要在不是花季的繡球花寺停車，並把由紀帶下車呢？

那個時候由紀和男子並排著站在山門前。當時紗江好像是被男子抱著。要坐回車子裡的時候，由紀才從男子手裡接過紗江。她記得男子打開副駕駛座的門，說：「喏，上車吧！」還把手放在她的肩上。要是誰看見了這一幕，或許會認為他們是一對恩愛的夫妻，正享受著兜風旅行。

在他人眼中看起來像這樣……像這樣……照片！由紀忍不住倒抽一口氣。那個地方會不會有先一步趕到的阿昭，或是阿昭雇用的人帶著相機等在那裡？

對，有人埋伏在那個地方等著拍下我們的樣子。若非如此，綁架我的犯人不可能會悠閒地參觀連花都沒開的繡球花寺。

男子向那個人打暗號，讓由紀站在最容易拍攝的地點，然後讓自己的臉巧妙的躲過或背對鏡頭，悄悄地將手放到由紀肩上。不管是怎樣的構圖，男子應該都能夠自由地做到。只有毫不知情的我成了可憐的拍攝對象，將「外遇」的現場照片曝露在阿昭的眼前！

而且，被拍照的不只那裡。

今天中午時分，男子邀自己到照念寺內散心，在藤架下待了將近三十分之久。兩人聊的主題是堂兄努拜訪自己那天發生的事，以及這件事招來丈夫疑心等後續發展。

我想讓那個男子瞭解自己不是不守婦道的女人。因為熱衷於傾訴，我根本無暇留意四周環境。粗壯的樹木枝葉茂盛，到處種滿吊鐘花和扁柏。簡直是攝影師隱身遁形的絕佳場地。

男子說他是偶然發現那座寺院才下車休息的，不過那八成也是事先商量好的吧。男子在藤架底下親密地與由紀交談。照片應該是從正面捕捉由紀的臉及男子的背影。這也會成為幽會中男女的鐵證照片。

不僅如此。照相機在由紀認為最為致命的地點，捕捉到她與男子一同出現的身影。新港口飯店。

他們是在下午一點左右抵達那家飯店的。男子說是為了讓紗江好好睡個午覺，不過那裡應該也是男子和阿昭之間事前說好的地點。通道的左右並排著僅容一輛車子停放的車庫，裡面有門可通往二樓。任誰來看都應該知道這裡不是一般的旅館。鏡頭首先拍攝建築物入口處的招牌，接著對著通道左右按下快門，然後躲在空車庫內，靜待男子的車子駛入。

我抱著紗江走出車外，男子也提著旅行袋和紙袋下車。在門前我突然停了下來。男子打開門，手搭在我的肩上，催促似地輕推我說：「快進去吧！」同時，他按下開關，關上車庫的鐵門。鐵門緩緩降下的同時，我被男子摟著肩膀，踏進狹窄的玄關口。這是攝影師絕佳的拍攝時機。

我依偎在男子身邊，男子摟著我的肩走進賓館。鏡頭捕捉到的這個情景，毫無疑問地，會成為外遇的妻子享受情事的明確證據吧！下午一點，午後的情事。通道的左右，明亮得不需要開閃光燈。

相機透過鏡頭，將我的頭髮、眉毛、鼻子、嘴巴等精密地顯像在相紙上。可是，不管那是如何正確的映像，也不過是反映出拍攝物體的表面而已。那時緊箍住我的胸口的恐怖、不安與絕望，完全不會顯現在照片上。

丈夫會拿出那張照片，用諷刺的口吻問我：「由紀，有人寄給我這幾張照片。裡面的信紙上只寫著『請參考』，沒有寄件人的名字。新港口旅館。妳到那種地方去做什麼？」

「……」

「我問了別人，聽說這裡是伊勢崎市郊外的賓館。是嗎？」

「……」

「這是大白天的照片。當然，是我不在的時候拍的。妳到那麼遠的旅館跟男人幽會嗎？妳以為去到這種地方就不會被人發現嗎？不巧的是，似乎有個認識妳的人就剛好在附近。」

「……」

「沒有拍到妳的對象的臉，真是可惜，不過應該是個很不錯的男子吧？這傢伙是誰？叫什麼名字？妳們什麼時候、什麼機會下認識的？」

「……」

「他從哪裡來？」

「是住在這附近的嗎？」

「還是妳娘家南河原村的人？」

「妳們從什麼時候開始發生關係的？結婚前嗎？還是婚後？」

「妳已經拋棄妳堂哥了嗎？還是腳踏兩條船？」

「妳的男人就只有這兩個嗎？事到如今，妳乾脆全招了吧！我啊，很想見見他們哪！」

「說啊，由紀。為什麼不說話？這樣啊，反正都要離婚了，也沒有說出來的必要是吧。」

「好吧，我也不會庸俗到對即將分手的老婆的對象說三道四的。妳就去投靠妳愛的男人好了。如果那樣對妳來說是幸福的，我也會祝福妳的。」

「終於要離婚啦！雖是這也不是值得大驚小怪的事，不過要是有人問起，妳就說是咱們彼此個性不合就行了。這樣的話妳的名譽也不會受損。來，在這張離婚證書上簽名吧。這樣一切就結束了。來，簽名吧。印章在哪裡？我去幫妳拿來好了……。」

阿昭用一種「搞定了」的表情頻頻叫囂。那些言語的漩渦發出如奔流般的轟聲湧進由紀的耳裡。

由紀在被窩裡激烈地搖頭。

不是。不是的。我不是那種女人！

可是，她的否定與悲痛的吶喊，在一張照片面前被脆弱地化掉了。

（這就是神祕綁架事件的真相。）

男子進入這家旅館前，打了公共電話。那恐怕是和阿昭商量的電話。拍到管用的照片的話，自己可能在明天就會被釋放了。兩個人或許就是在商量釋放的地點與方法。

如果是這樣的話，今晚就是自己與男子共度的最後一夜。他如果想要我的肉體的話，恐怕就是今晚了。

昨晚由紀看到剛洗好澡的男子身體。全裸的體態。

那時候浴室的電燈關著，但是房間裡的立燈燈光清楚照亮了黑暗中的男子全身。寬闊的肩幅、緊實如鐵板一般的平坦小腹，以及粗壯的大腿。每當男子為了擦拭身體而伸展手臂、彎屈腰部的時候，肩膀和胸部的肌肉就形成小小的塊狀，並且在鞣革般的皮膚底下動著。丈夫阿昭的身體既蒼白又鬆垮，但是男子淡黑的身體卻隱藏著如彈簧般的彈力。

正面看到裸體時的印象，現在依然活生生地殘留在由紀的記憶當中。他今晚會侵犯我。那具身體將會從上方覆蓋我……

（怎麼辦？我該怎麼辦？）

由紀像要壓抑激烈的心跳，把汗濕的雙手按在胸上，緊緊地握住了兩個乳房。

點景——大泉警察署

大泉署的署長和刑事課長，在晚上八點過後，前往部下江森警部補所寓居的北大泉公寓。

當然，此時此刻江森依然沒有半點消息。不死心的刑事課長在離開警署之前，也打了通電話到江森的住處，依舊無人應答。

「我有種不好的預感。雖然對江森過意不去，不過不確定房間裡頭的狀況，我實在無法心安。」

「得向管理員借鑰匙才行，要怎麼說明才好？」

「就說江森突然出差好了。可是，他把搜查上需要的文件忘在房間裡了，我們是去拿那些文件的。」

「那我去拿鑰匙。」

北大泉公寓並不是一棟簡陋的木造公寓，而是鋼筋水泥的五層樓建築，相當堅固。壁面上貼著灰色的磁磚，十分雅致。一樓的左半側是花店，店面的鐵門關著。管理室在右手邊，中央有條寬廣的通道。盡頭處看得見電梯。由於是東西橫向建築，每個房間都能夠照射得到南面的陽光。

刑事課長拿著鑰匙回來了。

「那我們走吧。我以前曾經來過一次。他的房間是二〇六號室，在二樓的東角。」

「不過，這棟公寓真是氣派。房租一定很貴吧！」

「他是個有錢人。」

「有錢人？可是我聽說他的老家在岩手縣的偏僻鄉村，父親在農會工作不是嗎？他父親因為騎機車發生車禍，變得半身不遂，住院好幾年之後過世了……我記得那是他大學二年級時的事，因為這件事，他才輟學進入警察學校就讀的，對吧？」

「是的。江森的寡母一個人務農維生。但是身子也不好，所以他之前在淺草署工作時，賣了鄉下的房子，要母親上東京一起住，好照顧她……」

「所以他故鄉的房子賣了不少錢是嗎？」

「不是的。他母親在上東京之後一年左右就過世了，不過母親是個很能幹的人。她自己過著拮据的生活，卻買了相當昂貴的人壽保險。因為江森是獨生子，她可能是想把錢留給自己的兒子吧！」

「哦……真是個好母親。」

「淺草署有個和我同期的警察，我是從他那裡聽說的。江森用那筆錢為母親辦了喪事，又捐了兩百萬的永久供養費給故鄉的菩提寺註[1]。不過同期的朋友說，就算這樣，江森手邊應該也還剩下五、六百萬左右。」

「原來如此，所以才說江森是個有錢人啊。」

署長和刑事課長站在江森警部補的房間前談論這些事。鑰匙在課長手中。明明可以立刻開門，兩個人卻盡可能不想這麼做。因為接下來要搜索內部、檢查個人的私物，或許他們會不小心揭露好伙伴的私密。這是件教人提不起勁的工作。瞬間的躊躇讓他們站在房間前聊了起來。完全沒有那種闖進犯罪者自宅的緊張感和幹勁。

刑事課長從口袋裡取出白手袋戴上。接著把另一雙交給署長。

註[1]菩提寺指日本人各家族代代歸依、供養的寺院，通常家族中有人過世，皆安葬於同一個寺院。

「那，我們進去看看吧！」

課長打開門。踏進玄關狹窄的脫鞋處，約一張榻榻米大的樓梯口，前面的兩片玻璃拉門關著。玻璃不是透明的，所以看不見裡面。

兩人打開那扇門進入室內，刑事課長靠著打火機的火光找到開關，打開電燈。

「這裡是客廳吧？以單身漢來說，實在是非常整潔。」

「嗯。他一定很愛乾淨吧！」

木板地上沒有半點灰塵。客廳約有八張榻榻米大，中央有四張椅子圍著矮桌排列，桌上的玻璃煙灰缸在天花板上的吊燈照耀下，閃閃發光。

「喂，」來到房間中央掃視周圍的署長，出聲叫住刑事課長。「江森有抽菸嗎？」

「不，他不抽菸。」

「好奇怪。你看。這個菸灰缸的外側這麼乾淨，裡頭卻有菸灰。而且量還相當多。吸了兩、三根左右。」

「的確如此。」刑事課長靠過來，望著菸灰缸應道。「而且，裡面沒有半根菸蒂。」

「唔。我也很在意這一點。我不認為愛乾淨的江森，會只丟掉菸蒂而不洗菸灰缸。」

「菸蒂不是江森拿去丟的。是抽了菸的某人把它給帶走了。」

「總之，有人來過這裡，這一點錯不了。而且恐怕是昨天晚上。」

「是男的嗎？」

「也不一定……」

署長說著，走近立在牆邊的兩個書架。

「哦，江森真是愛讀書呢。」

高至天花板的兩個書架，塞滿了密密麻麻的書。江森不久前才參加了升遷警部的考試，其中一個書架上放滿了法律相關的書籍，以及《犯罪搜查規範》、《警察官職務執行法解說》、《升遷考試問題集》、《六法全書》等。

可是，另一個書架上卻是依集數放著全六十集的《現代文學全集》、《日本文學大辭典》全五集，以及《近代文藝史》等，全都是署長只聽過名字的著名作家的小說作品。塞不進書架的書，就堆在地板上。

「你說，」署長問刑事課長。「江森他大學二年級的夏天就輟學了，他本來是什麼科系的？」

「我記得履歷表上是寫著W大學的文學院文藝系……」

「哦，所以才會對這種書有興趣啊。總之，看這個房間，並沒有特別被翻過的樣子。問題是煙灰缸的灰……那，我們去隔壁房間看看吧！」

刑事課長打開相鄰的門。

「這裡好像是臥室。」

臥室是一間六張榻榻米大的和室。壁櫥旁排著衣櫃，窗前的榻榻米上鋪著地毯，上面放著書桌和旋轉椅。那裡也有個小型的書架，排滿了字典和《日用百科全書》之類的書。剩下的狹窄空間則鋪了墊被，江森警部補可能是把這裡當成臥室使用。

刑事課長按下這個房間的開關，打開電燈。

署長掃視一遍房間，來到書桌前。書桌的桌面下有一個大抽屜，正中央有個鎖孔。左右有可以拉動的手把，署長試著拉動，抽屜輕易地打開了。

「什麼，沒上鎖啊。」

刑事課長湊上來，望了過去。

「沒放什麼東西呢！」

「嗯。」

用橡皮筋束起來的賀年明信片、同樣用橡皮筋束起來的數十張收據。裝著雙氧水的小瓶子及繃帶、藥水、感冒藥、體溫計等等的紙盒。計算機、兩個印章和印泥等雜物類，雜齊地排放著。除此之外，還有一個寫著「人壽保險憑單」的大信封。

署長取出信封裡頭的東西。

「哦，丸菱保險啊。三十年滿期。兩千萬圓。是保儲蓄險吧！他得等到六十歲以後才拿得到這筆錢。」

「是在三年前的一月保的呢。那時候江森還在淺草署。」

「嗯，年初就在思考將來的生活規畫了。保險受益人是本人，本人死亡的話，就由一名叫江森浩助的人領取。岩手縣岩手郡玉川村……」

「那是江森的故鄉。他現在單身，或許那是他的親戚。不過如果結婚的話，受益人應該就會變更成妻子吧……」

「他沒有任何親人了嗎？」

「不，他有個妹妹，不過成了他阿姨的養女……」

「哦，那個啊，在長野縣的八之岳登山的時候遇難的……對，那是今年一月的事吧？」

「是的。去年的除夕夜，江森的妹妹一個人出門。她計畫在元旦登上八之岳頂。那天晚上好像是在某處的山中小屋過夜，元旦早晨開始攻頂，可是不曉得是迷了路還是身體不適，在距離登山路線相當遠的地方，被發現埋在雪裡死亡了。是凍死的。屍體是在那天下午被發現的；長野縣的茅野署聯絡江森……」

刑事課長似乎想起了當時的事，眼神凝視遠方。

「江森的妹妹身上帶著江森的名片。所以負責驗屍的茅野署才會聯絡江森。我也是那個時候才知道江森有個妹妹，並且是他阿姨夫婦的養女。」

「話說回來，最近的年輕女孩子還真是大膽呢！竟然一個人攀登冬季雪山……」

「這件事也讓江森非常生氣。女人家一個人魯莽地跑去登山，才會發生事情。實在不知道該如何向茅野署和救援隊的人道歉才好？不過，江森妹妹的養父母也就是阿姨夫婦就住在茅野市，她也是那裡的高中畢業的。學生時代時加入登山社，從高中就開始爬八之岳了。」

「所以才小看了冬季的雪山嗎？」

「可能是吧！不過意外這種事，在市街裡也一樣會發生。尤其像我們這種職業，更是經常與死亡危險比臨而居。」

「嗯。」

署長把保險契約書放進信封、收進抽屜，又從裡面拿出一張明信片。頓時，他的口中發出驚訝聲。

「喂，你看這個。這不是那個恐嚇信嗎？」

刑事課長接過明信片，一時半刻說不出話來。

這與龜辰事件一陣子之後，寄到署長、刑事課長以及江森警部補三個人那裡，只用片假名書寫的恐嚇信一模一樣。

「可是，署長，」刑事課長以訝異的表情說道。「這東西不是與寄到我那裡的，一起收在署長那裡保管嗎……？」

「不，這和之前寄來的不一樣。到『為你的罪孽懺悔　立刻辭去警察的工作』為止，和之前的文句相同，可是你讀讀接下來的地方。」

刑事課長望向彷彿用直尺寫出來的文字。

『以一個警官而言　你毫無力量可言』一開頭的文章，以及接下來命令他們辭職的部分，都和之前寄來的明信片相同。可是，只有最後數行不一樣。

這是第二次的忠告　若不聽從　你最好覺悟小命不保

「原來如此，這裡有寫是第二次的忠告。可是，署長和我都沒收到這樣的信。簡言之，這是針對江森個人的恐嚇嗎？」

以恐嚇信而言，文章相當幼稚。可是，正因為幼稚，反而更能夠傳達出對方當真的意志。

根據郵戳顯示，這是五月十二日在蒲田郵局轄區內投遞的。是五天前的事。應該是四天前穿到的。

「不過，」署長說道。「江森沒有將這件事告訴任何人，而把明信片收進書桌抽屜深處。我們剛收到這種信時，說這不過是惡作劇，不用理會，把恐嚇信收在我這裡保管了。所以第二次收到明信片時，也是江森依自己的判斷，收進書桌裡的嗎？」

「或許是這樣，但是……」刑事課長把明信片遞到署長面前。「請你看看明信片的正面。上面有原子筆的字跡對吧？這是江森寫的。」

印刷有「郵政明信片」字樣的兩側，並列著細小的原子筆文字。左邊寫著「H・確認住所」，右側記著「12日。盛岡？」

「這個H是什麼意思？」

「是開頭字母。我可以斷定是星川副教授[註1]的H。」

「唔，果然還是和龜辰事件有關嗎？」

註[1]星川的日文羅馬拼音為HOSHIKAWA。

「錯不了的。所謂確認住所，是打算確認星川現在的居住地的意思。12日則是這張明信片的投寄日。盛岡是星川的故鄉。我聽說那個事件後，星川辭掉他任職的女子大學，回到故鄉盛岡。據說他的老家戰前在盛岡市附近的村子經營酒類的小賣店。戰後，店鋪擴展到盛岡市，除了販賣酒類，也銷售食品。現在已經成了縣內連鎖大型超市。總之，相當地富有，所以星川暫時先回老家去了。然後他為了妹妹，想出了復仇的計畫。」

「那麼，江森推測這張恐嚇信的寄件人是星川，為了調查星川在投寄日的十二日的不在場證明，一個人前往盛岡了嗎？」

「只能這麼想了。」

「怎麼可能！」署長怒吼似地說道。「江森不是這麼魯莽的人。他不可能不向上司報告，也沒得到我的許可就自己一個人進行搜查。」

「可是，現在這裡確實有一張恐嚇信，而且他隱瞞著沒有告訴任何人。江森打算以自己的力量逮捕威脅自己的傢伙……」

「不能只靠想像就妄下決定。情況有可能完全相反。」

「相反？」

「沒錯。江森對第二封的恐嚇信也視若無睹。這張明信片上的『確認H住所』的文字，是他記下當時的想法。可是，恐嚇遭到忽視，恐嚇的犯人怒意難消。他為了與江森對決，或者是為了對江森施加危害，反而主動來到這裡。這種情況也是有可能的。」

「唔……」刑事課長環抱起雙臂。

「總之，」署長說道。「昨晚一定有誰來過這個房間。從那個菸灰缸來看，是個會抽菸的人。」

「是星川……」

「或者是星川所雇用的人。也有可能是同情星川的共犯。」

「但是話說回來，像江森這樣空手道有段數的人，不可能輕易被對方帶走。而且他……沒錯，江森應該帶著手槍才對。」

「但是，我不認為他回到家後，也會隨身佩帶手槍。或許他解下皮帶，掛在房間的某處，或者是放在桌子上。」

一般警官的服裝於一九九四年四月開始大幅度變更。制服改了不說，原來的長警棒也變成伸縮式的短警棒，可以收納在皮革袋裡，並且套在皮帶上。手槍也不再用繩索繫在肩上，改為佩帶在皮帶上；手銬的顏色亦改為不顯眼的黑色，收進袋子裡裝在皮帶上。換句話說，所有的裝備品都收納在一條皮帶上，被西裝式的外套蓋住後，外表看起來苗條多了。不過也因為如此，這條皮帶變得相當沈重。回到家之後，實在不可能一直佩帶在身上。

江森警部補雖然是著便服上班，但是手槍和手銬應該都是隨身攜帶的。

昨晚闖進這個房間的人物X，奪走江森的手槍，以此要脅江森屈服的嗎？不過，X也有可能自己事先準備了手槍。不管怎麼說，如果江森被綁架了的話，他的手槍當然也就落入X的手中了。

（警察的手槍會遭到犯罪者惡用！）

瞬間，這種不祥的預感同時掠過署長與課長的腦海。

「署長，」刑事課長沈重地開口。「這件事還是報告本廳比較妥當吧？」

「唔。嗳，事情還不一定就是這樣，不過真是傷腦筋了。對了，你有沒有聽到水聲？」

「哦，隔壁傳來的呢。是廚房。我們也查看一下吧！」

六張榻榻米大的和室與廚房以折門隔開。兩人進入裡面。

正面的牆邊有流理台，上面放著小型餐具櫃。從水龍頭裡流下孱弱的水，從塑膠盆當中溢流而出。

刑事課長扭緊水龍頭，然後把盆裡的水倒掉。

「署長，」他出聲道。「昨晚拜訪這裡的人是兩個。」

「哦？你怎麼知道的？」

「你看。盆子裡放了三個咖啡杯，湯匙也有三支。我想他們是三個人泡了即溶咖啡之類的飲料，之後，把用過的杯子放進這個盆子裡。不是江森收拾的。他的話，應該會洗過再收好的。」

「為什麼讓水龍頭的水這樣一直流？」

「我想可能是沒時間仔細清洗收拾。於是他們想，如果讓自來水一直流的話，就無法從指紋、唾液檢驗出血型了吧！」

署長無言地點頭。他的表情很不悅。聽著刑事課長煞有其事的推理，他的心情莫名地煩躁。像署長和刑事課長這樣社會上頗有地位與頭銜的兩個人，連晚餐也不吃，卻侵入的同事家裡，談論著什麼三個咖啡杯、菸灰缸裡殘留著菸灰。

（我這是在幹什麼？這種事能有什麼幫助？）

自己離退休還有兩年吧！這個想法突然掠過署長的腦海。警察學校畢業後到今天，自己執行職務從沒犯過大錯。對公務員而言，「沒犯大錯」度過每一天才是首要之務。而結果是，他總算爬到署長的位置了。

還有兩年。平穩的日子就這樣持續下去的話，他或許可以在退休之前，（僥倖地）升上警視正，然後幸運地功成身退。至少，他曾經一瞬間有過這樣的夢想。

但是，我的夢想卻因為江森警部補完全破滅了。明天前往本廳，我要報告什麼、如何說明才好？部下連同手槍一起消失了。就連他是被綁架、還是本人自願拋棄工作的都不曉得。

光是想像自己在本廳刑事局長及監察官面前垂頭喪氣的悲慘模樣，他就感到呼吸困難。

「署長。」

他不著邊際的想像被刑事課長的聲音打斷了。

「這個廚房有後門。換句話說，可以從後面出入。」

的確，流理台的旁邊有一道不鏽鋼的門。門前有一塊狹窄的脫鞋處，只有那個地方鋪著木磚。門可以從內側輕易地打開。鎖是自動式的。

如同課長所說，外頭橫亙著一條水泥通道。江森的二〇六號室位於這棟公寓的右端。建築物的外牆裝有鐵製的樓梯，利用這個樓梯可以從地面爬到五樓。這應該是設計避難時使用的樓梯，但是同時也可以讓居民從建築物後面出入。

「底下是停車場。下車後，從這個樓梯上來的話，就不用繞到正面入口，可以直接回到自己的住處。」

公寓後面的停車場用鐵絲網圍著，數十台車輛反射著四周微弱的燈光，靜靜地蹲踞在黑暗當中。停車場似乎相當寬闊。

「對了，車子。」

刑事課長突然跑向玄關，一下子就拿著自己的鞋子回來了。

「署長，江森說他每個月有繳停車費租用停車場。我去調查一下，看看他的車子現在有沒有在那裡。白色的CARINA。我知道是哪一輛。」

踏在鐵製樓梯上的腳步聲消失在停車場的黑暗當中，但聲音很快就折回來了。

「有了，他的車子還放在停車場。所以他不是開自己的車子外出的。當然，也不是出門散步或買東西……」

「也就是說……」

「他應該是被昨晚來訪的人帶走了。對方在這個停車場備好車子，等待江森下班回來。看到他回來後，就以某些藉口想辦法讓他打開這道後門。我不曉得他們三人談了些什麼，但是他們趁著江森失去戒心的時候，亮出兇器，或者這個時候他們使用了江森的手槍。奪走江森的自由之後，再用江森的手銬銬住他。對方有兩個人，做這些事易如反掌。接著從這道後門出去，走後面樓梯把江森帶到停車場，最後坐上他們的車子逃走。江森之所以沒有出聲求救，可能是因為他一直受到凶器威脅。不過從江森的個性來看，他或許是暫時裝出屈服的樣子，隨時尋找逃脫的時機……」

「唔……」署長環抱雙臂，朝停車場的黑暗投以搖移不定的視線。

一旦懷疑，就沒完沒了。龜辰事件的時候，妹妹慘遭犧牲的星川副教授，號泣著要糾彈警方。那個時候，他的憤怒與激情，對著指揮搜查的江森警部補爆發了。

可是……署長想道。這個推理也有幾個疑點。

首先，這個房間內部沒有任何爭執的形跡。室內收拾得整整齊齊，簡直就像剛掃過一樣，一塵不染。然而，只有放在桌上的菸灰缸仍然是骯髒的，而且裡面沒有留下任何菸蒂。

廚房裡的洗碗槽裡放著三個咖啡杯。自來水持續微弱地流出。

根據刑事課長的意見，這些全都是闖入這裡的人（犯人）所為，是為了妨礙警方從指紋和唾液查出血型所為。但是，這個見解也有一些疑點。

既然都會將咖啡杯放進洗碗盆、將菸蒂從菸灰缸中帶走，犯人更應該要把進入這個房間的所有痕跡都抹消才對。把菸灰缸的灰倒掉、咖啡杯洗乾淨，放回餐具櫃裡。這樣一來，侵入者的存在及人數，都會從警方的眼前消失了。只要綁住江森的身體，他們（兩個人）應該有充分的時間完成這些事。

江森警部補真的被綁架了嗎？或者是他刻意神祕失蹤？

但若是失蹤，這也令人難以理解。江森完全沒有任何女性方面的緋聞，他也不愛喝酒，方正不阿的個性署內上下人人皆知。同時他也沒有經濟上的困難，再加上他不久之前才為了警部的升遷，努力唸書參加考試。很難想像這樣的一個人會突然失蹤。

江森警部補到底去了哪裡？

他還活著嗎？還是被殺了？

他偷偷藏起第二封恐嚇信的理由是什麼？是寄件人綁架他的嗎？還是江森找到寄件人線索，獨自一人開始展開追蹤？

無數的疑問包圍著署長，他呆然佇立在原地，全身似乎無法動彈。

第四章。急轉直下

1

早上十點剛過，男子的車子載著由紀和紗江，離開了前橋市郊外的賓館「愛染莊」。天空依舊晴朗無比。眩目的陽光透過車窗流瀉進來，讓幾乎沒睡的由紀眼睛一刺。

車子正開往哪裡？由紀完全沒有頭緒。就算詢問男子，他也不可能會回答。

離開熊谷的家已經第三天了。這段期間他們在賓館住了兩個晚上，昨天白天說是為了讓紗江好好睡一覺，將近三小時也都在賓館的房間裡度過。儘管如此，男子完全不靠近由紀床鋪。睡覺的時候，他總是把帶來的毛毯鋪在地上，然後用旅館的睡衣或浴巾代替蓋被使用。由紀的身體明明垂手可得，男子卻沒有觸碰她的意思。

（這樣簡直就像兄妹。）

對健康的男性而言，女人的肉體是激起性欲的對象，至少應該會抱著興趣或意圖吧。然而，這個男子卻完全沒有那種念頭。

（我這麼沒有魅力嗎？）

當然，她並非希望男子侵犯她；讓男子的手撫摸自己的身體，用被唾液沾濕的嘴唇，發出淫穢的聲響吸吮自己被迫打開的下半身，平滑地四處舔著。這種情景，光是想像就令她渾身發抖。由紀記得剛結婚的時候，她對於阿昭執拗地愛撫，雖然半帶死心地認為「夫妻生活就是這樣的吧」，但是有時還是會因為過度羞恥，全身僵直地拒絕丈夫的手。

不過結婚兩年多，直到最近，痛苦與羞恥反而在她全身點燃慾火，在內部延燒。全身在熱風擺佈下，因疼癢的快感而扭動，甚至會發出微弱的叫聲。換句話說，由紀內在沈眠的「女性」，因為阿昭而覺醒了。

正因為如此，她知道世上的男性如何對待女人的身體，也熟知性愛是怎麼一回事。然而，從這個男子注視由紀的眼神中，平靜得感覺不到一絲熾熱的慾望。他對女人的肉體一點興趣都沒有。

（為什麼？為什麼能夠這麼冷靜？你究竟是誰？簡直不像是住在這個地球上的普通男人。你是從某個天體、幾億光年之外的陌生星球，乘著流星偶然來到我面前的嗎？你的國度裡沒有女人嗎？沒有那種男女透過彼此肉體的溫暖，確定彼此愛意的風俗嗎？）

這是不檢點的幻想。原本由紀的肉體並不渴望男子，對於可能遭受侵犯的恐怖與嫌惡也並未變淡。

但是看到在賓館這種密室中，對就在近處靜靜躺著的自己，發出平靜的鼾聲沈睡的男子，令由紀的心莫名焦躁。這是由紀自己也無法說明、動搖的微妙女人心。

車子離開旅館，開了將近一小時之後，田野在道路兩側舒展開來，四周的風景轉為悠閒的田園景色。從剛才開始，男子就不發一語。原本平坦的路正逐漸轉為上坡。零星散佈的人家逐漸遠去，車子在灌木與雜草叢生的原野當中不停地前進。坡道相當陡急，車子喘息似地爬著上山的路。彷彿要被吸進深山中的不安，讓由紀畏畏縮縮地開口詢問：「路這麼小，會不會前面就沒路了？」

「對，這是條死路。」男子笑著回答。

「怎麼這樣！要是走到盡頭的話，那該怎麼辦？這次竟然要在山中過夜……我好怕……」

「不要緊的。雖然是條死路，不過可以通到赤城山的山腳。那裡有很多觀光名勝，聽說是個很熱鬧的地方。」

「赤城山？」

「妳有聽說過吧？國定忠治。」

「嗯，以前電視的戲劇轉播有播過。家母很喜歡那種時代劇……好像是斬殺了凌虐農民的幕府官吏的有名人物……」

「對，妳很清楚嘛！以當時的話來說，他是個賭棍，也就是賭徒。可是，他是個俠氣干雲的人。當時農民要繳納年貢米給幕府，但是暴斂橫徵的情況一年比一年嚴重，貧困的農民連自己吃的米都沒有，過著悲慘的生活。目睹這一切的俠義之客國定忠治義憤填膺……」

「………」

由紀無意識地安撫著懷裡的紗江，傾聽男子的話。

「他闖進地方官的宅子，斬了那個惡官吏。當然忠治也遭到捕吏追捕，他當時的藏身之處，就是那個赤城山。」

男子的一隻手放開方向盤，指著前面。遙遠的前方，被稱為上州[註1]首屈一指名山的赤城山，那平緩的稜線正浮現在五月晴朗的天空裡。

「哦，那座山啊。」

「沒錯。當時的農民把忠治視為恩人，想要保護他。眾人各自帶來微薄的食物，送給忠治和他的手下。可是幕府的查緝愈來愈嚴苛，忠治終於下了山；因為他不願意殃及手下，決心獨自一人離開赤城出去流浪。我想，妳在電視轉播看到的，就是那個場面吧？」

「我也不大清楚……」

「在戲劇當中，這是最精彩的部分。記得我離開東北的故鄉之後，首先就到東京的淺草。我這個鄉下人，在繁華淺草來往的人群中，東張西望，四處打轉，最後跑進一間小劇場。我記得叫做公園劇場。」

「………」

「那時上演的就是國定忠治的戲碼。這是我生平第一次在東京看戲。所以，當時的事我記得很清楚……」

男子緬懷過去繼續說下去。

「舞台佈置成黃昏。忠治站在正中央，旁邊站著數名手下。接著，忠治說出離別的台詞。『今宵將與赤城山訣別。我向故鄉國定、還有我可愛的手下們辭別出發……』」

男子的口吻聽起來有點像在演戲。由紀強忍住差點脫口而出的笑聲。

「舞台的背景畫著一輪初昇的明月。手下擔心隻身下山的老大，懇求一道同行，但是忠治不答應。這個時候，舞台的暗淡下來，一道黃色的燈光映出忠治的身影。他站在舞台中央，拔出腰間的長刀。右手提著刀子，刀身反射出燈光。我這鄉下土包子，屏息注視著舞台上的忠治。此時，忠治的台詞傳到鴉雀無聲的觀眾席來：『受萬年積蓄雪水洗滌的這把長刀小松五郎。我的生涯中，一直有你這個可靠的同伴啊……』

由紀不知不覺中被男子精妙的口才給吸引了。男子能夠流暢地說出許久以前看過的戲劇場面及演員的台詞，讓由紀佩服不已。

「我覺得好像也在電視上看過這個場面，可是完全記不得了。你的記憶力真好。」

「不，老實說，後來我就迷上了那部戲，後來又去那個小劇場看了好幾次。這是窮學生唯一的娛樂。我也曾經在租賃的房間裡捲起報紙當成長刀，學忠治說：『我的生涯中，一直有你這個可靠的同伴啊！』來解悶消遣呢！要是被人看見，一定會覺得我瘋了吧！」

來到狹窄山路的分叉點，男子將車子駛進左邊後停了下來。隨即倒車、開上右邊的道路，改變了方才上山的方向。

「喏，接下來就回去吧！」

「不去赤城山的山腳了嗎？」

「嗯，我們不是來觀光的。」

註[1]上州為上野國的別名，為今日的群馬縣。

「那，為什麼要開來這種地方——」

「消磨時間。赤城山的山麓好像有許多觀光用的設施和遊樂場。那座山噴火之後形成的兩個池子——地圖上說是大沼、小沼，那一帶是濕原地帶，開滿了觀音蓮跟日光黃萱，被稱為群馬縣的尾瀨註[1]。如果一開始就打算去那裡的話，可以從前橋走赤城道路，直接通往山麓了。不過我想那樣的話，可能會為妳帶來困擾。」

「我為什麼會困擾？」

「昨天晚上我查了一下，那座山每年五月好像都會舉行開山祭典。我不曉得是五月幾日，反正就是觀光季節開幕的時期。從現在開始，會有許多人往山上聚集。萬一裡頭有妳認識的人……如果被認識的人看見妳，那就很傷腦筋了。妳明白吧？」

「……」

（會傷腦筋的人不是我，是你才對吧？）

由紀抱著這種想法，默默凝視著男子。不知道是不是她的想法被男子看穿，他苦笑著繼續說下去。

「妳好像不肯相信我，但是我一直很小心不讓別人看到妳。開車的時候，也特意避開大馬路，選擇人少的路。長時間關在車子裡，對紗江這孩子絕不是件好事。偶爾也得讓她下車，呼吸外面的空氣。我這麼想，同時又要避免做母親的妳被人看見，所以才選了寺院休息……」

昨天，男子在照念寺內的藤架底下，安撫著紗江。確實，那裡沒有任何人來訪。由紀想像有人帶著相機潛藏在那裡，拍攝可以證明外遇的照片。可是聽著男子的話，由紀的心動搖了。難道她的想像只是被害意識所產生出來的妄想嗎？

（實在很難認為他在說謊。）

「對我來說，」男子繼續說。「就算被誰看見跟妳在一起也無所謂。埼玉縣和群馬縣幾乎沒有認識我的人，就算不巧被認識的人目擊，我跟妳還有紗江在一起，看起來就像是一對帶著小孩的夫婦，他們萬萬也不會想到是我吧！但是，由紀，妳的話就不一樣了。妳和我的立場完全不同。」

男子語氣突然認真了起來。

「我為了某個目的，把妳從熊谷的住家帶了出來。這確實是卑鄙的行為。因為我為了自己的目的，必須在一定的期間內剝奪妳的自由。總有一天，我會以我的方式向妳謝罪。所以，現在請妳暫時不要問起這件事。」

「你所說的目的，和我有關係嗎？」

「也不是完全沒有……總之，現在我無法說明。」

「這是賭上性命的事，所以對誰都不能說，是這樣嗎？我記得在離開熊谷的家前，你說過這樣的話……」

註[1]尾瀨是橫跨群馬、福島、新潟三縣的高層濕地植物的群生地帶，地形複雜，在植物、動物學上有著相當重要的價值，全區被指定為特別天然紀念物。隸屬於日光國立公園。

「嗯，或許我是說了。那個時候，我情緒有點激動……可是，這不是謊話。這個工作完成的時候——也就是我的目的達成的時候，我的真面目才會曝露在眾人面前。那個時候，我不想讓任何人知道妳曾經和我一起行動。因為這對妳的將來只會造成負面的影響。換句話說，妳要把和我一起度過的這幾天，當成完全空白的時間。」

「空白的時間……這種事我做不到。就算沒有人知道，也會殘留在我的記憶之中……它也不會從你的記憶當中消失，不是嗎？」

「我的記憶不是問題。重要的是，妳必須忘記。只要妳不說出去，和我共度的這段時間就等於零。什麼都沒有。對妳的人生而言，這幾天等於不存在過。再過一陣子之後，妳就自由了。我會帶妳到熊谷的家附近，在那裡和妳道別。那樣的話，妳立刻就可以回家。這樣就結束了。前天妳在熊谷家的生活，又會再次開始。雖然有數天的空白，但是沒有人知道，也不會在妳的人生留下任何污點。」

由紀聽著男子的話，內心開始動搖。這麼說來，這個人不是丈夫派來的離婚斡旋人嗎？昨晚在內心萌生的疑惑，只是沒有根據的妄想嗎？

「接下來，」男子繼續說道。「我們要再回到前橋，在那裡幫紗江換尿布，好好地睡個午覺。昨晚住宿的愛染莊附近，還有同樣的旅館，就到那裡休息吧！我選的盡是那種旅館，就是因為不想被別人看見我和妳在一起的樣子，不是為了什麼下流的目的。所以，我希望妳可以放下心來，好好休息，好嗎？妳瞭解了嗎？由紀。」

男子的眼睛浮現出些許難為情的神色，憐愛的目光深深注視著由紀。由紀覺得自己完全被那雙柔和的瞳眸給吸了進去，忍不住點了點頭。

「妳能瞭解，真是太好了。」

男子的嘴角泛起微笑，潔白而整齊的牙齒露了出來。由紀對著他的笑容，再一次深深點頭。

剎那間，由紀對男子的疑惑與恐怖完全消失，反而萌生出一種奇妙的連帶情感。

（如果能夠幫得上他的忙，我什麼都願意做。）

若把這個稱作是一種共犯者意識，有失偏頗。由紀並不打算參與任何犯罪行為。直截了當地說，此時推動由紀的心的，是一種讓身體莫名灼熱的熱血脈動、一種對男子的強烈熱情、或陷入愛河中的女人奉獻與犧牲的願望。

出生在埼玉縣南河原村的貧窮家庭，年幼喪父，與母親相依為命的少女。在媒妁之言下嫁給住在熊谷市的男子，過著無趣的婚姻生活。二十八歲的北條由紀，生平第一次對男子動心了。

就算他是某天突然闖進自己家裡的神祕男子，由紀毫無疑問地對他懷抱著愛意。

2

在眼前可以望見赤城山的山路上，由紀下了車，四處遛達了近三十分鐘。

男子也抱著紗江下車，踏進灌木與雜草叢生的野原中，安撫逗弄著她。

幼兒雖然還不會怕生，卻能本能地判斷出對方的善惡嗎？從未對父親阿昭露出笑容的紗江，卻在男子的懷裡高興地高聲大笑。

由紀瞇著眼睛凝視兩人。她深深地吸了一口吹過草原、帶著嫩葉氣味的風。這是條杳無人煙的山路；可能是以前住在山麓的人，為了上山工作而開闢的道路吧。不理會被風吹亂、纏上臉頰的長髮，由紀小跳步似地四處打轉。

「喏，差不多該回車裡了。」男子走近說道。

「已經要跟赤城山告別了嗎？」

「對，雖然我不是國定忠治，不過今宵也將道別赤城山了。真不可思議呢，即使人或時代變遷，山的模樣還是保持不變。紗江，來，再看一次那座山。再過幾年、幾十年後，或許媽媽會告訴妳在這裡度過的時光……」

男子把紗江的身體朝著山高高舉起。再過幾年、幾十年後，媽媽會告訴妳在這裡度過的時光——男子對紗江說的這些話，由紀聽來就像是在向自己道別。再過不久，妳就自由了。方才男子這麼說。他接著又說：我會帶妳到熊谷家附近，在那裡和妳道別。

（那是什麼時候？明天？還是後天？）

男子的目的是什麼？他將會以什麼樣的形式達成？由紀完全不曉得。當男子的目的完成的瞬間，他會到哪裡去？

（不要！不要離開我，就這樣待在我身邊！）

由紀在心中對著綁架自己的犯人吶喊。這是捨棄了理性與是非判斷，女人內心所發出的悲痛叫聲。

「喏，上車吧！」

男子把懷裡的紗江交給由紀，打開車門。

「我們要回前橋。途中買些什麼過去吧！算是午餐。我要吃蕎麥麵。妳想吃什麼？」

「跟你一樣好了……」

「那找便利商店就行了吧！」

車子開動了。男子最後的目的地是前橋嗎？覺得離別的時間逐漸逼近，由紀拚命咬緊嘴唇，忍住動輒湧上喉邊的嗚咽。

3

抵達前橋市郊外的「羅曼飯店」時，已過了下午一點鐘。男子說，這裡距離昨晚住宿的愛染莊不遠，但在由紀看來，依然只是一棟位於陌生城鎮的可疑建築物罷了。就算告訴她昨天來過這附近，她還是覺得周圍的風景相當陌生。

她知道羅曼飯店是所謂的賓館。可是不像第一天晚上被男子催促著爬上狹窄階梯時的情況，現在的她，一點都不覺恐怖與嫌惡。

房間的門一打開，中央的巨大圓床映入眼簾。

這類旅館的床是房間的主角。周圍的裝飾與照明，不過是為了烘托情事氣氛的配角。

這些東西對現在的由紀而言，應該發揮不了任何效果才對。

然而，進入房間的瞬間，由紀便感到混身熱了起來。

柔軟的絲質蓋被是淡黃色的，周圍滾了一圈紅邊，上面並排著兩件白色的毛巾料睡衣。兩顆枕頭依偎似地擺放在一起。檯燈照射出淡淡的粉紅色燈明……。直到昨晚，都還令她感到污穢骯髒的室內擺設及裝飾，今晚看起來卻極其豪華而妖艷。眼裡看到的一切都是那麼樣地性感，震憾潛藏在由紀內部的「女性」，讓她的身體發熱。

（不行。我在想什麼？）

男子的手從背後搭到由紀的肩膀上。

「喏，妳用那張床給紗江餵奶吧！然後睡一會兒比較好。昨晚妳是不是也沒怎麼睡？眼睛紅紅的。」

男子看著由紀把紗江放到床上，為她換尿布。

「真的，妳好好休息一下吧！要出發的時候，我會叫妳的。哦，買來的蕎麥麵我放在這裡，妳就在床上吃吧！我要寫點東西，在那邊的桌子吃吧……」

男子的話還是一樣親切，語氣也沒有半點強迫的感覺。這讓由紀感到不滿、怨恨。他為什麼可以用這麼平靜的口吻說話？

再過一兩天，男子就要實行「賭命的計畫」了。目的達成的話，我們就要分離了。然後恐怕再也不會見面。但是，從男子的態度看不到一絲離別在即的激昂感情，這讓現在的由紀感到既痛心又生氣。

（對你而言，我到底是什麼？綁架犯和被綁架的女人。只是這樣的關係而已嗎？）

男子在房間一隅的桌子上攤開可能是信紙的紙張，悄聲吃著蕎麥麵。由紀朝他的側臉投以無聲的質問。

在熊谷的家中拿著尖銳的刀子指著紗江臉部的那個粗暴男子到哪裡去了？那份駭人的熱情與執著，消失到哪裡去了……？

紗江的嘴唇放開剛才緊含的乳頭。由紀輕輕為她蓋上被子。讓由紀身體灼熱的血流已經過去了。她彷彿虛脫般，身體靜悄悄地橫躺到床上，閉上眼睛。

下午三點半過後，他們離開了羅曼飯店。由紀原本只打算陪著紗江閉上眼睛休息一下，卻好像在不知不覺中睡著了。她是被男子叫起來的。

「妳睡得好熟，雖然我不忍心吵妳……」

由紀慌忙望向時鐘。已經過了三點二十分了。由紀穿過站在床邊的男子身旁，衝進洗手間裡。太大意了。自己竟然熟睡了兩個小時以上。男子從什麼時候就站在床邊，凝視我的睡臉？連日的睡眠不足，讓她忘了平日的謹慎。由紀羞得雙頰發燙。

她用冷水沖臉，拿梳子梳整頭髮。梳洗完畢後回到房間時，男子正抱著紗江、提著紙袋站著。

「喏，我們出發吧！妳提那個旅行袋。」

旅館的房間總是飄蕩著夜晚的氣氛，但是一出外頭，明亮的太陽刺眼極了。

車子只開進熱鬧的大馬路一次，立刻就駛進閑靜的住宅區。穿過那裡之後，道路的兩側就變得綠意盎然。新落成的房子惹人注目。斷斷續續的住宅之間散落著蘋果園及葡萄園。都市化的浪潮似乎已經波及了悠閒的農村地帶。

男子默默地握著方向盤，由紀出聲問他：「這裡是哪裡？」

「不曉得，大概是吉岡町吧！前橋市的住宅城市。」

「不是要回去熊谷嗎？」

「嗯，今晚預定住在高崎市或安中市……」

「高崎？離這裡很遠嗎？」

「不，前橋市的隔壁就是高崎。兩個市是相鄰的。直接過去的話，不到一小時就可以抵達預定的旅館了，可是因為有點早，所以才繞路過去……對了，我們剛才不是有過河嗎？妳大概沒注意到吧，那是利根川。」

「哎呀，利根川也流過這裡啊……」

「是啊。利根川從西北往東南流過關東地方、注入太平洋，是日本僅次於信濃川的第二大河。它並不只流經妳出生的南河原村附近。」

「這種事我知道。」

「好，那妳知道利根川的發源地嗎？也就是最上游的地方，在、哪、裡？」

「那種事我怎麼知道？」

「據說是在三國山脈的丹後山附近。」

「三國山脈在哪裡？」

「群馬與新潟的縣境。換句話說，以這座山脈為分界，大自然與人類的生活，被區分成太平洋側與日本海側。利根川的水源在這座山脈的丹後山，往東南流經關東地方，光是支流就有兩百八十五條；下游一部分從茨城縣，另一部分從千葉縣的銚子市注入太平洋。總長三百二十二公里的漫長旅程就這樣劃下句點。」

聽著男子的話，由紀驚訝極了。男子淵博的知識與超群的記憶力，總是讓她佩服不已。這等男子為何會做出綁架她的犯罪行為呢？已經思索過好幾次的疑惑，此時又浮現在由紀的內心。

「你真的很博學多聞呢！」由紀說。「頭腦聰明，記憶力又好……像你這樣的人，不管做什麼工作，一定都會成功。我好羨慕你。但是你卻擄走我這樣的人，住宿、流連在庸俗的賓館裡。為什麼？你為什麼要做這種事？」

男子突然笑了出來。

「妳太看得起我了。我既不博學，記憶力也沒特別好。」

「可是，你可以那樣流暢地說明三國山脈跟利根川的事，簡直就像地理老師一樣……」

「傷腦筋。地理老師啊。老實說好了，離開旅館之前，我在道路地圖上查了前往高崎的路，那個時候順便看了群馬縣的觀光手冊，上面正好有利根川的說明。這是我才剛讀到的，熱騰騰的新鮮知識。我在看書的時候，妳正打著鼾睡覺呢！」

「我才不會打鼾。」

「那就是呼呼大睡了。用可愛的呼聲當伴奏。」

「討厭！」

由紀的臉瞬間紅了起來。此時，懷裡的紗江突然嚇著似地大哭起來。

「哎呀，紗江，怎麼了？」

由紀慌忙抱好紗江的身體。可是哭聲遲遲不停。出生才四個月的幼兒，無法用言語表現自己的心情。熊谷的自宅裡有好幾本育兒書，上頭詳細地記載了幼兒突然哭泣時該如何診斷原因以及應急處置，但是現在卻無計可施。年輕的母親，只是手足無措地對著哭個不停的孩子問話。

「妳怎麼了？紗江，是媽媽啊！不用怕唷！要喝奶嗎？不是要喝奶吧？剛才才喝了那麼多。難過嗎？哪裡痛嗎？不要哭了，紗江，來，看看外面。紗江，好乖唷！」

由紀的聲音也快哭出來了。她抱起小巧的身體，想要把孩子的臉湊近車窗，但是孩子卻在母親的手中踢蹬雙腳、扭動全身，掙扎著哭叫。

事態不尋常——由紀心想：紗江的身體一定發生了什麼異狀。

從喉嚨裡擠出來般的哭聲，扎刺著由紀的耳朵。

「停車！」由紀對一旁的男子懇求似地說。「把車子停下來，這孩子不太對勁！」

「停車要做什麼？」

「讓她看醫生。」

「醫生？要怎麼找？這裡不是市中心，有沒有醫生也不曉得。」

「那樣的話，叫救護車！」

「別胡說了。由紀，妳想一想我和妳現在的立場。不可能叫什麼救護車。」男子的語氣冷漠到了極點。

「可是，要是有什麼萬一……拜託你，叫救護車！」

由紀發出近乎悲鳴的叫聲，抓住男子握著方向盤的手。

「危險！妳做什麼？要是發生車禍就糟了。妳不用擔心，孩子的生命力出乎妳意外地堅強。現在我們就前往高崎，進去旅館將紗江身上衣物脫下來看看。或許是尿布讓她覺得不舒服也說不定。」

「不可能。剛剛才換過尿布的，沒有流汗，也沒有濕疹啊！」

「有沒有拉肚子？」

「沒有。」

「血便？」

「要是那樣的話，我早就發現了。外行人懂什麼？快點找醫生！找醫院！」

男子默默踩下油門，車子加速往前駛去。對向出現一輛來車。接近。錯身而過。一陣撕裂空氣般的驚人聲響後，對向來車瞬間消失在身後。由紀緊緊抱住孩子的身體，忍不住閉上眼睛。同時，她發現原本在自己的懷裡掙扎扭動的小身體，突然停止了劇烈的動作，乖乖地任由自己抱著。由紀嚇了一跳，望向紗江的臉。

「紗江，妳怎麼了？」

剛才因痛苦而扭曲的表情消失，仰望母親的渾圓眼睛，恢復了原本的可愛。激烈的號哭也停了下來，只有胸部偶爾會痙攣一兩下，微微抽噎。這戲劇性的變化，讓由紀大大鬆了一口氣。紗江從痛苦中解脫了。得救了。這孩子和我都……

「啊，太好了。紗江，已經好了嗎？好了對吧？很難過吧？對不起唷，媽媽什麼忙都幫不上……」

由紀的嘴唇按在孩子淚濕的臉上，發出聲音親吻她柔軟的臉頰、鼻子和嘴巴。

「太好了，好像復原了。」男子說道。「已經不要緊了。紗江，妳好勇敢唷！」

男子望著攤在儀表板上的道路地圖。

「這一帶是群馬町，馬上就到高崎市了。旅館在市區郊外，靠近安中市的地方。再過二十分鐘左右，就可以好好休息了。話說回來，怎麼會哭成那樣呢？以前有發生過這樣的情形嗎？」

「沒有，這是第一次。不曉得是什麼原因，我很擔心……」

「總之，到旅館後先把紗江的衣服脫下來看看吧。或許有什麼東西夾在尿布或衣服中間，刺到了她柔軟的皮膚。」

車子恢復成原來的速度。男子遵守道路限速，重新安全駕駛。原本明亮的陽光暗了下來，烏雲籠罩住天空。

「會下雨嗎？」

心情放鬆後，由紀終於有了觀察周圍風景的餘裕。

「紗江，再一下子就到旅館囉！哭得那麼厲害，肚子一定餓了吧？媽媽給妳餵好多奶唷！」

由紀的臉總算浮現母親般的笑容。

然而放心也只有短暫的一下子。車子開了十四、五分鐘的時候，紗江的身體再度出現了異狀。

抱在膝上的紗江，像要推開由紀的手似地全身仰了起來。由紀慌忙重新抱好她，紗江伸長的腳卻縮往肚子那裡抽筋。小小的身體像蝦子一樣蜷曲，著了火似地大哭起來。

「紗江！」

由紀呼喚的聲音顫抖著。不會說話的幼兒，只能藉由哭叫來表達自己的痛苦、向母親求救。她蜷曲身體、痛苦地扭動，與疼痛對抗。然而，無力的母親卻束手無策。

「紗江，媽媽該怎麼辦？紗江，妳哪裡不舒服？」

孩子的臉看上去蒼白無比。變化來得相當急遽。哭叫的嘴唇也已經失去血色，又白又乾。就算是門外漢，也一眼就看得出情況危急。啊啊，紗江會死掉！怎麼會有這種事！一陣戰慄竄過全身。

「停車！」由紀發出刺耳的叫聲。「停車！把車子停下來！」

「停車做什麼？」男子的聲音也變得嚴峻。

「叫救護車！」

「不行。不能叫救護車。」

由紀咬緊嘴唇、眉毛倒豎，表情像是要與誰拚命。她的手伸向安全帶的扣鎖。霎那間，男子握住方向盤的手伸過來，按住了她的手。

「妳幹什麼？」

「我要下車。你不停車的話，我自己跳下去。」

「從行駛中的車子跳下去？會死的。」

「死了也沒關係。放開我。要是紗江死掉的話，我也活不下去了。」

「混帳！」

男子大吼。在紗江高亢的哭聲與緊張的空氣中，兩人的對話愈顯粗暴。

「放開我！死掉也沒關係，我要下去。」

「冷靜下來。孩子的命我會守住的。」

「你叫我怎麼冷靜？這樣下去紗江會死的！」

由紀哭著叫道。孩子從喉嚨裡擠出來的哭聲，讓她肝腸寸斷。

「不要叫。快點找。」

「找什麼？」

「藥局。」

「不行！連原因都不知道，吃藥怎麼可能會有用？應該快點找醫院、找醫生！」

「妳聽好。車子現在已經到高崎市裡了。市內有許多藥局。當然，他們對醫生和醫院也很熟悉。問他們高崎市內最好的小兒科醫院在哪裡……」

「有了！」

男子說到一半，被由紀的叫聲打斷了。

「那裡，港藥局。」由紀伸手指示。有個很大的招牌。

「好、就是這裡。我去問。妳待在這裡別動。」

「好、麻煩你。」

車門一打開，男子直奔藥局裡面。由紀以祈禱的心情望著他的背影。好高興。她終於瞭解男子的心情了。

「紗江，已經不要緊了。馬上就會有醫生幫妳看病了。加油，撐到那時候。」

藥局的門開了。身穿白衣的中年男性走出來，男子站在他旁邊。

白衣的男性指著車子的前方說著什麼。好像在說明前往醫院的路。

話說完，男子朝對方一鞠躬，立刻回到車子裡來。

「太好了。醫院就在附近。小兒科專門的香川醫院。」

車子往前駛去。

「聽說那裡有一個在群馬醫大當教授的醫生，和他同是醫生的女兒一起經營的醫院。醫術高明，重要的是人很親切。說是市內風評最好的醫生。」

「謝謝你。我不知道你的打算，說了那麼多失禮的話……真的對不起。」

「沒什麼，我也太激動了。好了，不能再讓這麼可愛的孩子難過下去了。紗江，再等一分鐘。要加油唷！只要是為了紗江，叔叔什麼都願意做。就算叔叔會遭遇什麼事也無所謂。哦，相生町的十字路口到了。」

號誌轉紅了。男子停下車子，急促地說：「到了醫院，一切都照我說的做。妳要是輕舉妄動，這次我絕不會善罷甘休。我可不想在醫院裡做出見血的事。」

男子輕輕拍了拍左側的口袋。由紀知道裡面放著彈簧刀。為了救孩子的命，只能聽從男子的指示。由紀沒有異議。她回道：「是。」用力點頭。

「到醫院要填寫病歷。我是紗江的父親，名字叫大原昭。當然，妳就是大原由紀。我們兩人是夫婦。哦，還有紗江的出生年月日。她是今年幾月生的？」

「一月。一月十八日。」

由紀回答的時候，號誌轉成綠色。車子往左彎，筆直開上寬廣的馬路。

「仔細看左邊，是紅色的紅磚建築物。」男子對由紀說道，但隨即叫了出來。「就是那個！小兒科、香川醫院！」

在由紀眼裡，招牌上的大字看起來就像救世主一樣。

此時，紗江哭泣的嘴裡「咳」地流出乳汁。她嘔吐了。由紀無暇為她擦拭嘴唇。她跟在男子身後，跌跌撞撞地奔進醫院。

4

「對不起，麻煩你們，我的小孩突然不舒服，請問有人在嗎？」

醫院裡很安靜。候診室擺著數張沙發，但沒有半個人影。時間是下午四點過後。門診的病患都已經回去了。

「怎麼了嗎？」

裡面的門打開，一名身穿白衣的年輕護士走了過來。

「我家小孩突然不舒服。大概三十分鐘之前，突然很難過的樣子……可以請醫生看看嗎？拜託。」男子深深低頭。

「那，請你們稍等。」

護士走進掛著「診察室」門牌的房間，沒多久就從門裡探出頭來：

「請進。」

「已經不要緊了，振作一點。」

男子摟著由紀的肩，走進診察室。同時，在大辦公桌上寫著類似病歷的女醫師抬起頭來，指向自己旁邊的高腳椅。

「請坐。」

兩人並排坐下。紗江好像哭累了，蜷著身子，發出呻吟般的微弱聲音。

「小孩怎麼了嗎？」

女醫師的嘴巴浮現柔和的笑容，應該才三十出頭。蓬鬆的頭髮隨意用緞帶綁著。清澈的大眼睛，為年輕的女醫師端正的面容增添了知性的印象。由紀急忙說明：

「紗江她，這孩子突然哭起來……剛才開車的時候……以前從來沒有發生過這種事……把我給嚇壞了……」

由紀沒辦法好好地說明自己的心情。她對狼狽的自己感到丟臉。

男子接著由紀的話說下去。

「我簡單敘述從發病到現在的經過……」

男子適切而條理分明地說明紗江的症狀。由紀只要配合男子的話點頭就行了。

「我明白了。」女醫師說道。「這麼說的話，從孩子開始不舒服到現在，還不到一小時吧？」

「是的。」

「你先生處理得很好。」女醫師說到一半，稍微聳了聳肩。「小孩子生病，最好及早處理。早紀，」女醫對站在一旁的護士說道。「把嬰兒抱到那張床上，衣服全部脫掉。尿布也拿掉。那個也要檢查看看。」

護士接過紗江，把她放到房間中央的診療台上。她似乎很熟悉該如何對待幼兒，俐落地脫光紗江後，對女醫師說：「醫生，準備好了。」

女醫師走近診療台。男子和由紀也跟在她後面。女醫師仔細地檢查放在旁邊的尿布，說：「嗯，尿布才剛換沒多久。」然後對一旁的護士出聲：「抓住嬰兒的雙腿，伸直她的身體。」

護士抓住像蝦子一樣蜷縮著哭泣的紗江的雙腿。紗江的哭聲變得更激烈了。

女醫師的手抵在紗江的腹部。指尖像要感覺什麼似地四處撫摸，然後在途中停了下來。

「哦，是這個吧！這裡在痛吧？」

女醫在指尖用力，按壓腹部的一點。同時紗江發出近乎尖叫的哭聲，扭動著想要掙脫醫生的手指。由紀閉上眼睛，無法正視孩子痛苦掙扎的模樣。雙腳顫抖。男子無言地把由紀幾乎頹軟的身體抱過去。

女醫師把脫下來的衣物蓋在紗江身上，出聲叫護士。

「早紀，立刻把嬰兒帶到治療室。我來聯絡院長。還有，要護士長過來幫忙。我想可能要灌腸，先做好準備。」

「是，我知道了。」

護士抱起哭叫的紗江，小跑步離開診療室。

「醫生，」男子出聲。「小孩沒事吧？」

「嗯，不用擔心。小孩大概出生幾個月了？」

「四個多月。」

「這樣。兩歲之前的小孩很容易罹患這種病。發病之後，時間拖長的話就很危險。及早送來就醫，真的太好了。」

女醫師說著，回到辦公桌，按下背後牆上像是對講機的按鈕。

「院長，麻煩你一下。」

「哦，怎麼啦？」一會兒，粗重的男子聲音從擴音器傳了出來。

「有急診、四個月大的嬰兒。大約四十分到五十分前發病，突然很不舒服，第一次約十五分鐘就平息了。約十五分鐘後，出現第二次的不適。從嬰兒的模樣來看，可以判斷是腹部發生異狀。經過觸診，腹部柔軟，肚臍右上方有雞蛋大小的腫瘤。病患臉色很差，蜷著身體哭個不停。」

「有血便嗎？」

「沒有。發病還不到一小時。」

「這樣啊。先不要灌腸吧，有腹壓升高的危險。妳的見解如何？」

「我認為是intussusception。」

「應該沒錯！很典型的症狀。妳要處置嗎？」

「請院長來吧！患者已經帶到治療室去了。護士長也過去了。也做好灌腸的準備了。」

「安排得真周到。好，那開始吧！」

「我跟小孩父母說明一下狀況。」

兩人的對話到此結束。

「那麼，」女醫師對兩人說道。「我現在要填寫病歷……還有說明小孩的症狀，請兩位過來這裡。」

兩人在辦公桌前的高腳椅坐下。

「首先，請告訴我小孩的名字。」

「大原紗江。紗是糸邊少。江是江戶的江。生日是今年的一月十八日。」

女醫師的問題，全都是由男子回答。地址是埼玉縣熊谷市本町一町目二十五番地。父親是我：大原昭。聽著男子流暢的應答，由紀也開始覺得這是事實了。只是有個問題讓男子遲疑了一下：女醫師問他「有沒有帶保險證」。

「不，我沒帶。因為在旅行途中……」

「你有在工作吧？保險證是公司的嗎？」

「呃，不，我是自由業……該怎麼說呢？在雜誌和週刊誌寫一些雜文……」

「哦，像採訪記者那樣的工作？」

「對，沒錯。所以我的是普通的國民健康保險證。那個……如果沒帶的話不行嗎？」

「不是的。只是，有保險的話，治療費也會比較便宜……」

「沒關係，我現在就可以付清，請妳們盡全力診治小孩。還有，醫生，關於小孩的病名，我剛才聽妳和院長說話的時候，提到什麼ception……這是很嚴重的病嗎？」

「哦，是intussusception。腸套疊。」

「腸套疊……？」

「這病名你們可能不常聽見，不過，並不是想像中那樣嚴重的病。」

女醫師撕下桌上的便條紙，寫下「腸套疊」三個字，遞到兩人面前。

「我們的肚子裡，也就是腹腔的部分塞滿了彎彎曲曲的腸子。你們知道大腸和小腸吧？腸是細長狀的管子。大腸的長度約有一．五公尺，小腸有七公尺之長。食物在胃裡消化，在這些彎彎曲曲的腸子裡吸收食物中必要的養分，剩下的廢物成為糞便排出。」

女醫說著，在便條紙上拉出兩條線，畫了一個筒狀的腸型物體繼續說明。

紗江的情況是，小腸的最末端——也就是叫做迴腸的部分，以曲折的形狀套入鄰接的盲腸。腸管套入其他的腸管中，引起腸子流通障礙。激烈的腹痛及嘔吐是其特殊症狀，腹部可觸摸到腫突的地方，數小時後會排出黏液狀血便。

「這種疾病，」女醫繼續說道。「會讓嬰兒突然哭泣，因激烈疼痛屈曲身體。可是過一陣子之後就會消失，嬰兒會若無其事地恢復精神。接著十四、五分鐘後，又會開始疼痛。也就是，間隔十五分鐘到二十分鐘，這個狀態會反覆不停出現。就像剛才先生說的一樣。」

「原因是什麼呢？」男子問道。

「到現在還不清楚。有些說法是腸管發炎，或是腹部有外傷所引起，但是可能有別的原因。腸管這種東西一直都在蠕動，可能是一個不小心，就滑進別的腸管裡了。新生兒、尤其是兩歲之前的小孩特別容易罹患這種病，四歲過後就幾乎不會發生了。」

「治療很困難嗎？腸子裡套進別的腸子，這要怎麼復原……？」

「我想用灌腸治療就可以治好了。發病後二十四小時之內就進行治療的話，這個方法很有效。」

「這是怎麼……」

「使用插管，從嬰兒的肛門注入鋇劑。當然要施壓、強力灌入。腸子因為鋇劑而膨脹，套在裡面的腸子就無處可待了。換句話說，腸子會在鋇劑的壓力下逐漸被推出來，最後回到原來的位置。然後就治好了。這樣清楚嗎？」女醫師露出微笑，望向男子。

「是的，非常清楚。我覺得醫生幽默的說明完全灌進我的腦袋裡了。在灌腸治療的解說裡灌進幽默，解除家屬的不安。這是醫生的灌默治療……」

「哎呀——」

女醫師發出聲音笑了出來。男子的嘴角也浮現笑容。這讓由紀感到嫉妒。她覺得自己被兩人排擠在外。

「那麼，」女醫師瞄了一眼手錶。「要不要去看看孩子？」

「好的，麻煩妳了。」

由紀首先站了起來。她想盡早看到紗江。

「開始治療的話，」女醫師也站起來說道。「大概十分鐘左右症狀就會好轉了。不過如果沒有好轉的話，可能就要動手術……」

瞬間，由紀的身體一陣搖晃。身邊的男子慌忙伸手扶住她。

「由紀！」

由紀攀抓著男子的手臂，就這樣坐倒在他的腳邊。

「由紀，振作一點！」

男子想要抱起由紀。

「等一下。」

女醫師跑過來，摸索由紀的脈搏，手按在她的額頭上。由紀的臉失去血色，一片慘白。

「是輕微的腦貧血呢。請扶太太到那張床上躺著。」

男子輕而易舉地抱起由紀的身體，輕輕讓她躺到診療台上。

「讓她仰向躺著。不要墊枕頭。兩邊膝蓋立起。對，這樣的姿勢就行了。五分鐘之後就會好多了。」

意識模糊的由紀，像人偶般任憑男子擺佈。

女醫師拿來一顆白色藥丸和裝了水的杯子，放在旁邊的小茶几上。

「可能是因為小孩子生病，太緊張了。不過很快就會恢復了。這是鎮靜劑。太太恢復意識醒來的話，讓她服下。到時候也讓她躺著服用。之後再讓她躺一陣子，不可以馬上就爬起來。我去看看小孩的情形……」

女醫師離開房間了。男子和由紀兩個人單獨被留在診療室裡。

「由紀。」

男子屈起上半身，在她的耳邊呼喚。沒有回答。由紀仰躺著閉上眼睛，長長的頭髮散亂在床上。

男子的手放到由紀額頭上，接著觸摸她豐厚的頭髮，不斷地愛憐撫摸。他緊咬下唇，表情沉痛。

醫院裡寂靜無聲，半點聲音也聽不到。時間逐漸過去。

「由紀。」

男子再一次出聲。由紀微微睜開眼睛，眨了兩三次眼皮，詫異地注視盯著自己的男子。

「哎呀，我是怎麼了？」

「妳醒了。好像是輕微的腦貧血。不要緊了嗎？」

「是的。對不起。突然眼前一黑，腦袋變得一片空白。一定給你添麻煩了吧？」

「沒的事，妳只是在這裡睡了五分鐘左右而已。」

「紗江怎麼了呢？」

「不用擔心。醫生說只要十分鐘左右治療就結束了。先別管這個，」男子拿起女醫師留下來的藥丸，扶住由紀的身體。「來，躺著把這個吞下去。聽說是鎮靜劑。來，喝水。」

由紀含住男子交給她的藥丸，一口氣喝光杯中的水。同時坐起身來。

「我要到紗江那裡看看。」

「不行。妳待在這裡別亂動。」

男子慌忙按住由紀。那是無意識的動作，但是男子按住由紀的身體使其平躺的手，卻正巧放在她的乳房上。

同時，由紀伸出手來重疊在男子的手上。這也是無意識的動作。盤踞在她胸中的不安，化為一股想要依賴的衝動，讓她忍不住握住了男子的手。兩人就以這樣的姿勢靜止不動。

紗江出生、開始哺乳之後，由紀待在自宅時都沒有穿上胸罩。現在也是。丈夫阿昭說她是個「美胸美人」，她的乳房豐滿，形狀也還沒有下垂。男子的手緊緊地按在薄毛衣底下的豐滿乳房上。他不可能不明白這種觸感。

由紀可能是在數十秒之後，才發現這件事的。她覺得男子手掌的熱度，從乳房擴散到全身。

（不行，不能做這樣的事。）

明明這麼想，卻無法揮開男子的手。相反地，她重疊在男子手上的手更加用力了。不想放開。她自己都知道乳頭堅挺起來了。

「啊……」

由紀的唇吐出輕微的嘆息。

男子原本輕輕地按在乳房上頭的手，力道加重，指尖輕柔地揉搓乳房周邊似地動了起來。這是男子有意的行為？或者是由紀的意志透過握住男子手背的手，使得對方的手指動了起來？不曉得，她只覺得這微妙的觸感讓膨脹的乳房生出一股甘甜的疼癢感，甚至灼熱地滲入體內。瞬間的陶醉奪走了由紀的理性，輕叫聲再度從她的口中發出。

門突如其來地打開了。男子的手瞬間從由紀的胸部移開。

女醫師走了進來。

「太太情況怎麼樣？」

由紀迅速在診療台上併攏雙膝。

「託醫生的福，已經好多了……很抱歉給妳添了麻煩。」

「嗯。臉色也好多了呢。孩子的治療已經結束了。不要緊了。她現在睡得很沉。可以的話，請你們移駕到治療室來。」

「謝謝。」

男子扶著由紀讓她下床。女醫師望著兩人，開口問了：「你們急著趕路嗎？剛才先生說在旅行途中，是要到哪裡去？」

「哦，」男子回答。「今天預定要到輕井澤的朋友家去。結果在途中遇到這樣的事……」

「這樣啊。事實上，孩子通常在治療之後，都需要住院觀察一天。」

「住院啊……」

「是的。因為需要觀察癒後的經過。不過如果很急的話，至少延後三、四個小時再出發可以嗎？」

男子看了一下手錶，答道：「那就遵照醫生指示。朋友那裡我打電話聯絡一聲就行了……」

「可以這樣的話最好不過了。櫃台那裡有電話……，我帶你們過去。請往這裡。」

兩人跟在女醫師後面。

5

紗江躺在治療室的床上睡著了。一名年輕的護士陪在一旁。沒看見院長的人影。

三人一進入房間，護士便起身把椅子放在男子與由紀面前。女醫師看了看紗江的臉，掀開被子，拿聽診器按在胸部之後，朝由紀微笑：「可以放心了。已經完全復原了。小孩通常都是幾點睡覺？」

「平常約七點。十點左右會醒來一下，喝過奶之後就會睡著，然後一覺到天亮……」

「很規律呢！她是個健康狀況無可挑剔的嬰兒。現在睡著是因為累了，一會兒就會醒了吧。那個時候再請妳給她餵奶。」

「好的。」

「餵奶之後，小孩如果吐奶的話，就需要再接受一次精密檢查。所以哺乳之後的兩個小時，我想觀察一下小孩的狀況。如果沒有異狀的話，就可以回去了。這樣可以嗎？」

「是的，我瞭解了。」由紀偷看男子的表情。男子輕輕點頭。由紀鬆了一口氣。

「那就麻煩醫生了。」

「這種病有時候會復發。可是只要及早治療，就不用擔心。我想妳的小孩應該不要緊，不過最好還是當成母親的育兒知識記住。那我先告退了……哦，如果有事的話，請按枕邊的按鈕。」

女醫師與護士一同離開治療室。由紀朝她的背影深深一鞠躬。

給醒來的紗江餵奶之後，兩人又陪著完全恢復精神的孩子，在醫院度過將近兩個小時。

「可以算是完全治好了吧！回去也無妨了。」

得到女醫師的許可後，他們在晚上九點左右離開香川醫院。

醫療費全部都是男子支付的。由紀不曉得金額約是多少。自己的錢包裡只放了不到三萬圓的現金。正因為這樣，雖然覺得難為情，但也只能仰仗男子了。

綁架了她的犯人，拯救她急病的孩子，還負擔了醫療費——這真是件奇妙的事。要是告訴別人，他們一定會一笑置之，不相信自己所說的話。男子一拿到費用明細，一臉理所當然的樣子當場就付了錢，同時還說「抱歉，弄得這麼晚，麻煩妳們了」，硬塞給護士數張紙幣。一旁的自己只是默默地看著。在醫院裡，兩人是夫妻，在護士眼中看來，男子的行為是理所當然的吧！可是，由紀無法就這麼裝做不知情。

（我要怎麼樣還回這筆錢才好？）

即使對方是綁架自己的犯人，也不能接受他的金錢施捨。由紀感到坐立難安。

車子開過燈火通明的市街馬路。離開醫院之後，男子便不發一語，默默地握著方向盤。

「呃……」由紀按捺不住地出聲。「你在醫院付了錢，一定很貴吧？」

「沒有，那不算什麼。那是家很有良心的醫院。」

「雖然很難為情，可是我現在還不出來。之後我該把錢送到哪裡去才好……？」

「什麼，原來妳在說這個啊？妳也真是奇怪。我大原昭是紗江的父親，妳大原由紀是我的妻子。父親為女兒支付醫療費是天經地義的事。母親要還這筆錢給父親，這種事我聽都沒聽過。」

「可是……」

「總之，這件事就到此為止。別管這個，」男子說著，把車子開到馬路邊停下來。他點亮車內燈，拿起儀表板上數本導覽書中寫著「群馬」的一冊。

「我記得上面說從這條路直走……」

男子讀著印著高崎市街圖的一頁。

「真的是直走就行了。書上說左前方看得到寺院。是那個吧？然後在下一個號誌左轉，就可以到今晚住宿的旅館了。」

「已經來到安中市附近了嗎？」

「不，這裡是高崎市的市中心。今晚要住在普通的商務旅館。剛才我用醫院的電話，詢問了市內的每一間旅館，總算找到一間有空房。『新珍珠飯店』。是最近剛開幕的商務旅館。巧的是，有空房的是一間雙人房。這樣今晚我也可以睡在床上了。」

「太好了。我本來打算如果是平常的賓館，今天我就睡地上，請你睡床上呢！」

「在醫院，」男子說著，發動車子。「妳沒有背叛我對妳的信賴。明明有機會向醫生或護士求救，逃離我身邊，妳卻沒有這麼做……」

「這種事，我連想都沒想過。你是紗江的救命恩人……」

「妳就是這種人。所以今晚我才選了普通的旅館。當然，這是為了紗江。醫生說不用擔心復發，可是就怕有什麼萬一。如果發生什麼情況，賓館就很不方便了。待在醫院附近的旅館的話，就算有什麼萬一，也可以放心。」

聽著男子的話，由紀莫名濕了眼眶。男子就像自己的孩子般擔心紗江的身體，他的心意讓由紀胸口灼熱。

確實，醫院裡多的是逃離男子的機會。

紗江治療結束、女醫師和護士離開之後，留在治療室的只有男子與由紀兩人。紗江睡得很熟。當時男子說：「我去打個電話。」離開了房間。

這時，由紀望向枕邊的護士鈴。如果是昨天以前，由紀應該會毫不猶豫地按下那個鈕，向護士說明原委，和紗江一起藏身到醫院內的某個房間。然後通報一一〇，把男子交給趕來的警官。應該做得到的。

但是那個時候閃過由紀的腦海的，不是該如何逃脫，而是擔心女醫師及護士是否從男子的態度當中察知了什麼。不能被察覺他是個綁架犯、以及他和自己是一對偽裝的夫妻。比起自己，由紀更擔心男子的安危。對由紀而言，男子現在是她「摯愛的人」，是能夠共度危險和難關、唯一的人。

他們在晚上九點十五分後抵達了新珍珠飯店。

聽說這裡是一家商務旅館，男子預約的七〇二號室，位於旅館的最上層，分為客廳和寢室兩間，非常豪華。兩個房間以深褐色的拉門區隔。換句話說，感覺就像一般飯店的高級套房，恐怕是這家旅館的特別房。正因為如此，房價也相當高，一般旅客應該不會住到這麼高級的房間。也因此夜深時刻只有這個房間空下來。

一進入房間，男子便朝正面的窗戶走去。離開醫院後，便斷斷續續下起雨來。男子似乎很在意天氣。他打開窗簾，確定雨勢。

由紀也走近男子身邊。

「哎呀，好漂亮！」外頭的夜景讓她忍不住叫出聲來，睜圓了眼睛。

從這裡可以俯瞰高崎市的市中心。填滿了街道的無數光點，閃爍、晃動著照亮黑暗，在視野所及之處川流不息。

被小雨模糊的光之饗宴，那如夢似幻般的美景，讓由紀賞心悅目。

「好像不是下得很大。」男子拉上窗簾說道。「紗江好像睡得很熟呢！」

「嗯，一上車就……」

「太好了。這樣就放心了。可是，今晚不要讓她洗澡比較好。讓她在對面房間的床上好好休息吧！」

由紀以慎重的動作，不妨礙孩子睡眠地、輕輕地將她的小身體放到床上。

回到客廳時，男子正雙手交握在後腦勺，身體靠在沙發上，閉著眼睛，看起來一副很疲倦的樣子。

房間的角落有冰箱，上面放著熱水壺及泡茶用具。由紀把兩個茶包放進茶杯，倒進熱水，送到男子面前。

「啊，謝謝。」

男子從靠坐著的沙發上起身，立刻拿起茶杯啜飲了一口。

「嗯，這好喝。今天中午過後就什麼也沒吃，一直很想喝茶呢。」男子笑著說道。

由紀在他面前端正姿勢，低下頭來：「今天真的非常抱歉。為了我和紗江，讓你這麼疲累……對不起。我不曉得該怎麼陪罪才好……也不曉得該如何向你道謝……」

「不用放在心上。妳這樣慎重其事地向我道謝，我反而不曉得該怎麼辦了。」

「不，託你的福，紗江才得救的。而且還讓你付了醫院的費用……我該怎麼做才好……」

「傷腦筋。紗江會得救，都是託那個親切的醫生的福啊！」

「而且，連我都因為腦貧血昏倒了……我實在是個沒毅力、沒用的女人。我從醫生那裡聽到或許要動手術，眼前就一片黑暗……」

「這也難怪啊！我聽到那句話時，也嚇了一跳。動手術的話，當然得住院一兩個星期。那一瞬間，我的腦裡千頭萬緒……」

男子的心情，由紀也很明白。他的話沈重地撞擊在她心裡。當時閃過他的腦海的，一定是他所說的「賭命的計畫」吧！而且，實行的時間已經逼近了。他應該沒有餘裕一直待在醫院裡陪紗江動手術。

那麼，要拋棄由紀母女逃出醫院嗎？這也是做不到的事。男子異常的舉動會招致院方的懷疑。只要詢問由紀，他綁架由紀、偽稱夫妻來投醫的事，立刻就會曝光。如果報案，警方將會擴大搜查，追捕男子的蹤跡。結果或許會使得他無法實行「賭命的計畫」。

沒辦法逃走、也不能逗留。對男子而言，這是充滿苦惱的抉擇時刻。

「可是，由紀，」男子繼續說道。「那個時候，我下定了決心，為了紗江，要犧牲我自己。」

「犧牲你自己？」

「對。也就是捨棄我的計畫。這也等於捨棄我的人生。離開妳熊谷的家時，我曾經說過有件非做不可的事。這是我賭上性命的計畫……」

「嗯，我記得。」

「如果我沒有實行那個計畫，我將會遭受眾人的責難與嘲笑。這樣我的人生——我三十三年來努力建立起來的過去將會完全崩潰。換言之，我將必須捨棄我人生的一切，忍受著屈辱活下去。那個時候掠過我腦海的就是這些想法。」

由紀目不轉睛地凝視著男子。

「可是，看到幼小的紗江哭著被護士抱出診療室時，我便下定了決心。為了救那孩子，我必須留在這裡……」

由紀的肩膀猛烈地顫動起來。她盡力忍住湧上喉邊的嗚咽。

「這三天來，我盡可能地陪紗江玩耍。被我這樣的男子抱著，那孩子總是愉快地笑著。在我的手中她有時候會睜著大大的眼睛、直盯著我看。那是相信我、把全身託付給我、沒有一絲懷疑的清澈眼睛。而那孩子卻因為疼痛而掙扎著哭泣。我想救她。我怎麼能對這孩子見死不救？我……，於是我想：不管是動手術還是住院，只要能救那孩子，我什麼都願意做。就算我的人生會因此一敗塗地也無所謂。只要紗江能夠恢復笑容，只要她那雙美麗的眼睛願意再次看著我……」

由紀的身體冷不防地劇烈一晃。同時，她哭倒在男子的腳邊。她的雙手著地，肩膀不停抖動，並且放聲大哭。

「由紀，妳怎麼了？」

對於男子困惑的聲音，由紀也無法回答。她只是覺得好高興、好感激。想要道謝，覺得必須告訴他自己感謝的心情。心中雖然百感交集，但全被來襲的激情風暴給吹去，無法訴諸言語的焦急感，讓由紀只是不斷地抽泣。

「傷腦筋。用不著這麼難過了吧？紗江已經完全痊癒了，不需要擔心了。」

男子從沙發上起身，伸出雙手，摟住哭倒在地上的由紀肩膀。

「喏，站起來吧！」

由紀忘我地撲上想抱起自己的男子懷裡。男子寬闊的胸膛，牢牢地接納了由紀柔軟的身體。她的淚水沾濕了男子的脖子。她靠在男子懷中不斷哭泣。她一面哭泣，一面緊抓住男子的身體。男子的手加重了力道。那是激烈的擁抱。密著的兩具肉體，隔過衣物追求彼此的肌膚溫度，感覺到澎湃的熱血鼓動。

「由紀。」

一會兒之後，男子剝開似地把埋在自己胸膛哭泣的由紀推了回去。我不想分開。由紀不願意地搖頭，長長的髮絲輕柔地掃在男子的胸口上。

「由紀！」

由紀微微抬頭。男子的眼睛凝視著由紀淚濕的臉。那是直探內心深處般的認真眼神。由紀閉上眼睛。同時，男子的嘴唇捕捉到由紀的唇瓣。由紀喘息似地張開嘴巴，男子的舌頭躍入，由紀以小巧的舌尖回應。

男子很溫柔、卻又強而有力。由紀嗚咽般的模糊聲音、溢出的唾液、吐出的呼吸、身體和心靈彷彿被男子吸吮進去的。漫長而永無止盡的吻，持續著。

6

由紀忘記了時間。兩人緊貼在一起的身體，不約而同地分開時，由紀覺得自己好像從半空中輕輕飄回了地面。

回過神來一看，她雙腳大開，跨坐在沙發上的男子膝上。好丟臉。她慌忙把身體移回地上。她感到呼吸急促。

男子的臉上也浮現難為情的笑容。

「總之，來用晚餐吧！不過已經這麼晚了，樓下的餐廳已經關了吧！外面又在下雨，今晚……對了，就吃冰箱裡的東西解決好了。」

房間的角落，放著一台相當大的冰箱。打開冰箱門一看，除了啤酒、威士忌等酒類之外，還有水果罐頭與幾種拉麵。

「要吃什麼呢？選妳想吃的吧！熱水的話，用這個熱水壺裡的就行了……哦，還有咖啡和紅茶呢。」

「那個我來弄就行了……」

由紀興高采烈地把那些食品擺到桌上。男子選了札幌拉麵和炒麵麵包，由紀選了油豆腐烏龍麵。

「開那個鳳梨罐頭當飯後甜點好了。最後再來杯咖啡。」

不愧是高級套房，連盤子和筷子也準備了兩人份。

時間已經過了十點。旅館裡靜悄悄的，馬路上的人車來往聲也傳不進這個房間裡。

男子發出聲音吸著麵條。由紀也「呼、呼」地吹著熱騰騰的烏龍麵。

「好像深夜的派對呢！而且是只有兩個人的。」

男子對由紀笑道。由紀也高興地報以微笑。

桌上擺著速食食品和水果罐頭。要稱為派對，眼前的餐桌未免也過於寒酸。但是，對於綁架犯以及被綁架的女人來說，這是無上幸福的一刻，也是一頓溫馨的晚餐。

用完晚餐，由紀高高興興地收拾善後。她把拉麵的空杯和空罐丟進垃圾筒，洗好盤子收進冰箱，擦拭桌子，倒掉熱水壺剩下的熱水，裝進新的水重新煮沸。由紀在客廳和洗手間之間來回穿梭，但是活動身子讓她覺得非常快樂。

男子愉快地看著由紀機敏忙碌的樣子。

「由紀，」男子說道。「別忙了，來，坐下休息吧！話說回來，妳一定很適合穿圍裙！」

「為什麼？」

「我看著妳忙來忙去的樣子，突然想到的。新婚妻子為了下班回來的丈夫，勤快地準備晚餐。穿著白色的圍裙，開火煮飯，清洗餐具，在乾淨的流理台上擺好材料，思考要做什麼樣的菜——我想像這樣的妳、穿著圍裙的妳——一定很美吧！妳果然是個很居家的女性。」

「才不是！我一點都不居家……」

由紀反駁男子的話。好傷心。這個人一點都不瞭解我的心情嗎？

（我是個就要被逐出家門的女人。不，我才剛下定決心要捨棄家庭。讓我下定這種決心的，不正是你嗎？身為人婦的我，毫不猶豫地接受了你的唇，回應你的吻。這樣的我，如何能夠回到家庭？我今晚會如此愉快地打理這些，都是因為有你在。如果是為了你，我隨時都願意穿上圍裙……）

種種思緒在心中糾結，由紀卻無法說出口來。

（我愛上了不該愛的人。）

寢室傳來紗江吵鬧的哭聲。由紀站起來，男子開口對她說：「餵完奶後，妳今晚也洗個澡吧！我去放水。知道嗎？」

「好的。我會去洗。」

餵紗江喝完奶，確定她睡著之後，由紀輕聲下了床。她從旅行袋裡取出昨晚穿過的睡衣，迅速地換上。她帶著新的內衣褲和手提包前往浴室，用洗手間的浴帽包裹住長髮。白色磁磚的浴缸裡，熱水滿溢了出來。

離開熊谷的家，她已經三天沒洗澡了。可能因為是高級套房，浴缸相當大。由紀的身體浸入熱水，緩緩地伸直雙腿。妝點在由紀白皙裸體上的一叢黑色毛髮，在透明的熱水中緩慢地漂動著。

她仔細地沖洗身體，放掉浴缸的熱水後，為男子放入新的熱水。她回到洗手間，用浴巾擦拭身體，注視倒映在正面鏡子裡的自己。豐滿的胸部、纖細的蠻腰。沒有一絲斑點的美麗肌膚微微泛紅。

由紀從手提包中取出粉盒。好久沒化妝了。雖然口紅被男子拿走，但是鮮明的血色浮現在形狀姣好的嘴唇上，比塗上口紅更加艷紅美麗。她梳理頭髮，穿上睡衣。

回到客廳，在桌上攤開信紙，和平常一樣振筆疾書的男子，一看到她便發出驚呼。

「哦，好美！這才是真正的妳啊！這樣的妳，該怎麼形容才好呢……？你讓我忍不住想要稱讚『妳好美』幾百遍……嗯，妳一個人簡直獨占了女性的一切魅力。」

由紀以全身接受男子感嘆的言辭。沈浸、陶醉在他的話裡，彷彿被吸入當中似地。好想立刻投進他的懷裡。由紀壓抑住怦然不已的胸口，開口說了：

「那個……我放好熱水了，隨時都可以進去洗……」

「謝謝。那麼，我也來去洗個澡好了。今天實在是累了。妳就先休息吧！」

男子把寫到一半的信紙塞進手邊的大紙袋裡。男子昨晚和前天晚上使用過的毛毯也疊好收在裡面。

男子提著紙袋進入浴室。看他片刻不離的樣子，裡面一定裝著很重要的東西。

由紀走近窗邊，打開窗簾。散落在城鎮各處的光點，感覺比剛才少了些。天空似乎依然下著綿綿細雨。霧雨迷濛的夜晚城鎮裡，閃閃發光的成串燈火，讓她想起以前父親說過的漁火之美。

男子洗完澡，換上旅館的浴衣回來了。

「怎麼，還醒著啊？」

男子關掉客廳的燈，走近由紀身邊。

「已經很晚了。都十一點多了。喏，休息吧！」

男子的手催促似地放上由紀的肩膀。彷彿是一種信號。兩人不約而同地相擁在一起。

男子的身體傳來淡淡的肥皂香。短促的接吻結束後，男子輕鬆抱起由紀往寢室走去。

兩張床的中間有小茶几，上頭檯燈的微弱燈光，照著紗江睡著的側臉。

男子靜靜地將懷裡的由紀放到床上，自己也上了床，依偎似地躺到由紀身旁。他謹慎地解開由紀的睡衣鈕扣。覆蓋住胸部的布片打開了，白皙的肌膚裸露出來。男子的手指溫柔地觸摸豐滿的乳房。

「拜託你，把燈關掉！」

由紀輕聲叫道。男子伸手關掉檯燈。房間變得一片漆黑。就在這片黑暗當中，由紀的身體化為一團火球。就像照亮黑暗的赤紅火焰一般，由紀的身體熊熊地燃燒著。

點景——大泉警察署

江森警部補擅自曠職的第三天晚上。

隔著署長室的客用桌子，署長和刑事課長以沈痛的表情相對而坐。

（此時，在前面所記述的高崎市內的香川醫院裡，由紀與男子兩人正憂心等待突然發病的紗江的治療結果。）

刑事課長昨天下午到盛岡市出差，在當地住了一晚才搭乘黃昏的列車回到大泉署。出差的目的是調查龜辰事件中慘遭誤殺的由比沕子的哥哥——東華女子大學副教授星川英人的相關情報，同時確認目前他人在何處。

這類工作由刑事課長本人親身前往調查，可以說是前所未有。然而，沒有任何根據可以評斷江森警部補的曠職與犯罪有關，當然也就沒有理由將星川英人當做嫌犯看待。署長認為這件事現階段不應向大眾公開，反而應該先私底下掌握一些線索。課長也認為如此，於是他單獨前往星川英人老家所在的盛岡市，並且從一些關係者口中得知，星川辭掉大學教職後，暫時回到了故鄉盛岡。

署長昨天送刑事課長到盛岡市後，便前往警視廳與刑事局長會面。如果江森警部補曠職是出於他個人的理由，那麼即使是「擅自」，也不是什麼需要上報到本廳的大問題，頂多只需要署長「嚴重警告」或「訓誡」的程度而已。

但是，如果他的曠職是遭到第三者強制所致，那麼便帶有犯罪的成分了。江森從昨天到今天早上為止，這一天半以來，連一通電話也沒有。是否就是因為他的自由遭到限制？這明顯符合「監禁」的嫌疑。

而且，江森警部補居住的公寓裡發現了一封以片假名書寫的恐嚇信。寄件人與之前署長及刑事課長收到的恐嚇信應該相同，但是這次卻只寄給了江森。

要求江森辭職的這封恐嚇信，文面的末尾寫著「若不聽從　你最好覺悟小命不保」。

隨著時間流逝，署長的不安更強烈了。江森有危險。萬一發現他時已經是一具屍體的話，那麼放任事態不管，沒有向本廳聯絡，當然會被追究責任。一夜無法成眠之後，署長終於下定決心前往警視廳，要求與刑事局長會面。這是昨天早上十一點的事。

署長帶著寄給自己可說是恐嚇信的明信片，以及寄給江森警部補的兩張明信片前往警視廳。他陳述江森警官的經歷、平素的執勤態度、以及他的個性之後，詳細說明了在今年一月的龜辰事件中，成為犧牲者的由比伢子的事件，以及她哥哥星川英人在事件後對警方的態度。

當然，署長也附帶說明了在沒有搜索令的情況下與刑事課長前往江森的公寓，一起搜索他的房間，發現不抽菸的江森房間裡的菸灰缸有大量的菸灰，以及廚房裡的洗碗槽裡放著三個咖啡杯等事實。

署長接著出示江森房間的簡略草圖，詳細地說明公寓後面的停車場，有逃生樓梯直通江森的房間，如果從那裡出入管理員不會看到，而且停車場裡面停放著江森本人的車子。

「我自己，」署長一次又一次舔濕乾燥的嘴唇說。「沒有辦法斷定江森警部補的曠職是遭他人綁架，還是出於他本人意志的失蹤。只是在我剛才所說的龜辰事件裡，失去妹妹的星川英人讓我非常在意。當時他前來警署破口大罵的那些話語，還有他驚人的憤怒與怨念，都指向負責指揮搜查的江森，這是毫無疑問的事實。」

署長說到這裡，再補充說明他為了調查星川英人的相關情報，已經派遣刑事課長到星川的老家盛岡市。

「現階段，要傳喚星川進行偵訊不大可行。當然，我也不認為他會答應。我交代課長要暗地裡行動。江森警部補帶著手槍和警察手冊，就這麼消失了。這要是洩露給媒體知道，可能會引起一般民眾的不安。因此，我到現在都還沒有向岩手縣警方請求協助。我前來報告這件事，希望局長指示今後該如何處理才是？」

署長在比自己年輕的刑事局長前深深鞠躬。被稱為所謂特考組的局長，是東大畢業的菁英份子，精明幹練，在警視廳內頗有定評。署長窺探對方的臉色，心驚肉跳地等待對方將會說出如何刺耳的話來。

「唔……」

交環雙臂聽完署長報告的刑事局長，一臉嚴肅地沈默了一會兒，終於打開沈重的嘴巴。

「首先，關於這些恐嚇信，你不覺得文章相當幼稚嗎？因為這樣一張明信片就要三名現任警官辭職，這是不可能的事。這名恐嚇者應該也瞭解這一點。我想這東西只是單純的惡作劇。」

「呃，我也這麼想，所以一開始收到的時候，並沒有當成一回事。」

「犯罪者當中，有人會怨恨逮捕自己、把自己送進監獄的警官。只有江森警部補一個人收到兩次這樣的恐嚇信。他所經手的事件相關者，或是他送檢的犯人當中，最近剛服刑期滿出獄的人，應該也有調查的必要吧？」

「哦，這一點是我疏忽了，非常抱歉。」

「還有，把江森的失蹤輕易斷定為星川——也就是那個前大學副教授所為，這一點我也感到質疑。」

「哦……」

「你說你和刑事課長昨晚搜索了江森的房間是吧？」

「是的。與其說是搜索，倒不如說是擔心他的安危，所以才去看看房間的狀況……雖然沒有搜索令，可是還是……」
「這不打緊。身為署長，我認為這理所當然的。你說，那時候江森房間的菸灰缸裡有菸灰，卻沒有菸蒂……？」
「是的。因為江森不抽菸，我感到很在意。」
「而且廚房裡有三個像是喝過咖啡的杯子放在洗碗槽裡？」
「沒錯。」
「這些狀況讓你聯想到什麼？」
刑事局長說到這裡，點燃桌上的香菸，緩緩地吐出煙來。他好像在等待署長回答。
「洗滌乾淨的菸灰缸裡，只裝著香菸的灰，卻沒看見菸蒂。我想，抽菸的人可能是害怕從附著在菸蒂上的唾液檢驗出血型，所以才把菸蒂帶走……」
「嗯，這也是一個想法。可是，也可以換一個角度來看。你說廚房裡有三個咖啡杯放在洗碗槽裡對吧？」
「是的，自來水還不斷慢慢滴流著。」
「總之，意思就是房間裡除了江森之外，還有兩個人。三個人一起喝咖啡，表示那兩個人對江森而言，是不需要警戒的對象。換句話說，我們可以想像得到，他們在友好的氣氛中，邊喝咖啡邊聊天。」
「原來如此。確實就像局長說的。」
「然後三人說到要一起外出用餐。江森暫時就把三個咖啡杯放進廚房的洗碗槽裡。」

「………」

「此時，剩下的兩個人不約而同地點燃香菸。抽菸的時候，當然會把菸灰彈進菸灰缸裡。當江森回來說可以出門時，於是兩個人嘴裡叼著抽到一半的菸，走出門外。這麼想的話，菸灰缸裡只有菸灰沒有留下菸蒂，也是合情合理，完全沒有任何蹊蹺之處。」

「唔……」

這番推理的確明快。署長有種跌破眼鏡的感覺，卻也不是全盤接受。問題在於之後發生的事。和熟稔的兩人一同出門的江森警部補，就這樣一去不回，神祕失蹤了。他到底發生了什麼事？若是無法釐清這一點，局長的意見也只是空論。

「我瞭解局長的意思。」署長說。「但是，三個人一起出去，江森卻就這樣一去不復返，現在依舊行蹤不明。他為何消失了？關於這一點，局長有什麼樣的見解呢？」

「首先必須捨棄先入為主的想法。你因為龜辰事件的印象過於強烈，動不動就把負責這個事件搜查的江森警部補與犧牲者的哥哥星川聯想在一起。換句話說，我覺得你的判斷基礎，有星川綁架了江森的既定觀念。」

「唔。這樣說來，局長的意思是，星川副教授與這次事件完全無關……？」

「不，我沒有這麼說。你出於周詳的考慮，要刑事課長到盛岡市調查星川副教授的相關情報。這是搜查上的原則，基本上我並沒有異議。」

「謝謝局長。」

「我想說的是，把江森警部補的失蹤和星川這兩件事分開來，從別的角度切入調查如何?」

「局長的意思是……」

「你有沒有考慮過江森遭遇到交通意外的可能性?」

「什麼?意外嗎?」

署長以愣住的表情注視著局長。這種事,他連想都沒想過。

「對,他有可能因交通意外而喪生了。雖然這是假設,但也並非全然不可能。那天晚上,他和兩個人一起外出用餐。之後,或許又繞到小酒店之類的地方去。不久,兩人回去了。他們應該是開自己的車子來的,而江森則要搭計程車回家。深夜的道路上,江森邊走邊找計程車,突然一輛車子以高速衝撞過來。對方酒後駕車。」

「你是說,江森是被車撞到……」

「沒錯。他失去意識,當場昏倒了。當然,傷重到連話都說不出來,而犯人則當場逃逸。」

「局長,」署長以強硬的口吻說道。「江森帶著警察手冊。他的身分馬上就可以查出來了。就算他被丟在路上不管,發現的人也應該會通報警方才是。可是到目前為止,並沒有收到這樣的報告。」

局長臉上浮現諷刺的笑容。

「你的想法真單純。」

「什麼?」

「這種情況要站在犯罪者的立場來想。不管犯人喝得多麼爛醉，只要知道自己的車子撞到人，一定都會先停下來，至少會跑近倒地的人身邊看個情況吧？可是，被撞到的人連話都說不出來，身負重傷。如果犯人還有點良心，就會開車送他到醫院，或打一一九求救。但是，這個犯人連這點良心都沒有。」

「……」

「犯人感到害怕，想要逃走。這個時候，他看到倒在地上的男子敞開的西裝外套裡，露出掛在腰間的手槍。或許他發出了驚呼聲。這傢伙是刑警嗎？他戰戰兢兢地把手伸進外套口袋裡。裡面有警察手冊。這讓犯人絕望。他四下環顧，深夜的馬路上沒有人影。他把江森搬進車子裡，就這樣飛快地逃離現場……」

「原來如此。也就是犯人將江森警部補搬到遠離現場的地點，遺棄在隱密的地方後，就駕車逃走了……」

「對。這當然只是一種假設，我的意思是，也有這種可能性。大泉署位在練馬區，鄰近有新座市及清瀨市。另外只要開個二十公里，就可以去到埼玉縣了。只要把被害者搬到那些地方，丟進森林或深谷，就不用擔心會被立刻發現。如果挖個洞埋起來的話，就永遠不會被發現了。」

「嗯……」

署長的口中傳出像是嘆息聲。

他覺得刑事局長的話聽起來簡直像電視劇的劇情，但是也不能斷定這種情況絕對不會發生。然而當他思索再三，漸漸地覺得局長的話充滿真實性。自己是否太過於拘泥星川副教授這個人了？

「除此之外，」局長說道。「江森警部補的失蹤，也有可能是出於他的意志、是一種自發性的行動，也有這樣的可能吧？」

「可是，我覺得他並沒有主動失蹤的理由或動機啊……」

「不是有嗎？就是這張恐嚇信。他會不會是厭倦了警官的工作？警官，尤其是刑警，是沒有什麼報酬的工作。就算拚命工作，提高破案率，也只會招來他人的怨恨。有時候還會像這張恐嚇信一樣，遭遇到生命的危險。江森收到這張恐嚇信的瞬間，就決心辭掉警官的工作。不，使他下定決心的，或許是拜訪他的那兩名人物也說不定。」

「這麼說的話，他現在……」

「正停留在某溫泉鄉，思考未來的方向吧？你剛才不是說他有一大筆死去母親遺留下來的保險金嗎？所以他並不用為眼前的生活擔憂。搞不好他現在正在溫泉旅館的房間裡，寫著辭呈也說不定。兩、三天之內就會送到你的手中。當然，手槍及警察手冊也會同時送還回來吧！到時候，你打算怎麼辦？」

「這太亂來了，我絕不允許。我會把他叫來加以斥責。」

「這毫無意義。對於決定辭職的人而言，服務規章什麼的，根本就發揮不了功效。結果你還是只能夠接受他的辭呈。他這麼做並沒有違法吧？」

「這……」

「沒有吧？所以說他會正式辭去警職，我們也必須照規定支付離職金。」

「可是，再怎麼說，我都不認為江森……」

「……會做出這種事是嗎？我只是告訴你，他的失蹤有許多可能性。至於如何判斷、採取什麼樣的行動，就是你這個直屬上司的責任了。」

「是……」

「關於你懷疑的星川某某，若沒有確實的證據，也無法行使警察的權力。現階段也不能把江森警部補當成離家出走，請求全國的警署展開搜索吧！弄個不好會成為媒體的餌食。我們需要更進一步的情報或線索。」

「關於這一點，我的看法也是如此。」

「你說刑事課長明天會就從盛岡市回來。或許會有新的斬獲也說不定。總之，這一兩天也只能靜觀其變。你可能會不滿，但是現在我所能夠說的，也只有這樣了。」

「我怎麼可能會不滿呢？局長的話讓我受益良多。我立刻回到署裡進一步檢討。實在感激不盡。」

署長道謝之後，離開警視廳，但是他的腳步沈重。結果，他只是被刑事局長的意見牽著鼻子走，根本沒有任何收穫。

難以成眠的一夜過去了。

署長上班後，接到來自刑事課長的電話。

「星川英人辭掉大學的教職後，的確回到盛岡市了。」

「你見到本人了嗎？」

「沒有，聽說他出門旅行了好像去了沖繩的樣子。他的老家在市內經營一家很大的超市，在鄰近的鄉鎮共有七、八家連鎖店。取星川的星字，叫做『STAR』，在當地廣為人知。STAR超市。很帥氣的名字唷！不過星川英人完全沒有參與商店的經營。他的父親在數年前過世，現在由繼母以及繼母的兒子雄一經營。也就是說，星川的繼母以及同父異母的弟弟掌握了經營的實權。」

「這麼說的話，回家後的星川只是在家裡游手好閒？」

「他在父親過世的時候，放棄了遺產繼承權，讓同父異母的弟弟繼承了家業。相對地，他得到了據說是五千萬還是一億圓的現金，以及市內的一間公寓。他是個有錢人。不過，他老家的資產有十億到十五億，他的繼母就算付出如此程度的代價，也想讓自己的孩子繼承家產吧！」

「這麼說的話，星川回到盛岡之後，就住在那間公寓裡囉？」

「這我就不太清楚了。總之，他幾乎沒有回老家露面過。他是個有錢人，好像經常外出旅行的樣子。接下來，我要去見他高中時代的好友，一個在市內的補習班當老師的人。星川在高中的時候有加入橄欖球隊，聽說那個人是當時的隊長。他和星川似乎非常要好，或許可以問出些什麼。詳細情況，我回去再報告。我想，回到署裡的時候，大概是晚上六點了……」

電話就說到這裡。署長焦慮地等待刑事課長回來。

將近晚上七點時，刑事課長終於回到署裡了。

「星川英人是清白的。我去見了他高中時代的好友，星川從江森警部補失蹤的五月十七日的前天就去了沖繩。現在他住宿在糸滿市的皇家飯店。」

「哦……。可是這是星川的朋友說的，並沒有經過確認吧？」

「不，已經確認過了。星川的朋友就在我面前當場打電話到糸滿的飯店去，和星川聊天……」

刑事課長以信心十足的口吻說道。根據刑事課長的說明，事情的經過大致如下：

拜訪盛岡市的課長，在STAR超市附近的旅館住了一晚。之所以選擇日式傳統旅館，是因為想從客房女傭口中打聽星川家的風評。果然，五十多歲的女傭，是個通達世故、好說長道短的的女性，最適合打探消息了。

課長從她口中問出了不少事。像是星川英人的父母雙亡，他的父親與自家超市的女員工有染，讓她懷了孕，更把她當成自己的小老婆，在英人的母親還在世時，就為她蓋房子、承認她生下來的孩子，並經常出入該女的住處。他更在妻子死後，與這個比自己年輕二十五歲的女人正式結婚，讓她生下的男孩子雄一入了戶籍。

「這個女人叫房代，經營手腕很高明。她現在和自己的親生孩子雄一，兩個人不斷擴大商店的規模。不過，也都是靠一些元老級的員工在幫房代撐腰吧……」

「我聽說過世的星川有兩個孩子……」

「對，英人和汧子。英人是有名大學的老師，妹妹汧子嫁到有名望的人家去了。妹妹的婆家，是哥哥英人為她找到的。因為不管怎麼說，房代不是他們的親生母親，所以只疼自己的小孩，對英人和汧子兩個人可是相當冷淡。這也難怪，誰叫房代是沒有血緣關係的繼母呢？另外英人從年輕的時候開始，好像對做生意就沒什麼興趣，並且說父親一過世，他就要把家產跟事業全部送給雄一。換句話說，他要捨棄繼承的權利。相反的，聽說房代給了他五千萬還是一億的現金，還買了距離這裡約五十公尺遠的一戶公寓，提供給英人做為居住之用。這對擁有十億還是十五億的大富婆房代而言，根本就是九牛一毛，不痛不癢。」

女傭相當多話，但是她對星川英人現在的狀況，卻完全不知情。

「我聽說他辭掉大學的工作回到這裡，八成是住在自己的公寓裡吧？」

用完晚餐之後，課長前往打聽到的公寓查看狀況。這棟六層樓的公寓，有幾個窗戶的燈光亮著，但是他不曉得星川住幾號。課長看到入口處好像有管理員室，便走過去出聲：

「請問星川先生住幾號房？」

小窗打開，一個戴眼睛的老人探出臉來。

「你要找星川先生的話，現在不在唷！」

「他去哪裡了？」

「兩三天前，他說要去旅行，出門去了……」

「什麼時候會回來？」

「不曉得。」

小窗關上了。沒有半句廢話。老人冷漠極了。

課長原本要折回去，卻在附近的小酒吧前面停下腳步。或許星川也曾經來過這家店。他推開門走進狹小的店裡。吧台裡面一名年過三十的女人正無所事事地看著電視。她是個臉型細長穿起和服相當好看的美人。沒看到客人的影子。

課長喝著送來的摻水酒，對女人問道：「住在隔壁公寓的星川先生，他也常來這裡嗎？」

「哎呀，你認識星川老師？」

「嗯，我是他住在東京時的老朋友。今天有事到盛岡來，想要順便見見他，結果他不在。」

「我想也是。老師有說他要去沖繩。」

「哦？他這麼說啊。那是什麼時候的事？」

「有點忘了……大概四、五天之前吧！老師和朋友一起過來，聊了一下。」

「朋友？是誰啊？」

「木村先生。星川老師在盛岡唸高中時的同學，是橄欖球隊的隊長。老師回來這裡之後，偶爾也會來我們店裡坐，不過他來的時候，總是跟木村先生一起。聽說他們是非常要好的朋友。你不認識嗎？」

「我住在東京啊！那，那位叫木村的先生，是在做什麼工作的？」

「他是盛岡第一補習班的老師。不過他現在是理事長，可能已經沒在教課了……」

「哦，年紀輕輕就當上理事長啊？」

「那家補習班是木村先生的父親開的啊！木村先生的父親過世後，他好像就繼承了家業。」

課長詢問第一補習班的所在地。他想明天早上去那裡見木村。或許可以從木村口中問出什麼。

「所以，我今天一早就去了第一補習班找木村。雖然叫補習班，不過和一般的小補習班不同，建築物本身非常豪華。理事長木村信太郎不愧曾當過橄欖球選手，體格非常魁梧。我先向他道歉，說自己不小心把名片夾忘在飯店裡，自稱坂口誠，是預定明年春天在名古屋市開設的女子短期大學設立準備委員會的事務局長。」

課長繼續說下去。

預定開設的女子短大，校舍已經落成，應該也可以得到大學審議會的認可，目前正與文部省註1交涉當中。科系有國文系與英文系，預定日後將轉移為四年制大學。因此，安排教授陣容是眼前的當務之急。半數以上教授人選都已經決定，但是國文系的教授還缺乏年輕優秀的人材。

註[1]日本政府機關之一，主管學術、文化、教育、學校等事宜，相當於台灣的教育部。目前已改名為文部科學省。

委員會意見一致，希望招攬今年辭去東華女子大學教職的星川老師到本校來任教。

因此，我昨日前來貴寶地，拜訪了老師的公寓，但是他出門不在，沒有見到面。我想星川老師的好友木村先生或許會知道些什麼，所以今日特地前來叨擾。一課長把昨晚在旅館想好的說辭，一口氣講了出來。

「木村非常高興。他說這真是件好消息。星川現在在沖繩糸滿市，是十六日出發的，當天晚上有打電話回來。木村還說，辭去大學教職的星川，似乎一直夢想著成為小說家，會去糸滿市，目的也是為了取材。」

木村說他知道糸滿的飯店的電話號碼，打開筆記本，當場就在課長面前打電話到那家飯店去了。

「我嚇了一大跳。因為對方曾經在大學教過書，我擔心我的謊話會不會被拆穿，渾身冷汗直流。」

「他真的是打電話到糸滿市的飯店嗎？」

「對。我在旁邊豎著耳朵聽，話筒另一端傳來『糸滿皇家飯店您好』的女人聲音……」

「哦……」

木村轉達課長說的話，說：這麼好的機會實在難得，你趕快回來。別以為光靠寫小說就活得下去。我本來想請你到我的補習班來，可是還是大學教授比較適合你。你什麼時候回來？大後天？好，你回來的話，就去見坂口先生，好好拜託人家。嗯，我也會跟他說。ＯＫ是吧？好，我知道了。那就等你囉……。

結束了不客氣但卻是親密好友之間才有的對話之後，木村放下話筒說：「沒問題的。他好像也很有意願。這件事請務必和他繼續談下去。」然後在課長面前低頭鞠躬。

「總之，」刑事課長說道。「關於江森的事，我認為星川是清白的。」

「是嗎？」署長感到疑惑。「江森是在十六號晚上失蹤的。那天晚上，星川從糸滿市打電話給木村，但這只是木村個人的證詞罷了。星川或許是在隔天十七號出發的。這一點若是不調查清楚，星川的嫌疑還是無法洗清。」

「這點小事，」課長笑道。「我也注意到了。我記下木村打電話過去的『糸滿皇家飯店』的電話號碼之後，才向他告辭。」

「嗯。」

「一走出補習班，我就在附近的公共電話撥那個號碼。另一頭傳來應答的女聲說：糸滿皇家飯店您好……」

「……」

「我問對方，是不是有一位岩手縣盛岡市的星川英人住宿在那裡？對方回答：有的，星川先生住在這裡。然後我又問說：我是住在盛岡的星川的弟弟，請問家兄從何時開始住宿的？」

「原來如此。然後呢……？」

「對方叫我稍等，沒多久，她回答說：星川先生是在十六日下午六點三十分報到的。」

「哦……」

「這樣您理解了嗎?署長,星川英人毫無疑問地,十六日下午六點三十分人在糸滿市。你認為他是在辦理住房手續之後,搭乘計程車直奔那霸機場,坐飛機回到東京,然後出現在江森練馬區的公寓裡嗎?我在回程的列車中,從車掌那裡借來的時刻表查過,確定那是不可能的。星川十六日晚上,他不可能與江森有所接觸的。」

「他果然是清白的啊……。那麼,就有必要像今天本廳的刑事局長說的,檢討方向必須改變了。」

「就算是這樣,他到底是去了哪裡呢?」

被綁架了嗎?意外死亡了嗎?或者是自己自願棄職?

兩人腦中一片混亂。

第五章。紅色洋裝

1

雨整夜下個不停，在黎明時分似乎停了，窗簾隙縫間照射進來的陽光，在寢室的紅地毯上形成一條光帶。

由紀醒來，

望向放在枕邊的手錶。時刻已近十點。隔壁床上不見男子蹤影。洗手間傳來輕微的聲響。男子好像在洗臉。

她急忙脫下睡衣，整理好服裝，大大地拉開窗簾。飯店的入口處有兩棵粗壯的白楊樹，像門柱一樣聳立著。雨水洗滌過的綠葉，在明亮的陽光照射下反射出鮮豔的光芒。

「嗨，早啊。」

男子從拉門另一邊探出頭來，出聲說道。

「早安。」

由記無法直視男子的臉。她覺得自己的臉頰變熱，身體也燙了起來。她閃避男子的視線，走進洗手間，由紀目不轉睛地凝視倒映在鏡中的自己。才經過一個晚上，她覺得自己完全變了個人。

兩個人相擁，直到將近天明。兩年多的婚姻生活，讓由紀對夫妻之間行房，有了大略的知識及經驗。但是，從昨晚到今早，男子給她的體驗讓由紀瞭解到自己微薄的知識及經驗根本算不了什麼。

在不知疲倦的男子引導下，由紀踏入未知的世界，沈醉在初次體驗到的快感中。被毫不間斷地襲來的高潮波濤所埋沒，腦袋變得一片空白，覺得身體彷彿快四分五裂了。

「啊，不行了……我……好奇怪……我要瘋了……不要放開我，啊啊！……」

由紀耽溺在初次知曉的性愛深淵裡。她斷續地吐出毫無意義、如同夢囈般的話語，全身弓了起來。下腹部被男子深深貫穿，由紀發出野獸般的叫聲，指甲抓上對方的背。

被丈夫阿昭擁抱的時候，也不能說沒有快感，卻沒有如此沉醉。那時性愛的悅樂，不過是從皮膚的刺激產生出來的生理快感。

但是現在由紀所感覺到的，應該說是精神的喜悅。奉獻給心愛之人、接受心愛之人之奉獻，這種身心合一的密合感、滿足感，似乎更加強了由紀的興奮。

男子偶爾抽離由紀的身體，便會靠在她的身邊，呢喃般地對她說話。

「對不起。都是我不好。」

「我敗給了由紀的美。我無法壓抑我自己。」

「相信我，這不是逢場作戲。由紀，我沒有未來。所以這對我而言，是一生一次的命運邂逅。」

「我……不，我們就算再怎麼輪迴轉世，這種事也不會再有第二次了。請妳記住。這是奇蹟，而奇蹟是不會重覆的。」

「我一直想見妳。從更久之前，我就一直想見妳了。我綁架了妳。我明白，這不像是我這樣的男人該說的話。但是，我好想剖心挖肺讓妳看看。證明我所說的話中沒有一絲虛假、沒有半點污穢。我只希望妳瞭解這一點。」
「這是我生平第一次這麼愛一個女人。同時，也是我第一次知道，愛人是這麼樣地讓人心疼、揪心、而且痛苦……。」
男子所說的話，由紀正確地理解了多少？男子的呢喃像音樂般流過由紀的耳邊。這樣就好了。沒有咀嚼內容的必要。在甜美、悲傷的語言旋律包圍下，由紀只是嗚咽。男子的唇溫柔地吻走她流下的淚。男子的眼中也落下一行淚水，沾濕了由紀的臉頰……
黎明將至，男子放開由紀的身體：「妳睡一下比較好。在另一張床上好好休息吧。十點過後清潔人員會來打掃房間，所以可以再睡個五小時左右吧！如果開始打掃，妳就到樓下的咖啡廳吧。趁這段時間我會去高崎車站，買好吃的鐵路便當過來。」
「呃……不是今天要出發嗎？」
「哦，明天才出發。我已經預約這裡住兩晚了。今天一整天就悠閒地度過吧！」
「這樣做沒關係嗎？你不是有重要的計畫……」
「那是明天的事。明天早上我會告訴妳詳情。然後，我有事拜託妳。可是我希望妳今天能夠先忘記這件事。喏，休息吧！也為了迎接我們充實的夜晚……」
在男子的催促下，由紀靜悄悄地躺到沉睡的紗江身邊。
由紀洗著臉，回想起男子的話。男子說為了迎接我們充實的夜晚。然後還說我沒有未來。還有，這是我生平第一次這麼愛一個女人……。
很明顯地，男子決心明天要去做一件事。之後，他將從由紀面前消失，再也無法相見。她覺得可以輕易從男子的話中想像到這些事。

（我也是生平第一次這麼愛一個男人。今晚過後就得和他分手，我不要。好殘酷，太殘酷了。要是沒有紗江——要是沒有那孩子，我就可以和他一起走。就算是地獄，還是天涯海角，只要和你一起，我無怨無悔。可是，我做不到。我有紗江。我必須保護那孩子才行。求求你，不要離開我……）

由紀在心中哭喊著。然而她的聲音不可能傳達給男子。

回到客廳，男子正提著片刻不離身的大紙袋，已經做好外出的準備了。原本袋中的毛毯也折好放在沙發上。

「我去一下車站。房間掃好之前，妳可以待在樓下的咖啡廳，或是到飯店附近散散步。我把咖啡錢放在這裡。」

「不，這點錢我自己有。」

「是嗎。那我去買午餐吃的便當。出門的時候，不要忘了帶鑰匙。」

2

由紀在咖啡廳裡消磨時間，抱著紗江到飯店附近散步、回到房間時，室內已經打掃結束，床鋪整理好了。她打開電視。正在播放兒童歌唱節目。拿著鈴鼓的五、六歲小孩圍成圓圈，中間有一個穿著狗布偶的大人，一邊唱歌一邊跳舞。紗江不曉得是不是中意那輕快的韻律和小孩子動來動去的樣子，「噢——噢——」地唱和著，眼睛直盯著畫面。她在由紀膝上踢蹬著小腳，一副高興愉快的樣子。

男子十一點半左右回來了。

「外面天氣真好呢！來，便當。」

男子從提袋裡取出兩個達摩不倒翁註[1]。由紀吃了一驚。

「這是便當？」

「對。這是高崎有名的鐵路便當。高崎市有一座少林山達摩寺，是招福達摩不倒翁的故鄉，所以連鐵路便當都做成達磨不倒翁的造型。這個不倒翁的嘴巴部分有開洞對吧？吃完之後，便當本身可以當存錢筒，從這裡投進零錢。很有趣的創意吧？」

男子取下便當盒蓋，走進洗手間去把它清洗乾淨。然後，他把折好的毛毯鋪在地上。

「讓紗江躺在這裡吧！吃完飯之前，這個不倒翁就當玩具給她玩。」

看著紗江把不倒翁便當的蓋子拿近自己的臉、或上下甩動，由紀和男子面對面吃著便當。調味的米飯上，盛滿了豐富的配菜。照燒雞肉和栗子、竹筍、蠶豆、山蕨菜、白菇，還有群馬名產的蒟蒻。因為肚子餓了，由紀把便當吃得一乾二淨。

男子喝著由紀泡的茶，開口問道：「紗江都是幾點開始午睡？」

註[1]達摩日文漢字標示為「達磨」，梁武帝時代，在中國嵩山少林帝創立禪宗的印度禪僧。日本不倒翁大多模仿達摩大師坐禪的姿態製作而成。

「一點半或兩點半左右。」

「那，差不多是午睡時間了。妳也到隔壁寢室的床上一起休息吧！我想趁這段時間寫封信……」

待在這裡似乎會妨礙到男子。由紀抱著孩子進入寢室。男子在她的背後說道：

「黃昏的時候，我們三個人一起去兜風。在那之前，妳最好也睡個覺。」

「我們要去市中心遊覽。」約四點時，男子對櫃台這麼說，隨後三個人開車離開飯店。

「說到高崎的名勝，」男子邊開車邊說。「首先就是高崎城遺址。根據導覽手冊，這裡不是安藤重信當城主時完成的高崎城，而是後來重修的建築物，只有東門和一個望樓而已。有興趣嗎？」

「我沒什麼興趣……」

「除此之外，還有可以說是高崎的象徵——招福達摩不倒翁的發祥地，少林山達摩寺。書上說，達摩寺裡面有堆積如山的招福不倒翁。此外，還有著名的白衣大觀音。要爬到觀音山頂，才能在靠近觀賞。不過觀音山頂上有座清水寺，就和它的名字一樣，是模仿京都的清水寺建造的。書上說可以從舞台上一眼望盡高崎市的街景，景色十分壯觀。都是跟寺院有關的地方，有妳想去的地方嗎？」

「不，並沒有什麼特別想去的……不過，如果有你想去的地方，我就和你一起去……」

「我也不是來觀光的，名勝什麼的無所謂。其實，我是想去高崎市以外的地方，像是鄰近的安中市或藤岡市，所以才離開飯店的。」

「那裡有什麼？」

「郵局，或者是郵筒也行。總之，我想從高崎以外的地方寄信。這封信是限時郵件，明天就會送到某人手中。但如果事後有人調查我的行動時，上頭有高崎郵局的郵戳就不好了。因為有可能會透過調查我，發現妳的存在。為了避免這種情況發生，我認為從高崎以外的地方寄出信件會比較好。」

男子想要隱匿與自己共同行動的由紀，不讓他人發現。即使是一點小事，男子都不忘顧慮到由紀。這是件令人高興的事，但是對於已經下定決心與阿昭離婚的由紀而言，男子的態度卻令她感到莫名地生疏，覺得寂寞。

「那樣的話，」由紀說道。「現在就到安中市去吧！把信寄出去之後，趕快回去飯店。今晚我還想給紗江洗個澡。這孩子總是七點左右就睡著了……」

「那我們直接到安中市去，盡快回飯店吧！我也覺得這樣比較好。」

男子打開道路地圖，思考前往的路線。

「由紀，從這裡到安中車站大約只有二十公里。可以悠閒地在七點前回到飯店。」

車子開始往前駛去。透過車前窗看見的天空，晴朗得讓人覺得昨晚的雨彷彿是假的一般，還保有日落前的明亮。午後轉弱的陽光，偶爾清楚照亮遠方時隱時現的山巒稜線。一連串看不慣的風景，忽然勾起了由紀的鄉愁。

男子在安中車站附近的郵局寄出兩封信後，車子便往高崎市開去。途中在便利商店買了兩盒壽司、果醬及巧克力麵包。這個時候男子笑著說：「我不想去飯店的餐廳，所以這個麵包是明天早餐。還有，明天中午左右再離開旅館吧！回去之後，我打算拜託櫃台，把退房的時間延後兩小時左右。」

「中午左右離開飯店，然後要去哪裡？」

「先回去熊谷市。」

「熊谷？你是要送我回家了？」

「不，最後的目的地是男沼町。我會帶妳一起去那裡。」

「男沼町，是伊豆原醫院的所在……」

「對。我會在那裡和妳告別。詳細情形，明天早上我再告訴妳。不管怎麼樣，今晚將是我和妳一起度過的最後一個晚上。」

「在男沼町……」由紀問道。為了忍住湧上喉邊的嗚咽，她的聲音顫抖不已。「你要做什麼？那是實行你賭命的計畫的地方嗎？」

男子沒有回答。

「喏，我們快走吧！就快黃昏了。」

就這樣，回到飯店之前，男子不發一語。由紀也沒有說話。男子嚴肅的表情，看起來就像在默默拒絕由紀的質問。今晚將會是我和妳一起度過的最後一個晚上——只有這句話的餘味，痛切地在由紀的腦中迴響。

點景——大泉警察署

這個時候——

東京的大泉警察署裡，署長面對聚集在刑事課辦公室的眾刑警，宣佈縱火事件的搜查已經結束。換句話說，這等於是搜查本部的解散式，但署長的話中沒有熱忱，底下刑事的表情也有些呆滯，是一場氣勢萎靡的集會。因為這起案件並非靠著刑警的努力偵破，而是由於犯人的自首而告終的。

犯人是一名十七歲的少年。他在父親的陪同下，在這天中午前來自首。

少年進了高中，卻在入學第二學期遭到退學了。他四處飆車，從母親那裡勒索金錢，流連電玩店及小鋼珠店。因為個子大，沒人看出他是未成年少年。有時候他好像也會勒索國中時代的同學，藉此獲得一些金錢。

父親經營一家地方的小型工廠，他擔心兒子素行不良，於是要他到朋友開的建設公司工作。那是一家由數名師傅共同出資創設的公司，老闆之前還是個被稱為「師傅」、「工頭」的傳統派工匠。父親拜託老闆嚴格鍛鍊自己不務正業的兒子，將他培養成獨當一面的工匠，老闆也拍胸膛保證，說他一定會矯正這小子的劣根性，讓他成為一個好師傅。

父親半威脅帶哄帶騙地，總算讓不情願的兒子進了這家建設公司就職。少年從自家通勤上班。他雖然心不甘情不願，卻還是進入這家公司工作，主要是因為老闆（工頭）的么女是少年國中時代的同學，而少年暗戀著她。

然而，少女不可能會對高中退學、外表看起來像不良少年的人抱持好感。就算少年跟她說話，她也不理不睬。少年完全不被放在眼裡。這傷透了他的心，而這股傷心對少女以及少女父親的師傅，化成了陰沈的怒意，不斷在他的心底沉積蘊釀。

少年的身份是實習職員，但實質上與學徒沒什麼兩樣。他分派到的職務是工地的打雜工作，每天都忙著打掃和收拾善後。只要他偷懶不上班，工頭就會直接到他家，二話不說地把他給拖去上工。

「要成為一個獨當一面的工匠，以前可得吃上工頭五十、一百個巴掌。我也是這樣磨練技術，終於才能一個人蓋起一棟屋子。我們的成果就算經過五十、一百年還是會雄偉地留存在這個世上。」

工頭說完，最後還吹噓起哪一家、誰的店都是他親手蓋的，不管強風暴雨、地震颱風，都一樣屹立不搖，這是一個工匠最感滿足的事。但卻讓少年難以忍耐。

（哼！工匠的成果就算經過五十、一百年都還會留著？開什麼玩笑。那種木頭蓋的房子，只要放把火，不就燒得寸草不留，只剩一團灰了嗎？好，看我來一個晚上毀掉你自傲的屋子。）

這就是驅使少年縱火的動機。他只針對工頭蓋的屋子放火。

大泉署在第二次的縱火事件之後，便設立搜查本部，投入大半的警力，並開始進行訪查、加強夜間巡邏。少年工作的建設公司，也有刑警來訪，警察還前往建築工地，到處呼籲小心火燭。少年感到害怕，放棄了第三次縱火。

少年的父親對於突然神色不安的兒子感到懷疑，逼問之下，才招供了他的罪行。這是父親帶少年來自首之前的經過。

搜查結束了。但是署長慰勞刑警的語氣中，感覺不到他的熱忱。因為沒有親手逮捕犯人的喜悅和感動。署長將少年的偵訊工作交給刑事課長後，早早回到自己的辦公室去了。

他在署長室的大辦公桌前坐下，滿臉不悅地交環雙臂。署長之所以憂心忡忡，是因為已經失蹤四天的江森警部補依然音訊全無。這件事帶來的不安，沉重地壓在他的心上。

本廳的刑事局長要他再等個一、兩天看看情況。這段期間或許可以找到什麼線索。署長也懷抱著祈禱的心情等待著，然而事情卻沒有任何變化或進展。該怎麼辦才好？不能就這樣置之不理，徒然度日。最糟糕的情況是，他必須聯絡公安委員會，正式開始搜索江森的行蹤才行。真是丟臉丟大了。媒體八成會蜂擁而至。該怎麼向他們說明才好……？

署長室的門響起敲門聲，刑事課長探頭進來。

「可以打擾一下嗎？」

「哦，辛苦你了。偵訊結束了嗎？」

「是，已經結束了。」課長搬來訪客用的椅子，在署長面前坐下。

「那孩子才十七歲，所以我替他辦理了送往家庭裁決所的手續。他是初犯，而且父親是個相當幹練的人，我想頂多是保護觀察就了事了吧！」

「嗯，這麼一來，就解決一件事了。問題是江森，今天是第四天了。那傢伙到底跑哪兒去了……」

「我正要說這個。」課長探出身子說道。「關於這件事，我發現了一個奇妙的疑點，所以想說來向署長報告一聲……」

「奇妙的疑點？是什麼？」

「我剛才偵訊那名少年時，突然發現了一件事。署長，送到我們手中的恐嚇信，可以借我看看嗎？有件事我想再確認一下。」

署長從辦公桌抽屜裡取出三張明信片。

「這東西怎麼了嗎？」

「嗯，是投寄日。唔……果然沒錯。上面是三月二十三日，蒲田郵局。我們原本懷疑寄出這些恐嚇信的，是龜辰事件的受害者之兄——星川副教授。但是，署長，他不是這些恐嚇信的寄件人。」

「那是誰……？」

「署長，我可以斷定這些恐嚇信，是江森警部補所寫並親手投寄的。」

「你說什麼！你的斷定有根據嗎？」

「有的。我是在偵訊那名縱火少年的時候發現了這個疑點。少年的話給了我解謎的線索。其實，偵訊告一段落後，我佯裝閒聊，這麼問他：『你說因為警方的搜查變得嚴密，所以你只放了兩次火就放棄了，不過本來打算再放第三次的吧——？』結果少年回答：『是的，我本來計畫了第三次縱火。』」

「哦……」

「我開玩笑地說：你的目標該不是我家吧？那孩子說：『不是，我原本打算這次在大泉學園町的魯邦咖啡廳縱火，因為那是我們工頭蓋的房子。』我聽了真是冷汗直流。因為直到今年三月為止，我都還住在那家叫魯邦的咖啡廳的隔壁的隔壁呢！當然，少年的計畫無疾而終，就算我還住在那裡，也不會蒙受損害。但是想到這裡，我突然差點叫出來……」

「哦？」

「我在三月之前都還住在大泉學園町，但是小孩子長大，房子空間變得不足，所以開始物色房間比較多的房子。後來在現在住的大泉二丁目找到合適的房子後就搬過來了。我是在今年三月十六日搬家的。這天剛好也是我生日，所以記得很清楚。但是，署長，」刑事課長把桌上寄給自己的恐嚇信移到署長面前。

「請看。這張明信片寄件日是三月二十三日。是我搬到新家後的第一週。搬家的時候，除了署長外，我也跟刑事課的同事告知了新的住址。換句話說，這張明信片寄出的三月二十三日當時，知道新地址的，只有署長和一小部分的人而已。警察相關的職員錄及通訊錄上登記的都還是舊的地址。但是，這張明信片上卻正確無誤地寫著我新家的町名和號碼。做得到這件事的，除了署長及副署長之外，就只有刑事課的同事了。」

「哦，江森也是其中一人……」

「而且他還收到第二次的恐嚇信。當然，那是他自己寫的。他沒有告訴署長和我這件事，而把它收進自己房間的抽屜裡。刑警出身的他一定也預測到如果他失蹤，自己的房間會遭到搜索。所以，他把恐嚇信放進沒有上鎖的抽屜裡，好讓我們發現。留下來的香菸灰、廚房的咖啡杯，也是江森自己偽裝出來的現場。」

「那他這麼做的理由是什麼？」

「他想讓我們以為他的失蹤與那封恐嚇信有關。也就是，他要讓警察的目標轉向星川副教授，藉此隱藏自己失蹤的真正理由。署長，江森一定企圖在策畫些什麼。」

「犯罪嗎？」

「或許。他想用恐嚇信這種騙小孩的手段，轉移搜查的焦點。這是拖延戰術。而我們為了掌握星川的動向，實際上也真的跑到了盛岡……。總之，有必要盡快把他找出來。」

「要怎麼做？我們並不能確認他有無犯罪。所以也不能發全國通緝吧？」

「通緝恐怕是行不通的。還是把他當成離家出走，向都內各署請求搜索吧！從他的車子沒有使用的狀況來看，他恐怕還在都內。我會盡快製作他的指認相片。請署長動員刑事課及機動隊的同仁，帶著他的照片，直接前往各署請求搜索比較好。拜託他們密秘進行，不要讓一般大眾得知。署長，請你下決定吧。我想除此之外沒有其他方法了。」

「唔……說的是。」

雖然深深點頭同意，但署長內心卻依然有著些許的猶豫及懷疑。這裡是凡事重形式的公家機關。過去曾經有過把曠職的部下警官當做離家出走的人，提出搜索要求的前例嗎？假設自己做出史無前例的事，到時候的責任問題又該如何處理？沒有本廳的允許，擅自行動好嗎？

「署長！」

刑事課長直盯著署長的臉，像在催促他做決定。

「嗯。」

兩人的視線在空中交會，停格。一陣沈默之後，署長的口中吐出沙啞的聲音。

「就照你說的試試看好了。」

3

在安中市投寄了兩封信，回到旅館時已經快晚上七點了。幫紗江洗澡、餵奶，等她睡著後，由紀和男子兩人打開壽司盒。這是男子在途中的便利商店買來的。由紀吃著鮪魚壽司，忽然想起了一些事。

——被他帶出來的第一天晚上，在本庄市的旅館，晚餐吃的也是壽司……

那天為了要緩和由紀因恐怖及不安而失去食欲的心情，男子說到鮪魚肉為何叫TORO、包小黃瓜的海苔卷為何叫KAPPA，提出謎語般的問題，惹由紀發笑。話題更發展到芥川龍之介的作品《河童》，愛讀書的由紀眼睛炯炯有神地聽著男子的話聽到入迷。不過是三天前的事，卻讓由紀感覺像是遙遠的過去。對於眼前默默吃著壽司的男子，由紀打從第一天晚上就被他吸引了。對他懷有好感。對於這個綁架自己的男子，她甚至感到親切。

這種感情轉變成對男子淡淡的愛慕，最後化為揪心的愛情，在昨天晚上全數爆發出來。不是他引誘我，也不是我挑逗他，而是自然而然的發展。被綁架犯擁抱的女人，別人會認為我是個不檢點的女人嗎？可是，現在的我一點都不後悔。對於將女人的生涯凝縮在瞬間、讓自身在生命之火當中燃燒殆盡的行為，我既不後悔也不羞恥。就算我們再怎麼輪迴轉世，這種事也不會發生第二次了。他在我的耳邊這麼呢喃著。還說，由紀，這是奇蹟。或許是如此。但是，初次知道什麼是愛的我，面對與他的離別，卻只能食不知味地嚼著壽司。我該怎麼做才好？我無法以自己的力量喚回即將逝去的奇蹟嗎……？

「由紀，」吃完壽司的男子笑著說。「妳的筷子從剛才開始就一直停在海苔卷上面。喏，快吃吧！」

「對不起。那我不客氣了。」

「吃完飯後，從旅行袋裡把妳的外出服——就是從家裡帶來的那件拿出來，把皺褶撫平。明天早上我想請妳穿上它。」

「好的。」

「衣服整理好後，立刻洗澡休息吧！我今晚也沒有什麼要做的，全都結束了。接下來就只等明天了。我要悠閒地泡個澡，刮個鬍子，好好地清理這張臉！」

由紀背對男子，聽著他玩笑般的話，走進寢室裡，打開旅行袋。她不想讓男子看見隨時都可能奪眶而出的淚水。訣別的時刻終於逼近了。穿上這套衣服，明天會在哪裡、怎麼樣地分手呢？由紀的眼淚滴落在攤平在床上的衣服。她隱忍哭聲，淚水直落。

男子洗完澡時，已經將近九點。這段時間由紀初次換上飯店的浴衣，安靜地坐在沙發上。對於個子小的由紀而言，旅館的浴衣有些大。衣擺長得幾乎拖地，手腕也被袖子藏住了。胸部的部分，不管怎麼樣拉緊還是一下子就鬆垮地露出肌膚。還是換上男子買的睡衣好了。由紀這麼想，站起來的時候，男子從浴室出來了。

看見一邊用浴巾擦拭全裸的身體，一邊走進房間的男子，由紀忍不住垂下頭去。

「怎麼，還醒著啊？喏，快休息了。」

男子走近，手放在由紀肩上。同時，浴巾從男子的手中掉了下來。

「這件浴衣太大件了，不適合妳。」

男子的手伸向浴衣的腰帶。鬆開打結處，腰帶發出「咻」的一聲，從由紀的身上被抽走了。輕柔地包裹住身體的浴衣，從由紀的肩膀滑落，掉在腳邊。由紀「啊」地輕叫，雙手掩面。男子把她的手左右拉開。

「由紀！請妳抬起頭來，好好看著我。可以的話，妳也把內褲脫了吧？我全赤裸地站在這裡。希望妳也和我一樣。我想要把妳……把妳的全部，烙印在我的雙眼中。」

彷彿從腹部深處擠出來的聲音。男子的話吹散了由紀的羞恥心。她彎下身體，脫掉內褲，筆直地站在男子面前。一絲不掛的由紀，細白的肌膚在水晶燈照耀下，柔和地閃耀著。男子的目光灼刺般凝視著她的皮膚。由紀也毫不躊躇地望著對方的裸體。這是為了將永不消失的記憶印留在自己的視網膜上，賭上性命的凝視。

一段短暫的時間逝去。男子伸出雙手摟住由紀的腰。彷彿回到太古初始的男女，裸身密合、嘴唇重疊。緊密貼合的胸部傳來對方的心跳以及沸騰的血液。兩人透過皮膚，感覺到彼此的生命之聲。

不久，男子輕輕抱起由紀的身體往寢室走去。

紗江不悅的叫聲把由紀吵了起來。他們剛才持續愛的纏綿直到黎明時分，兩人幾乎都沒有說話。離別的時間分秒逼近。像要逃離這個事實似地，男子渴求由紀，由紀融化在男子體內。

黎明時分，男子離開由紀的身體坐在床上說：

「今天我有件事想請妳幫忙。所以，好好睡個覺，讓頭腦清醒一下。旅館這裡我會延長退房的時間，不用擔心。」

由紀記得自己是在五點左右躺到紗江身邊的。她真的累了，一下子就睡得不省人事。雖然如此，她覺得自己在半睡半醒之中給紗江餵過奶。不知道自己睡了多久？旁邊床上的男子已不見蹤影。她看看時鐘，已經過了十點。紗江不高興，是因為已經到了平常哺乳時間。

看到紗江放開嘴裡的乳頭，由紀對孩子說：「媽媽去洗臉臉，妳在這裡乖乖睡覺唷！」隨即跑進洗手間裡。

她迅速化好妝，整理好頭髮。然後回到浴室，換上從家裡帶來的淡藍色套裝，然後把身上原本穿的衣物全部收進旅行袋。由紀抱著紗江，進入客廳。

「嗨，早啊。」男子出聲。

「對不起，我不小心睡過頭了。」

「沒關係。離出發還有點時間。先喝杯咖啡吧。然後，還有昨天買來的麵包；我想在妳黃昏回到熊谷之前，可能沒有吃飯的時間，這個麵包要好好吃完。」

簡單的餐點，十分鐘就用完了。吃完之後，男子指著自己坐的沙發旁邊，說了：「那麼，由紀，請妳過來這裡。紗江就這樣抱著沒關係。關於今天接下來的行動，我有話想告訴妳。」

由紀在男子旁邊坐下。

「等一下我們要回去熊谷，然後把妳的旅行袋放進車站的寄物櫃裡。接著我們再前往男沼，目的地是伊豆原醫院。」

「我也一起去嗎？」

「對。在那裡我有件事想請妳幫忙。我會告訴妳理由。」

男子的語調裡充滿了嚴肅。由紀僵著身體聽著男子的話。

4

「話說上個月……」男子開始說明。每年依照慣例舉行的春季敘勛典禮註[1]上，伊豆原醫院的院長伊豆原克人獲頒四等瑞寶章。這件事在四月二十九日發表，頒獎典禮於五月六日舉行，而宣佈及祝賀的活動則於今天下午六點開始，在醫院內的伊豆原紀念會館舉行。

敘勛的理由，是伊豆原克人歷任縣醫師會長，多年來在醫療上的貢獻居功厥偉。事實上一般認為，這是拜他的妻子的哥哥——也就是伊豆原的小舅子——民生自由黨的議員、前厚生大臣梅津悠作的推薦之賜。

慶祝典禮的出席者據說超過兩百名。除了男沼的町長及町會議長，所有革新派以外的議員、醫院關係者，再加上前任院長是熊谷市出身，所以不僅是市長，市會全體議員、醫師、牙醫師，甚至連警察署長都收到了邀請函。而且，這場集會除了主賓梅津悠作議員參加，埼玉縣的縣會議員、梅津後援會的幹部也都會列席。

慶祝排場如此盛大，理由是什麼？因為在會中致祝賀詞的梅津議員將同時宣布，他將在兩年後的參議院選舉中，推舉伊豆原克人為埼玉地方的區候選人，而民生自由黨也已經認同他的推薦，希望與會者能共同支持。也就是說，宣佈伊豆原即將踏入政壇的消息是主要目的；伊豆原則回應這番祝賀，述說他將以政治家的身分致力於醫療行政，並宣布院長職務將由目前擔任副院長的弟弟典夫接任，並向眾人介紹典夫。屆時伊豆原的妻子也將站在一旁向眾人鞠躬致意，懇請支持。

換句話說，這場聚會等於一場選舉造勢活動，而所有醫院相關人士都知道典禮內容。

男子繼續說：「我和熊谷的一名新聞記者很熟，所以才知道這樣的情報。我今天無論如何都要進入會場。但是我沒有邀請函。」

「但如果是那名記者，應該就進得去吧？」

「對，他應該進得去，但我想親眼目睹這場典禮。所以我要偽稱自己是將在埼玉縣開台的有線電視記者，混進會場裡面。不過，問題在於簽到處。這是一場以政治為目的的慶祝典禮，簽到處似乎會盯得很緊。除了受邀者之外，一般人是謝絕入場的。」

「可是，如果是電視記者應該就進得去吧？」

「對，我也這麼想。不過棘手的是，院方的職員以及梅津議員的祕書好像都會站在簽到處，當然，妳先生北條昭也在裡面。」

「外子在的話，有什麼不妥嗎？」

「嗯。我曾經在某個場合和妳先生見過兩次面。雖然沒有直接交談，但是認得彼此的臉。妳先生應該也很清楚我不是電視台的人。如果我想要偽裝身分進入會場，可能會引起妳先生的懷疑。這樣八成就進不去了。所以，我想要請妳找個什麼藉口，引他離開簽到處

註[1]日本國家表彰特定有功者的法定殊榮，與頒授爵位同為榮典制度之一。勛章有菊花、旭日、瑞寶、寶冠等種類，大勛位以下分為一等至八等，另有文化勛章。

……」

「不用找藉口，我也有話想和外子說。如果我告訴他，我是來為我們的夫妻生活畫下句點的，外子應該也沒辦法悠閒地待在簽到處吧！」

「妳真的下定決心了嗎？」

「嗯，兩天前就……」

由紀說到一半，就沈默不語。被你擁抱的那一晚，我就下定了決心。這種話她實在說不出口。

只要能夠幫上他的忙，什麼事我都願意做。雖然這麼想，但由紀的內心卻有個難以接受的疑問。男子說他想親眼目睹慶祝典禮的情況。只為了這點事，有必要把我和紗江帶出來四天嗎？這個人所說的賭命計畫，只是這點簡單的事嗎？

他瞞著我什麼。即使離別的瞬間就在眼前，他還是不肯告訴我真相。

「你……」由紀凝視著男子的眼睛說道。「進入會場裡想要做什麼？不可能只是參觀典禮吧。請你告訴我，我不會告訴任何人的。我會賭上性命守住你的祕密。」

「……」

「你不肯告訴我嗎？我連你的名字都不知道。可是，你說你愛我，我也喜歡你。在你懷裡度過的夜晚，我這一輩子都不會忘記。然而，你卻不肯把最重要的事告訴我。我們到底算什麼？我這個女人究竟算是你的什麼？把簽到處的外子叫到別的地方，只為了這點事……只為了要我做這點事，這四天……我不要。實在太過分了。我實在……」

恨透你了？還是愛死你了？最後的話被嗚咽中斷了。由紀任由淚水滑落。

「由紀……」

男子開口，卻無法接下去。他的嘴唇顫抖。他想說話，卻無法出聲。想要說出口的心情與不能說的意志，在男子內心激烈掙扎著。這讓男子的表情變得醜陋猙獰。

「由紀，現在我還是不能說。說了的話，我的決心會崩潰。請妳原諒我。但是……」

男子拿起沙發旁的大型牛皮紙袋。不曉得裡面裝了什麼，看起來相當厚重。

「這裡面裝著信，上面記錄了關於我的一切。當然，包括今天我要去伊豆原醫院做什麼，也全都記在上面。我每天晚上之所以寫信，是希望妳能夠知道一切。請妳將它放進旅行袋裡。然後等到剩下妳一個人的時候再打開它。裡面的內容只要妳一個人知道。我長期以來隱藏在內心的一切祕密、一切真相，都只寫給妳一個人看。請妳收下它並原諒我的任性。拜託妳。」

男子對著由紀深深低著頭。他放在膝上的雙拳不住地顫抖。彷彿全身都在哭泣一般。

5

四點四十五分。男子的車子從高崎返回熊谷，接著他將由紀的旅行袋放進車站的投幣式寄物櫃裡。

「時間剛好。如果從高崎走國道的話，會太早抵達，所以我在途中繞遠路，在公園休息什麼的，把時間算得剛剛好。妳累了吧？不過，再忍耐一下就好了。接下來要去男沼町。三十五分鐘內就會到伊豆原醫院了。以前曾經開過這條路，所以我非常清楚路況。」

車子緩慢開動。

「今天的會場伊豆原紀念會館，位在醫院的左方五十公尺。那一帶原本是一片廣大的山林，是伊豆原前一代祖先賤價買下來的。所以紀念會館周圍，現在也都還保存著一大片樹林。會館入口與醫院入口分開，是一棟森林中的典雅建築物。入口附近還豎立著伊豆原父親的銅像。伊豆原自己遲早也打算在那裡建立自己的銅像吧！」

車子行駛在熊谷市內。對由紀而言，闊別五日的熟悉風景流過車窗。

「聽說慶祝典禮的會場，就在這棟建築物的二樓，是備有舞台的大廳。等會兒妳把先生從簽到處引開之後，我會開車進去。建築物的左右兩側各有一大片空地，應該會充當臨時停車場吧！聽說地下也有停車場，不過好像是高級客人專用的。」

「我要把外子叫到很遠的地方嗎？」

「不，沒那個必要。只要我經過簽到處這數分鐘內，不要讓妳先生看到我就行了。為了慎重起見，我也準備了變裝道具，只要妳先生不在那裡就沒問題。我進入會館後，妳盡可能早點結束和妳先生的談話、離開這裡。簡單地說，我希望妳離開醫院，到外面去。這一點很重要，請妳別忘了。」

「好，我會的。」

「我進入會館二、三十分鐘之後，裡面會發生小騷動。那時候如果妳還待在附近會很危險。請妳一定要離開那裡。會館前面的馬路直走後的左邊，有男沼觀光計程車的招牌。那是一個月前剛開張的計程車公司。會館內發生騷動之後，請妳立刻叫計程車回去熊谷車站，然後從寄物櫃裡拿出旅行袋，再從車站前坐計程車回家。這樣一來，一切就圓滿結束了。然後，這個。」

男子從口袋裡掏出三張萬圓鈔票，放在由紀膝上。好像是事先準備好的。

「這是計程車錢。我想這些應該很夠了。」

「不用了，我自己也有一些錢。」

由紀不想收，但男子按住她的手：

「哦，好像進入男沼町了。看，那裡是伊豆原醫院的高塔吧？」

車子沿著圍繞伊豆原醫院廣大境地的竹籬，緩慢地前進。不久，便看見並排著許多花圈的紀念會館入口了。花圈行列的另一頭，看得見以茂密的樹林為背景聳立的白色建築物。

「就是那個。會館前排著簽到的桌子呢！」

由紀凝視車窗外頭，但是還沒來得及確認丈夫的影子，車子就通過了。

「喏，看左邊。那是計程車營業所。」

由紀看見男沼觀光計程車的招牌。車子經過之後，在前面的商店停車場迴轉，然後再經過計程車營業所前面，接著男子停下車子。

「由紀，我們在這裡分手。妳下車之後走到會館。等妳先生離開簽到處後，我會開車進去。之後就像剛才說的。」

男子說完，輕輕用手指按了一下由紀懷裡紗江的臉蛋。

「紗江，拜拜囉。謝謝妳陪叔叔玩。要當一個好孩子，永遠陪著媽媽唷！」

男子的聲音顫抖。淚水成串落下由紀的臉頰。

「由紀，要是被人看見就糟了。喏，把眼淚擦了。」

男子拿出自己的白手帕，擦掉由紀的眼淚。接著，他解開由紀的安全帶，緊緊握住她抱住紗江的手。

由紀說不出話來。男子也不再述說道別的話語。兩人之間已經不需要言語。男子放開緊握在手裡的由紀的手，輕輕推了一下她的肩膀。

由紀踉蹌地下了車；背後承受著男子灼熱的視線，走了出去。

看到由紀的身影進入通往伊豆原紀念會館的道路，男子打開車子的後車箱。裡面放著兩個塑膠桶。他把其中一個放到副駕駛座，另一個放到後車座。他回到駕駛座，看看時鐘。五點四十二分。他從隨身攜帶的紙袋裡取出攝影機，揹在肩上。接著戴上褐色的扁帽，拿出黑框眼鏡，但隨即又把它放回紙袋裡。五點四十三分。車子緩緩開動。

會館前放著一張蓋著白布的簽到用長桌，上面擺著幾本芳名冊，以及堆積如山、繫著金銀紙繩的禮金袋。桌子前站著五名接待人員，胸前別著紅色的蝴蝶結。由紀看到丈夫阿昭站在右邊，於是走近、到他前面。阿昭看到她，立即發出驚愕的聲音。

「妳跑來這裡做什麼……？」

「我有話跟你說。」

阿昭離開簽到處，來到由紀面前：

「今天我很忙，妳到別的地方去。」

「那在這裡說也沒關係。如果你想要別人聽到我們的夫妻生活是什麼樣的情形、你用什麼樣的藉口逼我離婚，我就在這裡說好了……」

「妳在胡說些什麼……哪有人跑到這種地方談這種事的？」

「不然你就過來一下。」

會館左右兩側的空地停滿了車子。由紀往右側的停車場走去。阿昭似乎被態度異於平常的由紀給嚇到，跟上她的腳步。

「妳到底是怎麼了……」

由紀在一台車子旁停下。從這裡可以看到入口和簽到處。阿昭背對著簽到處與由紀面對面站著。此時，由紀的眼角捕捉到男子的車子緩緩開進入口。

「我決定滿足你的期望，和你離婚。我是來和你談這件事的。」

「哦……這樣啊，妳終於下定決心啦？與其和我在一起，還是跟那個男人走比較幸福。嗯，這樣的話，得立刻辦理正式手續才行呢！」

男子下了車，走到簽到處前，正和接待人員交談著。

「家裡有空白的離婚證書。在上面簽名的時候，不是寫舊姓，而是寫北條由紀嗎？」

「嗯，這樣就行了。然後蓋上妳的印章。之後的事交給律師就行了。還有，關於離婚的條件……」

「我沒有條件。只是，我和你分手，不是因為我承認我有外遇，或是紗江是別人的孩子這種愚不可及的誣賴。這孩子的父親是你。這一點，我要你認清楚。」

由紀看到男子在接待人員帶領下，進入會館裡面。一切非常順利。

「的確，紗江在法律上是我的親生女兒。」

「不管是法律上還是現實上，她都是你的親生女兒。雖然你連半點父親該做的事都沒為她做過……」

「妳要爭取紗江的撫育費嗎？」

「不是我想要，那是這孩子應得的權利。」

「知道了啦。總之，這種事就交給律師。包括妳的贍養費。」

「我不需要贍養費。」

「是嗎。那今天就談到這裡好了。我忙得很。你記得在離婚證書上先簽名啊！」

「我知道了。我也很忙的。明天開始，我就要回去南河原村的娘家了。」

由紀說著，把懷裡的紗江抱到丈夫面前。

「你終究沒有理會這孩子。紗江，對不起，這種人竟然是妳的父親。」

由紀就這樣轉過身，快步往出口走去。

來到馬路，由紀停下腳步。

男子吩咐她，把阿昭叫離簽到處後就盡快結束談話，並且離開醫院。然後他也交代，他進入會館二、三十分鐘後，就會發生一些小騷動。到底會發生什麼事？男子的身影消失在建築物之內，已經過十分鐘了。

由紀躲在入口的門柱後面，看了手錶好幾次。她想再看男子最後一眼。而且看完這裡即將發生「什麼事」之後，再回熊谷也不遲。

過了六點十五分。突然，會館裡頭傳來一道槍聲。由紀一驚，離開門柱。她望向建築物。簽到處的接待人員擠成一團衝進裡面。

數十秒之後，傳來第二道槍聲。又一聲。同時，幾個人從建築物裡頭跑了出來。他們躲到停在附近的車子後面，也有人抱著頭蹲下身子。

男子從會館裡衝了出來，手裡握著手槍。他走到建築物外面，拿槍的手平伸出去，槍口向前，掃視周圍。突然，追上來的數名男子全都伏下身子。

（親愛的！我在這裡！）

由紀想要踏進門內，卻打消了念頭。男子不可能沒看見身穿藍色套裝的自己。但是，由紀沒辦法朝他出聲，也無法揮手。她抱著紗江，懷抱著祈禱般的心情，佇立在兩根門柱之間。

男子走到自己的車子旁，打開車門。瞬間，他的車子噴發出猛烈的火焰。從駕駛座及後車座燃燒起來的火焰，似乎延燒到油箱去了。激烈的爆炸聲響起，三道火焰在空中合而為一，成為巨大火柱延燒到天空。

沒有任何一個人敢靠近男子。他離開火焰，拿槍指向左右。熾烈燃燒的火焰當中，有種詭異的寂靜。

男子的身體轉向正面入口。他的眼睛直直望著佇立的由紀。他知道她在那裡。他明確地捕捉到站在那裡的由紀。由紀的身體不斷劇烈顫抖。

男子的左手伸進口袋。他取出一條白手帕，高舉在頭上揮舞。那是剛才他在車裡為由紀拭淚的白手帕。男子以只有由紀明白的方式，對她做出最後的道別。

男子把白手帕拋到空中。槍口頂住自己的頭，身體拋也似地靠向燃燒的車子。瞬間，男子的手槍開火了。槍聲響起的同時，男子倒進火焰堆中。

緊接著，數名男子跑過來。他們抓住倒下的男子手腳，想要把他的身體從火焰當中拖出。

由紀的眼睛已經什麼都看不見了。湧出的淚水倒映出熊熊燃燒的火焰顏色，她的視野彷彿被染成一片虹彩。七色的光芒中，只有白手帕飄然舞動。

點景——大泉警察署

這一天，下午五點過後，大泉警察署的署長收到了一封限時信。

（此時，由紀正搭乘男子的車離開高崎市的旅館，回到熊谷市，並且把自己的旅行袋放進車站前寄物櫃。）

署長看到信封背面的寄件人姓名，輕叫一聲「啊」。上面寫著「旅途中。江森卓也」。署長立刻判別郵戳。戳記很淡，難以辨別，但隱約看得出「安中」這兩個字。安中指的是群馬縣的安中市嗎？

署長急忙開封。

裡面裝著用毛筆書寫在宣紙上的辭呈，以及數張信紙。此外，還有厚紙印刷的醫院掛號單。這是練馬區光之丘的竹山診所的掛號單，醫院名上印刷著「神經內科・精神科・心理療法科」等小字，上面記載了江森的地址和出生年月日，是五月九日開的單子。從這張單據可以知道，江森警部補在失蹤前一個星期左右，前往竹山診所，接受了精神科醫師的診療。

辭呈的文面跟一般的書式相同，經常會使用的「由於個人因素」換成了「基於健康上的理由」。日期是五月十五日。他在失蹤兩天之前，就已經寫好了這份辭呈嗎？

信上用原子筆寫滿了細小的文字。是寄給署長的私人信件。

很抱歉給署長添麻煩了。長期以來承蒙署長指導與照顧，我卻以這樣的形式向您辭職，我想您一定非常生氣。在此向您致上我誠摯的歉意。

事實上，約莫兩個月前開始，我便一直遭受奇妙的惡夢煩擾。一開始我並未放在心上，但是幾乎每晚都夢見相同的夢境，我開始感到不安，懷疑自己的精神狀態是否出現異常。

夢中的情景並非完全相同。有時候是茂密的森林深處，有時候是都市的某條大馬路，甚至是故鄉的農田小徑，或前往小學的通學街道。總之，夢境都是從我一個人行走的時候開始。這個時候，不曉得從哪裡——可能是我的頭頂上，傳來「動手!快點去，動手!」的聲音。但是，要做什麼?要去哪裡?我完全不明白。然而，我一聽到那道聲音，便狂奔出去。像是被那道聲音驅趕一般，奔跑出去。我的前方聚集著一大群人。服裝和性別都無法區分。我衝進那黝黑的一團人當中。奇妙的是，我的手中拿著警棒，有時候是日本刀或手槍。總之，我揮舞著手裡的東西，毫無意義地衝進那個集團當中。我自己也無法理解我在做什麼。只覺得喘氣喘得很厲害、胸口難過極了。那種痛苦，讓我從夢中醒來。我忍不住從被窩上坐起來。心跳劇烈，睡衣也被汗水濕透了。這樣的夜晚一直持續著。

而且到了最近，不只是夜裡，連白天都出現這種症狀了。只要我一個人走在路上，就會不知道從哪裡傳來「動手!快點去!」的聲音。我差點就要跑出去，但隨即斥喝自己，並反省：這只是夢的延續啊，振作一點!這種事發生過好幾次了。我非常不安，覺得自己的精神異常，於是前往精神科向醫師求診。根據醫師的說明，可能是疲勞和失眠所造成的暫時性神經症，需要暫停工作一段時間安靜休養。醫師開給我精神安定劑等處方，但是我無法相信醫師的話，沒有繼續複診。只是，這種狀態讓我實在沒有繼續擔任現職的自信，

我沒有跟任何人商量，一個人就這麼出門旅行了。（這是五月十六日晚上的事）

我輾轉投宿山國的小旅館，然而夜間的症狀（奇妙的夢中現象）依然沒有好轉，今天，我終於下定決心寄出辭呈。辭呈是我之前就寫好的，請署長依據上面的日期，批准我離職。今後，如果我在惡夢的聲音指使下做出什麼事，有人向署裡打聽我的事的話，請回答江森卓是前任警官，由於罹患精神病，已經離職，與大泉署毫無關係。

以上，謹此致歉並懇請批准離職一事。願各位署員奮發圖治，更上層樓。

讀完之後，署長的口中吐出「呼」的長嘆。他的眼光一直停留在攤開在桌上的信紙文字。「你也真是笨，何必這樣……」他彷彿在對著信件呢喃自語，隨後拿起話筒，請來刑事課長。

課長立刻過來了。署長指指桌上的文件。

「請問有什麼事？」

「江森他寄來了這東西。」

「咦？江森嗎？他在哪裡？」

「唔，你先讀了再說。」

刑事課長像要確定信件文面似地一字一句讀著，然後看了看掛號單的小字，最後連信封的郵戳都仔細地調查之後，抬頭對署長說：「從群馬縣寄來的。是安中市。」

「嗯。」

「現在就算請求那裡的警方協助，恐怕也沒用吧！」

「他也是刑警，很瞭解警察的本事。就是因為認為絕對安全，才會寄出這封信。他現在不可能還待在群馬縣裡，就算到那裡找也沒用。話說回來，你怎麼看這封信？」

「這……。老實說，我覺得他實在不用顧慮這麼多。總覺得有點可憐……」

「你也這麼覺得嗎？」

「這麼說的話，署長的意見也跟我一樣嗎？」

「嗯。他到最後，都沒有來找我商量半句，完全不吐露自己的心事。他一定是想不開吧！江森這個笨蛋。但是，又教人不忍怪他。真想要一拳揍過去，然後摟住他的肩膀……真是個奇特的人呢！」

「不過，直到他失蹤的那一天黃昏，他都還四處查訪那件縱火案。實在是個耿直又認真的傢伙。」

「這樣一個人把自己裝偽成精神障礙者，到底想要做些什麼？為了這個目的，甚至特地連這竹山診所的掛號單都一起寄來。實在是像他的作風。」

「換句話說，這是個讓大家瞭解他是精神障礙者的證據……」

「嗯。他說他被惡夢所困擾，應該全是編出來的。我想他應該也對竹山診所的醫師說了和信上相同的事。醫師也不可能當場就識破他是詐病。所以，一定是暫時開給他精神安定劑，要他繼續複診觀察。這類病患必須花時間反覆問診、進行心理測驗後，才能夠找出病因。但是，他對醫師說明的症狀，當然也記載在病歷上。對江森來說，這樣就足夠了。拿到掛號單，留下病歷。透過這些手段，他想要對世人——尤其是媒體，加深江森卓是個精神障礙者的印象……」

「所以我才覺得，他實在沒有必要顧慮到這種地步。他可能是想把自己塑造成精神障礙者，多少減輕大眾對大泉署的抨擊。雖然是個傻瓜，卻教人恨不起來。完全就像署長說的。話說回來，他到底是想做什麼……？」

一時之間，沈默降臨兩人之間。

「我有件事想拜託你。」

署長思索了一會兒，開口說道。語氣聽起來難以啟齒。

「這封信，我想當做沒有收到。看到這封信的只有你，只要你瞭解有這麼一回事就好了。」

「呃，什麼意思……？」

「看到這封信，我們就得採取行動。但是，現實問題是，我們根本束手無策。」

「是啊。也不可能向全國通緝江森……」

「就算辦得到、找出江森好了。那個時候，江森又怎麼辦？」

「……」

「我們不曉得江森要做什麼。但如果他的目的達成，恐怕也有捨棄性命的覺悟吧！我覺得這封信就像他的遺書。」

「…………」

「我覺得……讓江森想不開到這種地步的計畫，就算是犯罪也好，我希望他能成功。當然，身為一個警察署長，說出這種話來實在不成體統。我不該說這樣的話。就當我在自言自語吧。只是，如果是他抱著必死的決心去做的事，我希望他能夠完美地成功，然後再死去……我……只能為了他這麼想……」

「署長！感激不盡！」刑事課長的眼眶紅了。

「這份辭呈，在他失蹤前天就放進我的辦公桌裡了。我確實受理了，但是未辦理正式手續。另外，因為他無端曠職，我們拜訪他的住處，在那個時候發現了竹內診所的掛號單……」

「沒錯，就當做這樣吧！我想江森一定也希望能夠這樣處理。啊啊，太好了。好像跳脫警官的立場，進行了一場久違的男人間的對話。署長，真的太謝謝你了。」

刑事課長的聲音顫抖著。此時，桌上的電話響了。署長拿起話筒。

「喂，我是大泉署署長。什麼？男沼警察署……哦，埼玉縣啊！是的，江森卓也以前隸屬於本署，但現在離職了。他怎麼了嗎？咦？哦，這樣啊。當然，我們會派人過去處理，總之，麻煩你先告訴我詳情。」

署長把話筒按在耳朵上，用手遮住送話口，對刑事課長說了：「江森行動了。是殺人。兩個人。」

署長迅速地說完後，仔細傾聽對方的說明。

來自男沼警察署的電話，是打來確認江森警部補的身分的。關於他犯下的案子，對方也做了大略的說明，署長在便條紙上潦草地記下要點。

講了頗久的電話終於掛斷了。刑事課長迫不及待地問：「江森殺了誰？」

「唔，男沼町——聽說是鄰接熊谷市的城鎮——有一家叫做伊豆原的醫院。江森殺了那裡的院長伊豆原克人，還把副院長典夫也給殺了。聽說院長跟副院長是兄弟。兩個都一槍斃命。」

「那，江森怎麼了？他被補了嗎？」

「不，他自殺了。聽說他用手槍射穿了自己的頭。」

「怎麼會……。那犯案的動機是什麼？我從來沒有聽江森提過埼玉縣的醫院。」

「關於這一點，聽說目前一切尚未明朗。因為案子才剛發生，可能連關係者都還沒偵訊。從電話裡的聲音聽來，那裡似乎鬧翻天了。據說被殺害的院長是埼玉縣首屈一指的名士。今年春季的敘勛還領了四等勛章。今天舉辦一場慶祝典禮祝賀，邀請了許多客人。江森就是潛入這個會場。對方說……」

會場前擺著簽到的桌子，有數名接待人員站在那裡。江森自稱是熊谷市新開設的有線電視報導局員山本，想要採訪今天典禮的情況，在熊谷市及男沼町播放；同時自己拍攝的影帶也會請各民營電視台的新聞節目採用，因此想向他們申請採訪許可。他的左手掛著「報導．埼玉ＣＴＶ」的臂章，肩膀上掛著攝影機。

簽到處的接待人員欣然接受了他的採訪。不過他們也對記者說明，攝影只能拍到司儀介紹院長的經歷和伊豆原醫院的現況，以及院長對於受勛的感謝致辭為止，之後相關媒體就必須退場。

自稱山本的男子，在接待人員的帶領下進入會場。他彎著身體來到最前列，拿著攝影機拍攝會場。六點過後，舞台的布幕一昇起，他便靠到舞台角落，對著坐在台上椅子的與會關係者，拍攝他們緊張的表情。

六點十五分。司儀的演講結束，緊接著院長伊豆原克人開始致辭。伊豆原站在麥克風前開始說：「感謝各位為了敝人在下，在百忙之中……」瞬間，自稱山本的男子當場扔下攝影機，突然跳到台上去。據說他的動作有如貓一般矯捷流暢。

男子以手臂架住伊豆原的脖子，用力拉近自己。同時他伸出另一隻手以手槍對準觀眾席。

「全部趴下！誰敢動我就射誰！」

突然，男子開火了。子彈打碎吊在天花板的水晶燈，飛散的玻璃碎片落掉觀眾席。絕大多數的人都蹲到椅子下面去了。男子的聲音從台上傳來。

「我要代替法律，處死伊豆原克人這個敗類！」

接著，男子把嘴巴湊近伊豆原的耳朵，似乎低聲說了些什麼。但是，誰都沒有聽見他說的話。

男子把手槍頂在伊豆原的後腦勺，槍聲響起。伊豆原當場倒下。男子拖出蹲到椅子下的伊豆原夫人，問：「妳就是伊豆原的妻子嗎？」她顫抖著點頭。

「副院長典夫是哪個？」

夫人的頭依然埋在椅子下，伸手指向屈著身子的典夫。男子用槍拖重擊院長夫人的臉之後，把副院長典夫從椅子下拖出來。

「你就是副院長嗎？」

典夫沒有回答。他好像說不出話來。男子把槍口刺也似地對準典夫的眼睛。

「你就是典夫嗎？」

典夫微微點頭。男子湊近典夫的耳朵，低語了些什麼。

「不是我、放過我！我只是因為哥哥命令，沒辦法才做的！我沒有騙你、饒了我……」

近乎悲鳴的聲音，在槍聲中消失了。伊豆原典夫伏在男子腳邊似地倒了下去，當場死亡。短短數十秒，男子槍殺了兩個人，接著跳下舞台，來到觀眾席。

「全部不准動！誰敢動我就殺誰！」

男子有如一陣旋風，跑過了凍結似的觀眾席，來到外面。原本站在入口處的數名接待人員，全都躲到停在附近的車子後面了。

男子走近自己開來的車子，打開車門點火。車內似乎放著裝滿大量汽油或燈油的容器，車子轉眼間就被巨大的火球包圍。

男子離開熊熊燃燒的車子後。隨即舉槍，並且掃視四周。沒有任何一個人敢隨意亂動。接著，男子開始了奇妙的行動。他從口袋裡拿出一條白手帕，舉在頭上揮舞。手帕從男子的手中飛離。同時，男子將槍口抵在頭上，跳進熊熊燃燒的車子裡。槍聲響起，男子倒在火焰之中。幾名從會場中出來的男子，戰戰兢兢地靠近，確定他斷氣之後，連忙將他的身體從火焰中拖出來。火焰把男子的上半身燒得焦黑。

「聽說，」署長繼續說道。「連臉都燒得一片黑。」

「可是，警察手冊沒有被燒掉吧？所以才查出江森的身份……」

「不，找不到手冊。可能處理掉了。只是，燒掉的外套內袋裡，裝著皮製錢包。裡面有現金十八萬多，和一張名片。所以男沼署才會打電話來向我們詢問。裡面會有名片，可能是他不小心忘記的吧！」

「話說回來，他在自殺之前揮舞手帕，是什麼意思？」

「不知道。在場的人說，看起來像是某種儀式。警方檢查他的衣服及物品，發現了一件奇怪的事。」

「哦？什麼事？」

「聽說他的衣服裡面穿著女裝、鮮紅洋裝。江森個子很大，肩幅也很寬，似乎費了很大的工夫才穿下那件洋裝。他好像用剪刀剪開衣服背後，才勉強塞進去。然後外面再穿上襯衫、打上領帶。鑑定遺體的人，看到的時候似乎也愣了一下。」

「哦……女人的洋裝啊？江森有女朋友之類的嗎？」

「就算有，也不會做這麼奇怪的事吧！這豈不是在侮辱女友嗎？」

「這麼說的話，他會做這麼奇怪的打扮，也是想向眾人宣傳，他是個有精神障礙的人囉……？」

「應該不是吧！如果他是像你說的目的才穿上女人的衣物，那麼他應該會選更大件的衣服才是。最近的女性身材也變魁梧了，LL尺寸的衣物也買得到。江森可以輕鬆穿上的洋裝，應該也有在賣。但是他無論如何都想穿上那件紅色洋裝。甚至不惜用剪刀剪破，他都還是要穿在身上到行兇現場……」

一時之間，兩人沈浸在各自的想像世界中。

「我想知道動機。」刑事課長呢喃似地說。

「嗯。他在行兇之前，大叫：我要代替法律，處死伊豆原克人這個敗類。之後，他在伊豆原兄弟的耳邊呢喃了些什麼，射殺了兩人。也就是說，可能只有這兩個人從江森口中聽到了他行兇的動機。」

「這兩個人死了，江森也自殺了。結果，真相埋藏在黑暗中。不過，這或許是他所希望的。」

「嗯。江森捨命守護到底的行兇動機。知道它的，或許只有紅色的洋裝——過去穿過這件洋裝的女性而已。當然，如果這名女性還活著的話……」

「話說回來，男沼署那裡怎麼辦？」

「哦，這件事。對方也想知道江森的詳細資訊。我姑且跟他們說我們會派員過去，我想你去應該比較妥當。再帶一個人過去負責聯絡好了。男沼町距離熊谷車站約三十分鐘車程遠。」

「我知道了。我馬上去。這是我能夠為江森做的最後一件事。署長，有件事我現在才說得出口……事實上我曾經想過要將我的長女——今年大學四年級的女兒許配給江森。我真的很欣賞他。」

最後一句話的聲量低到只有自己聽見，刑事課長踩著無力的步伐離開了房間。

第六章。被遺留下來的事物

1

由紀急忙跑到伊豆原醫院附近的計程車公司。此時，她聽見救護車及警車的警笛聲，彷彿從遠方追著她而來。

計程車是空的。叼著菸的司機，無所事事地望著天空。

「我要去熊谷車站。」

車門開了。司機坐進來，問道：「發生了什麼事嗎？」

「不曉得呢！」

「醫院就在隔壁，幹嘛還叫救護車？哦，警車也不只一台呢！應該是發生什麼大事了。」

司機把車子開到路邊，避開靠過來的警車，緩慢地駛向熊谷。

由紀取出放進車站寄物櫃的旅行袋、搭計程車回到自宅時，已經七點半左右了。紗江在計程車裡哭鬧起來，所以由紀一進入客廳，立刻就餵她喝奶。

睽違五天的房間，空氣既沈重又混濁。比起懷念，一種難以言喻的孤獨感更壓上心頭。在這個房間過夜，也只剩今晚了。明天就要回去南河原村的娘家，開始過著只有母親和紗江，三個人的生活。

矮桌上放著一張傳單。是四天前離開家時，由紀所寫下的——我要外出旅行兩、三天好好思考一下。不久後，我會主動聯絡……

由紀望著上面文字。這是照著男子的話所寫下的，當時他說：「第一個讀到它的，應該會是妳自己。」傳單似乎沒有人看過。果然就像男子說的。由紀離開家這段期間丈夫沒有回來。

傳單的文字凌亂得連現在看了都覺得丟臉。因為那是害怕男子手中的刀子，一邊恐怖地顫抖、一邊寫下的。這是四天前的事。然而，她現在卻莫名地懷念起那個人。

紗江的嘴放開了乳頭。由紀抱著睡著的孩子走上二樓。她將紗江移到嬰兒床上。在這個房間裡，男子曾經用刀子抵著紗江的臉。但緊接著又彷彿變了個人似的，讓紗江握住搖鈴玩具，抱著紗江抬高、放下，把紗江逗得呵呵笑。看到那副彷彿父女同樂的情景，一瞬間由紀還懷疑自己是不是在做夢……

一切的記憶都轉為對男子的思慕。

紗江發出微弱的呼吸聲，由紀在心中對她說話。

（紗江，陪妳玩耍的那個溫柔叔叔已經不在了！他跟紗江說再見，去了遙遠的地方。那個叔叔好疼妳。妳生病難過的時候，是叔叔救了妳。叔叔說，不能讓紗江痛苦下去，為了妳，就算他的人生一敗塗地也無所謂……）

男子在醫院嚴肅的表情浮現在眼前。腸套疊。要是延遲送醫，就必須開刀。即便開刀，有些小孩還是無法救治。事後聽護士這麼說，由紀感到背脊一陣發涼。

男子今天在伊豆原醫院射殺了幾個人。槍聲響了三次，有三個人被殺了嗎？之後男子投身火焰，自我了斷。他下定決心進行如此重大的計畫，事前一定考慮得十分周全。他的目標是誰？伊豆原醫院舉行了院長敘勛的慶祝會。他可能是事前就知道他的目標會出現在會場當中吧！而且不只一個人。至少是二人以上。他狙擊的對象全都會來到會場。對男子而言，這是絕無僅有的機會。為了達成自己的宿願，他不能錯失今天。他應該是這麼想的。

然而，當他看到因劇烈腹痛而掙扎哭泣的紗江時，卻決定捨棄自己的一切計畫。為了救這孩子，他下定決心願意為她做任何事。他的決心將紗江從痛苦中解救出來。

（那個叔叔是紗江的救命恩人。媽媽愛上了那個叔叔。叔叔也愛著媽媽。沒錯，我們兩獻出一切，彼此相愛。雖然只是短短的兩個晚上。可是沒關係。叔叔和媽媽在那兩個晚上，體會到了有人花上一生也無法領會的喜悅，生命之火燃燒殆盡。對一個女人而言，愛人是怎麼一回事，我想等到紗江長大了，一定也會瞭解的。那個時候一定會到來的。

到時候，媽媽想告訴妳和叔叔在一起的回憶。他是個怎樣迷人的男性、有多麼地溫柔、堅強。他一下子就看穿了媽媽的心，巧妙地、若無其事地滿足了媽媽一切的願望。媽媽想把我和他的回憶，全部都告訴妳。

紗江，休息吧！叔叔一定會來到媽媽和妳的夢中相會的。揮舞白手帕，消失在火焰中的叔叔，會再一次揮著那條手帕，像魔術師一般從火焰中跳出來。我們快樂地期待吧……）

由紀輕輕吻了一下紗江沈睡的臉頰，下樓走向洗手間。

她清洗淚濕的臉，漱了漱口。用肥皂洗手，拿梳子梳整頭髮，然後走進客廳。接著，她打開旅行袋裡的牛皮紙信封。這是男子的遺物。也是他留給由紀的紀念品。由紀下意識對著取出來的牛皮紙信封雙手合十，閉上眼睛。他到底寫了些什麼給我呢？

由紀打開信封，忍不住倒抽了一口氣。裡頭裝著用綁鈔帶綁著的全新萬圓鈔票，一疊一百萬，共有五疊，再加上一疊用橡皮筋套著的萬圓鈔票，有八十五張。合計共五百八十五萬圓。他要我把這些錢拿給誰？

除了鈔票束之外，裡面還裝著一個厚厚的信封。那是男子寫給由紀的信，而現在應該稱之為遺書。

2

由紀：

這是一封向妳致歉的信。四天之後，亦即二十一日的下午七點以後，我將從這個世上消失，因此正確地說，這也是一封寫給妳的遺書。

現在，我正計畫要殺害兩名人物。但是，即使這個計畫成功，我也不打算告訴任何人我行兇的動機。殺人原因不明。精神異常的男子衝動之下的行兇。世人一定會這麼認為，而我也希望如此。為何想要犯下這樣的罪行？它的理由，我也會詳細地寫在這封信裡。

今天，我強行帶走妳和紗江，現在正把妳們關在本庄市的某一間賓館。我為何要做出如此殘忍的事？妳現在正躺在床上，但是我想今晚妳應該無法成眠。在闖入妳家之前，對於妳的為人我一無所知。關於妳的一切，只有妳先生阿昭在熊谷市的俱樂部及高級酒店對小姐們到處散播的內容。而且那也不是我直接聽聞，而是某人轉述給我的。趁著老公不在，邀請男子到家裡，耽溺於性愛悦樂當中的女人。現在與丈夫分居，彼此享受著外遇生活的妻子。透過這些話，我在腦海中模糊地勾勒出妳這個人的印象及人品。

但是，在熊谷見到妳之後，我發現我的想像錯得離譜。短短一、兩個小時之內，我的心情完全轉變了。妳溫柔、順從的性格、以及犧牲自己也要守護孩子安全的堅強母親形象、端正的動作舉止、清純的美貌。這樣的一個人哪裡有一點外遇的影子？完全沒有一絲耽溺於性愛、過著自甘墮落的日子的女人那種不潔的味道。

我心想糟了。我犯下了無可挽回的錯誤。

不能把這個人捲入我的犯罪計畫中。雖然這麼想，我卻無法當場逃走。計畫已經開始進行了。現在逃走的話，警方會對我展開調查。要是我被逮捕，就無法達成期望的目標了。我不得不硬著頭皮，照著原訂的計畫，把妳和紗江帶了出來。所以首先，我想為這件事向妳道歉。

由紀。

妳現在最想知道的應該是為何會被我盯上這件事吧？為了解釋這一點，我必須先讓妳知道我這個人。

我叫江森卓也，是現任東京都練馬區大泉警察署的警官，階級是警部補，擔任刑事課的搜查主任。（我已經遞出五月十五日離職的辭呈，不過因為還沒有獲得正式批准，所以還算是現任。）

我負責犯罪搜查，卻正計畫要殺害兩名人物。妳一定覺得這真是豈有此理。而且，我還下定決心，不告訴任何人我殺人的動機。然而，我現在決定只告訴由紀妳一個人，所以提筆寫下這封信。這是現在的我唯一能夠對妳表達的歉意。也是謝罪的證明。

我出生在岩手縣的山區，北岩手郡涉民村。方才，我們聊到了關於石川啄木的歌，啄木兩歲的時候遷住的地方，就是這個涉民村，他也稱這裡是他的故鄉。我覺得我會如此熱愛啄木的歌，也是源自於對他這個鄉土歌人的親近感。由於町村合併，涉民的村名消失了，即使如此，若是被人問起我是哪裡出生的，我還是會挺胸回答「岩手縣的涉民」。

「緬懷涉民村種種　回憶中的山　回憶中的河」。

我高中畢業後，就到東京進入某大學的文藝系就讀（這樣的我，也曾懷抱著成為小說家的夢想），但是當時身為農會職員的父親，因為玩股票失敗，留下大筆債款，在失意中死去了。我為了成了寡婦、體弱多病的母親，斷然放棄大學，進入警察學校就讀。這是獲得生活資金最快的選擇。同時也是為了把鄉下母親接來東京，母子兩人一起生活的手段。警察大學畢業、分配到淺草署任職隔年，我賣掉涉民的老家及土地，請母親搬到東京來住。

對了，我有一個小我五歲的妹妹科野八重。她之所以沒有和我一樣姓江森，並不是因為她結了婚，而是家母的姐姐領養了她——也就是在我阿姨科野家當養女之故。

寫了這麼長的信，妳讀起來一定覺得很無趣吧？可是，為了讓妳瞭解我行兇的動機，我無論如何都必須先交代這些事。妹妹八重是我的犯罪的原點。提到她的事，也等於說明了我犯罪的意義。請妳再忍耐一陣子。不過，這封信我寫得也有些累了。剩下的就等明天再寫吧！已經接近十二點五分了。

床上的妳，從剛才開始便一動也不動，安靜地躺著。我想走近妳身邊，對妳說聲「請安心休息吧」，但最後還是打消了念頭。要是這麼做，或許我的自制力會崩潰。好痛苦。對我而言，今後痛苦的夜晚似乎也將持續下去。那麼，晚安了。

3

江森卓也的信還有下文。信中提到他立志成為作家，而進入大學的文藝系，不過他一定從小就相當喜愛文學。在車子裡，還有旅館的房間裡，他提到芥川龍之介的《河童》以及德冨蘆花的《不如歸》。由紀對於他淵博的知識大感意外，但現在覺得終於瞭解箇中的理由了。因為他過去是個比我更喜愛小說的文藝少年啊！

科野八重。江森卓也的妹妹。

由紀將這個名字牢記在心裡。她繼續讀下去，信裡詳細敘述了八重的人生。

八重在小學三年級的時候，成為阿姨夫婦的養女。當時哥哥卓也是國中二年級。

科野家在長野縣茅野市的郊外。姨丈在市內某銀行分行工作，阿姨則教授附近的年輕女孩插花及茶道，生活相當富裕。

阿姨嫁到科野家後，生了一個女孩，但是卻在三歲冬天的時候突然夭折了。死因是白喉。阿姨後來接受了子宮摘除手術，再也無法懷孕了。八重上小學之後，阿姨便時常提起想要領養八重為養女的事，但卻遲遲無法實現。因為卓也的母親強烈反對。

「就算是姐姐拜託，我也不能把獨生女過繼給妳。而且卓也跟八重兄妹情深。要活活拆散他們，我實在做不到。」

母親如是說。她一直拒絕自己姐姐的要求。然而，就在八重小學三年級的暑假，這件事卻突然定了案。卓也在信裡說明了理由。

> 我父親是鄉下地方少見的野心家。年輕時候參與投資各種事業而失敗，賣掉了為數可觀的山林及農地。可能是因為想要捲土重來，他開始買賣股票，不過這件事卻給父親帶來致命的一擊。原來父親私自挪用了農會的錢，如果事情曝光，就會成為刑事案件。多虧住在茅野市的阿姨和姨丈，把父親從當時的絕境中拯救出來。
>
> 當時我還是個國中生，但是從雙親每晚悄聲談論的內容中，也察覺了事情的概梗。如果讓八重當我們家的養女，我們就把之前墊付的款項，包括利息當做禮金送給你們——這似乎是阿姨和姨丈的條件，換句話說八重成了我們困苦家庭的犧牲品，送給阿姨夫婦了。
>
> 當時八重小學三年級，學校剛放暑假。「我不要當阿姨家的小孩！」八重哭叫著。雙

親要我負責說服八重：「阿姨很寂寞，只是送妳去阿姨家住一個星期而已。」雙親盤算著，只要到了阿姨家，八重就沒辦法一個人回家了。這是他們苦思之後的計畫。

比起雙親，八重從小更依賴做哥哥的我。她等於是我帶大的。正因為如此，欺騙年幼妹妹的痛苦，讓我感到胸口糾結難當。即將出發到茅野的前一天，我帶八重到後山去。當時是黃昏時分。八重經常纏著我，要我帶她到這座山捕蟬、抓獨角仙，這裡是我們的遊樂場。那天八重緊緊地握住我的手說：

「哥哥，我去阿姨家住，只有暑假而已對不對？」

「對啊，很快就可以回來了。」

「那暑假作業怎麼辦呢？」

「哥哥幫妳寫就好了。」

「真的嗎？那回來的時候，哥哥會來接我嗎？」

「嗯，當然會了。」

「你不會騙我吧？」

「我怎麼可能騙妳呢？哥哥從來沒有騙過妳吧？」

「嗯。那勾小指。」

「好，打勾勾發誓。」

我用力握住八重小小的手指。第一次欺騙年幼的妹妹，我難過得哭了。即將日落的明亮太陽，將遠處農家的白壁染得赤紅。從我淚水濕濡的眼睛中看來，眼前景象就像透過一層透明彩虹般、彩色而一片模糊。我到現在都還記得這一幕。

我對貧窮感到怨恨、可悲。將來，若有任何可以為妹妹做的事，不管什麼事我都願意做。我在心中堅定地對年幼的妹妹發誓。

4

信上的每一行字，都勾起與男子共度的回憶，淚水模糊了雙眼，無法看清細小的文字。由紀一次又一次地擦拭淚水。

當他以謝罪的心情，陳述他貧窮的過去，以及與妹妹悲傷的離別時，我正思考著逃脫的方法；懷疑他是丈夫派來的間諜、是離婚的斡旋人。

由紀想起她被帶出來的第二天的事。車子經過利根川，進入群馬縣的時候，他對由紀說，如果覺得無聊，可以聽歌謠曲的錄音帶。錄音帶全部都是演歌的，我從裡面選了迪克·三根的《人生樹蔭道》。曲子第二小節結束時，他突然伸手切掉了那首歌。我感到生氣。那個時候，他這麼說了：

「就算是同一首曲子，有時聽了會覺得高興，有時卻會覺得難過。」

難道妳忘了　在遙遠寂寥的日暮道路　哥哥哭泣斥責妳的哽咽聲音嗎？

第二小節的歌詞，讓他想起了與妹妹別離的難過心情。而且他說他的犯罪原點就是妹妹八重。（對不起，我什麼都不曉得。）

由紀擦著眼淚，繼續讀著男子的信。

被科野家收養的八重，在阿姨夫婦的溫柔呵護下，順利地長大成人。即使如此，她每個星期一定都會寫一封信給哥哥卓也。卓也也從未疏於回信。八重上國中的時候，卓也一家還獲得招待在茅野市住了幾天。他相信妹妹是幸福的。

但是，就在八重高中三年級的一月，不幸突然降臨了。阿姨夫婦前往朋友家拜年時，車子在凍結的路面上打滑，造成五台車子追撞的連環車禍。坐在副駕駛座的阿姨，頭部遭到重擊，當場死亡。姨丈被送去醫院，一個月後，也追隨妻子離開了人世。

家母想要把孤苦零丁的八重接回家裡，卻遭到八重的反對。她說要以科野八重的身分，堂堂繼承科野家，以慰養父母在天之靈。這確實像是妹妹會做的選擇。我也贊成她的意見。

所幸阿姨夫婦留下了大筆保險金給八重，而且姨丈的弟弟就住在附近，所以八重到高中畢業之前，就寄住在他家；畢業之後，她隨即進入長野市一家高級看護專門學校就讀。她選擇學習一技之長，自力自主的道路。由於就學資金不虞匱乏，八重度過了三年愉快的學校生活。畢業後八重開始在市內醫院擔任護士工作時，卓也也已經踏上警官之路了。

八重原本在長野市內的醫院工作，但是有一天，她在報上看到一則相當大的護士召募廣告。條件及薪水都比現在工作的醫院要好得多。八重心動了。廣告上寫著：應徵保密，詳情面談。八重想：就去看看情況好了。

那就是位於男沼町的伊豆原醫院。

八重之所以希望到伊豆原醫院就職，不光是受到優渥的條件吸引，我想更大的理由是那家醫院離東京很近。當時我終於升遷為巡查部長，想要把一個人住在鄉下的母親接上來一起生活。如果八重能夠在埼玉縣工作，我們就可以閒暇時隨時見面了。這似乎是八重的心願。她下定決心到伊豆原醫院面試。那時負責面試的人就是當時的人事專員，也就是妳的丈夫北條昭。

伊豆原醫院開給八重的條件是每個月五天的休假，以及一星期一次的夜勤。特別是有經驗的人，每個月會有一次兩天連休。醫院會提供宿舍，但是如果本人希望在外租屋，可以選擇通車時間三十分鐘內的住處，院方會補助一半的房租。

八重和哥哥卓也商量以後，辭掉長野市的醫院工作，到伊豆原醫院就職了。此時，卓也接來獨自生活在東北的母親，並且定居在淺草。八重到伊豆原醫院工作，是因為希望能夠更接近哥哥及母親居住的東京。

八重在熊谷市內租了公寓。在長野工作的時候，她拿到了駕照，而開始新生活時，也買了新車。有兩天連休時，她開車拜訪哥哥的住處，和母親兩人聊天。長年分散的母親與孩子再度團圓的時光，終於又回來了。

江森卓也表達當時的喜悅之後，這麼寫道：

家母不久之後就過世了，但是我認為家母的晚年雖然清貧，卻過得十分幸福。家母在我們兩個孩子看顧下，最後留下遺言：「孩子，謝謝，能夠過得這麼幸福，都是託你們的福。」然後就啟程到家父那裡去了。

家母死後，我和八重便成了彼此唯一的親人，正因為如此，兄妹之間的羈絆也更加堅固了。原本就很依賴我的八重，不管什麼事都會來拜託我。而我也會在星期天或是不需要去署裡的日子，經常到熊谷去探望她。我們會在市內的餐廳吃飯，偶爾在她的住處吃她做的料理，漫無目的地閒聊。記得我和妳先生阿昭初次見面，也是在熊谷的餐廳，第二次則是家妹常去的咖啡廳。阿昭似乎對於和家妹在一起的我感到興趣，聽妹妹說，他執拗地詢問我是她的男朋友嗎？是做什麼工作的？家妹告訴他，我是她哥哥，但沒有告訴他我是警察。「醫院這種地方，不管是採買藥品或醫療費的請款等，多少都會有黑箱作業，所以最好不要說出哥哥是刑警這件事」家妹笑著對我這麼說。那時，如果家妹老實說出她哥哥是大泉署刑事課的警部補，擔任搜查主任的話，或許日後的悲劇就不會發生了。如今想來，這件事讓我後悔莫及。

由紀讀著江森卓也信上的細小文字，看到這裡，她停了下來。日後的悲劇——難道他妹妹八重後來發生什麼事了嗎？

但是，江森卓也的信在此筆鋒一轉，開始提到八重的戀愛問題。到伊豆原醫院任職一年多後，一名青年出現在八重面前。

關於這名青年，江森在信上寫道：

為了不讓我的犯罪牽連到這名青年，我就不提他的本名，僅使用A這個代號。

5

A在總公司位於東京的一家全國性報社的埼玉分社工作。這份報紙的埼玉縣版，有一篇叫「上班女郎．我有話要說」的文章連載報導。原本是由A記者提出的企畫，因此A當然成為這個專欄的負責人。介紹過的人物有巴士導遊小姐、卡拉OK酒店小姐、牙科護士、計程車司機、銀行及公司的職員、旅館客服人員、學校老師等，全都是在各種職場中活躍的女性。她們回應A記者巧妙的質問，敘述日常生活中的點滴、職場上的不平或不滿，以及將來的夢想與希望。每回都會附上她們的照片，整理成通俗有趣的文章。這個專欄文章獲得讀者熱烈迴響。據說接受採訪的女性，後來都接到蜂擁而至的提親，因此自薦、他薦的申請絡繹不絕。

科野八重會出現在這個專欄，是來自於報社的邀請。前來請求採訪的A記者說：「這次會請你接受採訪，是由於我們分社長的推薦。他叫友野啟一，妳認識吧？兩個月左右之前，他因為心內膜炎住進妳們醫院一個星期左右。那時候負責看護他的護士就是妳。我想分社長應該是個很任性的病患，可是聽說妳對他無微不至地照顧，讓他心存感激，命令我們務必將妳這位日本第一的美女、最溫柔的護士，透過我們的報紙介紹給全縣的讀者。所以我今天才會過來拜訪妳。」A記者笑著說。

隔日黃昏，八重得到主任醫師的許可，在熊谷市內的咖啡廳接受A記者的訪問。他以絕佳的口才，讓八重侃侃而談。攝影師拍了八重的照片之後，就先行告辭，留下兩人閒聊。

A記者知道八重在長野縣茅野市出生之後，說：「我也是上田市出生的，大學唸的是信州大學。」而且，A的父親是長野市某私立女子短大的教授。八重畢業的高級看護專門學校，和那間短大在同一條路上。由於這些巧合，讓兩人談得非常投機。

八重似乎從第一次見面開始，便對A傾心不已。我想A也一樣。兩人之間會萌生愛苗，是非常自然的發展。八重跟我無話不談，所以對於A的事，我也非常瞭解。半年後，A正式向八重求婚了。

卓也對八重而言，長兄如父；那個時候第一次見到A記者，是在八重的住處。江森在信中這麼敘述三個人吃飯的情況。

我一見到A便對他懷有好感。從他的話中，處處感覺得到對家妹真摯而誠實的愛。我知道在健全家庭中成長的他，其善良為人以及溫和有禮的舉止，並非只是淺薄的外表。我很高興。覺得八重會喜歡上這樣一個青年是理所當然的。我們喝了數瓶啤酒，三個人紅著臉暢談到深夜。到現在都無法忘記那天快樂的光景。八重那天晚上艷麗的笑容，連我這個做哥哥的都覺得美極了。對她而言，是遲來的青春花開。我心想：要是過世的家母也在的話該有多好？心頭湧起一種幾乎落淚的感動。

從此，八重與A記者彼此互訂終生。卓也之後也有好幾次和A見面。不久，A也開始稱卓也為「哥哥」。彼此心中已有一種等同一家人的親切感。

A決定在過年之後（也就是今年），帶八重到長野拜見雙親。因為A的父親寄給他的信上說：「你母親迫不及待想要見見你未來的新娘。趕快找個時間，兩個人一起回家一趟吧。」這件事八重也很快地轉告了哥哥卓也。

八重說，A的雙親的意思好像是希望三月在長野市舉行婚禮。江森卓也在接下來的信中敘述當時的情況。

由紀的眼睛盯著文字繼續讀下去。

八重高興地跑來告訴我：A說已經拜託父親在長野任教的短大校長，擔任婚禮的證婚人了。然後她又問我：「哥哥有沒有早禮服註[1]？」我說：「沒有，不過黑色雙排釦西裝的話倒是有。」但八重說：「不行啦，哥哥是代替爸媽出席我的婚禮的，一定要穿早禮服，不過話說回來哥哥個子高，會不會穿燕尾服比較合適？我們兩個已經決定要在教堂舉行婚禮了。可是好害羞唷！要和哥哥手挽著手走到神父面前。哇！光想就覺得丟臉！」八重紅著臉笑了出來。我也是第一次次參加那種喜慶典禮，光是想像當天的情景，心臟就興奮得跳個不停。

由紀。那個時候，我和八重兩人熱中於這個話題的時候，是我們無上幸福的時刻。從年幼開始，我們兄妹便過著與幸福無緣的生活。尤其是八重，從小就是別人家的養女，又因為意外失去了她的養父母。這樣的我們，也終於獲得與他人一樣的幸福了。看著八重快樂的笑容，我心想婚禮的時候，口袋裡就放著雙親的遺照一起參加吧！想到這裡我無法壓抑比妹妹還激動的心情。

但是，由紀，我們幸福的時光只持續了短暫的片刻。突來的悲劇，改變了我們的命運。

事情發生在今年一月，也就是元旦的白天。早上，我到署長以及幾位上司家拜年，十

註[1]Morning Coat。婚喪典禮、訪問拜會等時穿的日間禮服。

一點多回到家裡，打算下午到熊谷去。因為在署長家喝多了新年酒，我躺在床上，想要稍微休息讓自己清醒一下。半睡半醒間，電話響了起來。這就是悲劇的開端。

6

打電話來的是長野縣茅野警察署一名叫谷井的巡查部長。茅野署位於可遠眺八之岳連峰的名勝之地，因此每年冬季都會組織山難救援隊以隨時救助遇難的遊客。谷井自稱是救援隊的隊長。

「事實上，我是先打電話到大泉署，但聽說你今天休假，所以請他們告訴我你家裡的電話號碼。」谷井巡查部長說完後，隨即問道：「請問你認識一位叫科野八重的小姐嗎？」

「八重是我妹妹。她是科野家的養女，所以和我不同姓。家妹怎麼了嗎？」

「非常遺憾，科野八重小姐在當地的北橫岳登山道上遇難了。驗屍的時候，我們在她的物品中發現錢包，裡面有你的名片。除此之外，沒有任何可以確認她的身分的物品，所以才打電話聯絡你。請你告訴我們科野小姐家人的地址，我們會盡快聯絡她的家屬。」

突如其來的訃報，讓我大受打擊。總之，必須先確認家妹的遺體才行。八重的養父母雙亡，她的家人只有我一個，不過八重養父的弟弟就住在茅野市，說來也算八重的叔叔，我請警察聯絡他，而我則直接趕往當地。

北橫岳有纜車運行，方便登山者的交通。好像叫做PILATUS ROPEWAY，聽說利用這個纜車，就可以從山腳車站輕鬆登上山頂車站，全長約兩千兩百公尺。

由於不瞭解當地的狀況，我先前往茅野署，搭上對方特地為我準備的車子，前往山腳車站。當時已經接近黃昏。

八重的遺體被安置在纜車車站附近一座小寺廟的房間裡。八重的叔叔科野誠二郎一接到警方的聯絡立刻趕來，已經在遺體枕邊擺上鮮花，對著香柱雙手合十，等待我的到來。送來遺體的救援隊員也都還留在那裡，我從他們的口中得知八重遇難時的情況，以及發現屍體的經緯。

江森卓也在寫給由紀的信中，相當仔細地寫下當時的情形。由紀回想起男子在賓館的一室，抱住矮桌子似地振筆疾書的模樣，她讀著信的眼睛，不禁飄離文字在空中游移。

在中央線的茅野車站下車後，有巴士可以坐到纜車的山腳車站。大半的乘客都是來滑雪的。因為這條纜車的架線旁有一處滑雪場，叫PILATUS蓼科滑雪場。滑雪客搭乘纜車登上山頂站，再一口氣滑下滑雪道。享受一日滑雪的人車以及等待登山吊椅的客潮，使得車站周邊吵雜得有如都會一般。

纜車抵達山頂站，乘客便往左右分開。滑雪客往右，登山客則往左邊積雪的道路走去。

那一天，也就是去年十二月三十一日的中午左右，數名滑雪客目擊到八重揹著大背包，站在滑雪場頂端附近的模樣。

當天一早就下著小雪。日本海有一團低氣壓形成，中午過後通過本州中部的山岳地帶，往東北前進；風速在平地有十五公尺以上、山區則有二十五公尺以上，將會形成暴風雪。這是當天的氣象預報。登山吊椅在正午停止了運行。下午一點左右，滑雪場便見不到半點人影。緊接著，猛烈的暴風雪來了。

八重在這場暴風雪中，不斷朝北橫岳走去。根據救援隊的人說，當天有來自名古屋的五人登山隊，他們全都在下午兩點過後，抵達北橫岳途中的小木屋——俗稱「北橫岳休息站」，躲避暴風雪。

八重可能比這個隊伍還要晚進入登山道。根據救援隊員的說法，當天積雪深及腰部。但是登山隊有留下行走過的痕跡，也立了路標，不用擔心迷路。而且八重的叔叔科野表示，八重高中的時候就加入登山社，曾經攀登過夏季的北橫岳，在看護學校時，二年級的暑假也曾經和同學一起去登山。

說起來，山的景色在夏天與冬天是截然不同的。而且，當天刮著瞬間最大風速三十五公尺的猛烈強風。橫向撲上來的風雪遮蔽了視線，被白色的黑暗所包圍的八重，應該是拚命地朝北橫岳休息站走去才對。爬上被雪覆蓋的針葉樹林，就可以看到通往三之岳的登山道分叉點，通過這裡之後，道路就變得平坦，休息站近在眼前。

但是，不知道出於什麼原因，八重朝著與休息站不同方向的三之岳登山道走去了。雖然同樣是樹林道，但是那條路已被深雪所埋沒。可能是在持續肆虐的暴風雪與極度的寒冷之中，八重失去了方向感。這是救援隊員的意見。八重似乎在三之岳登山道走了相當遠之後，才發現自己錯誤，於是折回原路，來到分叉點附近，然後在附近徘徊了相當久的樣子。天氣晴朗的日子裡，可以從那裡遠望縞枯山及茶臼山等山，但是兇暴地狂舞的風雪白壁，奪走了八重的視野，她恐怕什麼都看不見了。求救的叫聲也被虛空中怒吼的暴風給吹散了。「精疲力竭的令妹，可能躲到巨大的熔岩背後想要避風，結果就這樣睡著，在零下十五度的寒冷中凍死了。」救援隊員這麼說。

八重的死亡時間推定為三十一日晚上七點到八點前後。屍體被雪覆蓋，聽說她蓋在頭上的紅色帽子前端，有一小部分露出雪地。沒有外傷，很清楚地，死因是凍死。她是在元旦的早上十點左右被發現的。

由於八重叔叔的好意，她的遺體暫時先送到茅野市的叔叔家。但因為當天是元旦，火葬場休息，而且依照當地習俗，一月初七之前不能舉行喪禮，所以我那天晚上借住在科野家為八重守夜後，便回到了東京。

回到家後，我發現信箱裡有一封相當厚的信件。是八重寫來的信。投遞郵局是長野的茅野。看來是八重登山之前，到車站附近的郵筒投遞的。我急忙打開信封，接著陷入一陣愕然。

由紀，這是八重的遺書。信中寫道，八重在去年十二月中旬就想要自殺了，但是她怕給身為警察的我帶來麻煩，同時考慮到未婚夫A的心情，遲遲無法斷然實行。最後她終於想出來一個方法，正是在冬季的山裡遇難死亡。她要用這種任誰看來都不像是自殺的方法，斷絕自己的生命。還好她登過北橫岳兩次，熟知山的地形及危險的地方。墜崖死亡？或是迷路遇難？她考慮了幾種不管怎麼看都不像是自殺的方法，決定抵達當地之後再決定採用哪一個——遺書上這麼寫著。

上面也寫著，為了這個目的，她打算帶著從醫院拿來的氯仿（chloroform）這種吸入性的麻醉藥一起去。也就是，在大雪中的登山道徘徊之後，她要隨便找個地方，把這種藥大量撒在自己的袖口，然後將容器扔到遠方，再吸自己的袖口。瞬間，她便會失去意識，昏倒在風雪中。這麼一來就可以埋在雪堆裡，毫無痛苦地凍死了。

當天，山上刮著暴風雪。這對八重的偽裝自殺而言，反倒該說是一種幸運。沒有任何人懷疑她的死。

然而，八重與A的婚事在即，她應該為了女人的幸福而雀躍不已。當然，她也一直在為婚事做準備。可以說是處在幸福頂端的她，卻突然想要自斷性命，理由何在？

八重的遺書裡詳細地記載了理由。但是，由紀，要我一字不漏地寫下它的內容，對於我這個做哥哥的，實在是一件難以承受的事。我無法下筆。八重所遭遇到的屈辱犯罪，惡劣到了極點，只能說是慘不忍睹、無恥至極。

由紀。接下來的內容，不管它看起來如何難以置信，但全都是事實，毫無半點虛偽，也沒有一絲誇張。請妳冷靜地看下去。

7

八重在伊豆原醫院就職的時候，一開始被分配的單位是內科。這裡被稱為南大樓，另外附設眼科及皮膚科。東大樓是外科診療；而大約兩年前，為了接納住院的精神病患又建設了西大樓。

八重在患者當中，是一個大家讚譽有加的護士。因為她的責任感強，總是毫無怨言地接下被分派的工作。有時候就算犧牲自己的休假，她也會陪在危篤的病人身邊。

去年十月底左右，八重奉命從內科轉調到精神科的西大樓。

這一天，八重被叫到院長室去。

「從明天開始，妳轉到西大樓去工作。我聽說有不少護士不願意調到那裡去，不過這完全是錯誤的觀念。許多精神病患遭到自己的家人嫌棄，非常可憐，我們應該救助這樣的病患才是。這對從事醫療的人而言，是非常重要的工作。妳明白嗎？」

「是的。」

「西大樓幾乎都上了年紀的護士，所以我想讓妳這樣年輕的護士到那裡去。我和總務課的北條商量之後，他向我推薦妳。他說妳的工作表現良好，個性也很認真。而且，和其他的護士不同，不會拿患者或探病者的事到處渲染，嘴巴很牢靠。我認為這是最重要的。

護士絕對不能把院內的事情或病患的祕密洩漏出去。這一點也是法律所禁止的。妳的話，這方面應該就不用擔心了。我決定採納北條的推薦。

將來，我打算讓妳擔任西大樓的護士長，發揮長才。現在的護士長叫大石松子。詳細情形，就請大石護士長告訴妳吧！明天開始就拜託了。」

「我明白了。」

八重答道，離開院長室；但是那一瞬間，她的心中掠過一種「啊，果然不出所料」的想法。因為她聽到院長說，她會轉調到西大樓，是出於妳先生北條的推薦。

八重在伊豆原醫院工作約半年之後，北條就經常邀她吃飯。但她全都拒絕了。因為她從其他護士口中，聽到了許多關於北條的傳聞。

「妳最好小心那個總務北條。那個人很喜歡對女孩子出手。到目前為止，有不少護士都遭到他始亂終棄。在他看來是逢場作戲，但女方都是認真的。也有人被迫墮胎、辭職，甚至鬧自殺呢！」

「北條昭這個人，在醫院受到特別待遇。院方沒辦法解雇他。聽說他是院長的私生子，是院長性侵一個十七歲的實習護士生下的。那個實習護士是個美人，相當性感，但個性非常強悍。她好像威脅院長，要他承認她的孩子，要不然就告他強姦。但是院長沒辦法承認，因為院長夫人是議員——前任厚生大臣的妹妹啊！」

「聽說後來院長對她說：如果妳願意當我的情婦，我就照顧妳們母子一輩子，要她接受這個條件，給了她一大筆錢呢！」

「真令人羨慕。聽說院長被那個女人的床上功夫套得死死的，現在還是會去找那個女人。都已經四十多囉！到底是用什麼技巧綁住男人的？」

「總之，北條這個人在這家醫院是所謂的特權階級。而且他就跟他爸一樣，見一個愛一個。像科野妳這樣的美人，第一個就會被盯上。妳最好小心一點。」

八重從護士口中聽到這些話，拒絕了阿昭的邀約。但阿昭不死心，有時候，他會在晚上喝得醉醺醺的，到八重的住處說：「我碰巧來到附近，妳就請我喝杯茶吧？」想要進去。這種時候，八重總是在玄關口以「太晚不方便」為由，婉拒他進來。八重的拒絕傷了阿昭的自尊心。換句話說，把八重轉調到西大樓去，是阿昭對她的一種報復，所以八重的腦中才會掠過「啊，果然不出所料」的想法。

但是，八重告訴自己，對精神病患的看護也是一種寶貴的體驗。隔天開始，便到西大樓上班。

八重的遺書裡，詳細地描述了西大樓的情況，但是我想妳應該不會有興趣知道。我想只要告訴妳，那裡對病患而言是名符其實的醫院地獄，應該就足夠了吧。

總之，那個地方沒有任何專任的醫師。只有院長兩、三天來露一次臉，根本沒有所謂的診察可言。一切都由大石護士長一手掌管。病患當中似乎也有人控訴醫院的待遇，表達不滿，或為此吵鬧，但是這種時候，護士長便命令壯碩的男護士為他們注射安眠藥。（據說他們宣稱這是睡眠療法。）

這種事重覆幾次之後，患者便渾身無力，陷入虛脫狀態。不過，人還是活著的。聽說八重開始工作後的一個月內，就死了兩名患者。聽說兩個都是急性肺炎，卻完全沒有進行任何治療。然而，患者的病歷上，卻寫著：給予病患半流質食物，或是無法經口攝取水分之後，進行葡萄糖及生理食鹽水的點滴注射等等，甚至附上不曉得是什麼人的胸部X光片。

這樣一來，任誰都無法有意見了。而且，四周的人全都是精神病患。沒有人會對院方卑鄙的行為提出抗議，也無法作證。

這些事全都藉由護士長之手執行。護士全都是將近六十歲的女性，頂多只是照顧病人吃飯，態度消極。

八重調到西大樓的第一天，有個護士這麼對她說：

「這裡是伊豆原醫院的搖錢樹。住院的病患到死之前都走不了。家屬付的住院費全都進了醫院的口袋。可是啊，像我已經年經大了，別的醫院不肯雇用，待在這裡的話，薪水高，工作又輕鬆。妳也一樣，上班的時候，可別頂撞護士長啊！什麼事都莫看莫聽莫問。哎，悠閒地幹下去吧！」

八重寫道，護士那自嘲的口氣，讓她感到心寒。

由紀。沒時間了，中間的事就略過不提了。接著到了去年十二月的某一天，八重被叫到院長室去了。

「妳現在可以到熊谷市去一趟嗎？這本來是護士長的工作，可是她今天頭痛早退，所以才拜託妳。麻煩妳幫我送一下這份文件。」

院長說完，把一個大信封和另一個小信封交給她。

「對方會填好這份文件上必要的事項，蓋章後交還給妳。妳只要再帶回來就行了。地址寫在這裡。這個叫三本木的地方，離男沼町不遠。搭計程車的話，不用三十分鐘就到了。來，這是計程車錢。」

院長把一萬圓鈔票遞給八重。

「這個叫矢木原洋三的人，以前是我們醫院的醫生，現在留職停薪。他有點酒精中毒，妳不用太理會他，只要拿了文件，立刻回來就行了。」

「我知道了。那我現在就去。」

八重一離開院長室，立刻招了計程車，前往位於熊谷市三本木的公寓光陽莊。這是她日後招來悲劇的遠因。當然，當時的八重完全沒有預料到……

8

透過江森卓也的信，由紀第一次知道丈夫阿昭是伊豆原醫院院長的私生子。昭會驕傲地說：「我媽生了我，就等於生了顆金雞蛋。」原來是這麼回事。

婆婆民子之所以妝扮年輕，一點都不像四十六歲的年紀，能夠一個人居住在豪華大廈的理由，她也終於明白了。由紀一直想像著婆婆的背後有個男人，原來是伊豆原醫院的院長。

長期以來的疑惑解開了。但她還是搞不懂丈夫和院長兩個人，如何與江森的妹妹八重的自殺扯上關係。

八重在院長拜託下，前往熊谷市的矢木原洋三的住處。在那裡到底發生了什麼事？由紀的眼睛，再度被江森卓也信上的細小文字所吸引。

八重前往的公寓光陽莊是一棟破舊的兩層樓木造建築，矢木原洋三的房間在一樓。面對狹窄空地的門旁邊停著一輛老舊的腳踏車。

入口處連門鈴都沒有。八重敲了敲油漆快要剝落的門，很快地有人從裡面把門打開了，一名約五十歲的瘦男子，臉上滿是鬍渣。

「伊豆原叫妳來的嗎？」

「是的。」

「我在等妳。進來吧。」

六張榻榻米大的房間的隔壁有一個流理台。那裡是狹窄的木板地。好像沒有其他房間了。客廳中央放著一張小矮桌和一個坐墊。雖說是留職停薪，但以醫師的住處而言，眼前的景象未免過於寒酸冷清，八重不禁皺起眉頭。

「妳應該有拿東西來吧？」

「是的。」八重遞出帶來的大信封。

「不是這個，另一個。對，那個。」

他接過八重帶來的小信封，就這麼站著打開，抽出裡面的東西。是萬圓鈔票。他在手指沾上口水，慎重地數著。

「哼，一樣二十五張啊！下次開始漲到三十好了。」

男子說著，從裡頭抽出一張，遞到八重面前。

「喂，不好意思，去幫我跑個腿。」

「呃？什麼……？」

「買酒，日本酒。叫吉野櫻的好酒。那邊的路左轉，第十家之後有個酒店。這陣子都沒碰半滴酒，完全無法振作。拜託啦。妳回來之前，我會把這邊的東西弄好。只是寫上名字、蓋個章而已。喏，快去！」

八重只好握著萬圓鈔票，急忙往男子說的方向快步跑去。

八重提著酒瓶回來時，矢木原洋三好像已經簽名蓋章好，正把文件裝進新信封，封住信封口。信封表面有折痕。看樣子那個應該是院長跟文件一起折好放進大信封裡的。

「喲，我等妳好久了。上來，坐那裡。那個先給我。」

男子一把搶過八重手中的酒瓶，打開瓶蓋。矮桌上已經擺好空杯子了。

八重把零錢放到矮桌上。

「那麼，我就把文件帶回去了。」

「嗳，坐一下。對著美人大口喝酒，對我而言，可是無上的享受啊！」

他一口氣喝光滿杯的酒。接著第二杯。簡直就像在喝啤酒一樣，他咕嚨咕嚨地把酒灌進嘴裡。到了第三杯，才像品酒似地慢慢喝起來。

「那個……文件……」

「唔，不用那麼急。就算慢了一點，只要把它帶回去，妳就神氣了。因為要是沒了這個，伊豆原醫院或許得倒閉呢！」

「這麼重要的東西嗎？」

「是啊！話說回來，我沒見過妳呢！是護士嗎？」

「是的。」

「哪棟大樓的？」

「西大樓。從今年十一月……」

「這樣啊，真可憐。像妳這麼年輕的護士竟然……那裡不是妳該待的地方。」

「為什麼？」

八重隔著矮桌，在矢木原面前膝蓋併攏。

「為什麼？妳也是護士的話，就應該瞭解吧？那個精神科的大樓，有半個專任醫師嗎？誰來照顧病患？」

「院長先生會……」

「哼，他只是隔個兩三天、形式性地來露個臉罷了。院長一個人怎麼處置兩百個以上的住院病患？精神病患裡有很多罹患內科疾病的人。妳有看見過他們接受過治療嗎？」

「……」

「而且，那裡沒有專業醫師。妳知道吧？精神保健指定醫師制度……」

矢木原滔滔不絕地說著，一刻也沒有放下杯子。一升瓶（一．八公升）的酒，已經剩下不到一半了。

「我記得這個制度是一九八七年制定的。精神保健法重新修定後，制定了精神保健指定醫師的制度。」

「所以……怎樣？」

「妳都沒唸書嗎？聽好了。要讓精神病患住院，需要監護人以及本人的同意。而且病患當中有許多人拒絕住院。這種情況下，只要有監護人的同意就能夠住院。這叫做醫療保護入院。但是，這種情形，指定醫師的診斷是絕對必要的。」

矢木原原本蒼白的臉，泛起淡淡的紅暈。隨著醉意加深，他的語調變得流暢，連表情都熠熠生輝。

「而且，對於醫療保護入院者，必須定期向縣機關提交病況報告書。簡言之，報告書上頭要說明患者的病歷以及現在的症狀。這也是要由指定醫師來診斷，並署名蓋章。可是伊豆原醫院沒有指定醫師，只隨意憑監護人的委託，就讓病患住院。不願意住院的病患，就由院長帶著男護士及護士長過去幫他們注射安眠藥等藥劑，強制病患住院。很明顯這是違法的。」

「可是指定醫師的資格，院長他應該……」

「怎麼可能有？要當上指定醫師，必須有五年以上的臨床經驗，或三年以上診療精神障礙者的經驗，而且需要厚生大臣的認可。伊豆原醫院開始收容精神病患，才不過兩年吧！院長根本沒有資格申請成為指定醫師。」

「矢木原醫師有這個資格嗎？」

「有啊！我以前在大宮市的精神醫院工作了七年。可是薪水不高，伊豆原就是看準了這一點，才過來挖我過去的。」

「那你為什麼不做了？」

「噯，發生了很多事。總之，我就是不想幹了。妳知道那裡有一個叫做特別室的地方嗎？」

「有，我聽說特別室是單人房，尤其是家屬要求的時候，就可以住進去……」

「對。住進那裡的話，就可以賺取床位的差額暴利。不過，家屬當中，也有人希望在那個房間裡讓病患安樂死。」

「這怎麼可能？」

「不過，說是安樂死，也不是使用藥物。只是把病患丟在那裡，任他們衰弱到死。如果要這麼做，大房間就不妥了。我在的時候，特別室的病患死的人特別多。遺族裡頭也有人會不斷追問死因。這種時候，院長便會悄悄吩咐護士長，從內科大樓隨便找張X光片來。有一次，有個男子得了急性肺炎而死。院長把護士長拿來的X光片放在顯像器上，說明：「請看，肺的這裡有陰影，這就是發炎的部分。」那張照片根本是別人的，可是一般人完全看不出差別。甚至有人對院長的說明感激涕零，還說什麼：『能讓院長這麼悉心地診療，我想他本人也心滿意足了。』支付了大筆住院治療費之後就回去了……」

「好過分。」

「是啊，那裡只是掛名為醫院的收容所。一旦進去，絕對出不來。雖然如此，住院病患卻不斷增加。所以，更需要我這個指定醫師的診斷書和同意了。妳帶來的文件就是這些東西。這些文件上面的患者，我不看診也不診斷，可是，我會在上頭簽名蓋章。酬勞就是二十五萬。換句話說，院長每次支付二十五萬圓，養我這個被解雇的醫生。」

「這要是被外頭的人知道了，事情不就嚴重了嗎？這種行為是不正當的！」

「我的醫師資格會被吊銷吧！可是，院長也不可能全身而退。所以，像妳這樣的人不能待在那種地方。妳要成為院長賺錢的道具，當殺人犯的共犯嗎？還是為了護士原本的使命而活？妳要自己決定。」

「你也應該到別的醫院工作，盡醫生該盡的本份才對。」

「要是有哪裡肯用我這個酒精中毒者的話再說吧！就連我老婆都受不了我，跟別的男人跑了。哼，我對跑掉的老婆一點都不眷戀。還是愛酒的自己最重要……」

矢木原洋三話說到最後，語調變得有點像在唱戲，他雙手抱住所剩不多的酒瓶，趴倒在矮桌上了。

八重拿了大信封，離開公寓。外頭的陽光雖然明亮，她的心卻一片陰沈。

矢木原洋三的話，並非酒鬼的酒後亂語。他所說的每一句話，八重心裡都有數。

「妳要成為院長賺錢的道具，當殺人犯的共犯嗎？還是為了護士原本的使命而活？」

他的話在八重的胸中沈痛地迴響著。

回到伊豆原醫院，推開院長室的門時，八重已經下定決心了。

——我不應該留在這家醫院裡。

9

由紀。

八重從小就是直性子，正義感非常強。我想矢木原醫師的話，確實帶給她相當大的打擊。而且事實上八重也知道住院病患的實態。

但是公開事實、糾舉醫院，或是訴諸輿論，要醫院改變經營方針等等，對於不過是一介護士的八重而言，根本是不可能的。每個病患都有精神上的障礙，不可能要他們當證人。而目擊者又全是與院方有關的人，他們理所當然地會做出對醫院有利的發言。就算是矢木原醫師，事到臨頭也一定會屈服於金錢，站在院長那邊。關於箇中緣由，八重在遺書當中這麼寫道：

「醫療機關所進行的犯罪，等於是密室犯罪。死於醫療過失的患者，他們的家屬就算控告院方，幾乎也都是以原告敗訴收場；因為他們無法找到證據及證人。光靠推測及揣測是無法說服法官的。不，就連法官也很難踏入這銅牆鐵壁的犯罪當中。所以也請哥哥不要只靠著我所知道的事實，就興起搜查伊豆原醫院的念頭。你絕對沒有勝算的。我覺得最好就這樣默不作聲地辭掉工作離開這家醫院。我已經下定決心這麼做了。」

我想，對八重來說，這是無奈的選擇。那天，她把帶回來的文件交給院長後，當場表明了自己的辭意。

當然，院長問她辭職的理由。但是，八重當然不方便說出院方做法不正當這樣的理由。

「妳今天會突然提出辭職的事，是不是因為矢木原跟妳說了些什麼？」院長觀察八重的表情，試探性地問道。

「不是的。」八重答道。

「哦？不過妳們有聊天吧？」

「是的。醫生的話讓我受益良多。」

「哦？怎樣的話？」

「醫生聽到我在西大樓工作，向我說明了精神保健指定醫師的制度，還有醫療保護入院相關的規定等事情。」

「提這些無聊的事——妳聽好了，那個人酒精中毒，腦袋也有點不清楚了。不要相信那種人說的話。」

「但是我看起來不像是那樣……」

「妳被騙了。他在這家醫院工作的時候，爬進特別室的年輕住院女病患的床上，對人家毛手毛腳，結果被護士發現，鬧得滿城風雲。精神病患處於心神喪失的狀態，而他卻和這樣的女病患發生關係。這是強制猥褻——甚至可視為強姦罪的行為。不過我用我的權力把這件事壓了下來，才沒有東窗事發。是我救了他。不過，這件事被他的妻子知道，因而離家出走了。」

「……」

「妳相信這種人說的話，所以才想要辭職的嗎？」

「不是的。」

「那理由是什麼？」

院長窮追不捨，八重只好這麼回答了：「其實是……我要結婚了。」

「哦？那真是恭喜了。結婚離職的話，那也沒辦法。那，什麼時候舉行婚禮？」

「目前預定明年三月。」

「哦……對方是做什麼的？」

「他從事報導相關工作。」

「那就是電視還是報社的工作囉？」

「是的，他在報社擔任社會部的記者。」

「哦……報社記者啊……」

八重說道，瞬間院長的表情變得嚴肅。從矢木原洋三那裡得知某些事的八重，會不會向報社記者的丈夫透露有關醫院內幕的種種？院長的腦中必定是浮現了這種疑慮。對他而言，警察及報社最令他棘手。經過漫長的沈默，院長開口說了：「關於辭職的事，我想再和妳談談。可以的話，我還是希望妳結婚之後，也繼續在這裡工作。我現在有事情得去辦，明天晚上我再和妳好好談談。對了，明天晚上八點，我們在二樓的會客室聊聊好了。那裡晚上也沒有人在，可以慢慢地談。而且既然妳要結婚了，我也想給妳一些祝賀禮。嗳，妳就再好好考慮一下吧！」

說到會客室，那裡是病患與家屬會面時使用的房間，平常也做為接待一般客人之用。

到了隔天——

八重下班之後，就到會客室見院長。院長多次慰留八重，希望她打消辭職的念頭，但是八重心意已決。

「那也沒辦法了。」院長說道，起身拿起附近電話的話筒，按下號碼。

「哦，我這邊已經談完了。車子準備好了嗎？知道了。那我出門了。」

八重不曉得電話是打到哪裡。但是這通電話正是院長通知副院長，聯絡他對八重展開卑劣行動的信號。

院長打完電話，從口袋裡拿出愛抽的LARK。雖然身為醫生，但聽說院長及副院長都是個大菸槍。不過院長喜歡LARK的紙捲菸，而副院長只抽雪茄。八重說過，她以前還在內科的時候，跟在副院長後面巡病房時，副院長全身飄散出來的雪茄味傳進她的鼻腔裡，讓討厭煙味的她幾乎受不了。

「就算要辭職，」院長一邊吐出煙一邊說。「也總不會明天起就不幹了吧？而且還有交接的問題什麼的……」

「是的，我會做到十二月底。」

「是嗎。那今晚就談到這裡吧！哦，我差點忘了。聽說三〇五號室的病患肚子痛，沒有吃飯的樣子。護士長讓她服用了止痛藥，可以麻煩妳去看一下情況嗎？如果她睡著的話，就別吵醒她。妳去看看情況後，就可以回去了。辛苦妳了。晚安。」

「晚安。」

目送離開會客室的院長下樓之後，八重前往三〇五號室。位於三樓的這個房間，正是所謂的特別室，裡面住著一名中年的女病患。她有重度的自閉症，幾乎不說話。無論何時去看，她都是抱膝蜷縮著坐在床上。

八重爬上往三樓的樓梯。打開三〇五號室的門一看，患者把臉露出棉被外，正沈沈睡著。確定她微弱的呼吸聲後，八重離開房間，再次走向樓梯。

然後，由紀，悲劇就在下一瞬間發生了。與其說是悲劇，更應該說是摧毀了八重一生的殘酷事件。她的遺書裡鉅細靡遺地寫下了事實，我一面讀著，一面憤怒得顫抖、咬牙切齒。

我把內容原封不動地告訴妳。對於身為女性的妳，這是令人不忍卒睹的殘酷內容，但是請妳不要躲避，務必讀完它。

離開三〇五號室，八重走向連接樓梯的走廊。她究竟遭遇了什麼事？

這家醫院規定冬季的就寢時間是八點半。八重這個時候看了看手錶。當時已經快九點十分了。寂靜無聲的院內走廊上，只有八重一個人的鞋聲作響。

10

八重輕輕地行走，就要來到樓梯口的時候。

「護士小姐。」

她聽見有人叫她，停下腳步。回過頭去，卻沒看見人影。三樓的病房是女性病患專用，而且全都是比較穩定的病患。但是剛才的聲音，似乎是男性的。

「護士小姐。」模糊的聲音再一次響起。

「誰？」

聲音好像是從八重左手邊的三〇八號室傳來的。這個房間也是單人房，也是所謂的特別室，但是現在裡頭沒有病患，應該是空房。

八重推開微啟的門。裡頭一片漆黑。

「有人在裡面嗎？」

她走進房間，按下牆上的開關。她掃視變亮的房間，裡面卻空無一人。正面的窗邊擺著一張床，當然上面沒有人躺著。但是八重還是往床鋪前進了兩、三步。就在此時，躲在門後的男子突然從她的背後襲擊。

（男病患！）

八重瞬間想道。這是因為男子從背後繞上來勒住她的脖子的手，被她瞥到了一眼。這家醫院會借給住院病患兩件式的睡衣及睡褲。男性病患的睡衣是灰底褐色細條紋，女性的則是帶紅色的條紋。雖然只有一瞬間，但八重在環住自己脖子的手臂上看見了褐色的條紋。

「不行，住手！」

八重扭動身體，想要逃離對方的囚禁。她彎曲手臂，用手肘敲打男子的側腹，然而對方卻不為所動。男子以粗壯的手臂勒著她的脖子，把八重的身體拖向床上。呼吸困難。或許會被殺掉。恐怖籠罩了八重的全身。

「救命！來人啊！」

八重使盡全力大叫，然而從被勒住的喉嚨裡擠出來的，卻只有沙啞的呻吟。同時，她的嘴裡被塞進布團，連出聲都辦不到了。八重死命用指甲摳抓男子的手，胡亂扒抓。眼前旋轉著紅色的光團，八重覺得自己被捲入那迴轉的光渦中。接著，她的身體變輕，痛苦逐漸消失，之後失去了意識。

八重恢復意識時，她正躺在特別室的床上，身上蓋著毛毯。她的遺書上寫道，由於記憶與時間感覺都缺損了，她完全不曉得自己身上發生了什麼事、在床上睡了多久？

八重聽到耳邊的叫喚聲，微微睜開眼睛。有張臉正看著自己。她發現那是院長，慌忙地想要起身。同時，她注意到自己全身赤裸。她立刻用毛毯包住身體，但羞恥得抬不起頭來。

「很遺憾妳遭遇到這種事。可是，沒有別人知道。侵襲妳的人，我已經知道是誰了。詳細情形等一下再告訴妳。我在外頭等妳，趕快穿好衣服吧！我剛才已經打電話回家，請內人過來了。她應該把車子停在大樓的後門。總之，先到我家去吧！或者是……」

院長把手放在以毛毯裹住身體的八重肩上說道。

「要叫警察過來嗎？這種犯罪是親告罪。由妳自己決定是不是要把事件交給警方調查。如果要叫警察的話，妳最好就以這樣的姿態，讓他們看看現場的情況。另外，關於犯人的行為對妳的身體造成了什麼樣的危害，身為醫師的我，可以當場證明。怎麼樣？要打一一〇嗎？我想刑警應該立刻就會趕來……」

八重拚命搖頭。這是理所當然的。身為一個女性，是不可能忍受讓刑警看見自己這種羞恥的模樣的

「是嗎。那先到我家去吧！趕快穿上衣服，我在外面等妳……」

院長離開房間，八重立刻穿上衣服，整理儀容。我想這個時候的八重，可能失去了思考能力。自己的身體遭到住院病患玷污的悲傷與憤怒充塞了整個胸口，她沒辦法冷靜地判斷情況。她就像夢遊病患，在院長帶領下，從大樓後門走出來。然後坐上等在那裡的院長夫人的車子，被載往院長位於男沼町中心部的雄偉宅第。

一到院長家，八重就被帶到浴室。但是，不管再怎麼樣仔細地清洗身體，被男人玷污的痕跡也不可能消失，她無法洗掉被凌辱的記憶。洗完澡，換上新的睡衣之後，她被帶到

餐廳。那裡擺了幾樣料理，院長說「喝一口會比較冷靜」，拿了白蘭地，請八重喝酒。

「妳遭到了不幸的事，但所幸今晚的事沒有別人知道。第一個進去那個房間的人是我，之後沒有別人靠近過那裡。只要我和內人不說，就不怕這個祕密洩漏出去。什麼都用不著擔心。妳也忘掉一切吧！這樣一來，今晚的事就等於沒有發生過。把它當成被狗咬了就是了。心中的傷痕遲早也會被時間沖淡。或者是，妳想知道妳身上發生了什麼事？」

聽到院長的話，八重這麼回答了：「醫生，請告訴我你所看到的一切。我經過那個房間前面的時候，聽到有人從裡面叫我。那是男子的聲音。同時，我記得我被人從背後襲擊，勒住脖子。那個時候，我瞄到對方的袖子，那確實是病患的睡衣。是病患對我做出這種事的嗎？醫生說知道是誰侵襲我的，那是誰？不弄清楚事實的話，我沒辦法忘掉這一切。」

「嗯。以我的立場，我實在是不願告訴妳是誰幹的，不過或許妳還是知道事實比較好。」

院長壓低聲音開始說了。

我將八重的遺書上所寫的院長的話簡要如下。

——今晚，我在西大樓的會客室和妳談完之後，下樓走到南大樓的院長室。因為我的公事包還放在那裡，所以我打算去拿公事包後再回家。

另外，妳應該知道我是個攝影迷，辦公室裡有好幾台相機。其中有一台最近買的拍立得相機，我把它揹到肩上。

因為內人說她也想用，叫我把相機拿給她。

當我帶著相機走出醫院時，卻沒看見應該停在大門前的車子。沒辦法，我只好走向停車場。此時，我從口袋裡取出香菸，叨進嘴裡。正想點火，卻找不到打火機。我想起剛才在西大樓和妳談話的時候有抽菸，或許是忘在那裡了。那個打火機是我生日的時候，副院長送給我的高級品。於是我急忙折回西大樓去。

來到二樓的會客室一看，打火機果然放在桌上。我立刻拿它點燃嘴裡的香菸。

就在這個時候，我聽見三樓的走廊，傳來有人在走路的聲音。那是穿著拖鞋走路的腳步聲。三樓全都是女性病患，而且都是病情比較穩定的婦女，沒有所謂徘徊症的病患。究竟是誰在這種時候出來走動？我來到樓梯口，出聲喊道：「是誰？怎麼了嗎？」

結果，腳步聲跑了起來，奔上四樓的樓梯，接著傳來關門的聲音。

就像妳所知道的，四樓全都是男性患者。換句話說，剛才的腳步聲是一名男性病患在走廊徘徊，並且走近女性病患的房間而發出的。四樓的個人房裡，現在住著八名病患，一定是他們其中一人。

我立刻走上三樓看看。剛才的腳步聲到底是想要走到幾號室的女性房間裡？我掃視走廊。每個房間都寂靜無聲。突然，我看到三〇八號室的門開了一條縫，燈光從裡面透了出來。那裡應該是空房才對呀。我覺得可疑，打開門一看。結果，我在房間發現全裸躺在床上的妳。

我出聲叫妳，但是妳沒有應答。雖然妳的脈搏有些紊亂，但呼吸正常，我知道妳是因為受驚而陷入昏迷狀態。我拿來放在會客室的公事包，進行了一個醫師應做的必要處置。

接著，我打電話給內人，說明大致的情況，要她立刻開車過來。然後就一直待在妳身邊，等妳恢復意識。這段期間，沒有人接近那個房間。知道這件不幸的事的人，只有我和內人而已。

那麼，襲擊妳的人是誰？從我聽到的腳步聲來判斷，那絕對是四樓的住院病患。四樓有八名病患。那妳會問，我們可以從當中特定出其中一名病患嗎？從過去的病歷以及現在的症狀，可以做出某種程度的推測。但是，目前我不能告訴妳他的名字。因為沒有確實的證據。

再說，他們每一個都是重度的精神障礙者。我雖然告知病患的家屬是精神分裂症，但是症狀全都不同。有的患者是重度的緘默症，入院以來一句話也沒說過。也有顯示出言語極度分裂的患者，就算把他的話拼湊在一起，也沒有任何意義。還有活在幻想與幻覺中的老人；也有幻聽的病患會與神對話，或整天自語自言、獨自怪笑的人。他的病歷症狀欄上，好幾個月都寫著：「自言自語。一個人傻笑。」因為除此之外，沒有其他可以寫的了。

這樣的病患，即使觸犯了刑法法規，也無法要他們負起法律責任。因為偵調或審判，對他們而言根本就是異次元的事物。

這對科野小姐妳來說，應該是件難以原諒的事，然而實際上卻也莫可奈何。幸好，妳的生命並沒有受到危害，身體也沒有留下傷痕。剩下的只有妳的記憶。所以我才會叫妳忘了一切……

由紀。

那天晚上，院長對八重說了以上的話。八重聽著這番話，處在異常的興奮及錯亂當中。自己真的被侵犯了嗎？昏倒的時候，對方究竟對自己做了些什麼？她想知道這些。如果只是被剝光而已，那還有救。也可以照著院長說的，忘掉這段忌諱的記憶。可以藉著離開伊豆原醫院，把一切埋沒在過去的時間當中。

但是，如果病患完全付諸行為，玷污了自己的身體——對於結婚在即的八重而言，這是關乎生死的大問題。為了回應A純潔的愛，八重希望以純潔之身舉行婚禮。如果無法實現，她也沒有繼續活下去的希望了。

她有了覺悟，這麼問院長：

「院長，對方對我做了什麼？因為我暈了過去，什麼都不曉得。可是，我想知道真相。請你告訴我，我真的被病患侵犯了嗎？」

「我也沒有親眼目睹那一刻……可是，說老實話，妳人不是躺在床上，而是倒在地上的。是我把妳抱到床上，蓋上毯子的。那個時候，妳的腹部和乳房一帶，看起來像是沾到了什麼黏稠的液體。我拿出公事包裡的消毒紗布，將弄髒的地方全都擦乾淨後，才把妳抱到床上……」

光聽到這些就夠了。八重是護士，她從院長「黏稠的液體」的說明，立刻就察覺了那是男性的體液。行為完全實踐了。自己的純潔被玷污了。瞬間眼前變得一片黑暗——八重的遺書這麼寫道。

可是，由紀。

八重的痛苦和悲傷，並沒有就此結束。事實上，接下來還有將八重推入絕望深淵的恐怖陷阱正等待著。

那就是院長接下來說的話。

「病患當中，雖然也有無法痊癒的人，但也有症狀好轉的例子。他們的精神狀態恢復到某種正常程度後，或許會有人回答我們的質問，會承認對護士出手的事。雖然無法期待，但也不能斷言不無可能。雖然無法向他們追究法律責任，但是他們的家屬也不會就這樣坐視不管！如果他們的家屬有良心的話，應該會考慮對妳做一些賠償。」

「賠償……？」

「對。例如支付妳一些賠償金之類的……」

「那種東西！」八重不屑地說。「這不是可以用錢解決的問題。」

「妳現在可能會這麼想，但是妳的心情或許會改變。不管怎麼樣，知道這件事的人只有我一個人。未來如果發生了什麼問題，只靠我一個人作證，多少有點不安。我當時在現場這麼想，然後腦中閃過一個想法。對了，我今晚有帶相機。再也沒有比照片更能夠訴說實況的確實證據了……」

「醫生！」八重發出悲痛的叫聲。「你拍了身體赤裸、倒在地上的我嗎？」

「嗯。妳一絲不掛的樣子。因為是即可拍，所以相片當場就出來了。那台相機性能很好，映像十分鮮明。這不是該給別人看的東西，不過本人的話，應該沒關係。就是這個。照片有三張……」

院長從口袋裡取出三張照片，並排在桌子上。同席的院長夫人望向照片，驚呼：「哎呀，好慘！」八重的嘴裡迸出呻吟般的哭泣聲。那是令人難以正視的照片。

一隻腳的腳踝上纏繞著絲襪及內褲的全裸姿態。雙腳大大地張開。

另一張照片，相機以俯瞰的形式補捉全身，以特寫拍出她的表情及乳房一帶。上面可以清楚地看出像是男性體液的液體。

最後一張，相機的位置壓低，從八重的腳邊，對著她大開的胯間拍攝。那確實是性能極佳的相機，色彩鮮明，局部的隆起及皺褶，都被無情的鏡頭正確地捕捉入鏡。那是連她自己都沒有見過，可以說是私密場所的映像。

院長夫人興致勃勃地看著那些照片。八重扭著身體痛哭失聲。院長夫人摟著她的肩膀說：

「真是難為妳了。遭遇到這麼羞恥的事。來，別哭了。老公，快把那些照片收起來。用不著擔心。只要八重小姐認真地在我們醫院工作，外子會保護妳的，今晚的事不會有任何人知道的。喏，已經晚了，休息吧！我已經準備好房間，妳就在這裡過夜吧。老公，明天就讓八重小姐休息吧！不，兩三天也無所謂，休息到妳的心傷痊癒為止吧！對吧？老公。那，我帶八重小姐到寢室去……來，往這裡。」

八重被夫人摟著肩，帶往別室。房間已準備好寢具了。

11

雖然躺在被窩裡，八重卻無法闔眼。這是當然的。羞恥與屈辱，再加上憤怒與絕望，緊緊地攫住了她的胸口。三〇八號室中傳出的「護士小姐」的叫喚聲。那道聲音一直在耳邊縈繞不去。那是誰？那個人和自己並不是偶然碰上的。他是躲在房間裡的。我在院長的指示下，進入三〇五號室的病患房間，確定病患睡著了之後，才走向樓梯準備下二樓。以時間來看，只有兩、三分鐘而已。那個時候，四周並沒有人。

換句話說，襲擊我的人一開始就躲在三〇八號的空房裡了。他是不是早就知道我會經過那個房間？

還有，那個聲音。那個聲音也很奇怪。呼叫護士的時候，病患會以平常的聲音叫喚。但是那模糊的聲音，很明顯的是裝出來的。為了不讓自己的真面目被看穿，用什麼東西遮在嘴邊，刻意發出奇怪的聲音。

精神有障礙的患者，怎會想到要去耍這種小手段？

無法入眠的八重，腦中浮現數個疑問。但她最終只在意一件事。八重的遺書中寫道，這個時候她似乎已經決心自殺，但在死之前，她可能想要找出真相吧！院長的說明，實在讓她難以接受。

——我真的被病患侵犯了嗎？

三〇八號室。我進入房間的瞬間，男子就從背後襲擊過來。我拚命抵抗。男子粗重的喘息，吹過我的脖子和臉頰。我別過臉去。他吐出來的呼吸讓我受不了。他吐出來的呼吸——對了，我就是為了避開那個味道，才把臉別過去的。強烈的煙味。那是雪茄的煙味！

八重在被窩裡，差點「啊」地叫出聲來。這家醫院裡，成天叼著雪茄的，只有副院長伊豆原典夫而已。八重想到了這件事。

這段記憶更喚起了別的記憶。男子勒住八重的脖子的時候，她扳起男子的手指，想要逃離對方的手。她記得那個時候，瞥到男子的手指閃光了一下。那應該是戒指。而伊豆原典夫左手的無名指上，也戴著金戒指。

伊豆原典夫！犯人就是他嗎？這麼一想，一切的疑問都解開了。當然，很明顯地，整個事件是院長與副院長所策劃的詭計。

八重在事件前夕，拜訪住在熊谷市的矢木原洋三醫師，從他口中聽說了伊豆原醫院如何不正當地對待精神病患者的事。由於這些話，她下定決心辭去醫院的工作。

八重表明辭意的時候，院長認為這可能是矢木原醫師所煽動的。

（那傢伙一定對這個護士說了些有的沒的。）

而且，八重自己還說出了「矢木原醫生向我說明了精神保健指定醫師的制度、還有醫療保護入院相關的規定等事情」這些不該說的話。

（這個女的知道醫院的不法行為。要是她離職轉到別的醫院，或許會將這個祕密洩漏出去。）

院長越來越不安。

「對院長而言，我成了危險的存在。知道我的辭意堅定，他一定立刻找弟弟副院長商量要怎麼樣才能堵住這女人的嘴？他們見面商談，認真地研究對策。最後他們想出來的方法，就是促成這次事件。

對女性而言最羞恥的祕密，只有院長一個人知道。我沒有辦法違逆他。有關伊豆原醫院的一切不法行為，我只能永遠三緘其口。這就是他們的目的。

而且院長還拍了我暈倒時的裸照。三張令人不忍卒睹的照片。這也是他們有力的王牌。奪走我的肉體，並拍下那副模樣。這兩樣拷問道具，將我牢牢地束縛住，使我成了一個甚至無法言語的悲慘女子。

「哥哥，那個時候的我，只是一具行屍走肉而已。」

讀著八重的遺書，我全身憤怒得發抖。

我想，八重的推理是正確的。可是，這是依據八重的記憶所做出來的推理，並沒有伊豆原典夫就是犯人的實證。我想要確實的證據。

在院長家的寢室裡，八重一直思考到凌晨時分。她寫道，最後她終於想到一件事可以做為證據。

是什麼？手。犯人的手。

犯人勒住八重的脖子時，為了擺脫拘束的痛苦，她用指甲掐住犯人的手指，並且狠狠地摳了下去。那時，犯人好像發出了「嗚」的呻吟。犯人的手上一定留下了滲血的傷痕。

八重在院長家度過一晚。院長夫人對她說：「休息兩、三天也無妨。」八重答道：「謝謝，那我就回家休息了。」便返回自己的公寓。當然，之後她也沒有打算回去上班的意思。

她回到房間後，立刻打電話到醫院的南大樓，叫一名護士聽電話。那是她在內科工作時的同事，也是八重熟識的朋友。

「我有件事想問妳，今天副院長來了嗎？」

「嗯，已經來上班了。」

「這樣啊。好奇怪，我聽說副院長受了傷，以為他今天會休假……」

「哦，妳說副院長的手是嗎？也不到受傷那麼嚴重啦。他的左手包著繃帶，我問他怎麼了，他說是被貓抓傷了。」

「被貓抓傷了？」

「對啊。他說他抱著貓逗弄牠時，突然就被抓了幾下。是擦傷。兩、三天就會痊癒了吧！」

「唉唷，我還以為發生了什麼事呢！」

兩人的電話在笑聲中結束了。但是，這通電話完美地證明了八重的推理。

毫無疑問的，犯人就是副院長的伊豆原典夫。

八重被他襲擊的時候，頑強地抵抗。她發出聲音想要求救。那個時候，她被像是布團的東西塞住嘴巴，同時失去了意識。那團布裡頭，恐怕加了麻醉藥。醫師的知識在這裡也遭到惡用，同時成了伊豆原典夫是犯人的旁證。

但是，由紀。

就算知道犯人是誰，八重也奈何不了他。就像遺書上寫的，醫院內的犯罪，是密室的犯罪、是銅牆鐵壁中的犯罪。院長主張是住院病患襲擊了八重。若要否定這一點，需要患者本身的反駁，但是對於一個重度的精神障礙者而言，這是不可能的。

而且，醫院內部的人一定會站在院長這一邊。

首先，八重若要告發副院長的犯罪，就必須向外人公開自己的肉體所遭受到的恥辱。對她而言，這是難以忍受的事。

八重雖然決心自殺，卻遲遲無法實行，因為她害怕被警方或同事追究自殺的理由。她尤其不願意被未婚夫A得知自己的恥辱。她希望自己死後，A的記憶中只留下對她美好的回憶。

八重會登上冬季的北橫岳，在暴風雪中了斷自己的生命，也是這個原因。她的秘密現在也埋藏在深深的雪中。這樣就好了。我也想要永遠守住八重的祕密。

伊豆原克人。其弟典夫。

我讀完八重的遺書之後，當場決心要殺掉這兩個人。當然，要對他們施以法律上的制裁，雖然不是不可能。但是用八重的遺書當做證據，控告他們兩人的話，我想這會是一場艱困的官司，但是就算我獲得勝訴，伊豆原典夫的強姦罪成立，他所受到的刑罰，也不過是兩年以上的有期徒刑。這是刑法的規定。不會是死刑，也不會是無期徒刑。而且假釋制度，讓他在服了三分之二的刑期之後，就能夠出獄，又可以回到普通人的生活了。

八重死了。可是伊豆原兄弟還活著。這種事能夠被原諒嗎？妳覺得可以原諒嗎？

為了八重，我要把伊豆原兄弟從世上抹殺掉。到時候，我也不打算讓任何人得知我行兇的理由。讓大家認為是瘋子衝動下殺人。為了守住八重的秘密的，這樣就好了。

不過，只有伊豆原兄弟，我要告訴他們。在死之前，我要在他們的耳邊悄悄地告訴他們短短的一句話。

我是科野八重的哥哥。

12

江森卓也的信愈接近尾聲，越能感到他的情緒激昂，彷彿要發洩怒意一般，上頭擠滿了粗暴的文字。

書信的最後一部分，大概是在高崎市的商務旅館度過的第一天晚上所寫下的。

在那家旅館，由紀初次被他擁抱。有如將女人的一生凝縮在瞬間似的愛的行為。兩天晚上，由紀在卓也的懷裡燃燒生命之火，彷彿要把自己燃燒殆盡一般。

直到今天早上，由紀才與卓也的身體分開。由紀疲倦得陷入昏睡時，他卻捨棄睡眠，不斷地寫著信。

（親愛的，卓也！）

由紀出聲，輕輕地呼喚心愛男子的名字。

（你是以什麼樣的心情，寫下這些的？）

無法告訴他人的祕密。留給由紀的最後話語。拚命振筆疾書的男子心情，彷彿從字裡行間滲透而出。由紀甚至忘了擦拭流下的淚水，眼睛追著文字。

八重的遺書上寫著，要我把她的東西全部處理掉。公寓的管理員有個比八重年輕三歲左右的女兒，所以我把大半的衣物都送給她了。我只從其中拿了一件紅色的洋裝，帶了回來。

那件洋裝是八重最喜歡的一件衣服，我聽她說，她與A第一次約會的時候，也是穿著那件衣服。

由紀。我殺害伊豆原兄弟的時候，打算穿上這件洋裝去。這是八重的遺物，但是對我而言，就像是她的喪服。紅色的喪服，雖然稍嫌華麗了些，但是我要與這件代表八重的喪服一同出現在伊豆原兄弟面前，和八重一起舉起復仇的手槍。

另外，我在整理遺物的時候，發現了幾本育兒書籍，我吃了一驚。她是不是已經懷孕了？當然，對象一定是A。八重應該是為了迎接做母親的日子，才買了這些書。我把這些育兒書帶回家，但並不想向A確認這件事。因為八重應該已經下定決心，要把她體內的小生命連同一切的祕密，都埋藏在北橫岳的深雪中。

八重的遺物當中，對我幫助最大的就是她的車子。我把它開回東京，寄放在自宅公寓附近的收費停車場。已經決心報仇的我，認為這輛車子遲早派得上用場。這四天之間，我載著妳四處奔走的車子，就是八重的車子。

啊，已經沒有時間了。現在是早上七點五十分。我計畫實行的那一刻即將來臨。還有數十小時。

該寫些什麼才好？對了，關於一併附上的錢，這是家母保險金的餘款，還有我全部提領出來的存款。我希望妳收下它。這筆錢沒有一絲髒污，也沒有沾染上犯罪，是乾淨的錢。我希望妳能夠把它用在今後妳的獨立生活還有養育紗江上。即將赴死的我，這筆錢已經沒有用了。

最後還有一點。關於我把妳帶走的第一天晚上。

妳非常害怕。被陌生男子帶走，不曉得這樣的夜晚還要持續幾天，妳感到不安且恐懼地顫抖。

我之所以把妳捲入我的犯罪計畫中，有兩個理由。第一，我想報復妳的先生（北條昭）把八重轉調到西大樓這件事。另一個目的，是我認為只要帶著女伴同行，就能夠利用賓館，避人耳目。

而且，我還認為我抓了幼兒當人質，就可以隨心所欲地玩弄妳的肉體。八重死後，我與A記者多次碰面，以共同回憶八重為由，問出關於伊豆原醫院的情報。阿昭在高級酒店及俱樂部說妳是個「浪蕩的女人」，四處宣揚妳們夫婦事實上形同離婚的狀態。這些事也是透過A得知的。

我當時認為，如果妳是這樣的女人，應該可以輕易受我擺佈。如今想來我真是愚蠢極了。

在熊谷初次見到妳的時候，我下流的想法完全改變了。我在內心堅定發誓，絕對不能碰這個人一根寒毛。當中的理由，就如前所述。

我想要盡可能安撫妳害怕的情緒。那個時候，我就已經愛上了妳——相遇不過數小時、只交談過幾句話的妳。

還記得嗎？第一天晚上，我們談論著關於啄木的歌。妳就像個少女一般，眼神發出光采，傾聽著我的話。那個時候，我說有一首歌，希望妳務必記住。

森林深處傳來槍聲

可悲可嘆

恰如自我了斷之聲

為什麼我希望妳記住這首歌？這是因為，再過數十個小時之後，妳將會看到與這首歌相同的情景。

聳立在蒼鬱森林當中的伊豆原醫院。森林深處傳來一發槍聲。那是完成一切的我，發出歡喜之聲，奔向妹妹八重居住國度的瞬間。

然後，由紀，屆時我也依然渴求著妳、呼喚著妳的名字。

我生命中唯一一次愛上的人。由紀！由紀！

上午八點二十分。卓也。

江森卓也的信到此為止。寫在末尾的由紀的名字，幾乎要跳出信紙的框線，力道沈重，字體碩大。他一定是把對由紀的愛情、熱情、疼惜、不捨，全都傾注在由紀這兩個字當中。

由紀的眼睛被最後的文字所吸引。對她而言，那已經不是文字，而是卓也的聲音。卓也在耳邊呼喚著自己。用那熟悉的聲音呼喚著自己。

「卓也！」

她出聲應答。深夜的道路上，沒有半點人跡。空蕩的房間裡，無人守護由紀的身影。

由紀解開毛衣前釦，敞開胸口。她把卓也的信壓在乳房上，緊緊地擁抱住。

「卓也。卓也。」

悄然無聲的房間裡，只有她微弱、顫抖的聲音在空氣中迴響。

解說

權田萬治

土屋隆夫的長篇推理小說《華麗的喪服》（一九九六年），是自長篇《不安的初啼》（一九八九年）以來，睽違七年的異色浪漫懸疑小說。

被逼迫離婚的年輕妻子，與她年幼的女兒，遭到突然闖進家裡的一名怪異男子綁架。《華麗的喪服》從這樣的一個事件揭開了序幕。

與伊豆原醫院總務部的人事主任阿昭結婚之後，定居埼玉縣熊谷市的第三年，妻子由紀遭到丈夫阿昭莫須有的懷疑，被逼迫離婚。最後，丈夫甚至拋棄出生四個月的幼女紗江與由紀，離家出走。五天之後，一名來歷不明的男子來到玄關，自稱：「我是妳先生的同事。」但闖進家裡的男子，卻拿出刀子恐嚇由紀，威脅她帶著紗江隨他一起離開。

由紀迫不得已，雖然害怕不安，還是聽從男子，與紗江輾轉住宿賓館。

然而，男子並未向丈夫或由紀的娘家要求贖金，也沒有要加害由紀與紗江的樣子。這個男子真正的意圖究竟是什麼？他的真面目又是？

不久後，原本不安且害怕的由紀，逐漸對這個男子萌生出不可思議的好奇心與愛意。然後……

《華麗的喪服》的故事就這樣逐漸發展成了一部與土屋隆夫之前的推理小說風味截然不同的作品。

原本土屋隆夫就以充滿文學韻味的本格推理小說寫手聞名，不過回顧他目前為止的作品，大致上可以分出三個方向。

第一，歷經散發出童話氣息的《危險的童話》（一九六一年），以及名偵探千草檢察官初次登場、獲得日本推理作家協會賞的《影子的告發》（一九六三年），最後完美地融合了本格解謎的趣味以及文學性的綁架推理佳作《針的誘惑》（一九七〇年）等作品群。第二，〈芥川龍之介的推理〉（一九六八年）、〈川端康成的遺書〉（一九七二年）、研究無賴派[註1]作家田中英光的評論家被捲入殺人事件的〈泥的文學碑〉（同年）等，如同標題所示，與著名日本文學家相關、可稱之為文藝懸疑小說的短篇。將〈泥的文學碑〉長篇化而寫成的《盲目的烏鴉》（一九八〇年），可謂這類小說的集大成。

第三，長篇《不安的初啼》以及這次收錄在文庫本中的長篇《華麗的喪服》等，則是重視解明犯罪動機及冒險、以及殘酷的犯罪即使不受到法律的制裁，也必須給予相應的刑罰這種思想的作品群。最新作品《米樂的囚犯》（一九九九年）也符合第三個傾向。

《華麗的喪服》的魅力在於，首先是來歷不明的男子的真面目和動機逐漸明朗化、以及猜測犯人的「whodunit」[註2]和尋找動機的「whydunit」[註3]的兩種樂趣；並在解明犯罪

註[1]指日本戰敗後數年之間活躍的一群作家，他們身處戰後虛脫、混亂的世局，認為既有的文學觀與方法皆已失效，而挑戰舊傳統，摸索新的文學方法。太宰治、坂口安吾、石川淳等人屬之。
註[2]Who done it?的縮寫。
註[3]Why done it?的縮寫。

動機的過程中，摻入了受害者由紀對犯人感到好奇，最後萌生愛意的浪漫懸疑小說要素。《華麗的喪服》一方面描寫陌生男子綁架年輕婦女及幼兒的事件，同時與其並行的，是生動描寫出東京練馬區的大泉警察署中，以江森警部補失蹤事件為中心的動向。因此，讀者某種程度可以推理出那名陌生男子是誰，但是這名男子究竟為何要綁架由紀與紗江，他的目的又是什麼？動機之謎，不到最後關頭終究還是無法明瞭。

土屋隆夫有一本作品《推理小說作法》（一九九二年），是瞭解作者的推理小說觀以及作品幕後非常有意思的書。

在這本書中，土屋如此寫道：

「人類所製造的謎團，換句話說，就是人類心理的謎團。推理作家用與心理學家和精神科醫師不同的角度，探索潛藏在人類內心深處的謎團，並以推理小說的手法解明。如此一來，即使沒有詭計，也能夠靠謎團的趣味以及解明它的邏輯樂趣來吸引讀者。」

這篇主張同時也回答了持續寫作以詭計為中心的本格物的土屋隆夫，會寫下把重點放在解明醫科大學教授殺害二十歲年輕女性的的動機上的《不安的初啼》。而《華麗的喪服》同樣把重點放在動機的解明上，應該也是出於這樣的想法。

《推理小說作法》當中，還有一篇觸及「敘述詭計」的文章。

「推理小說的有趣之處在於它的敘述方法。亦即，透過不同的敘述方法，可以使平凡的故事搖身一變，變得新鮮而充滿魅力。敘述的技巧，絕對不容小覷。」

作者在這裡說明了在《不安的初啼》中使用的倒敘推理小說的手法，以及書簡體的敘述技巧。而《華麗的喪服》中，則驅使了同時描寫兩種場面的獨特敘述手法，這一點特別值得矚目。

如前所述，《華麗的喪服》從加害者的男子，與站在受害者立場的婦女逐漸相愛的角度來看，也擁有愛情故事的要素。因此，這部作品充滿了土屋隆夫其他作品所沒有的官能魅力。

這類深刻描寫在極限狀況中的男女愛情表現的故事，可以在笹沢左保《惡魔的房間》（一九八一年）等〈惡魔〉系列中看到；不過由於土屋隆夫過去的作品中幾乎沒有任何床戲描寫，因此令人眼睛為之一亮。

但是，這篇作品與《米樂的囚犯》可以看到的共通之處，是現代的司法制度未必能夠給予犯罪正當的處罰，使得被害者及其家屬的感情無法得到安撫的憤怒。

這恐怕是隱藏在眾多現代人心中的不滿，也與亨利·狄克（Henry Denker）的《義憤》（*Outrage*）（一九八二年）等作品有一脈相通之處。

另外，這本作品中亦觸及了醫院的問題。

在國外，以傑弗瑞·哈德森[註1]的《死亡手術室》（*Case of Need*）、羅賓·庫克（Robin Cook）的《昏迷》（*Coma*）為首的醫學懸疑小說雖然也以醫院為題材，但《華麗

註[1] Jeffery Hudson為麥克·克萊頓（Michael Crichton）在學時所使用的筆名。為《侏羅紀公園》等暢銷小說的作者。

的喪服》並不是側重在醫院裡的醫學問題，而完全是在裡面工作的人的問題。

從這個意義來看，這本作品或許比較接近松本清張生動描繪出缺德醫師肖像的《壞傢伙們》（一九六一年）的立場。

不過，過去在銀座的俱樂部出手闊綽的一定是醫院院長或律師，最近似乎也不盡然如此了。

東榮一的《醫療不信任　這個國家病了》（一九九六年）當中，有一段這樣的記述。

「每當遇見缺乏醫德、金錢慾望強烈的醫療成員，以及汲汲追求知名度與野心的醫師，我就有一種目擊到對醫療的幻想與實際的落差之感」、「醫術即仁術的這種醫療的人性部分消失，取而代之的是「醫術即算術」。健康保險制度成立之後，醫師追求利潤的要素也開始出現了」。

醫師之中，當然也有人抱持著令人欽佩的理想，亦有人在擁有最先端醫療設備的醫院裡救回寶貴的生命。

然而，我們也不能否認，像本作品中所描寫的黑心醫師也確實存在。

這部作品雖然以殺人、綁架等不可饒恕的犯罪為主題，讀完實則餘味無窮。之所以如此，也是因為主角雖然對現代的腐敗感到強烈的憤怒，同時卻又充滿了人性的溫情及深沉的悲哀吧！

話說回來，作者今年八十三歲了。閱讀這本作品，卻完全感覺不到作者的年齡。

土屋隆夫謹慎地創作每一篇作品，因而寡作，卻總是充滿熱情地嘗試新挑戰，實在令著創作新方向的土屋隆夫最近的傾向，是部值得讀者一讀的佳作。

本書雖不似《危險的童話》或《影子的告發》之類的本格推理，卻能夠一窺時時摸索

人敬佩萬分。

本文作者簡介——權田萬治

權田萬治，一九三六年生於東京港區三田。東京外國語大學法文系畢業。一九九六年擔任專修大學文學部教授，二〇〇四年起擔任推理文學資料館館長。一九六〇年發表首篇推理小說評論《感傷的效用 雷蒙．錢德勒論》。一九七六年以《日本偵探作家論》獲得日本推理作家協會獎，二〇〇一年以和新保博久共同監修的《日本推理小說事典》獲得第一屆本格推理大獎。此外曾擔任如幻影城新人獎、推理作家協會獎、江戶川亂步獎等多項獎項評審委員，現為日本推理文學大獎的評審委員。

國家圖書館出版品預行編目資料

華麗的喪服／土屋隆夫著；王華懋譯. -- 初版. --
臺北市；商周出版：城邦文化發行, 2006〔民95〕
面；公分. --（土屋隆夫推理小說作品集；10）
譯自：華やかな喪服
ISBN 986-124-618-5

861.57　　95004286

HANAYAKA NA MOFUKU by Takao Tsuchiya

 ISBN 986-124-618-5

土屋隆夫 TSUCHIYA TAKAO 推理小說作品集 10

華麗的喪服

原著書名／華やかな喪服
原出版者／光文社
作者／土屋隆夫
翻譯／王華懋
總編輯／陳蕙慧
責任編輯／戴偉傑
發行人／何飛鵬
法律顧問／中天國際法律事務所　周奇杉律師
出版／商周出版
城邦文化事業股份有限公司
台北市中山區民生東路二段141號9樓
電話／(02) 2500-7008　傳真／(02) 2500-7579
E-mail／bwp.service@cite.com.tw
發行／英屬蓋曼群島商家庭傳媒股份有限公司城邦分公司
台北市中山區民生東路二段141號2樓
讀者服務專線／02-2500-7718／02-2500-7719
24小時傳真服務／02-2500-1990／02-2500-1991
讀者服務信箱E-mail／service@readingclub.com.tw
劃撥帳號／19863813　戶名／書虫股份有限公司
香港發行所／城邦（香港）出版集團有限公司
香港灣仔軒尼詩道235號3樓
電話／(852) 25086231　傳真／(852) 25789337
E-mail／hkcite@biznetvigator.com
馬新發行所／城邦（馬新）出版集團
Cite (M) Sdn. Bhd. (458372 U)
11, Jalan 30D/146, Desa Tasik, Sungai Besi,
57000 Kuala Lumpur, Malaysia
電話／603-9056 3833　傳真／603-9056 2833
E-mail／citecite@streamyx.com
封面設計／永真急制
印刷／中原造像股份有限公司
排版／浩瀚電腦排版股份有限公司
總經銷／農學社
電話／(02) 29178022　傳真／(02) 29156275
□2006年（民95）4月初版
售價／320元　Printed in Taiwan

廣　告　回
北區郵政管理登記
台北廣字第000791
郵資已付，免貼郵

104台北市民生東路二段141號2樓

英屬蓋曼群島商家庭傳媒股份有限公司　城邦分公司

請沿虛線對摺，謝謝！

書號：	BP7010	書名：	華麗的喪服	編碼：

請於此處用膠水黏貼

讀者回函卡

謝謝您購買我們出版的書籍！請費心填寫此回函卡，我們將不定期寄上城邦集團最新的出版訊息。

姓名：＿＿＿＿＿＿＿＿＿＿＿＿＿＿＿＿ 性別：□男 □女

生日：西元＿＿＿＿＿＿年＿＿＿＿＿＿月＿＿＿＿＿＿日

地址：＿＿＿＿＿＿＿＿＿＿＿＿＿＿＿＿＿＿＿＿＿＿＿＿

聯絡電話：＿＿＿＿＿＿＿＿＿＿＿傳真：＿＿＿＿＿＿＿＿＿＿＿

E-mail：＿＿＿＿＿＿＿＿＿＿＿＿＿＿＿＿＿＿＿＿＿＿＿＿

學歷：□1.小學 □2.國中 □3.高中 □4.大專 □5.研究所以上

職業：□1.學生 □2.軍公教 □3.服務 □4.金融 □5.製造 □6.資訊

□7.傳播 □8.自由業 □9.農漁牧 □10.家管 □11.退休

□12.其他＿＿＿＿＿＿＿＿＿＿＿＿＿＿＿＿＿＿＿＿＿

您從何種方式得知本書消息？

□1.書店 □2.網路 □3.報紙 □4.雜誌 □5.廣播 □6.電視

□7.親友推薦 □8.其他＿＿＿＿＿＿＿＿＿＿＿＿＿＿＿＿

您通常以何種方式購書？

□1.書店 □2.網路 □3.傳真訂購 □4.郵局劃撥 □5.其他＿＿＿＿

您喜歡閱讀哪些類別的書籍？

□1.財經商業 □2.自然科學 □3.歷史 □4.法律 □5.文學

□6.休閒旅遊 □7.小說 □8.人物傳記 □9.生活、勵志 □10.其他

對我們的建議：＿＿＿＿＿＿＿＿＿＿＿＿＿＿＿＿＿＿＿＿＿

＿＿＿＿＿＿＿＿＿＿＿＿＿＿＿＿＿＿＿＿＿＿＿＿＿＿

＿＿＿＿＿＿＿＿＿＿＿＿＿＿＿＿＿＿＿＿＿＿＿＿＿＿

＿＿＿＿＿＿＿＿＿＿＿＿＿＿＿＿＿＿＿＿＿＿＿＿＿＿

請於此處用膠水黏貼